U0060753

每道陰影裡都隱有一個祕密……

# 馭光者

〔2〕盲眼刀 The Blinding Knife 上

**Brent Weeks**

布蘭特・威克斯——著 戚建邦——譯

# 馭光者

## 各界好評推薦

「布蘭特・威克斯的書寫自成一格、直接眞實，讓讀者忍不住持續投入他的故事。無法移開目光。」

——羅蘋・荷布

《刺客》系列暢銷作家

「布蘭特・威克斯眞是寫得太好了，甚至讓我有點不爽了。」

——彼得・布雷特

《魔印人》系列暢銷作家

「冷硬派奇幻，刻畫出複雜精細、讓人驚艷的魔法奇幻世界！」

——Buzzfeed 網站

「死前必讀的51部奇幻小說」

「威克斯成功地在舊瓶裡裝了新酒，逐步揭露深藏背景中的祕密，從而寫出充滿眞實感、有缺陷、有人性的角色們。」

「《盲眼刀》甚至比《黑稜鏡》還讚。（這才叫厲害！）」

——《出版人週刊》

——邦諾網路書店

「威克斯筆下的史詩奇幻與其他當代作品截然不同。充滿想像力與創意，爲其他同類型作品設下了極高的標準。」

——網站 *graspingforthewind.com*

「純粹，富有娛樂性的大長篇。」

——網站 *The Onion A.V. Club*

「建構完美的奇幻，讓人難以自拔。」

——網站 *Fantasy Book Review*

「魔法系統獨特，動作場景精彩，權謀算計，顛覆情節，讓譯者一拿到續集就想立刻開始翻譯的故事！」

——戚建邦
本書譯者

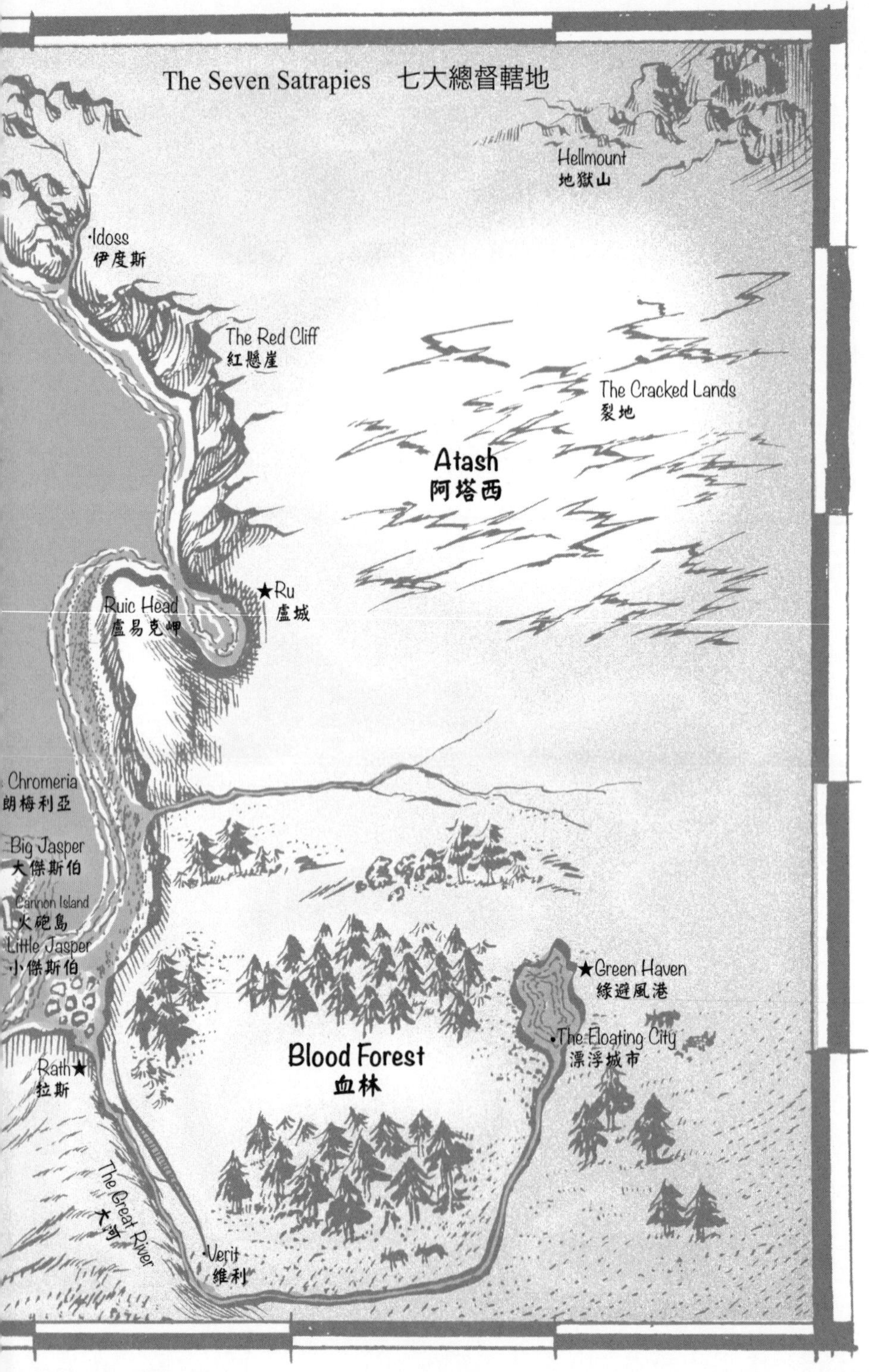
The Seven Satrapies 七大總督轄地
Hellmount
地獄山
Idoss
伊度斯
The Red Cliff
紅懸崖
The Cracked Lands
裂地
Atash
阿塔西
Ru
盧城
Ruic Head
盧易克岬
Chromeria
朗梅利亞
Big Jasper
大傑斯伯
Cannon Island
火砲島
Little Jasper
小傑斯伯
Green Haven
綠避風港
The Floating City
漂浮城市
Blood Forest
血林
Rath
拉斯
The Great River
大河
Verit
維利

The Great Desert
大沙漠
Crater Lake
克雷特湖
Tyrea
提利亞
Kelfing★
凱爾芬
Umber River
昂伯河
The Badlands
提利亞荒地
Rekton·
瑞克頓
Karsos Mountains
卡索斯山脈
Atan's Teeth
阿坦之牙
Garriston·
加利斯頓
The Everdark Gates
永恆黑暗之門
The Cerulian Sea
瑟魯利恩海
·Smussato
斯慕沙托
·Pericol
培里寇
Ilyta
伊利塔
Wiwurgh
威爾
White
Mist
Reef
白霧礁
S
The Deeps
大深海
Cravos·
Abornea
阿伯恩
Odess·
奧迪斯
Azûlay·
阿蘇雷
The Narrows
娜若斯
·Tabes
塔貝斯
Aslal★
阿斯拉爾
Paria
帕里亞
Ruthgar
魯斯加
·Aghbalu
阿格巴魯
The Verdant Plain
維丹平原

地圖插畫：黃靄琳

# The Lightbringer

# 馭光者

## [2] 盲眼刀

獻給我的妻子克莉絲蒂，以及所有在最絕望時，依然對我保持希望的人。

# 第一章

加文·蓋爾平躺在狹長的飛掠艇裡，漂浮在一望無際的大海中央。躺在這種船緣很淺的小船中，讓他差點相信自己已與大海合而為一。上方天空就像鍋蓋，而他是在大鍋裡溫水慢煮的螃蟹。

正午前兩小時，瑟魯利恩海南端，海水理應呈現動人的深藍綠色。萬里無雲、晨霧消散的晴朗天空，也該呈現平靜鮮明的藍寶石色。

但他看不見。自從四天前加利斯頓之役慘敗後，所有藍色事物在他眼中都變成灰色。如果不聚精會神，甚至連灰色都看不到。沒有藍色，海面看起來像是灰綠色的清湯。

他的艦隊在等待。當有好幾千人在等你一個人時，想放鬆並不容易，但他需要享受片刻寧靜。

他看著天空，攤開雙手，以指尖碰觸海面波浪。

*盧西唐尼爾斯，你在嗎？你是真有其人嗎？你也曾發生過這種情況嗎？*

水面上傳來嘶嘶聲響，聽起來像是有船破浪而來。

加文從飛掠艇上坐起，站起身來。

有個東西消失在船後五十步外的海面下，體型大到足以令海面隆起。可能是鯨魚。

只不過鯨魚通常會浮出水面呼吸，但現在沒有噴濺水花，也沒有噴氣聲響；而在五十步外就讓加文聽見在水中游泳的聲音，顯然是體型巨大的水中生物。他覺得心臟快要跳到喉嚨裡。

他開始吸收光線造槳──接著，卻僵在原地。他的小船下方有東西游過，對方就像乘坐馬車遊覽四周景色般地迅速掠過，只不過加文沒有在動。游過的生物很大，比他的小船要寬上許多倍，而且越來越接近海面，越來越接近他的小船。是頭海惡魔。

而且牠還會發光。如同這個清爽早晨的陽光般，散發出溫暖祥和的光芒。

加文對這種東西一無所知。海惡魔是怪物，人類所知最純粹、瘋狂的殘暴生物。牠們的身體滾燙火紅，足以煮沸海水，游過的海面上會有火焰漂浮。根據古書記載推斷，牠們並非肉食動物，但非常重視領域──會攻擊任何闖入牠們海域的入侵者，比方說船艦。

但是，這道光與那種怒火不同，是祥和之光。這頭海惡魔並非凶猛的毀滅者，只是在海中巡游的龐然大物，所到之處只留下幾道漣漪。明亮色彩穿越波浪而來，隨著對方軀體逐漸逼近而越來越亮。

當海惡魔背部在他的小船正下方浮出水面時，加文倏地跪倒在船板上。在船身沿著隆起的海面滑開前，他伸手觸摸海惡魔的皮膚。他以爲穿越海浪而來的生物皮膚會很濕滑，卻驚訝地發現海惡魔的皮膚很粗糙、結實、溫暖。

在那瞬間，加文感覺自己什麼都不是。他不是加文．蓋爾，不是達山．蓋爾，不是高貴的盧克稜鏡法王，不是哭哭啼啼、尊嚴盡失的達官顯要，沒有謊言、沒有任他欺負的總督、沒有玩弄在鼓掌之間的光譜議會成員、沒有愛人、沒有私生子，除了眼前這股力量之外，沒有任何力量。看著這個難以想像的龐然大物，他覺得自己微不足道。

在溫暖的晨風中享受著這兩顆太陽的暖意──一顆高掛天際，一顆則位於波浪下，加文感到一片寧靜。這是他這輩子體驗過最神聖的一刻。

接著，他發現海惡魔正朝著他的艦隊前進。

# 第二章

綠色地獄正引誘他陷入瘋狂。死人又回到了反射倒影的明亮牆面上，笑嘻嘻地看著達山，五官在綠色囚室的弧形牆面上擠成一團。

關鍵在於不要汲色。經歷十六年只能汲取藍色、心智被環境改變、肉體遭到可憎藍色寧靜氣氛摧殘的日子，終於逃出藍色囚室的達山，一心只想狼吞虎嚥別種顏色。那就像在連著六千多個日子三餐都吃粥之後，終於有人拿培根給他吃一樣。

之前自由的時候，他根本不喜歡培根，現在卻聽起來就覺得好美味。他在想是不是因爲發燒，讓他的思緒糊成一團、容易情緒化。

他覺得自己的用字遣詞很有趣——「之前自由的時候」，而不是「之前當稜鏡法王的時候」。不確定這是因爲不管身穿貴族長袍或是噁心破布，他都時時提醒自己是稜鏡法王，還是因爲這已經無關緊要了。

達山試著偏開目光，但是所有東西都是綠色的。睜開雙眼就等於是讓雙腳浸泡在綠色裡。不，他就像是在脖子以下全泡在水裡的情況下試圖弄乾身體，但是根本毫無指望。他要了解並接受這個事實。唯一的問題並非他能不能弄乾頭髮，而是他會不會就此溺斃。

綠色是狂野，是自由。達山在井然有序的藍色中沉浸多年培養的理性非常清楚，受困於這座盧克辛囚室裡吸收純粹的野性，只會走向瘋狂。要不了幾天，他就會挖出自己的喉嚨。待在這種地方，只有死路一條。他終於要替自己的兄弟完成這個目標。

他必須保持耐心。他必須思考，但此刻很難思考。他緩慢又仔細地檢查自己的身體。他的手和膝蓋在爬過地獄石通道時造成許多擦傷，身體上也有從暗門摔入這座囚室時弄出來的腫塊瘀青。那些傷會痛，但沒有大礙。他最擔心的是胸口那道紅腫發炎的割傷。光是看一眼那道滲出膿汁、肯定致命的傷口，就讓他噁心想吐。

而最嚴重的就是發燒。發燒腐蝕他體內的每一滴鮮血，讓他變得愚蠢、不理性，摧殘他的意志。

但是達山已經逃出了藍色囚室，而那座囚室改變了他。這些囚室都是他的兄弟臨時趕工出來的，而他八成把大部分心力都耗費在第一座囚室——藍色囚室裡。每座監獄都有缺陷。

藍色囚室讓他成爲最有可能找出缺陷的人。不論是會找到死亡，還是自由。

光滑綠牆面上反映出的死人說道：「你要打賭嗎？」

# 第三章

加文嘗試汲取藍色。儘管藍盧克辛容易破碎，但堅硬、光滑、表面平坦的特性，非常適合作爲不須承受橫向壓力的零件。加文再次試著逼出藍盧克辛，卻徒勞無功。他是活生生的稜鏡；和其他馭光法師不同，他可以自行分光。他知道藍光確實存在，即使看不到，但知道藍光存在就已足夠。

看在歐霍蘭的份上，你都能在大半夜裡找到尿盆了，爲什麼不能在看不見藍光時汲取藍色？什麼都沒有。沒有突然湧現的合理邏輯、沒有冷靜理性的反應、沒有變色的藍皮膚、沒有任何汲色應有的現象。他第一次感到絕望無助，就好像他是正常人，是個平民百姓。

加文無助到放聲尖叫。反正現在才弄槳也太遲了。那個狗娘養的游得太快了。

他汲色製作盧克辛杓和推進桿。藍盧克辛的材質比較適合做飛掠艇的噴射推進裝置，但是只要弄得夠厚，較有彈性的綠盧克辛也可以湊合著用。表面粗糙的綠盧克辛比較重，會在水裡造成較大的阻力，所以速度較慢，但是沒有足夠時間和專注力用黃盧克辛做了。飛掠艇準備得越久，就是浪費越多寶貴的時間。

接著，他手持盧克辛杓，開始往噴射裝置裡灌注盧克辛，然後自小船後方噴出空氣和水，驅動小船向前推進。他身體前傾，肩膀緊繃，但隨著速度越來越快，肩上的壓力也逐漸紓緩。沒多久，他的小船就在海浪上呼嘯前進。

艦隊自遠方海面浮現，首先映入眼簾的是最高船隻的帆。但是依加文的速度，不用多久，就能看見所有船隻。艦隊已經聚集了數百艘船，從小舢板到三桅戰船，到加文從魯斯加城主手中奪來充當旗艦、共有四十八門火砲的橫帆三桅戰艦。離開加利斯頓時，他們共有一百多艘船，但是接下來幾天裡，早先出海的數百艘船，都為了躲避肆虐這片海域的海盜而加入他們。最後，他看見了不太經得起風浪的大型盧克辛平底船。這四艘開放式的大船，是他為了盡量容納難民而親手製造的，也因此救了船上那幾千人的性命。

但是，如果加文無法即時讓海惡魔轉向，他們一樣會死在這裡。

他加速逼近，再度看見隆起於海面六呎高的海惡魔。牠的皮膚依然穩定發著光。值得慶幸的是，牠並非筆直朝著艦隊前進，而是即將從領頭船艦前方一千步外的位置穿過。

當然，船艦也在緩慢前進，拉近彼此距離，但是海惡魔前進得很快，加文大膽預測牠不會對船艦造成任何傷害。他不知道海惡魔的感官有多敏銳，但只要牠維持目前的航向，或許就不會出事。

加文沒辦法不減速而放開飛掠艇的噴射裝置，就算可以，他也不知道要如何立刻對整個艦隊發出「不要採取任何愚蠢舉動」的訊號。他跟在海惡魔正後方，已經十分接近。

他算錯了；海惡魔會路過領頭船艦前方約莫五百步的海面。是他誤判，還是海惡魔朝艦隊轉向？

加文看見船桅瞭望台上的觀察員正奮力朝甲板上的人揮手。他們肯定在吼叫，但加文因距離太遠而聽不見。他加速逼近，看見很多人在甲板上奔走。

這個緊急狀況以超乎想像的速度威脅艦隊。敵人通常會出現在海平面上，然後展開追逐，風暴可以在半小時內凝聚成形——但是這場危機卻在短短數分鐘內就發生了。有些船直到此時才目睹這兩個奇蹟——以前所未見的速度破浪而來的小船，以及小船前方只可能是海惡魔的巨大黑影。

*放聰明點，看在歐霍蘭的份上，放聰明點，或是乾脆恐懼到什麼都不敢做。拜託！*

火砲要時間裝填，火藥可能走火，所以不能預先裝填。有些白痴或許會朝路過的海惡魔開槍，不過子彈對海惡魔來說應該不痛不癢。

海惡魔自艦隊前方四百步外掠過艦隊，然後持續前進。

這時加文可以聽見船上傳來的叫聲了。站在加文旗艦船桅瞭望台上的人雙手抱頭、難以置信，不過沒人採取任何愚蠢的舉動。

歐霍蘭呀，再一分鐘就好了。只要——

一聲砲響劃破晨空，加文的希望立刻摔趴在海面上。他發誓艦隊裡所有船上的喧囂聲眞的戛然而止。片刻後，有經驗的海員開始難以置信地咒罵那個可能把他們全部害死的白痴船長。

加文眼中只有海惡魔。牠持續前進了一百步，沿途留下泡沫和水波。然後又是一百步。或許牠沒聽見砲聲。

接著，飛掠艇衝過整頭海惡魔，因爲牠以加文難以想像的速度轉向折返。

轉向的同時，牠的尾巴破水而出，但是因爲動作太快，加文沒機會看清楚細節，只知道尾巴一片火紅，如同熔爐中的鍛鐵，而當尾巴——肯定有三十步長——落海時，發出的撞擊聲讓剛剛那聲砲擊聽起來微不足道。

尾巴落水處巨大身軀隆起。海惡魔突然不再前進，加文差點來不及在第一道波浪來襲前轉向。他竄入第一道海浪，迅速朝前方擲出綠盧克辛，讓船頭變得更寬更長。第二道波浪將他整艘船拋入空中。

飛掠艇的船頭撞上下一波浪時，因角度過大，筆直沉入海中，加文也被震離小船，墜入海浪。瑟魯利恩海化爲溫暖濕潤的大口，一口含住加文，咬出他體內的空氣，用舌頭翻轉他的身體，讓他搞不清楚方向，彷彿要把他生吞活剝，接著終於在他奮力抵抗時放他離開。

加文浮出海面，迅速找到艦隊位置。他沒時間汲色製作新的飛掠艇，只能沿著手臂做出較小的盧克辛杓，盡力吸收大量光線，然後將雙手伸向身側下方，腦袋對準海惡魔。他噴出盧克辛，身體激射而出。

海裡的壓力大到難以想像，遮蔽了視線，隔絕了聲音，但是加文沒有減速。在控制飛掠艇多年的堅強肉體，以及經年累月擔任稜鏡法王、強迫整個世界遵從的強大意志力幫助下，他硬撐了下來。

他感到自己進入海惡魔後方的水流中：壓力突然減輕，速度倍增。加文利用雙腳控制方向，先深入海中，然後衝向海面。

他破水而出。分秒不差。

因爲奮力吸取空氣和光線，身上還不斷有海水落下。他原本應該看不清楚四周景象，但是生動的場景突然凍結，讓他將一切盡收眼底。海惡魔的頭有一半浮出水面，十字形大嘴緊閉，打算用那顆長滿凸起和尖刺的硬頭把旗艦撞成碎片。牠的身體起碼有二十步寬，此刻距離旗艦只剩五十步。

士兵手持火繩槍站在舷欄邊。少數幾把槍上冒著黑煙，其他的則發出火藥點燃的火光，處於擊發前的瞬間。鐵拳指揮官和卡莉絲穩穩站著，毫不畏懼，手中冒出發光的盧克辛彈。加文看見火砲甲板的士兵們正忙著在根本沒機會及時發射的火砲裡裝填彈藥。

艦隊其他船隻上的人們，則像圍觀打架的孩子，目瞪口呆地擠在船緣邊，沒幾個人在裝填火槍。幾十個人的目光從海惡魔身上移開，轉頭去看剛剛破水而出的駭人景象——隨即張口結舌、滿臉困惑。船桅瞭望台上有個男人指著他大叫。

眼看同伴們再過幾秒就會面對淒慘的命運，身處空中的加文，只能竭盡全力攻擊海惡魔。一道五光十射的扭曲光牆竄出加文身體，朝海惡魔激射而出。

加文沒看見這道法術擊中海惡魔後產生的效果，甚至不知道有沒有擊中。

帕里亞人有句加文聽過、卻從未放在心上的俗諺：「當你丟出一座山，山會把你丟回來。」

時間比他預期的更快再度開始流動。加文覺得被比身體還巨大的木棒狠狠打了一下。他反向飛出，眼前爆滿星星，像貓一樣雙手亂抓、扭動身體試圖轉向——接著在另一次撞擊中落入二十步外的水面。

光就是命。數年的戰爭生涯，教會加文永遠不要讓自己陷入無法反擊的境地；暴露弱點就是死亡的前奏。他浮出水面，立刻開始汲色。在從上千次失敗中強化飛掠艇的那幾年裡，他練就了一身浮出水面並製作小船的本事——這可不容易。馭光法師向來都害怕落水後沒辦法活著離開大海。

短短數秒間，加文已站在全新的飛掠艇上，一邊確認剛剛出了什麼事，一邊汲色製作盧克辛杓。

旗艦尚未沉沒，一側舷欄沒了，左舷木板上有幾道巨大的刮痕。這表示海惡魔必定轉了向，輕輕掠過旗艦。不過牠轉向時又甩了一下尾巴，因爲附近的幾艘小帆船進了水，船上的人紛紛跳進海裡，其他船已駛向他們展開營救。

那海惡魔在哪裡？

甲板上有人在叫，不是在稱讚他，而是在警告他。他們在指——

喔，狗屎。

加文以最快的速度朝推進桿噴出盧克辛。但是飛掠艇向來起步不快。冒煙的巨大火紅頭顱從不到二十步外的海面冒出，迅速朝他逼近。加文開始加速，乘著海中龐然大物引發的波浪前進。海惡魔的頭部正面簡直是座巨牆，充滿凸起和尖刺的牆。

不過，在海惡魔前方波浪的推動下，加文逐漸拉開了彼此距離。

接著，海惡魔張開了十字形大口，腦袋前半部裂成四塊。當海惡魔開始吸入海水，不再推動海水時，波浪馬上消失。加文的飛掠艇向後滑入海惡魔口中。

完全進入海惡魔的嘴裡。張開的大嘴至少比加文的身體寬兩三倍，也高兩三倍。海惡魔把整個海面吞了進去。牠的身體規律地抽動，像個圓管般縮緊，然後放寬，讓海水通過鰓部，自後方排出，幾乎和飛掠艇的運作原理一模一樣。

加文雙手顫抖，肩膀因為承受推動自己身體及整艘小船穿越海面的力道而灼痛萬分。再加把勁，可惡，加把勁！

海惡魔在加文的飛掠艇竄出嘴巴時弓身向上。四塊嘴部狠狠咬合，身體整個破水而出。他閉上雙眼，大聲吼叫，把自己的力量逼到極限。

他回過頭去，看見難以想像的景象——海惡魔竄出海面，龐大的身體騰空，然後墜回海面，彷彿七座克朗梅利亞高塔同時坍入水中一樣。

但是加文更快，逼近極速。他在飛行帶來的無拘無束，以及逃出生天的輕鬆快感中哈哈大笑。不停地笑。

海惡魔怒不可遏，渾身火紅，對飛掠艇展開追逐，移動得比之前更快。但此刻飛掠艇全速前進，加文已經沒有危險。他在艦隊船上傳來歡呼聲的同時越繞越遠，海惡魔則隨他而去。

加文領著海惡魔追逐了好幾個小時；接著又繞了一大圈，以免牠順著自己消失的方向持續追蹤。最後把牠丟在很遠的地方。

太陽下山時，他疲憊不堪地回到艦隊。他們損失了兩艘小帆船，不過沒人喪命。他的子民——如果之前不是，現在也已對他死心塌地——視若神明般地迎接他歸來。

加文淺淺一笑，接受眾人讚揚，但無拘無束的感覺消失了。他也希望自己能夠歡欣鼓舞，可以飲酒作樂，然後和舉目所及最美麗的女人上床。他希望能在艦隊的某個地方找到卡莉絲，然後與她吵架或做愛，或是先吵後做，還是先做後吵。他希望能講述這段精彩的故事，聽上百張嘴重複這個故事，然後大聲嘲笑所有人差點要面對的死亡。結果，在眾人歡欣慶祝的時候，他走到下方船艙去。獨自一人。揮手支開科凡。向瞪大雙眼的兒子搖頭。

獨自回到陰暗的艙房後，他終於開始哭泣。不是爲了之前的事，而是因爲他很清楚自己即將面對的情況。

第四章

卡莉絲沒有和大家一起參加慶祝自海惡魔口中逃出生天的宴會。她在黎明前醒來，沐浴更衣，然後梳理頭髮，給自己時間思考。然而，這麼做卻對她沒有任何幫助。

祕密如同腹帶下的芒刺，不斷折磨著卡莉絲。她一如往常將如心情般漆黑的秀髮綁成馬尾。過去五天裡，她一直在拼湊眞相——加文在與弟弟達山最後一戰之後「大病了一場」；加文解除他們的婚約；加文驚訝地得知自己有個私生子基普；加文戰後的改變。

接著，她責怪自己怎麼會如此愚鈍。她——及所有人——都認定是戰爭的創傷，殺死親手足的創傷，導致加文改變。他的稜鏡眼就是加文是加文的證據。加文很聰明，也很擅長說謊，但不該有辦法騙過她。她太熟悉他了。更重要的是，她也很熟悉達山。

思考完了。她前往前甲板，開始每天例行的伸展運動。要是不每天做點運動，她一定會發瘋。她的上司，鐵拳指揮官，很貼心地幫她準備了兩套黑衛士制服換穿，上衣和褲子都是混合盧克辛的羊毛製成——讓某些特定部位很舒適，具彈性，行動方便之餘也能凸顯黑衛士壯健的體格。不過，儘管呻吟和流汗是她生活中很重要的一部分，但並不表示她喜歡和甲板上的所有笨蛋分享這些反應。

「可以讓我加入嗎？」鐵拳走上甲板問道。這位黑衛士指揮官身材高大。他是卓越的領袖，聰明、剽悍、氣勢駭人。卡莉絲點頭之後，他解開頭巾，整整齊齊摺好。這是帕里亞人的宗教習俗，男人包覆頭部，藉以表達對歐霍蘭的敬意。不過也有例外，鐵拳就和大部分帕里亞人一樣，認爲這個習俗是太陽完全升到地平線上以後的事。

鐵拳原本將一頭粗硬的黑髮綁成辮子，不過在加利斯頓之役折損眾多黑衛士手下之後，他就把頭髮剃光，藉以表達哀悼。這是另一個帕里亞習俗。原先用以遮掩榮耀的頭巾，現在用來遮掩悲傷。

歐霍蘭呀。死了好多黑衛士，而當中有許多人都是死在同一顆砲彈的爆炸中，一顆完全不理會他們高強汲色和戰鬥技巧的幸運砲彈。她的同事。她的朋友。這是個大裂口，吞噬了一切，除了眼淚。

鐵拳來到卡莉絲身旁站定，雙手合十，接著攤開，擺出上下護衛的架勢。這是馬許卡的起手式。很恰當的起手式，因為肌肉還沒熱起來，卡的距離並不遠，這表示他們的動作可以限縮在狹窄的前甲板內。下揮、轉身、後踢、迴旋，以另外一隻腳落地、平衡——在不停搖晃的甲板上，這可不像平常那麼容易。

鐵拳領頭帶動作，卡莉絲很樂意讓他帶。夜班執勤的水手偷看著他們，但是在黎明前的昏暗天色下，卡莉絲和鐵拳的身影並不清晰，偷看的目光也不會太過招搖。他們的動作都已成反射動作。卡莉絲專注在自己的身體上，因睡木板而造成的痠痛很快就消失了，不過長年累積的痠痛就比較頑固——包括因訓練傷害導致的腰痛，以及和加文合作對付一個綠狂法師時扭傷的左腳踝。

*不是加文。是達山。歐霍蘭詛咒他。*

鐵拳換打科利克之卡，招式的力道立刻變強，不過依然是狹窄空間的好選擇。卡莉絲很快就開始專心於擴大迴旋踢的攻擊範圍，並將後踢的距離與高度提升到最大。她的身高和鐵拳相差甚遠，但他能以難以想像的速度拳打腳踢，她得努力跟上節奏。

天色逐漸明亮，到太陽幾乎完全升到海面上時，他們才停止練習。鐵拳顯然也想來點激烈運動。她氣喘吁吁，彎下腰，雙手撐在大腿上。他則擦拭額頭，朝剛剛升起的旭日比劃七的手勢，輕輕唸誦一段禱文，然後把高特拉纏回頭上。

「妳有事找我。」他說。

他拿起另一條毛巾丟給她。他帶了兩條毛巾。他就是如此細心，而這也讓她知道他不是湊巧遇上才和她一起晨間運動。他是來找她談的。

典型的鐵拳。明明有事要談，偏偏就是要花上一個小時才說五個字。

儘管如此，但他沒說錯。於是卡莉絲說：「稜鏡法王閣下將會離開艦隊。他要不就是不告而別，不然就是會要你同意不派黑衛士同行。我要你派我跟著他。」

「這是他告訴妳的？」

「他不用告訴我。他是個懦夫；每次遇到事情都只會逃避。」卡莉絲以為運動已經發洩掉她所有的怒氣，結果不然，怒氣隨時可以讓她一飛沖天。

「懦夫？」鐵拳靠向舷欄。他看看舷欄。「嗯。」距離他們所站之處不到一步外，就是損壞的舷欄，被發狂的海惡魔弄壞的舷欄。

加文出手制止的發狂海惡魔。

她嘟噥一聲。「最後那句話本來不該說出口的。」

鐵拳不覺得有趣。「過來。看著我。」

他伸出大手，捧著她的臉，在拂曉的陽光下凝視她的雙眼，目光銳利地打量。他說：「卡莉絲，妳是我手下汲色速度最快的衛士，同時也是遇到狀況會第一個汲色的人。難以克制的怒意？大聲說出原先不打算說的話？那些都是紅法師和綠法師臨死前的徵兆。我已經損失了半數黑衛士，如果妳繼續那樣汲色，要不了多久就會粉碎斑暈——」

「希望我沒有打擾到你們。」有人插嘴。是加文。

鐵拳依然以雙手捧著卡莉絲的臉，凝視她的雙眼。突然，他們意識到在溫暖的曙光下，用這種姿勢站在甲板上，看起來會是什麼樣子。

鐵拳指揮官放開雙手，清清喉嚨。卡莉絲心想，這是她第一次看見他這麼尷尬。「稜鏡法王閣下，」鐵拳說。「歐霍蘭之眼祝福你。」

「早安，指揮官，卡莉絲。指揮官，我想在一個小時內和你談談。請帶基普一起過來，和你談完之後，我要找他。我相信他在第一艘平底船上。」加文身上滾有金邊的白上衣看起來很乾淨——在戰敗逃難的船上，竟然還有人幫他洗衣服。他對人民而言就是這麼重要。加文根本不必花費多少心力，一切就會奇蹟式地迎刃而解。這實在是太令人生氣了。不過他看起來很疲倦的模樣。加文向來睡不好。

鐵拳似乎想要說些什麼，但只是點了點頭，然後離開。

這是自從卡莉絲得知加文在他們訂婚期間生了個私生子而大發雷霆之後，兩人第一次獨處——當時她跳下他們的船。而這也是自從她甩了他那張笑臉一巴掌——在加利斯頓之役交戰期間，在整個部隊面前公然甩的——之後，兩人第一次面對面。

或許她真的汲取了太多紅和綠。憤怒和衝動不該是黑衛士的明顯特質；或是淑女。「稜鏡法王閣下。」她說，打定主意要保持禮貌。

他一言不發地看著她，以眼中那股總是很活躍的智慧分析形勢；他總是在分析形勢。他看她的眼神幾近悲哀，目光掃過她的髮絲、她的雙眼，停留在嘴唇上，迅速欣賞她的曲線，然後又回來面對雙眼，或許有一瞬間注意到她眼角皺紋開始出現的部分。

他輕聲開口道：「卡莉絲，妳就算滿身大汗，也比大多在太陽節盛裝打扮的女人好看。」加文很英俊、很迷人，而且說話很有技巧，不過人們往往會忘記他也非常聰明。

他不想和她談。他在拖延時間。讓她困惑，刺激她爲某樣毫不相干的事情產生防禦心理。渾蛋。她滿身大汗、又黏又臭，他怎麼能在這種時候恭維她？

他怎麼敢在被她甩了一巴掌之後還對她這麼好？

他的這套愚蠢鬼話，怎麼可能在她明明清楚他的意圖時還令她動容？

「去死。」她說，然後走開。

幹得好，卡莉絲。專業、淑女、有禮貌。渾蛋！

## 第五章

一個女人怎麼能同時讓你想把她丟到海裡，又想要把她吻到喘不過氣來？卡莉絲掉頭就走，加文卻忍不住欣賞她的身材。

可惡的女人。

他發現甲板上有些水手也在欣賞她的身材。他清清喉嚨，吸引他們的注意，然後揚起一邊眉毛；他們立刻各自找事做。

「眞有必要這樣做嗎，稜鏡法王閣下？」加文身後傳來問話聲。那是他的新將軍，十六年前曾經是達山最得力的左右手──科凡．達納維斯。他們透過一些巧妙的安排，讓所有人相信加文從前的「敵人」現在願意聽命於他。

「所謂的『這樣』，是指這個嗎？」加文指向通往船桅瞭望台的繩梯。

「對。」達納維斯將軍是那種會爲了以防萬一而在開戰前禱告，然後專心作戰，彷彿毫不畏懼死亡的男人。加文不認爲他會像正常人一樣心生恐懼──但他眞的非常討厭高處。

「有必要。」加文說。他率先爬上繩梯；爬入瞭望台時，心裡再度浮現最近經常出現的想法：他這一生都是奠基在魔法上。他爬這麼高都不會害怕，是因爲知道如果摔下去，可以及時汲色接住自己。儘管他看起來天不怕地不怕，但其實並不是這麼回事，只是世界上沒有什麼危險可以威脅到他──這和其他人大不相同。人們看他做出難以置信的事情，然後就認定他無所不能，但是完全誤會了。

突如其來的恐懼如此強烈，瞬間讓他以爲自己眞的被刺了一刀。他深吸了口氣。

科凡也爬了上來，目光鎖定在瞭望台上，雙手死命地握住繩梯。加文也不想強迫朋友做這種事，但有些談話內容絕不能讓任何人偷聽到。

加文扶他進入瞭望台。他讓將軍好好喘口氣。至少這裡的欄杆又高又堅固。下方水手都忙著工作。晨風吹起，第一班巡視人員已開始檢查繩索和繩結，船長手持六分儀，站在船尾確認他們的位置。

「我失去藍色了。」加文說。先把實情吐出來，待會兒再善後。

他從科凡．達納維斯臉上的表情，看出對方完全不知道自己在說什麼。科凡摸摸還沒留回來的小鬍子。稜鏡法王戰爭期間，嘴邊那兩條綁珠子的小鬍子算是他的招牌特徵。「什麼藍色？」

「我看不見藍色了，科凡。現在是晴朗的早晨，我看著天空，還有瑟魯利恩海——但我看不見藍色。我要死了，要你幫我決定接下來該怎麼做。」

科凡是加文認識的人當中最聰明的人之一，但他看起來很迷惘。「稜鏡法王閣下，這種事不是——等等，請從頭說起。這種情況是從你和海惡魔交戰時開始的嗎？」

「不是。」加文瞭望著大海。船身的晃動為他帶來一絲慰藉，與天空和海洋一片和諧的藍色相輔相成。他對藍色的印象，深刻到他幾乎可以發誓自己看得見。他是超色譜人，比其他人更能分辨色彩差異。他辨識得出最淺到最深色調的藍色，從紫藍一直到最深的綠藍，所有飽和度的藍、所有混色的藍。

「戰役過後，」加文說。「我們和難民乘船離開之後。第二天醒來，我一時之間還沒有察覺。那感覺就像是看著一個朋友的臉，卻發現自己想不起名字，科凡。藍色依然存在，感覺就在眼前。如果不聚精會神，我甚至不會注意到藍色沒了，只覺得世界彷彿褪色、扁平了。但如果我全神貫注，就會在該有藍色的地方看見灰色。正確的色調、飽和度和亮度，但……是灰色的。」

科凡瞇起紅色斑暈的雙眼，沉默了一段時間。「時間搭不上，」他說。「稜鏡法王的任期應該是七的倍數。你應該還有五年。」

「我不認爲這是正常現象。我並非正式受命的稜鏡法王，或許這是沒有進行光譜儀式的多色譜法師身上會出現的現象。」

「我不知道，這樣太——」

「你有聽過稜鏡法王變成瞎子的嗎，科凡？有嗎？」加文——眞正的加文——上一任的稜鏡法王是亞歷山德．斯普雷丁．歐克。他非常軟弱，大多數時候躲在住所裡，很可能有毒癮。而再之前的稜鏡法王伊蓮．瑪拉苟斯女士。當了十四年。加文對她的印象，只有小時候在太陽節儀式裡見過的幾面。

「加文，大多數稜鏡法王都撐不到十六年。搞不好光譜儀式只會讓你死得更早。如果你在七年或十四年的時候死去，你就根本不會經歷這種情況。我們無從得知。」

當冒牌貨就是有這種困擾，你不能拿理應清楚的巨大祕密去問別人。眞正的加文，在十三歲時就被提名爲稜鏡法王候選人，而他發誓永遠不提這件事，就連對最好的朋友兼弟弟達山都不能提。

根據加文的印象，這是所有光譜議會成員都不曾違背的誓言。因爲在他假扮自己哥哥的十六年間，從來沒人和他提過這些事。除非，當然，他們有旁敲側擊——而他沒聽出來，所以沒有回應，而這種反應讓他們知道，他非常看重那場儀式的祕密，而他們也該如此。

換句話說，他陷入自己謊言的陷阱裡。再一次。

「科凡，我不知道究竟怎麼了，說不定明天早上醒來就沒辦法汲取綠色，接著後天就沒辦法汲取黃色。又或許我只會失去藍色，然後就沒別的了，但無論如何，我都失去藍色了。最好的情況是，如果我有辦法遠離克朗梅利亞，缺席每場藍色儀式，就可以再撐上一年——直到下次太陽節。我不可能在進行那些儀式時不洩露這個祕密，或是跳過那些儀式。如果到時候我還不能汲取藍色，就死定了。」

加文看得出來科凡已了解了所有後果。他的朋友吁了一口氣。「嗯，正當一切都這麼順利的時候。」他輕笑。「我們帶著五萬個沒人願意接納的難民；糧食不足；法色之王贏得了一場巨大勝利，肯定能再收歸數千名異教徒到他旗下；而我們現在還失去了最大的本錢。」

「我還沒死。」加文說，咧嘴而笑。

科凡露出悲傷的笑容，看起來很難受。「別擔心，稜鏡法王閣下，我絕不會拋棄你的。」加文知道他說的是眞心話。爲了讓世人相信達山眞的戰敗，科凡不惜忍受屈辱和放逐。過去十六年，他都待在偏僻小鎭，過著沒沒無聞的貧苦日子，默默看著眞正加文的私生子——基普長大成人。

那又是另一個問題。

科凡低頭，隨即臉色發白，再度緊握欄杆。「你打算怎麼做？」

「若繼續與馭光法師們一起，遲早會有人注意到不對勁。如果我待在克朗梅利亞太久，白法王會要求我均衡魔法，但我可能連藍魔法與紅魔法整體量的多寡都無法分辨，更別說要加以均衡。他們會逼我退位。」

「所以……」

「所以我要去阿蘇雷見努夸巴。」加文說。

「好了，這倒是個擺脫鐵拳的好辦法，但爲什麼要去找她？」

「他們首都擁有全世界最大的圖書館——我可以在那裡進行研究，光譜議會成員無法在短時間內知道我在看什麼書——帕里亞人還保有口耳相傳的歷史，包括了許多不爲人知的祕密，其中有些肯定是異教史。」

「你要找什麼？」

「我失去控制藍色的能力，科凡，這表示世界上的藍魔法失控了。」

科凡先是困惑，接著神色震驚。「你不是認眞的吧。正統派學者都認爲『剋星』只是克朗梅利亞編造出來的幌子，用來爲早期某些狂熱份子和盧克裁決官的行爲開脫。」

剋星。科凡沒有誤用這個普塔蘇古語中的術語，單複數同型。它本來可能是某個神廟或聖地，但盧西唐尼爾斯的帕里斯人相信「剋星」是邪惡之徒，他們是在取得世界的同時取得這個名號的。

「萬一他們弄錯了呢？」

科凡沉默了很長一段時間，接著說：「所以你打算跑去努夸巴門口，說：『身爲你們信仰的領袖，請把你們的異教典籍拿給我看，把你們的故事說給我聽。儘管我是世界上最有可能認定流傳這些故事就該判處死刑的人。』然後期待他們照做？我想這算得上是計畫，但得說不是什麼好計畫。」

「我也可以很有魅力的。」加文說。

科凡微笑，偏過頭去。「你知道，」他說。「你昨天應付海惡魔的情況……令人震驚。而你在加利斯頓的所作所爲，也同樣令人震驚，而且不光只是建造明水牆。加文，這些人會追隨你到世界盡頭，他們會向所有遇到的人傳頌你的事蹟，如果你最終得向光譜議會宣戰的話……」

「光譜議會已經有很多順從他們的稜鏡法王候選人排隊等著上任了，科凡。如果此刻違逆他們，我的處境就會和十七年前的達山一樣。我不能讓世界再度陷入那種情況。人民可以愛戴我，但如果他們的領袖聯合起來對抗我，我唯一能贏到的就是朋友和盟友的屍體。那種事我已經做過了。」

「那麼，現在是怎樣？你打算一走了之？你要怎麼處理基普？他是很堅強的孩子，但身心受創，而我認爲你是他唯一堅持下去的理由。如果他發現你是冒牌貨，他的世界會就此毀滅。你沒辦法預測他會變成什麼樣子。不要這樣對待你的靈魂，加文。不要這樣對待全世界。七總督轄地最不需要看到的，就是蓋爾家又出現一個年輕多色譜法師因爲憤怒與悲傷而陷入瘋狂。再說，我們又該怎麼做？我們要如何安置這些難民？」

「科凡、科凡、科凡。我有個計畫。」算是。

「老實說，我的朋友，我就擔心這個。」一片巨浪襲來，瞭望台劇烈搖晃，科凡低頭看向下方的甲板，吞嚥口水道：「我想這玩意兒沒有可以讓我輕鬆下去的途徑吧？」

# 第六章

鐵拳皺眉看著手裡的公文。平常，他對加文顯露這個表情都只是稍縱即逝，一下子就壓下去了，但是這次，他臉部扭曲，彷彿在吃用毒漆樹燻過的牛排。「你要我去送信，給白法王。」鐵拳說。

在確認哪一個房間最符合需求之後，加文傳喚這位身材魁梧的保鏢來到他的特等艙房。「和我兒子有關。沒錯。」身爲稜鏡法王，加文無法指揮白法王，但白法王也必須小心不要冒犯他。他們兩個都要挑選和對方開戰的場合，而他認爲這不是她會主動選擇的戰場。

「你要讓基普成爲黑衛士。」鐵拳保持著平淡語氣。他是黑衛士指揮官。嚴格說來，他是唯一有權決定要讓誰加入黑衛士的人。「稜鏡法王閣下，我很掙扎該從哪裡開始解釋這個決定有多荒謬、有多糟糕。」

外面艷陽高照，但特等艙房裡光滑的黑木會吸收光線，讓加文要集中注意才能看清指揮官的表情。「我希望你能了解，指揮官，我非常敬重你。」

鐵拳的眉毛微微抽動。不相信的反應。雖然說的是實話，不過加文認爲自己從來沒給鐵拳太多理由相信這點。

加文繼續：「但我們現在的處境需要迅速反應——難民，權力受到侵犯的總督，一座城市淪陷，叛變。有印象嗎？」

鐵拳臉色一沉。

加文得處理得更好才行。先告訴對方你很敬重他，然後又把他當傻子看？「指揮官，」他說。

「你在加利斯頓損失了多少黑衛士?」

「五十二人死亡。二十人受傷。十四個瀕臨粉碎斑暈邊緣，必須解除職務。」

加文沉默了片刻，以向折損的人員表達敬意。他已經知道這些數字了，當然。他甚至知道死者的長相和姓名。黑衛士是稜鏡法王的私人護衛，但他不能指揮他們。「原諒我說得這麼直接，但是你必須補充兵員。」

「至少要三年，而黑衛士的整體戰力起碼要十年才能恢復。我得晉升一些訓練不足的人，但他們沒能力訓練自己的手下。你知道你的作為對我們造成的傷害嗎?害死一個世代的黑衛士，還導致兩個世代積弱不振。當我卸任時，黑衛士將不復當年接手時的盛況。」鐵拳維持著平淡語氣，但仍壓抑不住當中的怒氣。這很不像平常的他。

加文一言不發，緊閉雙唇，目光冰冷。這種情況是領導地獄：前一刻還把一個人看作擁有希望、家庭、愛人、美食，在白晝或是夜晚時較為警覺，或喜歡辣椒、舞女、唱歌會走音的獨立個體；一個小時後又得將其視為數字，還要願意犧牲他。那三十八個死去的男人和十四個女人，拯救了上萬平民，也差點拯救了那座城市。加文讓他們陷入明知可能死亡的處境，而他們也確實死亡了。而且日後若有必要，他還會再這麼做。他注視著鐵拳的雙眼。

鐵拳將目光移開。「稜鏡法王閣下。」他補充了這一句，聽起來沒有悔意，而加文也不需要自己的下屬毫不質疑地服從自己，只要服從就好了。

加文抬頭看向特等艙房和隔壁艙房之間木椽上的空間。「黑衛士需要新血。秋季班大概還沒開課，而基普是完美人選。你看過他汲色的模樣。」

「訓練對體能的要求太高了。二十週的地獄訓練，每個月還會進行淘汰的比試，從四十九個人一路淘汰到剩下最強的七個人。他就算手沒燒傷，也不可能撐過去。如果能瘦下來，或許再過一年——」

「他會撐過去的。」加文說。這並非只是因爲相信基普。

鐵拳在沉默中逐漸了解他的暗示，露出難以置信的神情。「你要我破例接納他？」

「我要回答這個問題嗎？」

「你要公然讓他享受特權？這樣會毀了他的。」

「不管怎麼樣，大家都會認爲他有特權。」加文聳了聳肩，確保自己的說詞強而有力。「他會達成生來的使命，不然就是在追求使命的過程中落敗，就像我們所有人一樣。」

鐵拳指揮官沒有回答。他非常了解沉默的力量。

「跟我來，指揮官。」他們一起走出陽台。艙房的房門都很薄，木椽上還有開放空間，或許是爲了方便船長對在小艙房裡辦公的書記大聲下達命令。兩人的談話和他預想中的不太一樣，但已足以達成目的。基普應該全都聽到了。

接著加文要在基普聽不到的地方和鐵拳私下交談。「基普是我兒子，指揮官。我可以任由他在無人知情的情況下死去，但我還是認了他。我不會毀了基普。他很胖、笨手笨腳，但是個強大的多色譜法師。抵達克朗梅利亞之後，他會在短時間內迅速成長。他可能淪爲笑柄，也可能成爲大人物。他起步得晚，總督的兒女會把這樣的他生吞活剝。我要你榨乾他所有時間，重塑他的體格，堅定他的意志，發揮他的潛能。等他獲得黑衛士的敬重，等他不再在乎那些毒蛇的想法後，我就會要他離開黑衛士，跳入毒蛇巢穴。」

「你要把他培養成下任稜鏡法王。」鐵拳說。

「怎麼這麼說，指揮官，歐霍蘭會自己挑選稜鏡法王。」加文說。

這是個笑話，但是鐵拳沒笑。「確實，稜鏡法王閣下。」

加文老是忘記鐵拳是虔誠教徒。

「我不會特別優待他。」鐵拳說。「如果他要加入我的黑衛士，就要夠格。」

「聽起來很棒。」加文說。

「他是多色譜法師。」人們非常不鼓勵多色譜法師擔任如此危險的工作。

「並非沒有先例。」加文說。只是已很久沒有人破例了。

一陣沉悶的靜默。「而我得想辦法說服白法王允許。」

「我相信你。」加文微笑。

鐵拳的目光能讓蜂蜜變酸。加文哈哈大笑，不過再度記下了這點。鐵拳很敬重加文，但是加文的魅力對他無效。

「你要離開我們。」鐵拳緩緩說道。「害死我一半手下之後，你打算丟下我們不管，是不是？」

可惡。

鐵拳將他的沉默視為默認。「聽清楚了，稜鏡法王：我不允許你這麼做。如果你不讓我做好我的工作，我就不會幫你辦任何事。既然你讓我的工作變得毫無意義，我又為什麼要幫你？這就是你所謂的非常敬重我嗎？」

啊，魅力對於有很好理由踢你屁股的人而言，毫無用處。加文揚起雙手。「你想怎樣？」

「不是想，是要求。你要帶一名黑衛士同去。由我挑選。我不知道你的任務為何，但是一個人能去的地方，兩個人也可以。記住我其實想派一整隊黑衛士隨行，不過我是明理的人。」

他的要求其實真的比加文預期中的要明理多了。或許鐵拳的政治手腕沒有加文想像中那麼高強。

當然，他八成一直忙著思考如何有效率地殺死對手，不像加文常有機會練習政治手腕。鐵拳可能想自己跟加文同去——這肯定是辦不到的，等鐵拳考慮過重建及訓練黑衛士所要付出的心力之後就會了解，但到時候就太遲了。

「成交。」加文立刻說道，不讓對方有時間考慮。

「那就這麼說定了。」鐵拳說。他伸出一隻手，加文跟他握手。這是帕里亞人談妥交易時的習俗，但現代已經很少人這麼做了。鐵拳在握緊加文的手時凝視著他的雙眼。「已經有人主動要求執行這個任務了。」

*不可能。我甚至沒告訴過他我要離開——*

「卡莉絲。」鐵拳說。接著他面露微笑，笑得牙齒都露了出來。

渾蛋。

# 第七章

當鐵拳和加文在船尾陽台上交談時，基普坐在書記辦公室裡，緊張兮兮地把弄著左手上的綳帶。他原本背靠在辦公室和稜鏡法王特等艙之間的牆上，在偷聽到太多內容後，便默默移動到一張離牆較遠的書記椅上，遠離艙牆，以免別人以爲他在偷聽。

黑衛士。他。感覺就像是贏得一場根本不知道自己參加的比賽。他還沒認眞考慮未來；他認爲克朗梅利亞將會占去接下來幾年的時間，之後怎樣再說。但在他認識的人當中，最剽悍的——卡莉絲和鐵拳——都是黑衛士。

特等艙艙門開啓，鐵拳走了出來。他冷冷瞪了基普一眼。不認同的表情。基普立刻了解到他是被迫接納自己的——鐵拳不想讓大胖子基普拉低黑衛士的素質。他的心快速往下沉，簡直就要把甲板砸出個大洞。

「稜鏡法王要見你。」鐵拳說完後就離開了。

基普膝蓋痠軟。他走進特等艙房。

加文・蓋爾稜鏡法王，建造明水牆、對抗海惡魔、擊沉海盜船、打倒敵人、威嚇總督的男人——他父親——正對著他微笑。「基普，你覺得怎樣？你那天的表現很了不起。過來，我要看看你的眼睛。」

基普突然覺得有點尷尬，跟隨加文走到船尾陽台上。藉著明亮的晨光，加文細看基普的虹膜。

「很明顯的綠環。恭喜。之後再也沒人會把你誤認爲不會汲色的普通人。」

「那……太好了。」

加文毫不做作地笑道：「我知道你要時間去習慣這種事，而我想已經有人告訴過你，你在戰場上汲取了很多魔法，基普。很多。我們已經不再教人怎麼變成綠魔像了，因爲馭光法師一輩子通常只能變個兩、三次，而且每次都會迅速消耗力量——還有生命。那股力量令人心醉，但要小心。你見識過一些世界上最強大的馭光法師汲色，但不能假設自己也能做到。看著我。抱歉，這樣和你說教。」

「不，沒關係。這是……」這是當父親的人會做的事。基普沒有大聲說出口，猛吞下喉嚨中突然出現的硬塊。

加文看著跟在他們船後的艦隊，神色陰鬱、憂心忡忡。最後他開口道：「基普，我不能好好地照顧你。我沒辦法花足夠的時間和你相處，這是我的虧欠。我不能把所有想告訴你的祕密通通告訴你。我不能用我希望的方式帶你進入全新的生活。你選擇公開是我兒子，這點我尊重。之後世人都會知道你是我兒子。身爲我兒子，我有工作要交給你，而我現在就得告訴你是什麼工作，因爲我今天就要離開。我每隔一段時間就會回去一趟克朗梅利亞。」

千頭萬緒同時湧上心頭。基普所認知的一切已徹底改變。過去的幾個月裡，他從一個毒蟲單親媽媽的小孩，到失去家鄉、母親與生活。他被丟到克朗梅利亞，然後又與全世界最頂尖的馭光法師和戰士爲伍。

而就在他父親接納他，認他作親生兒子，而不是私生子的那天，他發現母親留下的字條，宣稱加文·蓋爾強暴了自己，哀求基普殺了加文。她寫那張字條時八成吸了毒，當然。那是她這輩子寫下的最後一張字條，但並不表示它和這些年來她對基普說過的謊有任何不同。

她說她愛他。這閃過腦際的想法讓基普感到厭惡，並引發眾多情緒。

某些想法必定表現在他臉上，因爲加文輕聲說道：「基普，你有權生氣，但我要請你去做一件難如登天的事。我要你回克朗梅利亞。我當然希望你能在班上表現良好，但老實說，只要你能盡量學習、盡快學習，其他的我都不在乎。我眞的要你去做的事情……」他越說越小聲。「這是我們的祕密，基普。光是要求你去做，就等於是把我的性命交到你手上。而你當然有可能會失敗，或是選擇不要去做，但是——」

基普吞嚥著口水。不過是要他加入黑衛士，父親爲什麼要考慮這麼多？「你這樣呑呑吐吐，比直截了當更讓我害怕。」

「首先，你得在我不在時取悅你爺爺。他會召見你，而且不會對你客氣。只要你沒被他嚇到尿褲子，就算我們贏了。」他露出蓋爾家族特有的微笑，然後恢復嚴肅。「盡力而爲。如果你能取悅他，就比我厲害。但是不管怎樣，千萬不要讓他變成你的敵人。」

「這會難如登天嗎？」

「不會——好吧，或許會——不過我是從簡單的說起。我要你扳倒克萊托斯盧克法王。」

基普眨了眨眼——也不是「加入黑衛士」。「我剛剛說呑呑吐吐比直截了當更讓我害怕，我收回。」

「所謂的扳倒，是指不擇手段讓他退出光譜議會。我要他的位置，基普。」

「爲什麼？」

「不能告訴你，而且你該問的是：『你說不擇手段是什麼意思？』」

「對，沒錯，要問這個。」基普說。他希望這一切都只是玩笑，但直覺告訴他不是。

「如果不能讓克萊托斯自行退位，或是勒索逼迫他，就殺了他。」

基普感覺到脊椎傳來一陣寒意，並迅速擴散到肩膀上。他呑了呑口水。

「就看你怎麼選擇。我把這件事交給你了。這是戰爭，基普。你知道讓錯誤的人掌權會有什麼後果。加利斯頓城主原本可以備戰，但這樣會讓他大失民心，還要花費大筆經費，於是他讓他們死光。那場屠殺都是一個人造成的，因爲他不作爲。如果我們沒趕到，情況會比現在更糟糕。這件事也一樣。我只能告訴你這麼多。」

果然難如登天，但基普卻感到一陣平靜，因爲事情難不難辦，此刻根本無關緊要。他可以等父親離開之後再研究。「他罪有應得嗎？」他問。

加文深吸了口氣。「我很想說是，讓你可以名正言順地動手，但『罪有應得』是模稜兩可的概念。丟下同伴不管的懦夫該不該死？該，非死不可，要不然賭注太大。克萊托斯．藍是個相信謊言的懦夫。相信謊言，散播謊言，算不算騙子？或許不算，但得被阻止。我不認爲克萊托斯是邪惡之徒，基普。不然我早就親自動手殺他了。但是放任不管的風險太高。該怎麼做，就怎麼做。先加入黑衛士，我已經幫你安排好了。這個職務會幫你達成剩下的目標。」

是呀。就是這麼簡單。當然。對加文．蓋爾這種擁有力量的人來說，一切就是這麼簡單，而他可能認爲其他人也是如此。「我們的目的是什麼？」基普問。「我是說最終目的。」

「戰爭是場燎原大火，而所有過去的恩怨，都是乾枯的木頭，渴望烈火焚燒。和我弟弟作戰時，很多痛恨我的人，因爲更痛恨自己的鄰居，加入我的陣營，而他們那些鄰居就會加入我弟弟的陣營。我們不到四個月就害死二十萬人，基普。我原本可以只犧牲一座城市、幾千個人就結束這場戰爭。但是我失敗了。有些總督並不介意看到阿塔西化爲火海、不介意大火蔓延到血林，但也不希望他們的兒子爲了守護魯斯加而死，不希望他們的女兒因爲守護帕里亞而要被拯救，不希望爲伊利塔的異教徒增稅，不希望把糧草送給那些骯髒的阿伯恩人。」

基普了解。「這樣就沒人了。」

「我們要努力在戰爭大火吞噬所有人之前阻止它蔓延。」

「要怎麼阻止戰爭？」基普問。

「打贏就好了。你做好你的工作，我做好我的。」

「我有多少時間？」基普問，有點想反抗。叫一個小男孩去做這種事並不公平，而且普通人也不會要求自己兒子去做這種事。不過基普是在父親的恩惠下才算得上是他的兒子。他本來是不被需要的私生子，如果加文要刻意和不認識的男孩保持距離，基普又怎能怪他？

「取決於法色之王會在加利斯頓休息多久。他八成不會整個冬天都待在那裡，最有可能往西行。我推測伊度斯可以抵擋他幾個月，而伊度斯淪陷應該足以讓光譜議會重視此事。如果不行……六個月，基普。幸運的話，八個月。如果沒辦法拯救盧城，他就會掌握硝石洞穴和鐵礦，到時候情況會比僞稜鏡法王戰爭還糟糕，也不太可能在短時間內結束。」

基普覺得此事已經遠遠超出自己的能力範圍。「爲什麼是我？」他問。

「因爲膽大妄爲是年輕人的劍，還有血氣方剛這把槍。另外，老實說，如果你在不太引人注目的情況下失敗，人家只會把你當成微不足道的小鬼，不會影響我的聲望，而且也不會害死我們兩個。你是好武器，因爲光看外表，你只是個孩子，友善親切、連蒼蠅都不忍傷害的孩子。」

友善親切，就是「又胖又溫和」的代號。接下來我就會變成「趣味十足」了。「因爲看起來不像會做這種事的人，所以最適合這個任務？」基普問。

「沒錯。」

「偷偷離開加利斯頓時，我也是抱持這種想法。」基普當時認爲沒人會料到一個小鬼會跑去刺探法色之王和營救麗芙。結果還眞是順利。

「但你現在比那個時候厲害多了。」

「那也不過是兩個禮拜以前的事！」

加文笑。

「你難道沒有從那件事裡學到教訓嗎？」基普堅持。

加文微笑。「那件事也該讓你了解到一個事實。」

「什麼？」基普問。

加文神情嚴肅。「就是我相信你。」

加文如此直截了當，讓基普不知該怎麼反應。他不能用笑矇混過去，也不能拿來開玩笑，因爲這是顯而易見、讓他感到暖意的事實。基普扮了個鬼臉。「你眞的很會這種事，是不是？」

加文摸摸基普的頭。「是很會。」他微笑說。「你知道，基普，當這一切結束之後……」他越說越小聲，心情也隨之下沉。

「這一切永遠不會結束，是不是？」基普問。

稜鏡法王深吸了口氣。「不會照我的意思結束。」

「我們會戰敗嗎？」基普問。

加文沉默片刻，接著聳了聳肩，呵呵一笑。「有可能。」他一手摟起基普的闊肩，輕輕捏了捏，然後放開。「不過我們可以消除這個可能。」

# 第八章

卡莉絲打包好所有裝備。她猜加文會汲色製作另一艘飛掠艇，而非開走一艘船。他向來沒什麼耐心。她再次檢查了裝備，紓緩緊繃情緒。她不喜歡遺漏東西，在不清楚目的地的情況下打包行李，只能盡量輕裝簡行。

當然，加文會走出來說：「出發吧。」隨即離開。縱使發明了把橫越瑟魯利恩海的航程縮短為一天的方法，他還是無法擠出一、兩個小時來打包行李。

她究竟為何又自願執行這項任務？

因為妳除了拯救世界、直搗問題核心之外，沒有其他事好做。

說得也是。

加文來到甲板，卡莉絲再度驚訝地發現所有人都把目光集中在他身上。她想這是因為船上大多是平民，就算上來的是所有人都討厭的加利斯頓克拉索斯城主，他們一樣會轉頭去看。或許他們也會用同樣崇拜的眼光去注視任何稜鏡法王，不過她懷疑。加文的頭銜確實特殊，但她深信就算他只是個艙房服務生，還是有辦法吸引所有人的目光。現在他再度拯救了所有人性命，她甚至對他們竟沒有大聲鼓掌而感到奇怪。

然後，水手開始鼓掌了。

混蛋。

他走出艙門時，兩名黑衛士立刻跟在他身後。一定有人把稜鏡法王露面的消息傳開，因為轉眼間，所有人都擁到甲板上來。船長，一個矮胖結實的魯斯加人，沒有阻止他們或要求水手回去工作。他們爭先恐後地擁出下層船艙，水手、士兵、商人、貴族、難民，全都跑出來爭睹稜鏡法王風采。

過去一週，他都和他們待在同一艘船上，之前也都一起待在加利斯頓。從前在他們眼中，他只是重要人物，現在成了「他們的」重要人物——救星，孤身對抗海惡魔還能占上風，世界上最偉大的人。如果卡莉絲沒有親眼目睹加文差點被吃掉的險狀，搞不好會認爲這一切都是他安排好的。

甲板上擠滿了人——爲了在法色之王接管前讓難民離開加利斯頓，所有船隻都超載——而這些人全都在交頭接耳，講些像是「你看到他了嗎？他有說話嗎？」之類的空洞言語。

加文走向卡莉絲，黑衛士緊跟在後。他們就和她一樣，在人群中戒備。加文說：「女士，妳願意陪我踏上探險旅程嗎？」

有人客客氣氣地問你要不要去做一件你已經運用手段安排好的事時，要怎麼反應？「我……很樂意。」卡莉絲說。

「太好了。」加文的笑容中不帶絲毫諷刺。他的笑容眞的很好看。這個懦夫。他揚起雙手。「我的子民！」他說。他擁有一種指揮官的聲音、演說者的聲音，能不吼叫，大聲又清楚地讓聽眾了解他的意思。「我的子民！我今天要離開各位，不過只是暫別。我去幫各位找尋容身之處。我會先走一步。現在我想請各位不要害怕，要更加堅強。未來的日子將是我們所有人的試煉。有些工作只有你們能夠完成，不過我會盡力幫忙。我把一切交給達納維斯將軍負責。我完全信任他。他會領導大家。」

這些話十分微妙，而他肯定清楚這點。他沒明白說出口的部分在於他是他們的普羅馬可斯——稜鏡法王戰時可以取得的頭銜。普羅馬可斯的頭銜得由整個光譜議會同意賦予，加文曾經在和他弟弟作戰時取得普羅馬可斯頭銜，但不到六個月就被解除。普羅馬可斯就等於是掌有實權的皇帝。

這是成立黑衛士所要防止的眾多情況之一。

話說回來，加文還能和這些人說什麼？告訴他們自己要離開了，而他們得想辦法保護自己？他們一無所有，一切都留在加利斯頓了。

他繼續演說，卡莉絲持續注意群眾。鐵拳教過如何辨識刺客，諸如大量流汗、不安改變站姿，還有任何遮蔽雙手、好像刻意藏起什麼東西的傢伙。對卡莉絲而言，那比較像是一種感覺。刺客會給人格格不入的感覺。沒有在聽演說，因爲不在乎他說什麼。他們唯一在乎的就是自己的任務。

此時，卡莉絲也察覺了兩件事。首先，她覺得自己完全符合那些刺客的特徵。其次，甲板上起碼有五十名黑衛士，更別提那兩百多個會把冒犯他們稜鏡法王的傢伙撕成碎片的狂熱民眾。如果世界上有最不適合進行暗殺的時機，肯定就是現在。

加文汲色製作一道通往海面的階梯，然後又做出一艘黃色外殼的小船，上面有兩副划槳裝置。輪值的黑衛士是阿漢尼和杜爾，兩人看起來不是太高興。他們向卡莉絲行禮，把保護稜鏡法王的任務交接給她。生命、光、目的。

加文走下階梯，上船來到自己的划槳位置。他沒有伸手扶卡莉絲上船，爲此她心存感激，因爲這表示他們並非貴族和仕女。她是他的守護者。*非常感謝你。*

當她來到自己的划槳位置時，她說：「這次不用藍盧克辛了，嗯？」他們上次一起划槳時，她指責他不該用藍盧克辛製作船殼，因爲藍色在海面上就和隱形一樣，會讓她緊張不安。

他嘟噥了一聲。

她不該說這種話的。他顯然是爲了她才特別用黃盧克辛製作小船。上次她抱怨過他的做法，所以這次他採用不同方式。而她竟然完全不領情。幹得好，卡莉絲。

他們啓航離開，一言不發地划槳向西前進。划出半里格後，加文比出停船手勢。

「昨天他們都看到飛掠艇了，不過當時情況混亂。」他說。情況混亂。她想，這也是一種用來形容五萬名驚慌失措的民眾在發現艦隊遭到海惡魔攻擊，隨即看著他們的稜鏡法王施展前所未見法術、單槍匹馬引開惡魔時的感覺。「我不想教所有馭光法師怎麼自行製作那種船。雖然祕密遲早都會洩露，但並不表示必須站在屋頂上詔告天下。」他突然住嘴，似乎發現自己或許不該和她說這些。

「我們要去哪裡？」卡莉絲問。她現在也不想聊那個。

「我和我的子民說，我要去幫他們找尋容身之處。」

「你隨時都在告訴別人一大堆事情。」

加文張嘴欲言，遲疑片刻後舔了舔嘴唇，沒有說出原本想說的話。「妳說得對。重點是，我得安置五萬個難民。如果把他們放在提利亞沿海的小鎮，不但會擾亂當地人的生活，也無法擺脫法色之王。他們沒有防禦能力，就算他不趕盡殺絕，他們也會缺糧餓死。重點在於，就算大多理由都不公平，也不會有人願意幫助一群提利亞人。」

「所以你研擬出詳盡的解決之道？」

「不夠詳盡。還算可以。好吧，我想妳也可以說它詳盡。」他開始製作盧克辛杓和推進桿。「我要把他們安置在先知島。」

他眞的徹底瘋了。「那座島四周都是暗礁。沒人能讓船隻靠岸。」

「我能。」

「那些先知又會怎麼看待此事？」她大聲問道。

「會很驚訝，我想。我還沒告訴他們。」

「喔，太好了。」

「誰知道？」加文說。「他們是先知。或許他們會預見到我的出現。」他的笑容在她不認同的表情下逐漸消失。他交給她一根推進桿，他們開始前進。

上次兩人一起駕船時，他們手牽著手，卡莉絲捏出節奏，兩人同時施法。這次他甚至沒伸手。很好，這樣她就不用拒絕他了。

無論如何，他們都找到了節奏，開始橫越大海。不到半個小時，先知島的高山已經映入眼簾。但實際距離比看起來遠，又過了幾個小時他們才抵達附近。在這個距離下，提利亞呈現紫色的卡索斯山脈隱約可見。但加文並沒有直接駛入，而是轉向先知島南方，保持在島嶼跟提利亞中間。

接著，加文轉北航向一大片海灣。這個新月形淺灣，大到足以容納整個艦隊，不過，卡莉絲判斷，這麼大的海灣恐怕無法在幾個月後的冬季風暴中為艦隊提供保護。

沒有人知道島上是否有聚落。數百年前，盧西唐尼爾斯將它賜給先知，到目前都是忌諱、禁區、聖地。當然，島外暗礁環伺，足以摧毀所有比獨木舟或小船還要大的船艦，即使是小船，也要在漲潮時才能通過。隨著他們逐漸接近，跟珊瑚礁相距不過一掌之遙，卡莉絲在未開發的海岸上看見一座巨型碼頭，綻放著金光——一座以固態黃盧克辛製成的碼頭。正當她想問加文「是他製造的嗎？」「過去幾天他就是跑來這裡嗎？」時，她看見了別的東西。

約莫兩百名手持武器的男女，散立在海灘上。

「加文，這些人看起來很生氣。」

加文饒富興味地揚起眉毛。「等一下他們會更生氣。」接著從容地將船停在人群前。

# 第九章

「指揮官，我可以和你談談嗎？」基普問。

加文和卡莉絲離開後，鐵拳指揮官和黑衛士接管了艦隊中最快的三桅帆船，帶著基普一起航向克朗梅利亞。

剛開始幾天，所有人都在忙，黑衛士在水手的指導下學習航海技巧。鐵拳不希望黑衛士無所事事，既然有機會學習新技術，他們都全心投入。起初水手們還頗有怨言，不過在見識到黑衛士的學習速度之後就釋懷了。

鐵拳安排沒有執勤的人在小船上輪班進行打鬥和戰技訓練。基普在旁觀摩，盡量不妨礙。他花了幾天時間終於弄清楚指揮官什麼時候會有空理他。

指揮官看向基普，點了點頭，走回船長之前和他分享工作經驗的艙房。

基普原本已經鼓起勇氣，但是當他們走進小房間、在一張小桌子旁坐下時，他發現自己的勇氣都洩光了。「先生，我……加利斯頓之役期間，我——好吧，有些場景感覺好不真實，彷彿我記得一些現實中不可能發生過的事，你知道我做了——但是我並沒有……」基普覺得自己很蠢，口齒不清。他伸展了一下包著繃帶的手掌。好痛。「我殺了國王——總督——隨便。殺他的時候，達納維斯大師——我是說，達納維斯將軍——對著我大叫，說我搞砸了一切。我並不是故意抗命，我只是沒有——我不知道，說不定我真的是故意的。」他怎麼說都怪怪的。他覺得自己彷彿在艙房裡團團亂轉。殺了人，而他竟然有點喜歡那種感覺，就像一拳打爛不把他當一回事的人的臉一樣。不過，他真的把別人的臉打爛，而他每次想起這件事，就覺得痛苦。但是這種話很難啓齒。「我還是不懂我搞砸了什麼、會導致什麼後果。你能告訴我嗎？」

鐵拳指揮官深吸了口氣。似乎詳細地考慮著。「手。」他說。

基普伸出右手，不知道指揮官想幹什麼。

鐵拳指揮官冷冷地看著他。

「喔！」基普伸出左手，指揮官幫他解開繃帶，說：「我第一次殺人是在十四歲。我母親是阿格巴魯的『德亞』——該地區的行政首長——而她密謀篡位帕里亞總督，不過當時我並不知情。有一天，我路過她的房間，聽見她正在大叫。當時離我第一次汲色才兩個禮拜。我跑進房內，看見了刺客。是個矮個子，有令人鄙視的蓋圖族特徵，牙齒上布滿嚼卡特的污垢，手中克里斯波浪狀的刀鋒上抹有毒藥。我還記得當時心想，只有即時汲色才能阻止他。但是我沒辦法像兩個禮拜前那樣順利汲色。他刺死了我母親，然後趁我難以置信地站在原地時，從剛剛爬進來的窗口跳出，試圖從屋頂上逃脫。我追上去，徒手痛毆他，然後把他丟下屋頂。」

基普吞了口口水。鐵拳手無寸鐵，追逐刺客，穿越屋頂，殺了手持毒刃的男人——而當時他才十四歲？

鐵拳暫停說話，檢視基普燒傷的手。他將醫生開的藥膏塗在基普受傷的皮膚上。基普嘶了一聲，渾身肌肉緊繃，忍著不叫出聲。

「你必須伸展手指。」鐵拳說。「整天，每天，不然你的手指很快就會縮成爪子。傷疤讓你的手掌和指頭黏合，到時候一動就會撕裂皮膚。現在小痛，總比以後大痛來得好。」

這樣算是小痛？

鐵拳指揮官一邊爲他包紮新繃帶，一邊繼續剛剛的故事。「重點不在於我有多剽悍，而是我犯了錯。我母親學過達瓦特，我們部族的武術。雖然不精通，但以平民而言算是很厲害了。如果我沒有跑進房間，她就不用擔心我，專心抵擋對方，撐到護衛趕來。而追到刺客之後，我也不該殺了他。他們本來可以查出刺客是誰派來的。」

「但你只是個孩子。」基普說。手掌已再度被包紮到無法動彈，就像是在寒冷的早晨爬回溫暖的被窩一樣。

「你也是。」鐵拳指揮官說。基普想要爭辯，但鐵拳指揮官還沒說完。「就算你不是小孩，成年人也可能在戰場上犯下更嚴重的錯誤。如果我們天生就能在戰場上做出正確決定，就根本不用訓練了。」

「我有害死人嗎？我殺了個國王，但還是不知道究竟算不算好事。」他克制不了內心的痛苦，眼中泛出淚水。他偏開目光，咬緊牙關，眨眼。*愚蠢。克制你自己。*

「我不知道。」鐵拳指揮官說。「但是法色之王是刻意讓加拉杜王暴露在敵人面前，要他死在敵人手上。或許已經計畫多時。顯然，與其生擒他，殺了加拉杜王對法色之王更有利。達納維斯非常擅長克敵致勝，一下子就了解當時狀況。但大多數人不會發現，何況是從未上過戰場的十五歲男孩。」

「但我無視他的命令。我太想殺加拉杜王了，誰的話都聽不進去。任何話都聽不進去。」基普夾爛了國王腦袋。他還記得那顆頭顱碎裂、腦漿迸出、鮮血噴灑的感覺。

「你當時完全受到法色影響，基普。你犯錯了。或許你導致了一場規模更大的戰爭。或許。或許將軍弄錯了。或許加拉杜王會比法色之王更殘暴。我們不知道。無從得知。事情已經發生了。下次改進。這就是我的做法。」

這就是你接受訓練的原因。

「你後來有查出是誰派他來的嗎？」基普問。

「刺客？我妹妹認爲她查出來了。我們去船上廚房吧，雖然對我們兩個來說都不夠吃，但晚餐的時間到了。」

「她有報仇嗎？」基普問。

「可以說有。」

「她怎麼處置幕後主使人？」

「嫁給他。」

# 第十章

## ——砲手——

叩。超紫色和藍色。當拇指接觸時，感覺像是有人吹熄了蠟燭，四周變得一片漆黑，眼睛失去作用。片刻後，太陽出來了，隨著海浪起伏，光線在他身上忽明忽滅、上下擺動。渾身動彈不得地看著眼前景象改變，讓他感到噁心想吐。

叩。突然出現的綠色解決了這個問題，觸覺恢復了。他開始游泳。強壯的身軀，結實的筋骨，上身赤裸。海水很溫暖，到處都是船骸。

叩。黃色。聽覺恢復了，聽到水手大聲呼喚彼此，還有人發出痛苦和恐懼的叫聲。不僅如此，黃色還代表了人和地點的邏輯。可是這種黃色不太對勁。難以置信。稜鏡法王憑空出現。閃開所有他發出的砲彈，即使砲手開始雙管齊射也一樣。稜鏡法王那艘小船的速度快到令人咂舌。瑟莉絲會把氣出在他身上。可惡的加文·蓋爾。

但這個心靈跳來跳去。有點不對——

叩。橘色。海味混雜著火藥擊發的味道，他可以感應到其他人漂在海上，而水裡及四周——喔，看在地獄的份上。鯊魚。很多鯊魚。

他的手指已經開始下沉。叩。紅和次紅，嘴裡的血腥味，實在太——

對付鯊魚的重點在於鼻子，和對付人沒有多大不同。打爛惡霸的鼻子，對方就會立刻轉移目標。

簡單，對吧？簡單。

砲手可不是坐以待斃的美食。大海就是我的明鏡。和我一樣變幻無常。和我一樣瘋狂。深海洋流中，怪物自海中擁出。別人口中的浪花，在我眼中就是她在對我吐口水，友善的口水。和這群海盜不同，我會游泳。我只是不喜歡游泳。瑟莉絲和我喜歡在一段距離外仰慕彼此。

她一定是在醞釀什麼凶猛的玩笑。

她派來追我的鯊魚是虎鯊。高強的狩獵者。速度很快。就像愛聞胯下的獵犬一樣好奇。像飢餓的食蓮者一樣瘋狂。通常虎鯊身體比一般人的身高長上兩倍。但大海在向我致敬，她理應如此。追我的虎鯊比較大隻。看起來比我的身高還長三倍。當然，在海裡很難分辨。我不喜歡誇大其詞。討厭喜歡誇大其詞的人。非常討厭。

我是砲手，我有話直說。

寶石藍色的海面上到處都是砲彈碎片、木桶和船骸，但是那隻虎鯊還會回來。一切都取決於她有多固執，我要幾分鐘才能游到體積夠大的——

「喔，瑟莉絲！」我在腦中靈光一現時叫道。「我知道妳為什麼生氣了！」知道這件事的人不多，不過瑟魯利恩海的名字來自瑟莉絲，而不是因為海水顏色。克朗梅利亞那些傻瓜以為全世界都圍著他們和他們的顏色轉動。

虎鯊圍著我轉圈，背鰭在遼闊海面上劃出美麗的弧線。我位於船骸外緣，因為看見火勢正朝向火藥庫蔓延，第一個跳海。但是位於船骸外緣，就表示鯊魚不用繞過船骸和其他食物，就能吃到我。

「瑟莉絲！等等，瑟莉絲。不要這樣！」

我不停轉身，讓臉正對虎鯊。鯊魚都是懦夫——牠們喜歡從後面拖你下去。這些體型巨大的渾蛋，貌似溫和地漂在海上，如同翱翔的禿鷹，讓你以爲牠們笨重緩慢，但展開攻擊時，動作卻快到能讓人尿濕褲子。楔型大頭繞到更接近處，轉向。然後……就是現在！

砲手是預測時機的大師，沒有人比他更高明。因爲當你人站在搖晃顛簸的甲板上手持火繩杆、引信冒煙、硝石和鹼液如同愛人的呼吸般噴灑在你臉上、武裝快艇自側面逼近，如果這一發鎖鏈彈不能打斷對方船桅，你的船就會被擊沉，然後在甲板上所有對你懷恨在心又飢渴難耐的人搞完你，再把你去勢賣去當船奴時，你就非得擅長預測時機不可。

我出腳，以打一輩子赤腳練出來的硬皮腳掌，踢向鯊魚鼻子。我在看見虎鯊雙眼上方的乳白薄膜時，被衝擊力道撞出水面。

鯊魚渾身發抖，動彈不得。敏感的鼻子，我父親告訴過我。看來他說得沒錯。

砲手可不是坐以待斃的美食。

「瑟莉絲！妳以爲這是我幹的嗎？不是我！是稜鏡法王！加文．蓋爾！那個可惡的小鬼炸爛了我的船，不是我。去找他，妳這蠢貨！」瑟莉絲很討厭被炸毀的船艦弄髒臉，而我曾不只一次或三次幹過這種事。

鯊魚恢復了行動能力，迅速游開。一時間，我以爲自己安全、以爲瑟莉絲願意講理了。接著，鯊魚轉向，開始往回游。

這是私人恩怨。是瑟莉絲親自出手。她習慣用難以抵抗的蠻力摧毀忤逆自己的人。

「瑟莉絲！不要這樣！」

我身上還有一把手槍。火槍在和稜鏡法王及黑衛士作戰時爆炸了——實在是太氣人了，不可能，我一輩子都沒重複裝塡過火藥。但那可以晚點再去煩惱。雖然落海了，手槍或許還能用。我花了很多年研發不怕瑟莉絲口水的手槍。不過，沒有一把槍在完全泡水後還能擊發，而且向海裡射擊本來就是很愚蠢的行爲。瑟莉絲用海皮來保護她的皮膚。於是我拔出刀刃足足有三掌長的匕首。

「可惡，瑟莉絲。我說過我很抱歉！」海惡魔是瑟莉絲的兒子。很多年前，我殺過一頭。她至今尚未原諒我。除非我獻給她一樣非常特別的東西，不然她絕不會原諒我。

虎鯊筆直游來。沒有任何策略，而我已經看穿她的攻擊時機。

她展開攻擊，我的腳跟再度踢中她柔軟的鼻子。這一次，我用膝蓋吸收了一些衝擊力，依然結結實實地踢了這怪獸一腳，不過沒被撞出水面。我刺向怪獸眼睛，沒中，匕首插入鰓裡。我拔出匕首，如同砲口噴出的火焰般拖出一道鮮血。

這是致命傷，但不會立刻死亡。可惡。我本來想盡快殺死牠。

傷口在陽光照耀下染紅了海水，虎鯊轉向游開。我拚命游泳，彷彿有個火大的女神在後面追趕。我在幾條小虎鯊趕到時游到救生艇上。牠們的身長比瑟莉絲的地獄犬短一點，表皮的斑紋較爲明顯。

救生艇沒壞眞是奇蹟——美中不足的是船上沒有船槳。我站起身來，雙腳分開，看見還有其他人朝救生艇游過來。第一個是嘴裡剩下不到六顆牙的帕里亞人。他叫作騙徒，名副其實的綽號。

這天殺的鐽子頭兩隻骯髒的爪子裡握有兩把船槳。他一副不太高興看到我已經在救生艇上的模樣。

「你渾身都濕透了。」我說。我沒有船槳，不過也不用再和鯊魚游泳了。而鯊魚不會吃船槳。

「大副。」騙徒說。「你是船長。我們需要一些船員。接受我的條件，不然拉倒。光靠風和浪不太可能讓你漂到岸上。」

他腦筋動得很快。我向來討厭騙徒這點。他是危險人物。儘管如此，他究竟能是多厲害的騙徒？

眞正的騙徒不會被冠上「騙徒」這種綽號。

「那就把槳給我，大副，好讓我拉你起來。」我說。

「去死。」

「這是命令。」砲手說。

「去死。」騙徒大聲說道，毫不在乎虎鯊。

我放棄了。我從不放棄。

騙徒堅持要在我拉他上救生艇時抓住船槳——這樣很好。這樣讓他騰不出手來，而我則一刀插入他的背，把他釘死在船緣。

當其他人在水中驚訝地看著這幕突如其來的背叛時，我從騙徒手中撬起船槳。他已經死了，雙手還在抽動，扣得很緊。我得用槍柄敲開他的手，讓船槳掉落在救生艇上。

儘管救生艇如同軟木塞般在海中搖擺，我依然穩穩地站在船上。我握著手槍，漫不經心地朝剛剛目睹我殺了騙徒的無助船員們說話。

「我是砲手！」我叫道，不過比較像是在對瑟莉絲說話，而不是那些船員。「我完成過總督和稜鏡法王都無法辦到的事。我就是噴火號上的傳奇砲手。我是海惡魔殺手！鯊魚殺手！海盜！惡棍！現在，我是船長。砲手船長要找船員。」我說，終於轉向不停游泳、擔心害怕地被鯊魚包圍的船員。我拔出插在船緣上的匕首，騙徒的屍體落入飢渴的海中。「只收願意聽從命令的人！」

# 第十一章

「希望你有好好休息，小蓋爾。」矮小結實、名叫錦繡的女黑衛士說。她和他一起走在黑衛士隊伍的後段。他們的船今早抵達大傑斯伯，而黑衛士最先下船。「今天對你來說會是漫長的一天。」

休息？基普一直在想辦法隱藏他的祕密，傳家寶，他母親給過他最後也是唯一的禮物。沒人知道他身上有支珠光寶氣的白色大匕首，還有優雅華麗的大匕首盒。他當然可以把匕首放入盒裡，不過他腦袋裡某個偏執的部位十分肯定任何看見這個盒子的人，第一句話就會問他可不可以打開來看看。

他怎麼能夠拒絕呢？

所以他在夜深人靜時，摸黑坐在自己的床鋪上，努力不去吵醒隔壁床位的黑衛士。他找了些細繩，把匕首綁在背上。由於手上纏了繃帶，他足足花了十分鐘才綁好。刀尖向下抵在臀部，藏在衣服裡，用腰帶固定。

這不是多好的解決方案，卻是他所能想出來最好的。折騰一夜之後，他現在正要來個漫長的一天。儘管如此，他還是對錦繡強顏歡笑。她人很好，雖然有個常常斷掉的鷹勾鼻，而且還缺門牙。她和海堤一樣矮小結實。

他們是最後加入隊伍的，排好隊後，黑衛士就開始小跑步前進。

基普以爲第二次看見克朗梅利亞不會像之前那麼震撼。他錯了。就連整個被城市覆蓋的大傑斯伯島都還是讓他讚嘆不已。這座城市裡全都是擁有七彩圓頂的白色方形建築。每個路口都有座高塔，塔頂掛著一面擦拭乾淨、配備機關的鏡子，能將陽光，甚至是月光傳導到城內任何區域。人們稱之爲千星鏡。街道都是經過精密計算的直線，盡可能不阻隔光線。

錦繡看他在打量建築物，說道：「他們總是說大傑斯伯沒有黑暗。」她露出沒有門牙的笑容。「但並不是真的沒有，不過和世界上其他地方相比，這裡的黑暗少多了。」

基普點頭，省下力氣應付跑步。光是剛剛那樣回頭看她一眼，他就差點撞上一個身穿黑袍的盧克教士。

街上擠了上千名群眾——但今天並非市集日或任何特殊聖日，只是大傑斯伯平日景況。這些人來自七總督轄地，從血林深處的紅髮野人，到身穿羊毛緊身黑衣的伊利塔人、戴稻草帽遮陽的白皮膚魯斯加人，一直到在層層絲綢與耳環下無法分辨男女的阿伯恩人。

然而，不管來自何處，街上的人都有一個共通點：看到跟基普一起小跑步前進的黑衛士時，臉上都出現敬畏之情。人們讓道給他們通過，而黑衛士也理所當然地接受。

一開始，基普試著不讓自己在這群肌肉結實的黑衛士中顯得格格不入，但沒過多久，他就只能努力跟上隊伍。

「別擔心。」錦繡說。令人生氣的是，儘管肩膀的寬度幾乎和身高一樣，她還是跑得臉不紅、氣不喘。「如果你跟不上，我們奉命揹你。」

揹我？光是想到那個羞辱的畫面，就足以驅使基普繼續奔跑。再說，如果讓他們揹，匕首就會露餡了。

他們終於通過百合莖——大小傑斯伯之間那座藍色和黃色盧克辛合成的透明橋。當黑衛士抵達六座外塔中間的大庭院時，鐵拳下達了一個基普沒看見的命令，部隊隨即朝六個不同方向散開。基普彎下腰，雙掌抵住膝蓋，努力順暢呼吸。他縮了一下，壓下一句髒話，然後不再以左手支撐身體的重量。

「隱藏的武器只有在隨手可以拔出來時才能派上用場。」錦繡說。

基普立刻站直。當然。彎腰會讓衣服露出匕首輪廓，而基於工作關係，世界上最擅長看出隱藏武器的人就是黑衛士。

太棒了，基普。了不起。你連把匕首藏在身上一個小時都辦不到。

不過她沒再說什麼。

基普看向離去的黑衛士。鐵拳也已經走了。「呃，我現在要幹嘛？」他問錦繡。

「我會帶你去新房間，然後帶你去上課。」

基普心裡一沉。一間所有學生彼此認識的教室，而大家都會在他進教室時盯著他看。他會在老師講解某個他不清楚的主題時突然加入，然後看起來很蠢。他吞了口口水。

我見過海惡魔、面對過狂法師、上過戰場、還殺了……而我竟然在擔心變成新學生。基普做了個鬼臉，不過並沒有讓他好過一點。

他跟著錦繡進入中央塔，搭乘配重升降梯上樓。「有人帶你熟悉過環境嗎？」

「上次指揮官直接帶我去打穀機室。算是沒有。」

「眞可惜，我們今天也沒時間。我喜歡看新人呆頭呆腦的模樣。」她咧嘴而笑，不過是友善的笑容。「簡單來說，每座塔裡都有提供給他們本色的馭光法師居住的住所，還有大部分訓練設施，不過大家分享軍營、辦公室、儲藏室，還有圖書館。每座塔底層都有特殊用途：藍塔是精鍊廠和玻璃熔爐，綠塔是花園和獸欄，紅塔是娛樂園和溫室，黃塔是醫務所和懲戒區，次紅塔是廚房和牲畜場，稜鏡法王塔則是大殿堂。記住了嗎？」

他希望她是在開玩笑。他在踏出不算太高的冷清樓層時，不太肯定地笑了笑。她帶他走過走廊，來到一座營房。「找個空床。」她說。

營房裡空無一人，沿著牆壁擺了兩排空床。每張床的床腳都有個放置私人物品的箱子。

「請告訴我睡床是否有一定的尊卑順序。」

「睡哪張床沒有一定的尊卑順序。」她語氣平淡地說。

「妳在撒謊？」他問。

「對。」

「這裡最爛的床位是哪張？」

「後面，距離門口最遠的床。」

他走向最後那張床，接著想起一件事。他停步。「我其實沒什麼行李。」他只有一件斗篷、一個華麗的匕首盒，還有那支匕首。

錦繡清清喉嚨。

「幹嘛？」

「你不能帶武器進教室。」

喔，糟了。

「我們還要去裁縫那裡，幫你弄套克朗梅利亞制服。」

他該怎麼做？把如此貴重的匕首留在營房裡？錦繡只知道他身懷匕首。他們剛離開戰場，所以攜帶匕首並沒有什麼大不了。但如果讓她看見那支匕首，肯定會呈報上去。他不能讓她對匕首感興趣。

「我要，呃，我得脫下上衣才能取下匕首。妳，呃，能不能轉過去？」基普問。

她轉過身去，沒有發出任何笑聲。

基普迅速走到自己的床位，脫下上衣，解開匕首。他穿回上衣，難看地摺起斗篷。他打開箱子，裡面有條摺好的薄毯。基普把斗篷和匕首盒放進箱子，然後把箱子放回床腳。

「好了沒？」錦繡問。

「呃，還沒，再一下下。」

基普東張西望。營房裡約莫有六十張床鋪。沒人睡的床——基普附近的床——都沒鋪床單，置物箱也塞在床底。有人睡的床都鋪好床單，箱子放在床腳。

這裡沒有可以藏東西的地方，沒有任何隱私。

基普把匕首塞在床墊底下，迅速鋪好床，試圖壓平皺褶，讓它不要隆起得太明顯。接著他朝錦繡走去。

「提醒你一下，」錦繡說。「藏在床墊底下的東西最容易失竊。惡霸和小偷總是先找那裡。」

我實在太不擅長這種事情了！我應該告訴我父親匕首的事。就算他拿走匕首，總也好過讓個十六歲的白痴偷走。可惡，老媽，妳就不能給我個小墜飾就好了嗎？

基普回到他的床位，拿出匕首，然後環顧四周。他走出五排床鋪，來到一張沒人睡的床前，打開那張床下的箱子，然後把匕首塞在毯子底下。聊勝於無。他將箱子塞回床下，扮了個鬼臉。

「好極了。」他說。「接下來呢？」

接下來是去找裁縫，基普得脫衣量身。裁縫都是女人，其中一個相貌迷人的爲他量身，當她在只穿內褲的他面前蹲下時，他直接面對著她的乳溝。之後半個小時，他都忙著看天花板和祈禱。當基普終於要離開，感謝歐霍蘭沒讓他的身體出現任何不恰當的反應時，另一個女人清清喉嚨，拿了一條乾淨的內褲給他。「你偶爾也要洗洗內褲，」她意有所指地說。「還有腋下。」

他差點羞愧至死。

他們強迫他去擦澡——他很不高興地遣走幫他擦澡的奴隸——然後換上新的白短衫、白褲子，還有新內褲，一名高塔奴隸把他的衣服拿回營房。接著他們去找某個官方人員註冊，要基普在一大堆表格上簽名，然後錦繡帶他去餐廳很快吃了一頓不算豐盛的午餐，又向他介紹每層樓的廁所在哪裡。

接著，她帶他去上第一堂課。「我可以跟你進去，也可以在外面等。你決定。」她說。

「在外面等。拜託，在外面。」有個私人保鏢跟著眞的很難爲情。他看著教室裡面，試圖掩飾緊張，其他學生路過他身邊。他的肚子還是餓，好想吃個派。「有沒有什麼，呃，我該知道的事情？」

「沒有人期待你會知道任何事。」

啊，那我或許會超乎某些人的期待。

# 第十二章

「每次汲色，你都是在加速自己的死亡。」卡達老師說。她還沒到中年，但已經給人乾癟瘦削的感覺，微微有點駝背，頭髮好幾個禮拜沒有梳理，綠眼鏡用金鎖鏈掛在脖子上，手裡拿著一條細細的綠盧克辛教鞭。「你死不要緊，讓你的總督損失一個昂貴的工具就很要緊。你死不要緊，讓你的同僚損失生存必需的戰力就很要緊。我們這些馭光法師都是奴隸。歐霍蘭的奴隸、光明的奴隸、稜鏡法王的奴隸、總督的奴隸、城市的奴隸。」

眞是樂觀的傢伙。基普努力嘗試不要顯露任何表情地度過在克朗梅利亞的第一堂課。

「先騙人，再說教。」基普身後的男孩說。

「什麼？」基普問。他回頭去看。那個男孩有點奇怪，因爲他濃密的眉毛下戴著一副深紅粗框的透明眼鏡。鏡片讓他的一隻眼睛看起來比另外一隻大。不過比那張魯斯加人的面孔——淡棕色鬈髮、小鼻子、褐皮膚、棕眼睛——更令人好奇的是那副眼鏡上的機械設計。兩片有色鏡片，一黃一藍，架在鉸鍊上方，隨時可以卡在透明鏡片前。

發覺基普在看他的眼鏡，男孩笑道：「我親手設計的。」

「好厲害。我從來沒有——」

有東西打在基普桌子上，發出類似火槍擊發的聲響。基普差點嚇得跳了起來。他看著老師手上的綠盧克辛教鞭。教鞭貼著桌面，和他的手指距離一個拇指寬。

「蓋爾少爺。」她說。

她刻意讓這句話迴盪在教室中，向所有還不知道他身分的人宣告他確實就是蓋爾家的人。接著，她又證實了她完全不在乎他的身分。

「你以為你比其他同學厲害嗎，蓋爾少爺？」

基普很想頂嘴，但他被命令得在課堂上好好表現，若被踢出教室，就很難達成這個任務。「不，老師。」他說。他覺得自己說得很誠懇。

她身材並不魁梧，既不高也不壯，但給基普一種聳立在座位前的感覺。他在座位允許的情況下盡量靠向外側。「我們取得共識了嗎，年輕人？」她問。

由於她沒有眞的出言威脅，這樣講其實有點奇怪，不過她也不需要出言威脅。「是的，老師。」基普說。

「同學們，我敢說你們都已經注意到你們的新同學。」她說這話時的語氣，聽不太出來是不是在指基普肥胖。有些學生輕聲竊笑。「他名叫基特．蓋爾——」

「基普，」基普插嘴。「不是什麼木桶玩具，是胖呆男孩。」他話才說到一半，就知道自己不該這麼說。

「啊。謝謝你。我都忘了提利亞那個窮鄉僻壤對文字的定義不太一樣。手伸出來，基普。」

他伸出手，不太確定為什麼要這麼做，直到她的綠教鞭打在他的指節上。

他倒抽了一口涼氣。

「老師說話時不要插嘴，基普。就算你是蓋爾家的人也一樣。」

他低頭看向自己的指節，滿心以為已經被打得血肉模糊。沒有。她很擅長拿捏用教鞭打人的力道。至少打的是他右手的指節。如果是燒傷的左手，就不會這麼好受了。

卡達老師轉身走回教室前方，喃喃自語：「基普，好爛的名字。不過一個不識字的妓女能給私生子取什麼好名字？」

這是個陷阱。基普知道這是陷阱。它直接就在他的腳下張開大口。她恨你，這是她設計好的，基普。不要頂嘴，基普。

他舉手。這是他的腦子所能對他那張嘴做出的最大讓步。

她沒有點他起來。他持續舉著左手。手掌包著白繃帶，絕不可能沒看到。要不是舉手顯然為了忤逆老師，它或許看起來像是投降用的白旗。

「大家都該記得昨天上課的內容，汲色就是把光線化為實體物質的過程，也就是盧克辛。」她看見基普依然舉著手，嘴角緊閉片刻，不過當作沒看到。「不同顏色的光可以轉換成不同顏色的盧克辛，每種盧克辛都有各自的味道、重量、硬度、強度。」

歐霍蘭的鬍子啊，上這個？他們的進度才到這裡？這是在浪費——

「基普，我們是在浪費你的時間嗎？」她語氣尖銳地問。「你很不耐煩嗎？」

陷阱，基普。不要這樣，基普。

「不，我的眼神向來就這麼呆滯。遺傳自隨時都在抽海斯菸的老媽。」

她揚起眉毛。

「我有個毛病，」基普說。住嘴，基普。住嘴。「妳看，我不光是胖而已，我還很遲鈍——妳知道，頭腦遲鈍——所以當我被某個話題吸引之後，除非所有問題都得到答案，不然沒辦法繼續下一個話題。或許我還沒趕上這個班級的進度。或許我該去別的班級上課。」

「我懂了。」她說。他知道她不會讓他轉到其他班級，他甚至不知道還有沒有其他班級。「好吧，蓋爾少爺，這裡是初級班，不管學生有多遲鈍，我們都不會放棄，而很顯然，你眞的有話想說，是不是？」

「是的，老師。」他討厭她。他根本不認識她，而他已經想把那張醜臉打進腦袋裡。

她微笑。非常不懷好意的笑容。小女人，樂於在她的小王國裡當女王，覺得欺負一整班的小孩是很光榮的事。「那我就跟你談個條件，基普：你想說什麼就說，但如果我覺得不恰當，就再打你的指節一下。好好看著，同學們，這是很好的實務教學。和汲色很像——任何事都要付出代價，而你必須決定願不願意付。所以呢，基普？」

「妳說我媽是文盲，那就像我說妳是個善良的好人一樣。」基普的心臟脹大，幾乎卡住他的喉嚨。「我媽把靈魂賣給海斯菸。她說謊、欺騙、偷竊，我想她甚至出賣過幾次肉體，但她並不是文盲。如果妳打算毀謗我媽來讓我看起來可悲，有很多眞實的題材可以說。但文盲並非其中之一。」妳這個婊子。

全班同學都瞪大雙眼看著基普。他不知道自己剛澄清了一堆傳言，還是散布了一堆謠言。或許兩者皆有，但他保持語氣平穩，也沒有罵老師騙子或其他更難聽的字眼。這勉強算得上是勝利。勉強。

「你說完了嗎？」老師問。

現在該爲勝利付出代價了。「說完了。」基普說。

他把手掌放在桌上給她打——他的左手，纏繃帶的手。

*愚蠢，基普。你只是在挑釁。這是你自找的。*

啪！基普在教鞭用足以震動桌面的力道打在桌上時跳了起來——離他的手掌只有兩個拇指遠。

「同學們，有時候不管在汲色還是在生活中，你都不用爲了行爲不檢付出代價。」卡達老師說。

「特別當你是蓋爾家的人時。基普，我不喜歡你的態度。」她說。「去走廊罰站。」

基普站起身來，走到走廊，二十道目光眼睜睜地看著他出去。他的同班同學來自七個總督轄地——黑皮膚的帕里亞人，女生不綁頭髮，男生頭戴高特拉；橄欖膚色的阿塔西人，有著亮藍色雙眼；還有很多魯斯加人，小鼻子，薄嘴唇，膚色較淡，其中一個堪稱白皙。基普是唯一的提利亞人，雖然他看起來血緣複雜——他有帕里亞人的小鬈髮，卻沒有那種纖瘦流線的身材，如同阿塔西人的藍眼睛，但膚色比他們的橄欖色要深一點，鼻子也沒有那麼明顯。他身上甚至有些血林人特有的雀斑。

「他們會因爲我而討厭你。」他父親告訴過他。接著露出蓋爾家特有的迷人笑容。「不過別擔心，他們遲早都會因爲你而討厭你。」

今天是他第一天上課，所以基普認爲這次是因爲加文・蓋爾。

來到走廊上時，錦繡已經走了。基普猜想大概是因爲黑衛士要輪班執勤的關係。她大概以爲他有辦法安安穩穩地上完一堂課。

哎呀。

來吧，他坐在走廊上自艾自憐地想道。全世界最有權勢的男人公開承認你是他的私生子。他多次拯救你的性命，給你選擇的機會。你本來可以匿名進入克朗梅利亞學習的。這是你自己的選擇。

不過基普原先以爲自己在這裡起碼有一個朋友。麗芙本來在這裡——一直到加利斯頓的事情發生。她對他很好，雖然只把他當作小弟弟看待。但現在她不在了，投入法色之王的陣營，選擇相信自我安慰的謊言。基普討厭她這麼做，鄙視她選擇容易脫身的做法——但更重要的是，他想她。

他坐在門旁，試著偷聽卡達老師上課，試著讓自己去想魔法，而不要想別的事。老師在講綠盧克辛的特質？他考慮在走廊上製造一些綠盧克辛出來。不過這肯定是個壞主意。綠色會誘發野性，讓人藐視權威。現在不是這麼做的好時機。不過他還是笑嘻嘻地考慮著這個想法。

「你是基普嗎？」一個聲音將基普自幻想中拉回現實。說話的是個身材瘦小、沒留鬍子、膚色很深的帕里亞人，頭上裹著白頭巾，身穿上好棉料製成的奴隸袍。

「呃，是。」基普站起身來，突然冒出的恐懼讓他知道這個奴隸是誰派來的。

對方打量了他很長一段時間，顯然是在評判他，不過沒在臉上顯露出任何決定。加文告訴過基普，安德洛斯・蓋爾的首席奴隸兼左右手名叫葛林伍迪。葛林伍迪說：「蓋爾盧克法王召見你。」

蓋爾盧克法王，也就是安德洛斯・蓋爾，全世界最有錢的男人之一，在魯斯加、血林、帕里亞各地都有置產。在名為光譜議會的統治議會裡，他是紅法王。他是兩個稜鏡法王的父親，加文及差點摧毀世界的叛徒達山。基普認為安德洛斯・蓋爾就是加文・蓋爾在世界上唯一害怕的人。

爺爺。

基普是私生子，是家族榮耀的污點。菲莉雅・蓋爾，基普的奶奶，唯一能夠遏阻安德洛斯・蓋爾的專制獨裁的人，已經過世了。

但是在基普一頭栽入那個難題前，他還有另一個問題得解決。這個時候離開走廊肯定會讓卡達老師有更多理由討厭自己，但是他又不能做出讓安德洛斯・蓋爾等他這種不恭敬的行為。

「呃，你可以告訴老師說他召見我嗎？」基普問。

葛林伍迪面無表情地看著他。

基普覺得很蠢。好像他不能跨出一步，探頭出去，說：「我爺爺找我。」他張口想要解釋，接著想起加文的命令：*記住你是誰*。

他本來要道歉，或拜託對方，但他阻止了自己。

再度打量基普片刻之後，葛林伍迪勉強同意。他敲敲教室門，走入教室。「蓋爾盧克法王召見基普。」

他沒有給卡達老師回應的機會，不過基普願意用自己的左眼換取一睹她臉上表情的機會。葛林伍迪是奴隸，不過是經由全世界最有權勢的人授權辦事的奴隸。不管老師說什麼都無關緊要。葛林伍迪是記得自己是誰的男人。

眞正的問題在於，基普是誰？葛林伍迪用名字稱呼他，而不是說：「蓋爾盧克法王召見他的孫子。」

加文是怎麼說的？是「只要你沒被他嚇到尿褲子，就算我們贏了」嗎？

基普清清喉嚨。「呃，你介意我們先去廁所一趟嗎？」

# 第十三章

加文帶著微笑走下飛掠艇，踏上先知島。卡莉絲拔出阿塔干劍，手槍槍口則指向最接近他們的男人。

這些人如同暴民般圍住他們，手裡拿著長劍、火槍和充當臨時長矛的東西。他們沒有多少共通點——來自七總督轄地各處，膚色深淺不一，有的乾淨、有的骯髒，有穿絲綢的、有穿羊毛的。其中幾個人的額頭上用煤塊畫上了第三隻眼，有人畫得細緻，有的則畫得歪七扭八。

這些男女的共通點只有一個——他們十分熱中宗教，願意搭乘小型舷架獨木舟，穿越暗礁跑來這裡，而且他們全都是馭光法師。

一個女人走出人群。她身材嬌小，只高出加文的腰際一點，手短腳短，但身體與正常女人無異。她額頭上紋了一隻發光的眼睛。

「你不能在這裡汲色。」她說。

「這個由我決定。」加文說。

她看來並沒有惱火，只是微笑說道：「和預言裡說的一樣。」

先知。太棒了。「預言說我會這麼說？」加文問。

「不，預言說你是個渾蛋。」

加文大笑：「我想我會喜歡這個地方。」

「你跟我們來。」她說。

「當然。」加文說。

「這不是請求。」

「妳就是。」加文說。「當妳無權強迫我順從時，基本上就是在請求。妳叫什麼名字？」

「凱莉雅。我如果累了，你就揹我。」凱莉雅不為所動。

「樂意效勞。」

拉動擊鎚的聲響打斷他們的談話。卡莉絲以手槍直指凱莉雅的第三眼刺青。附近的人紛紛將火槍指向卡莉絲，扣上擊鎚。

「膽敢輕舉妄動，」卡莉絲說。「我就轟了妳的腦袋。」

「白黑衛士。預言說妳很強勢。」

卡莉絲扳回擊鎚，收起手槍，還劍入鞘。

「我改變主意了。」加文說。「妳要帶我去見誰？她離這裡有多遠？」這個「她」是推測。他不清楚先知的宗教信仰，事實上，他原以為這裡沒有統一信仰，但在面對生理上的現實時，所有文化都要有自己的一套解釋。因為她們可以更精確地解析色彩，女性馭光法師往往汲色能力較強，而且平均壽命比男性長。認定這表示歐霍蘭較寵愛女性的文化，通常不喜歡讓外人以為他們會接受男人領導。

「『第三眼』住在英努拉山腳下。」

加文指向最高的那座山。整座山都是綠色的，沒有高出林木線，但依然有好長一段路要走。「差不多要走多久，五個小時？」

「六個小時。」

「我猜你們沒有馬？」加文問。

「我們有馬，不過要見第三眼就得用走的。那是朝聖之旅。這讓人有時間反省自己、審視靈魂。」

「嗯哼。好吧，當第三眼來見我的時候，可以騎馬。我要她處於正常的心理狀態。」凱莉雅一副嘴裡咬著東西的模樣。「預言有提到你的反應。」

「預言我不會去見她？」加文問。

「不，還是那個關於渾蛋的部分。」她的手下竊笑。

「如果這樣講有幫助的話……我並非出爾反爾。我有事要辦。我會待在這裡辦事。」凱莉雅轉頭看著包圍加文和卡莉絲那兩百個手持武器的人。「我可以堅持，你知道的。這些人不是只拿著武器，也是馭光法師。」

「我是稜鏡法王。」加文說，彷彿她就是不了解。「妳以爲兩百個人就有辦法阻止我的意志？」凱莉雅遲疑。「我認爲你在挑起沒必要的爭端。」

「是呀，是呀。」卡莉絲低聲說道。

有時候加文認爲世界上充滿笨蛋。力量可以是匕首，但通常只是棍棒。像鐵拳指揮官那種人可以輕聲說話，因爲光是站著不動，就能靠高大的身材唬人。加文必須劃定界線然後堅守，因爲他不放心交由其他人幫忙。他非這樣不可，因爲別人一旦開始以他很懦弱的假設來下決定，他便要用蠻力來讓他們改變心意。事前威嚇比事後糾正要方便多了。

但他並不是隨口提到「意志」字眼的。馭光法師總是會將自己的意志強加到世界上。最強大的馭光法師往往包括一大堆瘋子、渾蛋、女歌手、討厭鬼。而因爲一切都要仰賴他們，人們都願意忍受他們。特別是加文。

但你擁有的力量越強大，別人就越難看清隱藏於力量之後的東西。看別人順從你的意思去做會帶來快感。當加文看著凱莉雅下達命令，要手下離開時，便享受著這種快感。他可以告訴自己爲了達到目的，並且讓先知接受即將被迫忍氣吞聲，他有必要建立自己的權威。這是實話，但他也得克制自己。

在人潮散去之前，加文走回海邊。他沒有解除飛掠艇。

「我們有一個禮拜時間。」他對卡莉絲說。「這座海灣太寬了，我們必須建造海堤，一直到那個位置，還有從那裡到那裡。我要開始清除暗礁。我想清出一條蜿蜒的海道，方便在有艦隊入侵時摧毀他們，但得標示出安全的海道，讓島上的人指引交通。可以移動的浮標？我也還沒決定安全海道應該多寬。如果太窄，就會阻礙補給運送進城，導致本地物價上揚，但若太寬，暗礁就會失去防禦作用。所以妳的意見很重要。除此之外，我還需要妳幫忙決定要先建造什麼，好讓我的人可以盡快進入狀況。我們要清除叢林嗎——該怎麼做？我們需要建造城牆來應付野生動物、當地人嗎？我應該要建造任何房屋嗎，還是不必做到那個地步？」

卡莉絲只是看著他。「你知道，每當我以爲我了解你時……你眞的打算這麼做，是不是？你要建造一座城市。不是小村落。你計畫建造一座中心市鎭。」

「在我有生之年是辦不到的。」加文微笑。

「你知道，如果你一直改變所有碰上的事物，五年後世界將會煥然一新。」

五年。原本他的稜鏡法王任期應該還有五年，但此刻他已經行將就木，要不了多久，卡莉絲就會注意到了。「不，」他說。「我希望不會。」

五年，以及五個遠大目標。不過他只剩下一年。

# 第十四章

只有在風中搖盪的蜘蛛網能讓這地方更恐怖。基普心情沉重地凝視著安德洛斯．蓋爾這伸手不見五指的房間。

「你讓光線進屋。」葛林伍迪說。「想害死我家主人嗎？」

「不、不、我——」我隨時都在道歉。「我要進來了。」他提步前進，穿過好幾層遮光用的沉重掛毯。

屋內空氣很混濁、停滯、悶熱，散發出一股老人臭味。這裡黑得不像話。基普開始流汗。

「過來。」一個刺耳的聲音說道。很小聲、很沙啞，好像蓋爾法王一整天都沒開過口。

基普小步前進，滿心以爲自己會絆倒出糗。這裡就像龍穴。

有東西碰到他的臉。他畏縮了一下。不是蜘蛛網，而是有人輕輕摸他。基普停步。他本以爲安德洛斯．蓋爾體弱多病，或許坐在輪椅上，就像白法王的黑暗反面。但這個男人站著。那隻手很結實，不過帶有幾道傷疤。他摸著基普的肥臉，感受他頭髮的觸感、鼻子的形狀，壓壓他的嘴唇，碰碰他稀疏的鬍碴。基普縮了一下，清楚感覺到鬍碴附近的青春痘。

「你就是那個私生子。」安德洛斯．蓋爾說。

「是的，閣下。」

接著，基普腦袋差點被某個不知哪來的東西打斷。他狠狠撞向牆，要不是牆上也掛了幾層掛毯，肯定已經撞斷骨頭。他摔在鋪了地毯的地板上，臉頰灼痛，嚴重耳鳴。

「這是懲罰你的存在。永遠不要再羞辱這個家族。」

基普搖晃著起身，驚訝到甚至忘了生氣。他不知道自己會發生什麼事，但絕沒想到會在黑暗中被人打。「我爲自己出生在這個世界上向你道歉，閣下。」

「你不知道這是多大的錯誤。」

屋內陷入一片死寂。黑暗帶來壓迫感。不管怎麼做，加文說，千萬不要讓他變成你的敵人。這裡面還能比現在更熱嗎？

「出去。」安德洛斯．蓋爾終於說。「立刻出去。」

基普離開，隱約覺得自己失敗了。

# 第十五章

法色之王搓揉著腦側。麗芙．達納維斯目不轉睛地看著他。沒有人能偏開目光。這個男人幾乎純粹由盧克辛組成。前臂包覆在藍殼中，在拳頭上形成有尖刺的手套。皮膚大多由藍盧克辛織成，黃盧克辛如小河般於其下流動、不斷填滿空隙。柔韌的綠盧克辛組成關節。只有臉還是人臉，勉強算是。臉上皮膚到處都是燙傷疤痕，而他的雙眼——斑暈粉碎到完全消失——乃是所有色彩的漩渦，不光虹膜如此，整個眼白都是。此時此刻，他的眼白是藍色的，接著在他坐上洞石宮殿的王座，決定該如何劃分剛剛征服——卻發現幾乎空無一人——的城市時轉爲黃色。

「我要十二空氣法王監督城市重劃工作。由夏陽法王主持大局。首先是掠奪財物。逃離加利斯頓的人幾乎沒帶走任何財物，所有東西都留了下來。部分物品隨軍出發，但剩下的也不該留在城裡擺爛。把能賣的拿去賣掉，剩下的盡可能公平分配給留在城裡的加利斯頓居民。十二法王有權決定哪些新移民可以獲得哪裡的租契。富人區的住宅要預付租金；窮人區可以等六個月後再開始付錢。」

「瑟琳女士，」他說著，轉向一個還沒有粉碎光暈的藍/綠雙色譜法師。她是提利亞人，有著波浪般的黑髮和深色的膚色，相貌出眾但有點奇特，雙眼距離過遠，嘴巴也有點小。她屈膝行禮。「在我們離城前，農作方面就交由妳負責。在這六週期間，我要妳挖通主要灌溉渠道，修復所有水閘。我要這座城市明年春天就開始耕作。秋天第一場雨隨時都會到來。和夏陽法王配合。妳要運來新的作物，或許還需要新的土壤。盡量運用這段期間我們能夠提供的勞力。」

瑟琳女士深深屈膝行禮，然後立刻離開。

整個早上都在處理這些事情。麗芙和五名顧問一起坐在法色之王左側。除了那些顧問，沒有任何人可以進入大廳。法色之王不希望有太多人得知他的全盤計畫。爲什麼麗芙有幸能夠參與，她不知道。她是科凡．達納維斯將軍的女兒，而法色之王毫不掩飾他想招募這個加文老敵人的意圖，但麗芙認爲事情沒這麼簡單。她是在加利斯頓之役前變節的，甚至幫助他們攻城——但這麼做是爲了償還法色之王救她朋友一命的人情。她不值得這種信任。

但她確實覺得整件事十分有趣。法色之王往往會召見一名朝臣，以得知更多訊息。他一點也不在乎之前的法規，也不在乎傳統上怎麼做，不過他倒是對商業貿易、課稅、農耕很感興趣——這些是維持人民和部隊運作所需的事物。

他召見了所有軍事將領，晉升一名最有才華的年輕將領爲將軍，然後命令他負責提利亞境內的道路與河流安全。他要整個昂伯河流域貿易暢通，毫不留情地剷除所有盜賊。

麗芙知道，就某個角度而言，這只是從很多盜賊變成只有一個盜賊；法色之王的手下肯定會抽稅，就像盜賊收取過路費一樣。但只要價格公道，又不爲了奪取貨物而殺害農民和商人，對國家而言還是有好處，不管你怎麼稱呼它。

他派遣更多綠法師和黃法師全權負責河道清理。如果法色之王是壞人，那就是眼光遠大的壞人，因爲儘管麗芙不了解他剛剛下達的所有命令，還是很清楚他爲了提利亞的利益派出大量法師和能作戰的士兵。就長遠來看，她憤世嫉俗的超紫天性告訴她，這樣做對他有利。侵略部隊不會自行製造食物，也不能總靠掠奪養活士兵，所以打好強大的經濟基礎，將會壯大己身實力。

「阿利爾斯法王，」法色之王說。「我要你挑選一百名教士——年輕一點，擁有傳教熱誠，不過也不能太小，至少要能吸收基本教義——派他們前往所有總督轄地，散播自由解放的好消息。重點放在城市裡。盡可能派遣本地人回國傳教。讓他們知道對手是什麼人。吸收相信達山理念的殉道烈士，開始訓練下一波狂熱信徒。我要定期回報，派人看著他們。迫害太嚴重時，我們就雇用碎眼殺手會，清楚了嗎？」

阿利爾斯法王鞠躬。他是阿塔西人，有著族人典型的亮藍眼、橄欖色皮膚，還有串珠辮子鬚。

「吾王，大傑斯伯和克朗梅利亞該如何安排？」

「你不要碰克朗梅利亞。那裡交給其他人。大傑斯伯要謹慎行事。我們在那裡的人要多看、多聽，但不要多說話，你懂嗎？只有最得力的手下才能派去大傑斯伯。我要他們在酒館和市集當中發牢騷，或是加入那些已經在發牢騷的人，對他們傳播我們的理念。找出對體制心懷不滿，可以吸收的人。但千萬小心，那裡的人都不是笨蛋。克朗梅利亞肯定會想辦法安插間諜進來。」

「你會在那裡授權碎眼殺手會嗎？」阿利爾斯問。

「殺手會最強的人馬已經抵達，或是在趕往那裡的途中。」法色之王說。「但我希望你把他們當針而不是棍棒用，懂嗎？如果我們的行動過早曝光，整個組織就會完蛋。革命的成敗掌握在你們手中。」

阿利爾斯法王扯了扯鬍子，黃色鬚珠喀啦作響。「我想應該把行動基地設在大傑斯伯。」

「同意。」

「我需要經費。」

「正如預期，我們在這方面遇到了麻煩。我可以給你一萬丹納。我知道這點錢遠不足以支付你的行動開銷，但我得餵飽子民。你得在有限的資金下發揮創意。」

「一萬五？」阿利爾斯法王討價還價。「光在大傑斯伯買間房子……」

「先撐一下。可以的話，我三個月內就會送錢過去。」

當天接下來的時間幾乎都在處理一般事務，諸如部隊要在哪裡紮營、如何紮營，購買食物、衣服、鞋子、馬匹、牛隻的經費，還有回應來要求償清借貸的鐵匠、礦工、外國領主和銀行家。甚至有人跑來請求授予強迫本地人和隨隊出征的平民清理道路、滅火和重建橋梁的權力。

在所有顧問裡，麗芙是唯一沒有提供任何意見的人。最常被諮詢的是財務顧問，她戴著超厚的校正眼鏡，拿著算盤，一直愁眉不展。麗芙認爲她只是緊張地撥弄算盤，然而片刻過後，當那個女人提出一打讓法色之王獲得最多資金的債務結構時，麗芙才知道她一直在計算財務。

最後，法色之王請其中一名顧問告訴他還有什麼事待處理，然後決定一切都可以等明天再說。他解散了其他顧問，指示麗芙跟他走。

他們上樓，來到他房間外的大陽台。

「那麼，阿麗維安娜．達納維斯，妳今天看到了些什麼？」

「閣下？」她聳肩。「我發現治理國家比想像中複雜多了。」

「我今天爲加利斯頓——以及提利亞——做的，比克朗梅利亞過去十六年做的還多。不是所有人都會爲此感謝我。強迫人民去掠奪城內財物肯定不得民心，但總比放著讓那些貨物腐爛或讓強盜歹徒掠奪要好。」

「是的，閣下。」

他從斗篷口袋裡取出一管細細的斯加羅菸，用沾滿次紅盧克辛的手指點燃它，然後深深吸了一口。

她好奇地打量他。

「我從血肉之軀轉化爲盧克辛的過程，並非完美無瑕。」他說。「我已經是過去幾世紀以來轉化最完全的人了，但還是犯了錯。痛苦的錯誤。當然，以焦黑軀體展開轉化，不會讓一切比較簡單。」

「你出了什麼事？」麗芙問。

「改天再說吧。我要妳想想未來，阿麗維安娜。我要妳懷抱夢想。」他望向海灣。海裡漂滿垃圾，碼頭殘破不堪。他嘆氣。「這就是我們征服的城市。克朗梅利亞竭盡所能要摧毀的沙漠之寶。」

「我父親想要保護它。」麗芙說。

「妳父親是個大人物，我絕不懷疑他想保護加利斯頓。但妳父親相信克朗梅利亞的謊言。」

「我認爲他遭受威脅。」麗芙說，感覺空虛。她深深仰慕的稜鏡法王，竟然利用自己威脅父親幫他。她甚至不知道是怎麼威脅的，但這是她唯一想得出來父親會幫死敵作戰的理由。

「希望是這樣。」

「什麼？」麗芙問。

「因爲如果是這樣，就不算太遲，而我很希望妳父親站在我這一邊。他是危險人物。一個好人。出類拔萃。我們會弄清楚的。但是，麗芙，我怕他聽信謊言太久，讓整個理解系統腐化。他可能會拔除地上的雜草，但如果整片土壤都腐敗了，又怎能看清事實？這就是年輕人才是希望的原因。」

日落時分，瑟魯利恩海上拂來一陣晚風。法色之王深吸了一口斯加羅菸，似乎很享受黃昏紅光。

「麗芙，我要妳想像沒有克朗梅利亞的世界。女人可以自由挑選想信哪個神的世界；馭光法師不會在十年後被判死刑的世界；不會因爲血緣就把蠢人推上王座，而是由個人能力和意念來決定成就的世界。只有夠資格的人才能成爲領主。沒有奴隸——完全沒有。奴役制度就是克朗梅利亞的詛咒。在我們的世界裡，女人不會因爲來自提利亞而受歧視——不，也不會因此成爲榮耀的象徵，我不是爲了幫提利亞爭取地位。在我們的新世界裡，這一切都無關緊要。妳的頭髮、眼睛，任何讓妳與眾不同的特徵，只會更吸引人。我們會成爲世界的光。我們會開啓盧西唐尼爾斯關閉的永恆黑暗之門，穿越夏拉桑山脈。我們歡迎所有人。」

「每座村莊、每座城鎮都可以教導魔法，我們會發現很多很多人都擁有足以改善他們及家人、朋友生活的能力。這一切都不會掌握在腐敗的政府和總督手中。在學習過程中，我認爲會發現所有人、每個人，都曾受到光明洗禮。總有一天，所有人都能汲色。想想看有多少不爲人知的魔法天才——能夠改變世界的天才！但此時此刻，或許因爲他們是提利亞人，沒錢支付前往克朗梅利亞的學費；或許是帕里亞人，而德亞不喜歡他們家族；他們是伊利塔人，沉溺在魔法屬於邪惡力量的迷信裡。想想因爲沒有綠法師幫穀物施肥而棄置的那些田地，那些吃不到麵包挨餓的小孩。那些人流的血都應算在克朗梅利亞身上——而他們沒有人了解這一點！這是無聲的死亡，慢性毒藥。克朗梅利亞一直以來都一滴一滴地吸乾七總督轄地。我們就是爲此而戰，阿麗維安娜。爲了不同的未來，這絕非易事。有太多人在當前腐敗的形勢下取得太多利益，絕對不會輕易放棄。而他們會派人爲自己而死。這令我心碎。他們會犧牲我們想拯救的人。但我們會阻止他們，確保他們不能再這麼做，確保尚未出生的世代能夠活在更好的世界裡。」

她遲疑。「你說的一切聽起來都很美好，但尚未達成前，誰也說不準，不是嗎？」

他開懷笑道：「沒錯！這就是我要妳做的事，麗芙。汲色。立刻。超紫。然後思考。告訴我妳在想什麼。我不會懲罰妳。不管妳怎麼說。」

她照做了，汲取那奇特的隱形光，讓它穿透身體，感受它將她與情緒隔離，進入超越理性的境界，達到虛無飄渺的智慧。「你是很務實的人。」她說，語氣平淡。在超紫色的影響下，語氣彷彿是種沒必要的裝飾。「或許還是浪漫主義者。這是很罕見的組合。但你一整天都在處理事情，而我不確定自己是不是你清單上的最後項目。我看不出這是引誘我的前奏，或者你只是喜歡受女人仰慕。」她不敢相信自己竟然說出這種話——做出這種假設！但她沒有向自己的難堪屈服，反而進一步深入超紫的客觀評判。

法色之王狡猾地說：「男人很少會不喜歡女人的仰慕。」

「所以我第二個猜測是對的。」他享受她仰慕的目光、她的崇拜，但即使在他有藉口這麼做的時候，仍沒有對她上下其手。他沒有在講話時湊向她。他以智慧吸引她，沒有肢體接觸。「但你並不是在引誘我。」

他看起來不是很高興。「唉呀，那場奪走我許多東西的大火，讓我無法享受肉體的歡愉。我並不鄙視這種事，只是不會像綠法師那樣熱情如火。」在他臉上的疤痕和皮膚上的盧克辛造成的動作限制下，要在他臉上看出任何表情都很困難。但她提醒自己這並不表示他不多愁善感。各式色彩在他的雙眼旋轉，麗芙認爲那也是他心裡浮現強烈情緒的徵兆。這讓他成爲某種類似密碼的東西。

超紫法師喜歡密碼。喜歡解碼。

「你知道我以前的身分嗎？」法色之王問。

「不知道。」

「我也不打算告訴妳。妳知道爲什麼嗎？」

「因爲你不想讓我知道？」她猜測。

「不。因爲超紫法師喜歡挖掘祕密。如果我不派妳去挖掘對我來說無關緊要的祕密，搞不好妳會聰明到挖出什麼我不想讓別人知道的事。」

「你真邪惡。」她讚嘆。

他身上噴出盧克辛，撞上她的胸口。她跌跌撞撞，脫離超紫魔法的影響，隨即發現有東西緊緊繞在她的脖子上。

麗芙雙腳亂踢，這才發現自己已經離地而起。不，不光只是離地而起，她整個人騰空掛在陽台外面，只有一個盧克辛拳頭握住自己的腦袋。她抓向那個拳頭，試圖拉起自己的身體、試圖呼吸、試圖讓它鬆開——驚慌失措下，完全沒想到自己不會想在這種情況下要對方鬆手。從這個高度摔下去，她必死無疑。她的頭變得很熱，所有血管鼓脹，雙眼彷彿快要爆炸。

法色之王雙眼通紅，如同煤塊般綻放著紅光。他眨眼。黃色湧入眼中，她感到自己被甩回陽台，重獲自由。

她落地，不住咳嗽。

「我……克朗梅利亞把我們的作為妖魔化。」法色之王嘶聲說道。「真的妖魔化。他們把我們說成是貨真價實的惡魔。我絕不容許有人把善良說成邪惡，邪惡說成善良。我……反應過度了。」

麗芙渾身顫抖，覺得很難為情。她以為自己嚇到要哭了，而這種反應讓她非常生氣。她是達納維斯家的人。她很勇敢、堅強，不會像小女孩一樣輕易崩潰。她已經十七歲，是個女人了。已經是可以生孩子的年紀。她絕不能崩潰。

她站起身來，屈膝行禮，有一點點顫抖。「很抱歉，閣下。我不是有心冒犯。」

他看向下方的港灣，雙手放在欄杆上。他的斯加羅菸掉了。他又點了一根。「妳不用因為發抖而難為情，那是身體反應。就連天不怕地不怕的老兵都會發抖。為此感難為情，只會給人懦弱的感覺。忽略它，會過去的。」

麗芙彷彿用化妝品在臉上畫出平靜的表情，然後繼續釋放超紫魔力。這樣做有幫助。她雙臂交叉，似乎是在對抗傍晚的寒意，其實是在掩飾顫抖。「所以呢，閣下？」

他側頭看她。「所以什麼？」

「你有事要我去做？」

「當然有。」

「而你要告訴我是什麼事。」

「眞是聰明的女孩。我會派個監護人，負責回答妳大部分的問題。」

「除了那個問題之外？」

他微笑。「還有其他例外。」

「監護人是誰？」

「等妳見到他就會知道了。先走吧。天黑之前我還有些麻煩事要處理。」

# 第十六章

基普離開安德洛斯．蓋爾的住所時，鐵拳在門外等他。一如往常，他身材高大，氣勢駭人。不過基普已經比較了解這位黑衛士指揮官了，發現這位指揮官臉上的表情似乎很好奇。

「我見過有些總督走出這個房間時臉色比你還難看。」鐵拳說。

「眞的？」基普問。他覺得自己的人生已經毀了。

「假的。我只是想讓你好過一點。」鐵拳開始沿著走廊行走，基普跟在他身旁。「基普，我想請你接受黑衛士訓練。」

*喔，對唷。因爲我父親要求。不是因爲我夠資格。*

基普以爲自己只是在心裡想想，但是當說完「資格」時，才發現自己又脫口而出了。

鐵拳突然停步。轉向基普，面露怒色，語帶威脅。「你偷聽？」鐵拳問。

基普吞了口口水。點了點頭。*我不是故意的！*

但是這一次，這句話沒有偷偷爬出他的嘴唇。在鐵拳不認同的怒火之前，所有藉口都會被蒸乾。

「那你該知道我非讓你加入不可。到時候我們兩個會有多難堪，完全取決於你。」

那感覺就像有人在基普胸口綁了條大鎖鏈，把他丟進海裡，然後叫他自己游泳回家。鐵拳繼續前進，沒再停步或放慢速度，跟基普一起離開稜鏡法王塔，穿越克朗梅利亞七座高塔間的大庭院，來到一道通往地底的寬台階前。

隨著走下台階，基普慢慢發現克朗梅利亞究竟有多大。這裡不光只有七座高塔、連接七塔的空中通道，以及容納數千名從所有總督轄地來此辦事之人的大庭院，還延伸到地下一座龐大的石室，石室天花板離地二十步高，形成七座高塔的底層，而且還有更多入口。這裡有許多建築物、倉庫、營房、旅舍，甚至還有一些住家，有些是石造，有些是盧克辛製。繽紛的色彩眼花撩亂，儘管整個區域都位於地下，但既不陰暗也不潮濕。水晶如同火把般綻放出各色光芒，陽光在折射下灑落石室每個角落。兩側天花板上都有巨型風扇，吸入與導出空氣，隨時讓微風吹拂整座地下大殿。石室中央有座大殿，旁邊有個訓練場。

「每次新開課時都要抽籤。有些人是隨機抽號，不過後人和前次訓練時只差一點被刷掉的人，可以再提出挑戰。這是很大的優勢，你要為了自己的排名而戰，不過只需打三場。如果你挑選第十名挑戰，就可能要與第十、第十一、第十二名打。不過，這只是一開始的排名，接下來幾週裡要提升排名很容易，要降低排名更容易。我可以這樣幫你父親，讓你最後一個挑選。不要挑太前面的名次，不然你得用鮮血付出代價，但是也不要挑太後面。我們每個月都會剃除最後七名。」

鐵拳朝著目的地前進，絲毫不理會地底壯觀的景象。基普跟著他走，精神緊繃。他推壓著燒焦的手掌，拉直，臉上露出疼痛表情。沒過多久，他就和鐵拳一起來到四十九個年輕男女面前。他們全都穿著寬鬆的褐色上衣和褲子。所有人都至少在左手或右手上戴著一條代表他們法色的臂章。基普知道克朗梅利亞的女學生比男學生多很多，但是這個黑衛士訓練班只有十個女人。

所有人都比基普年長，不過還是很年輕。基普猜想大多介於十六到十八歲之間。他們左胸上都有個標記，基普猜想那是帕里亞古文。數字，他猜。看起來是依照數字排隊，總共七排，每排七人。

對於這些初次接觸的事物，基普覺得最顯眼的就是這些新同學的眼睛。他們彷彿根本沒看見他，全都忙著看鐵拳，好像他是神。就連上課的老師，表情也沒比他們好多少。他是個肌肉結實的矮子，剃光頭，身穿無袖黑色制服，露出超大的二頭肌。

鐵拳比了個手勢，隊伍立刻解散，轉眼間又圍成一大圈。隊形變換並非完美無瑕，有些人會在推擠下移動到其他位置，但基普認爲以新班級而言，算很了不起了。

「基普。」鐵拳指示基普走入大圈之中。

喔，不。

基普走進去。

「這位是基普．蓋爾。他要加入本班。你們也知道，這就表示你們這些矮樹有一個要被踢出去了。黑衛士都是菁英。我們對朽木不感興趣。好了，基普，選吧。打鬥時間五分鐘，除非有人大聲求饒或昏倒。和所有測驗一樣，讓對手造成永久傷害的人將會被開除。」

基普知道自己一定會輸。他根本沒受過訓練。他這輩子唯一的打架經驗就是在家鄉跟朗拳打腳踢，而且還打輸，每次都輸。他最厲害的能力就是挨揍。

「你有任何問題嗎，還是已經準備好要挑選排名了？」鐵拳問。

「如果輸了，是和打敗自己的人互換名次，還是下降一個名次？」

「這並不是個數學問題，基普。」

但這明顯就是個數學問題。

鐵拳眉頭一皺。「下降一名。」他說。

基普換上迷茫神情，瞭望遠方道：「我的未來充滿苦難。」他笑嘻嘻地伸出食指，比向胸口標示「一號」的高瘦帕里亞年輕人。沒有人發出笑聲。或許他們要等到基普慘遭痛扁之後再笑。

該年輕人憂心忡忡地步入圈內——爲基普擔憂。「打鬥規則，指揮官？」他問。

「不戴眼鏡。」鐵拳說。

基普和一號交出他們的眼鏡。這個年輕人是綠/藍雙色法師。

鐵拳清了清喉嚨。「別打得太認真，關鍵者。」

關鍵者？他叫關鍵者？

「當然，長官。」關鍵者說。「長官，他綁繃帶的手呢？我可以格擋嗎？」

「不要刻意攻擊它。但如果打傷了，那就打傷了。」

高個子年輕人迅速點頭，然後走到基普對面。基普在其他學生臉上看見懷疑的目光，他想這是因爲他看起來不太起眼。沒人相信他能贏。見鬼了，就連他也不相信自己能贏。要輸得有尊嚴，基普。要輸到讓大家因爲你的勇氣而對你產生敬意。

勇氣？我是個白痴。

關鍵者抬起頭，比出聖三角手勢：拇指對右眼、中指對左眼、食指對額頭。接著他又用三指觸摸嘴唇、心口和雙掌。三根手指、四個位置，完美的數字七。一個信仰虔誠的年輕人。希望他記得慈悲的美德。

關鍵者轉身，對基普行禮，雙拳抵著胸口，微微鞠躬。基普回禮。

「開始。」鐵拳說。

高個子年輕人展開行動——動作很快。他在基普有機會反應前就撲到基普身上。他撞上基普，一腳扣住基普後腿，擋下基普拳頭，然後一屁股頂上基普的屁股。基普重重落地，一把抓住關鍵者，試圖把他一起拉倒。

瘦男孩順勢倒地，修長的四肢纏住基普。基普施以肘擊，但關鍵者距離太近，根本使不上勁兒。

接著，不知透過什麼手法，年輕人控制了基普的手臂，把他翻倒在地，雙腳夾住基普腦袋。基普只覺得腦袋一緊——接著一片漆黑。

基普不知道自己昏迷多久。他迅速眨眼。不久，他心想。所有人都還站在旁邊。

「輸一場了。」鐵拳說。「下一場開始前，你有十秒可以休息。」

基普掙扎起身。一群同學正在拍關鍵者的背，恭喜他輕鬆獲勝。基普完全無法讓自己討厭那個男孩。他毫無惡意地擊倒基普，沒有造成任何不必要的疼痛。

第二個男孩身材壯碩，眼睛和基普一樣是藍色的，或許只是半個帕里亞人，因為他的膚色不比基普深多少。他向基普鞠躬。基普回禮，猜想接下來要承受怎樣的傷害。

基普和二號小心翼翼地繞圈對峙，但對方一直抬頭，不看基普。一開始，基普不知道原因。接著他看見男孩的雙眼，眼白裡有小小藍斑浮現，接著向下沉入他的身體，凝聚在雙手。如果這男孩膚色沒有這麼淡，基普就不可能發現。這是淡膚色法師的弱點之一，也是黑衛士膚色都很深的原因。

由於他們沒戴眼鏡，對方一次只能吸取一點點藍光。他得先將目光離開基普，望向上方的藍水晶，盡量吸收藍光，再轉回基普。沒有眼鏡時，這個過程十分緩慢。

而基普慢慢繞圈則給了對方汲色所需的時間。

「啊，見鬼了。」基普說。他衝向前去。

對方擋下了基普的首次攻擊，但肩膀被第二拳打中——但基普是用左手出拳。他感到手中傷口撕裂，好像把手掌放到火裡燒一樣。

他的肚子中了一拳，彎腰捧腹時，另一拳擦過他的手臂。基普跌跌撞撞地後退，抵銷了打在他鼻子上那拳的大部分力道。

不過，這一拳還是讓他眼眶含淚。他眨眨眼睛，站不太穩，但驚訝地看到對方就此收手，沒有繼續進攻。

之後，基普發現對方這麼做的原因。

一把藍杖在男孩手中凝聚成形，如同鎔鑄的玻璃般慢慢延展。

基普撲向前去，抓住尚未完成的藍杖，當他的手指沉入正在結晶化的結構中時，突然感到自己與這把藍杖緊密結合，彷彿那是他親手汲色製造出來的。

他可以透過開放式盧克辛感應到那個男孩，片刻前他的意志還無比專注，現在因爲基普入侵而崩潰、困惑。基普從男孩手中搶走藍杖，加以彌封。

藍盧克辛杖在兩個男孩爭奪的過程中微微彎曲，不過依然和他們兩個人一樣高，而且粗到足以讓基普輕鬆握持。基普不顧綁繃帶的左手握住藍杖時的疼痛，揮動杖底，掃向男孩膝蓋。

就聽見喀啦一聲，尚未回神的男孩立刻倒地。他甚至沒有嘗試閃躲，就這麼像頭蠢牛般地站在原地。他倒下後，基普走到他面前，以藍杖的一端抵住他的喉嚨。

「獲勝！」鐵拳指揮官大聲宣布。

基普退開。汲取藍魔法比綠魔法容易多了。

地上的男孩輕聲呻吟、神情茫然，慢慢回過神來。

「指揮官，長官。」關鍵者問。「這是怎麼回事？」

鐵拳皺起眉頭。「我們一年後才會教到的東西。基普，那是誰教你的？」

基普舉起雙手，無言以對。

「意志掠奪還是意志擊潰。費斯克訓練官？」

肌肉結實的老師走上前來。「嚴格說來，這叫強行轉換。盧克辛沒有記憶。沒有所謂你的盧克辛或我的盧克辛。當馭光法師直接接觸到自己所屬法色的開放式盧克辛時，就可以加以運用。剛剛的情況是兩名馭光法師以意志交戰，而基普擊潰了葛拉斯納的意志。」

被基普擊敗的男孩說：「但是，但是，我又不知道他在幹什麼！」

訓練官說：「他也不知道他在幹什麼。是不是，基普？」

「呃，不知道，長官。」

「你沒有變成喋喋不休的白痴已經很幸運了，葛拉斯。」費斯克訓練官說。

人群中有個男孩低聲道：「喋喋不休，沒有。白痴？這個嘛……」

好幾個學生輕聲竊笑，少數幾個還知道要用咳嗽聲來掩飾。

「阿德絲提雅，你要挑戰基普嗎？」鐵拳問。

「啊，見鬼了。」一個男孩喃喃說道。他就是剛剛嘲笑葛拉斯納的傢伙。

「長官，我以為只要打贏一場就沒事了。」基普說。

「你怎麼會有這種想法？打贏只是開端。」

基普吞了口口水。

阿德絲提雅看起來也不是很想和基普對打。與所有戰士不同的是，他沒戴任何顯示法色的臂章。他黑髮及肩，用金絲帶綁在腦後。膚色深到剛好適合擔任黑衛士，有著阿塔西人五官和引人注目的藍眼。身材瘦小，身穿鬆垮的上衣和褲子，看起來約莫十三歲。奇怪的髮型，或許長髮正流行。他的名字也很奇怪，而且嘴唇很豐滿。

「喔！妳是女的！」基普說。這話就這麼脫口而出。

全班同學齊聲噓他。鐵拳搓揉著額頭。

我並不想污辱對手，不過我成功了。糟糕。

「我不會手下留情的，胖子。」阿德絲提雅說。這下他看出她和他年紀相當。十五歲，或許十六歲，身材嬌小，沒有曲線。長得還可以，不會給人驚艷的感覺。

反正他也希望她沒有美到令人驚艷。

「站到定位。」費斯克訓練官說。「規則和之前一樣——禁止意志掠奪。不過話說回來，那對妳來說不是問題，提雅，對吧？」

阿德絲提雅對訓練官扮了個鬼臉，神情嚴肅。她轉向基普，非常草率地鞠了個躬。

基普回禮。「抱歉，我不是——」

「省省吧，豬油蓋爾。」她說。

有幾個學生哈哈大笑。

「喔，我懂了，妳在嫉妒我咪咪比妳大。」基普說。他以屈尊俯就的笑容掩飾自己的厭惡。

「我可以想像你裸體的模樣，」她說。「而我一點也不嫉妒。」她厭惡地聞了聞他身上的味道。呃？

但基普根本沒時間思考她這話是什麼意思，因爲對方已經發動攻擊。

他沒有展開架式，完全沒準備好。而他根本不可能想到她的腳能在轉眼間從地板踢到他腦側。

好靈活！好優雅！

鮮血從自己臉上濺灑而出時伴隨著莫名的驚訝！

基普側臉看著世界。他躺在地上，完全不記得倒下來時的情況。就像每次受傷時一樣，他迅速檢查了自己的情況：傷得有多重？不算太糟。他臉頰和舌頭傳來劇痛，不過真正令他倒地的是那股難以置信的感覺。

被小女孩踢翻腦袋就會讓你有這種感覺。

她進入他的視線，依然維持戰鬥姿勢，逼近他的頭。他平躺在地，問道：「妳就這點本事嗎？」

這話激怒了她，一腳踩下去。

他朝她滾去，速度很快，希望能夠壓到她的腳，進而絆倒她。

她一躍而起，試圖跳過他，但他放慢滾動速度，趁對方在半空中時抓住她的一隻腳。他運氣好，抓中腳掌。

阿德絲提雅像貓一樣揮爪攻擊、奮力轉身，但卻無法掙脫。她一屁股摔在地上，放聲大叫。

基普爬上前去，試圖壓制她——想辦法，任何辦法，利用體重打贏這場架。

還沒完全爬到她身上，她的小拳頭已經筆直擊中他的喉嚨。他咳嗽，倒地。

轉眼間，他已經顏面朝下趴在地上，而她則騎在他背上，手臂環扣住他的脖子。

有個成年人大叫，但基普只能聽見耳中鮮血鼓動的聲音。

接著，阿德絲提雅消失了，雙腳憑空亂踢，鐵拳抓起她的衣領，整個人提了起來。

鐵拳把氣沖沖的女孩丟到他面前。「我說，夠了！」他吼道。阿德絲提雅嚇得渾身僵硬，打鬥時的氣勢蕩然無存。班上所有學生通通縮起身體，瞪大雙眼，突然間悶不吭聲。「基普！」鐵拳叫道。

基普吞了幾口口水。「是的，長官？」他邊回答邊努力爬起，感覺今天好像已經爬了上百次。

「所有矮樹都有個搭檔。你已經找到你的了。」

# 第十七章

晚餐時，基普拿著食物，獨自走到長桌最末端。只要不試圖融入團體，就不會被排擠。

阿德絲提雅走過來，坐在他對面。「我是來監視你的。」她說。

「呃，香腸好吃嗎？」基普問。

「不難吃。你該看看正職黑衛士吃些什麼。」

「好東西？」基普問。

「超豪華的。」她說，玩弄著餐盤裡的食物。「我是說眞的。」

「妳眞的很喜歡吃，呃？」基普問。

「我是指監視你，你這個羊腦袋。」

「我知道。」羊腦袋？在與水手和士兵相處過後，聽到如此委婉的咒罵，感覺非常可愛。

「喔。」她臉色一紅，低頭看著食物。

「爲什麼有人想監視我？」基普問。

「你是蓋爾家族的人。」她聳肩，好像這句話就足以解釋一切。基普認爲它確實可以解釋一切。

「妳幫誰監視我？」基普問。

「當然是我的贊助人。」

「是呀，我也猜到了。」基普其實什麼都沒猜到。「但妳的贊助人是誰？」

「這個問題太私人了，不是嗎？」她問。

「妳在監視我，而我連問稍微私人一點的問題都不行？」基普故作難以置信地問道。

她笑。「這其實不算私人問題，基普。我只是在測試你。」

喔，而我沒有通過。

「那這表示妳會告訴我嗎？」他樂觀地問。

「告訴你什麼？」她裝傻。

「妳眞的很難搞，是不是？」基普問。

她微笑。「斯慕沙托維倫格提家族的盧克萊提雅．維倫格提女士是我的贊助人。」

「妳來自伊利塔？妳看起來不像伊利塔人。再說，我以爲伊利塔人不喜歡汲色。異教徒之類的觀念。」

她突然挑眉。「你眞的是想到什麼就說什麼，是不是？」

「我已經有改進了。」基普說。他又說了什麼？

「這叫有改進？」

或許我該一輩子都閉上我的肥嘴。基普慢慢切下另一段香腸。他的手指已逐漸復元，抓東西不會太痛，但要伸直就會痛不欲生。當然，用他的手打架對復元完全沒有幫助。「這樣吧，」他說。「妳和我聊聊妳的事情——這樣我就能有段時間不給我自己惹麻煩。」

「有什麼好說的？」阿德絲提雅說。她到現在一口東西都沒吃。「我父親是商人水手。有機會就買賣香料和絲綢。不在家的時間比在家要多。我媽是奧迪斯的釀酒匠。她想要我接手蒸餾廠。結果，我到了這裡。」

「奧迪斯不是在阿伯恩嗎？」基普問。他媽沒教他多少地理，但他知道阿伯恩和伊利塔位於兩個不同的總督轄地。

「娜若斯海峽頂端，全世界最大的城市之一。」

「那妳的贊助人怎麼會是伊利塔人？」

「因爲她是最後買下我的人。」

買？基普努力不露出驚訝之情。

她拍拍自己耳朵的頂端。那裡有道垂直的剪痕，還有燒灼的痕跡。「你沒看到這個？」她問。

「喔！」他說。她是奴隸——而他很蠢。

但她沒有嘲笑他。她說：「人們總說克朗梅利亞的學生沒有奴隸，也沒有自由之身。當然，人們總是愛說各式各樣的鬼話；但如果我能加入黑衛士，這話就能成眞。」她的語氣一點也不苦澀，聳了聳肩。這裡非常看重每個人的身分，任誰都無法倖免。

「這就是妳想加入黑衛士的原因？」

「你在開玩笑，是吧？」她問。

基普的表情肯定表達得十分清楚。她嘆了口氣。

「你知道爲什麼班上幾乎所有人年紀都比你大，基普？」

「妳有看到我臉上這副茫然的表情嗎？假設我對所有問題都是這個表情。」基普說。

她笑了一陣。「加入黑衛士是大部分馭光法師夢寐以求的事。光在我們班上，就有四個後人——也就是黑衛士之子。關鍵者、瑞格、阿朗和塔娜。我敢向你保證，他們都從會走路開始就在習武。如果你是奴隸，通過測試後你就自由了——雖然你得宣示效忠黑衛士，而克朗梅利亞則會支付一大筆錢給該名奴隸的主人作爲補償。這些年來，維倫格提家族已經安插了數十名奴隸成爲黑衛士，這是他們最有利可圖的賺錢門路之一。我算是間接進來的。擁有我的家族有個和我同年的女兒。他們想要她學點防身技能。我和她一起受訓，讓她多個練習夥伴。當他們發現我可能有汲色能力時，就把我賣給維倫格提女士。去年一整年，她請各式各樣最頂尖的老師來訓練我，每天受訓，全年無休，確保我能加入黑衛士。」

一輩子都是其他人的財產，爲了成爲黑衛士受訓？「所以妳的意思是說我不用爲了被女孩痛扁而難過？」

「小心點，胖子。」

他過了一會兒才張嘴微笑，因爲他沒有立刻發現她是在逗他。

她臉色一沉。「我很抱歉，我並不是——我沒想到你這麼敏——我不該……我很抱歉。」

兩人間一陣尷尬的沉默。

「我聽說你差點通過打穀機測驗。」她說。

「差一點。」基普差點通過。她又提起了他另一個失敗，不過她顯然沒有惡意。「事實上，」他說。「我有個特殊天賦。」

「什麼天賦？」

基普壓低音量。「這是祕密。妳不能告訴別人。超值錢的。」

「好。」她說著，湊上前去。

他左顧右盼，彷彿十分緊張。「清空餐盤。」他低聲道。

神色迷惘。他看得出她在想：我有聽錯嗎？他比向自己的空餐盤。

她大笑：「我會直接把這個祕密回報給我的贊助人！」

她很可愛。可惡，她眞可愛。她的笑容直接衝入基普胸口，擾動麗芙曾經擾動過的那個愚蠢、尷尬、荒謬的部位。基普嘆了口氣。「我知道妳對我好只是奉命行事，不過我喜歡妳。」

她眼中有樣東西消失了。她偏開頭去。他看見她嘴角凝聚著壓抑的情緒，轉眼之間變了四種表情。她迅速眨眼，一言不發地起身離開。

那麼，基普，親愛的，受訓第一天過得如何？

我讓我的老師討厭我；我被個老頭甩了一巴掌，還被個小女孩痛扁一頓；我告訴我的同學妳是妓女；我摧毀了某人加入黑衛士的夢想；我還弄哭了個善良的女孩。除此之外，今天超棒的！

還有我的手好痛。他把手放在桌上，試著依照囑咐伸展。他痛到無法呼吸，立刻停止這麼做。呼吸。他得全神貫注才能忍住淚水。

基普起身，走出餐廳。他的黑衛士跟了上來。這個男人身材高瘦，虹膜隱現紅色斑暈，戴著正方形的紅眼鏡，背上插了把手槍，一邊腰側掛有阿塔干劍，另外一邊掛著卡塔匕首。他不在前往提利亞的那些黑衛士之列。

基普回到營房時，天還沒黑。他不在乎。他癱在床上，連毯子都沒拉來蓋。他累癱了。

但是今天還是不肯放過他。

有人戳了他一下。「你在我床上幹嘛？」對方大聲問道。

當眞？

基普甚至沒有睜眼。「我在床上放屁，幫你溫床。」

「下來。」對方捶了基普肩膀一拳。不算太痛。基普微微張開眼睛，看見對方揮拳。「我今晚想睡這張床。」

「有點小，不過我想我們可以擠擠。」基普說著，坐起身來。這個惡霸體型龐大，不過看起來並不結實。他是屬於發育較早，卻沒注意到其他人都漸漸趕上自己的那種男孩。

「滾下我的床，胖子。」惡霸說。

基普揉揉眼睛。營房裡的其他男孩全都一邊看，一邊脫上衣，假裝準備就寢。「當惡霸的問題就在於，」基普說。「你永遠不會知道新來的小子有多剽悍。我想這讓你有點害怕，是不是？」

「什麼？滾開，胖子！」

基普不耐煩地起身。惡霸一頭棕色短髮、堅定的下頷、大鼻子、肥胖，骨架很大。「你以爲我沒見過惡霸？沒被霸凌過嗎？我們都知道接下來是什麼情況：我會設下底線——像是『別打我』，然後，因爲你是惡霸，你就會變得非打我不可。然後……」

*或許我可以回避那一堆狗屁倒灶的東西。*

基普使盡吃奶的力氣捶向惡霸鼻子——還眞的打到了。一下令人滿意的啪答聲過後，惡霸重重倒地，震驚無比。鼻血讓他多了小鬍子和大鬍鬚。

「你叫什麼名字？」基普問他腳邊的男孩。

「俄里歐。」男孩摀著鼻子說道，依然驚魂未定。他四肢抵地，或者說三肢抵地，因爲他有隻手在摀鼻子。

「俄里歐？」

俄里歐開始站起。「我要殺了你，你這小——」他以爲照打架規矩，基普會等他站起來後再開打。

基普一拳打在男孩臉上，打得他整個趴在地上。他跳到俄里歐身上，壓出對方體內所有空氣，然後緊扣手腕，箝制男孩手臂。他坐在男孩身上。

突然之間，基普頭腦冷靜，掌控大局。

俄里歐說：「我要教訓你，你這個小渾蛋。我要你後悔出生在這個世界上。」顯然他已經從震驚的情緒中恢復。「放開我的手！」

俄里歐掙扎抖動，試圖擺脫基普，但基普只是身體前傾，直到男孩放聲大叫，不再掙扎。他很熟悉扣手腕這一招，雖然他向來都是被扣的人。在家鄉，朗經常把基普的臉壓在地上，讓他吼叫、發狂、顏面盡失。讓他親吻塵土，嘲笑他，然後再放他起來。

惡霸還不肯住口。「我要殺了你，你這個肥胖小渾蛋。你沒辦法永遠壓住我，等我起來之後，你就給我小心點。我會跟著你。我會等著你。下次你絕不可能靠偷襲打倒我。」

基普突然發現自己騎虎難下。不管怎麼做都對他沒好處。如果繼續下去，他就會變成壞人。這種情況下，正常程序應該是他對俄里歐下達最後通牒，像是「把話收回去」，或是說些差不多蠢的言語。俄里歐會拒絕，然後基普就進退兩難。如果基普放開他，俄里歐明天還會再回來——到時候他八成會把基普痛扁一頓。但是如果基普繼續整治他的手臂，並不會造成永久傷害，但這裡大多數男孩都不知道這一點，而且就算俄里歐投降了，基普也會在這個營房裡的所有人眼中變成殘暴的渾蛋。還可能出現更糟糕的情況，就是有人在俄里歐投降前插手，然後基普就會變得既殘暴又弱小。

基普拖延著時間。「俄里歐，或許看起來不像，但是我比你剽悍、比你可怕、比你聰明，而且我絕對敢做一些你不敢做的事。」

「省省吧，吃屎的傢伙。」俄里歐從基普遲疑的表現中察覺到弱點。「喔！開始求我吧，你這個小婊子。」

基普突然對這一切感到十分疲憊。鐵拳是怎麼說的？「打贏只是開端」？

「俄里歐，我本來打算再給你一個機會收回那些話。但是你絕不會收回任何話。你太蠢了，而我懶得繼續這種遊戲。但是等你進醫務所後，我要你記住一件事──我已經對你很仁慈了。」

基普依然緊扣俄里歐手腕，然後突然間以全身的體重爲後盾，使勁壓下他的左臂。

俄里歐的手臂喀啦一聲，斷成兩截。所有人倒抽了一口涼氣。血淋淋的骨頭插出皮膚。俄里歐慘叫。聲音很尖。誰也想不到這男孩會發出這種叫聲。

基普站起身來。俄里歐在四十個男孩難以置信的目光下一邊流血，一邊哭泣爬開。他站起來，抓著斷掉的手臂，踉蹌地走出營房。沒有一個男孩出面幫他。沒有克朗梅利亞的人跑來管事。

俄里歐走出營房門口時，基普看見他的黑衛士──那個高高瘦瘦的年輕人──站在陰暗的角落，身體斜靠在牆壁上。他旁觀著這一切，顯然會在基普性命受到威脅時出手。不過不到那個地步，他絕對不會動手。他只是目光爍爍、面無表情地旁觀。

基普故作冷酷躺回床上，假裝馬上就睡著了。*不要來煩我。*他轉身背對那些在背後竊竊私語的男孩，聽他們重複那個不用重複的故事。他們全都親眼目睹。

基普根本沒睡著。終於，所有男孩都吹熄了蠟燭。在黑暗中，基普回想加利斯頓之役的情況。

被他丟入營火裡的男人，臉上皮膚就像被塞進鍋裡的雞一樣剝離脫落。圍觀眾人的目光，憤怒扭曲的面孔，試圖殺死基普，在基普落入牆上的大縫時舉起武器。墜落、墜落。四面八方都有人踢他。

瀰漫在空氣中的火藥味。

揮刀砍入人體的快感，血肉分離，刀鋒幫他的血肉贏得自由，解放了鮮血和靈魂。

士兵把他團團圍住，紛紛舉起火繩槍。基普將他們自己的彈丸射回他們臉上。

一顆眼球，如大海般湛藍，躺在石板地上，屬於那眼睛的頭顱已經被炸得不見了。那顆眼睛凝視著基普，瞪視著基普。指控著基普。殺人凶手。

你做了什麼？

他記得自己敗在家鄉惡霸朗手上。他們以為朗將會被迫加入加拉杜王的部隊。基普在加利斯頓殺了不少士兵——男孩——不比朗大，很可能是被迫入伍的男孩。無辜者卻行罪惡之事。

小時候，他偶爾會想殺死朗。當時他不知道那是什麼意思，也不知道殺人有多容易。

我變成什麼樣的怪物了？

# 第十八章

加文把拳頭大小的盧克辛炸彈放進管子，然後開始灌注手指粗細的綠盧克辛，將炸彈推向海面下。過去兩天裡，他已對此駕輕就熟，但那些炸彈還是很不可靠。炸彈是由包覆在空氣泡泡外面的一層一層黃盧克辛和紅盧克辛構成。要訣就在於透過適當手法，讓最裡面那層盧克辛呈不穩定狀態。盧克辛泡泡會自行瓦解，讓裡頭不穩定的黃盧克辛接觸空氣。不穩定的盧克辛會轉爲光線，引燃紅盧克辛。後續一層一層盧克辛都會產生同樣的反應，引發足以清理暗礁的爆炸。

但是，處理刻意做成不穩定狀態的爆裂物，總是令人精神緊繃。有時候炸彈一接觸暗礁立刻爆炸；有時候會等好幾分鐘還不爆炸，甚至完全不爆。

卡莉絲負責穩定船身，有時候用撐的，有時候用划的。

這一次，炸彈在加文抽走置彈管前就爆炸了。管子從他手中震飛，船下的海面瞬間隆起。加文本來準備好應付巨浪，但震飛的管子卻讓他腳下不穩，向後跌開。一般摔進海裡不是什麼問題，但此刻海裡充滿被炸出水面的尖銳珊瑚碎片。

卡莉絲在加文一腳踏入水面時抓住他的腰帶，用力一提。他突然被扯回船上，摔在船板上時，不小心踢倒了卡莉絲。

加文奮力轉身，避免弄翻小船，但最後卻壓在卡莉絲身上。他笑道：「接得好！」

她目光銳利到讓他以爲自己的心臟會當場停止跳動。

「走，開。」她嘶聲道。她的肢體僵硬。他必定誤解了那一瞬間的表情。因爲有那麼一瞬間，他敢發誓她——

「抱歉。」他說著，撐起自己。「接得好。」他又說。她剛剛有向他靠一下嗎？她身體有微微向上，讓兩人多接觸一下嗎？他看著她。

過去兩天裡，烈日不斷曝曬著海灣。加文爲了涼快而脫掉了上衣，卡莉絲第一天還矜持地流了一整天汗，第二天就跟隨他的腳步，脫到只剩黑衛士的無袖緊身內衣。看著她躺在船上，露出纖細的腹部，雙腳跨在他兩側，皮膚在金色陽光和汗水下閃閃發光——他忘了呼吸，思緒渙散。他試著不要——但失敗了——去看她的胸部。

只看了一眼，但她發現了。

加文可以聽見被關在囚室裡的哥哥的聲音，突如其來，言語鋒利：「所以你連這個也要奪走，弟弟？和她做愛，假裝你是我？你要聽她在高潮時尖叫我的名字？」

如果她是其他女人，他會把情況推到極限：他會立刻親吻她，讓她決定接下來如何發展。她想說不？沒問題，去她的。他再去找下一個目標。又或許，更有可能，她會說好，然後他就會和她做愛，在她臉上留下一抹微笑——不過還是會丟下她。但至少會有所行動。

卡莉絲是世界上唯一讓他動彈不得的女人。

他還記得許多年前和她一起躺在她父親家中的房間裡。他記得自己親吻那對乳房，愛撫她的身體，聊天到黎明。他們一個晚上做了六次，猴急與熱情戰勝了缺乏經驗的難堪。他得在她的女僕進房叫她起床前離開。

他們都知道這段戀情註定沒有結果，即使在當時、即使他們都還是孩子的年代。「我會來找妳。」達山承諾道。

他信守承諾，回去找她，但是她不在家——被她父親帶走了，不過當時他不知道；他以為她背叛了他——而她哥哥伏擊他。他引發一場害死他們所有——哥哥、僕役、奴隸、小孩、財寶、希望——的大火。

「我對妳做過很多錯事。」加文說著，站起身來。「每一件都令我後悔。我很抱歉。」

他將手伸向卡莉絲，想要拉她起來。本來他以為她會拒絕，但她握住他的手，迅速起身，而且沒有放開。她站得很近，但是為了問他問題。「你要講清楚你到底要我原諒什麼嗎？」

在加利斯頓，她說過：「我知道你的大祕密了，你這個渾蛋。」然後甩他一巴掌。

這樣講並沒有把話說明白。他這些年來累積了很多祕密，不管她以為她知道了什麼，可能都與最糟糕的祕密天差地遠。這些年來，他最主要的祕密又衍生出了各式各樣額外的祕密。

*而我所謂的祕密，就是謊言。*

*你有多冷酷，加文？你有多想要達成你的目標？你曾為此殺人。你還能這麼做嗎？*

最近的克朗梅利亞間諜都離他們有數百里格遠。如果加文將眞相對卡莉絲全盤托出，而她發誓要揭穿他或摧毀他，他可以殺了她。

就這麼簡單。

如果公平決鬥，她有機會殺了他。她的黑衛士訓練把她變成可怕的武器。但是面對稜鏡法王，絕不會有公平決鬥。

「我只是很抱歉。」加文說，偏過頭去。

她沒有放開他的手。她緊握著，直到他面對她咄咄逼人的目光。「如果你不願意負責，就根本稱不上道歉。如果你連為什麼要道歉都說不出來，就等於什麼也沒說。在你做出那種事之後，絕不可能如此輕易獲得原諒。至少我不會輕易原諒你。」

加文試著拉回自己的手，但她拒絕放手。

「放手，不然就游泳。」加文冷冷說道。

她放手。

可惡的女人。她讓他好生氣。而最讓他生氣的部分在於她說得沒錯。可惡！

但他下不了手殺她，他很清楚這點。就算燒燬全世界，他也不會殺她。

她撿起他用來放置炸藥的盧克辛管，交還給他。「再放五顆炸彈應該就能打通航道了。」她說。「但得盡快趕在退潮前完工。接下來可以開始處理海堤地基。」

他們一直工作到沒有足夠光線讓加文汲色。卡莉絲穩定船身，看清楚周遭地勢輪廓，確保他們位於計畫的範圍裡。

海堤共有三座，包含兩道寬敞的開口：一道專供船隻進入海灣，另一道讓船隻離開。穿越珊瑚礁通往開口的海道都蜿蜒迂迴，用浮標標示轉向處。如果受到攻擊，本地人會移除浮標。這工程可不簡單，加文心想。他在建造明水牆時得到不少經驗，但當時有數千名工人和數十名馭光法師幫忙。

*我幫法色之王建造這麼適合防守的庇護所還真是貼心。*

好吧，一回生二回熟。他會把這裡的一切留給提利亞人民——如今是他的人民——而且還會多給他們一些建造城市所需的東西。然後他會離開。

他們生起了小小營火，卡莉絲料理了一條趁加文睡覺時抓到的魚。她叫醒他，然後一起吃魚。

「抱歉，」他說。「我應該幫忙煮晚餐的。」

她以他在說蠢話的樣子看他。「你這一週都在建造世界上第九大奇觀；晚餐交給我就行了。」

「這樣很不公平，對不對？」加文說。「沒有妳，我絕不可能辦成此事，不過它會變成『加文建造的東西』，就像之前的明水牆一樣。」

她搖頭。「你在我眼中是一團謎，稜鏡法王閣下。」

他不記得自己睡著了，不過當他在半夜醒來時，身上蓋了條毯子。透過營火黯淡的光芒，他看見卡莉絲凝視著黑暗。他立刻生出一股難以言喻的感激之情。她一整天都在辛苦工作，還要徹夜放哨。她背對著他和營火，維持夜視效果，當然。加文和大部分次紅法師都可以控制雙眼，迅速調整夜視能力，但卡莉絲就連喪失短短一秒的夜視能力都無法接受。

加文坐起身來，正要開口提議自己輪值下一班夜哨時，看見她的肩膀顫抖。

不是因爲冷。她是在哭。加文已經很多年沒看卡莉絲哭了。

他知道她不想讓他發現自己在哭，但他還是站起身來，雙手搭上她的肩。她渾身緊繃。

「我來輪哨。」他輕聲說道。

「不要，加文。」她說，聲音很緊繃，瀕臨爆發邊緣。

不要幹嘛？不要碰她？不要說話？不要離開？

「今天是塔沃斯的生日，」她說，努力說得清楚一點。「我差點不記得了。」塔沃斯，她哥哥。死在那場大火裡。他是很壞的人，暴力、情緒不穩，是那天晚上讓達山相信如果不動手反抗就死定了的那群男孩之一。但卡莉絲不這麼想，或許她永遠不會這樣看待她哥哥。就算她知道他是什麼樣的人，他依然是哥哥。「我只是很想念他們。克伊歐斯……」她聽起來像是有話想說，但是沒說下去。

克伊歐斯是和她最要好的哥哥，是唯一讓加文後悔殺掉的人。那群傢伙裡唯一算得上善良的人。

然後，她哭出聲來。她轉向他，他擁抱她。他沒說話，依然不確定自己是不是在作夢，不過他知道如果在這個時候開口，他很可能會說錯話。

儘管不知所措，有時候男人最重要的職責就只是起身擁抱女人。

# 第十九章

在夢裡，基普是個綠狂法師，追逐著尖叫的孩童，用刀和火焰殺害他們。他會在憤怒、嗜血等情緒下淚流滿面地醒來，而來自那些幽靈的怒氣三不五時還會回來糾纏他。

深夜起床上廁所時，有個黑衛士跟他同去。基普從未見過這個男人，而他什麼話也沒說。就這麼跟在基普身旁，然後要基普待在廁所外，等他先進去檢查有沒有刺客。太荒謬了。

早上下床給他一種解脫的感覺，雖然基普覺得自己完全沒休息到。幾名年紀比較大的二年級學生跑來集合新生前往餐廳用餐。

基普餓斃了，但是他的食物不比隊伍其他人多。來到隊伍末端後，基普感到一陣恐懼。餐桌排成長長的好幾排，學生都和朋友坐在一起。

*而我沒有朋友。*

事實上，基普有的是敵人。他看見俄里歐，手臂包著厚厚的繃帶，用吊腕帶吊著。看見基普時，男孩正在和朋友交談。他立刻閉嘴，臉色發白。

*我該走過去。我應該和他們坐在一起。用閒聊卸除他們的敵意，假裝什麼都沒發生，宣告我有權與全班最剽悍的男孩坐在一起。*

但他沒膽子這麼做。

直到此時，他才發現今天早上沒有黑衛士跟著自己。他左顧右盼，看學生隊伍、餐桌、食物、僕人和奴隸。完全沒有黑衛士。基於某種原因，這個情況轉眼間粉碎了他建立的微弱自信。他們看到他的所作所爲。認定他沒資格接受保護。

接著，基普看見幾個他認得的孩子：昨天課堂上坐在他後面那個戴怪眼鏡的男孩，還有幾個黑衛士訓練班的學生。他們都是不被眾人接納的人——基普立刻就看出這一點。他們有的很笨拙、有的很聰明、有的很醜陋，有些希望加入黑衛士的人一看就知道會落選，但還是爲了滿足他們自己或主人的期望而參加訓練。當然，他們的餐桌上還有空位，附近幾桌也很空，好像會傳染一樣。基普走了過去。

「你識字嗎？」眼鏡男孩在基普走近時問道。他的下扣式眼鏡此刻一眼固定在藍鏡片上，另一眼則是黃鏡片。

基普遲疑。他們也不願意接納他嗎？「呃，識字？」

「如果不識字，就得去聽說明。識字的話，就去看工作表。等等，你有那種——喔，別理我，你當然識字。你把卡達老師訓了一頓。」

「眞的？」一個其貌不揚的女孩問。

基普沒理會她，放下餐盤。

「你爲什麼要和我們坐？」

「你們看起來比他們友善。」基普說著，轉頭點向那些外型剽悍的男孩。「你要我走開嗎？」

他們互看了幾眼。聳肩。「不用。」眼鏡男孩說。

「那麼，你們叫什麼？」基普問。

眼鏡男孩指著自己。「我叫班哈達。」然後指向其貌不揚的女孩。「緹希莉。」接著比向瘦瘦高高、牙縫很大的男孩：「那是阿拉斯，還有——」

一個女孩的聲音打斷了他們的介紹。「嘿，你們有聽說俄里歐被新人狠狠教訓一頓的——」她在看見基普時突然住口。

「還有……那是阿德絲提雅。超優秀的，提雅。」

「我們見過。」基普冷冷地說。

提雅張嘴欲言，然後安靜坐下，神情挫敗。

「我沒聽說，」阿拉斯說。「什麼，哪個新人？怎麼回事？」

「阿拉斯。」提雅咬牙說道。

「什麼？有打架嗎？」阿拉斯問。

「我不知道那算不算打架。」基普說。

「你？你和人打架？俄里歐？」阿拉斯問。

「你把他的手折斷了三個地方！」阿德絲提雅——提雅？——說。

「有嗎？」基普問。

「等等，你折斷俄里歐的手臂？」班哈達問。「我討厭那個傢伙。」

「你的手就是和他打架時受傷的嗎？」緹希莉問。她左臉上有塊胎記。她把鬈髮垂在那一側，試圖掩飾，不過成效不彰。

基普看著自己捆滿繃帶的手。他應該要每天塗抹一次藥膏。今天早上忘了塗。他甚至不知道有沒辦法從這裡找到醫務所。「不，呃，這個。比較像是被人丟到火堆裡。」

「等等、等等、等等。你一定要從頭說起。」班哈達說。「阿拉斯！不要看那邊，不然他們會知道我們在講——」

阿拉斯、提雅、緹希莉和基普，全都同時看向俄里歐那桌——結果發現俄里歐的朋友全都在看他們。被抓到了。

班哈達搔了搔下巴剛開始長鬍鬚的位置。「無所謂了。」他說。他把兩片有色鏡片翻到上面，凝視基普，其中一眼看起來比另一眼大一點點。基普聽說過校正視力的鏡片，但從來沒見過。一大一小的眼睛讓他感到不安。「那麼，」班哈達對基普說。「說吧。」

「俄里歐的事？他走過來捶了我幾下，然後我對他的鼻子打了一拳。」

他們等他繼續說下去。

基普喝了一口粥。

「史上最爛的說書人。」提雅說。

「你打他鼻子這一拳力量大到把他的手臂震斷了三處？」班哈達提醒他。

「聽著，」基普說。「這又不是什麼大不了的事。我當時很害怕，我知道他要打我。所以我——你知道？我搶先攻擊。我有點驚慌失措。」

「然後就折斷他的手？」提雅問。

基普聳肩。「他說他要殺我。」

他們換上一副介於懷疑和佩服之間的表情。

基普決定用幽默來化解這種表情。「我只有一隻手可用。如果現在他再來找我麻煩，就算公平了。」

不好笑。

「天啊，」阿拉斯說。「我有看到你在黑衛士訓練班裡對打的表現，但我不知道你那麼厲害。」

「你看起來不像狠角色。」班哈達說。「但我想這證明了你是蓋爾家族的人。」

「我聽說那場架打完之後，你又折斷他的手臂，因爲他說你是豬油蓋爾。」緹希莉說。她顯然沒有參與基普的入班測驗。

提雅整個人沉入她的椅子裡。

「不是那樣的。」基普說。「眞的。一切發生得太快了，差不多三秒內就結束了。我運氣好。眞的。問提雅。她比我厲害多了。她昨天一腳就踢中我的臉。」

「什麼？什麼？什麼？」班哈達問。「提雅？」

「基普被分配當我的搭檔。」提雅說，扮了個鬼臉。

喔，謝謝。

班哈達問她：「搭檔？妳入選了？我以爲妳要明年才會去參加選拔。」他看起來有點受傷，不過很快就恢復了。「我本來也要去的！哈，矮樹！」

基普揚起一邊眉毛，感到疑惑。

阿拉斯說：「班哈達去年春天沒趕上汲色課，不過他參加了黑衛士春季班。」他轉向提雅。「但妳說妳認爲黑衛士都是笨蛋，透過刀劍之道保護白痴是白痴才會做的事。」

「阿拉斯，你就坐在基普．蓋爾隔壁。」緹希莉說。

「我知道。我第一次就聽見了。那又怎——喔，喔！我敢說提雅絕不是說你父親是白痴，基普。她大概是指白法王。我是說，我猜肯定會是他們其中之一，呃？或許是紅法王？喔，等等，那是你爺爺。」

「阿拉斯！」提雅說。

班哈達說。「提雅，妳說過不想靠傷人維生。」他似乎把提雅祕密參加黑衛士訓練班的事當作對他的背叛。

「我是不想！」提雅自我辯解。

「那是怎樣？我和妳說要加入黑衛士的時候，妳就說他們都是垃圾和白痴，結果基普一出現，妳就──」

「這和那沒關係！不是所有人都是雙色譜法師，班。你說不定還是多色譜。想上哪去就上哪去，想做什麼就做什麼。你的力量將會強到沒人會在乎你父母是誰。我甚至算不上是眞正的馭光法師。」

「妳的法色和所有人的法色一樣眞實，只是世人尙未認可。提雅，我們談過──」

提雅回嘴：「既然沒人認可，就不會有人因爲我的法色雇用我。或許再過五年，會有更多人認同你的想法，但現在我沒有其他選擇。我只能加入黑衛士。你不懂嗎？我試過去找別的贊助人。我失敗了，而我的主人命令我參加黑衛士選拔。」

「我不知道是妳主人下令的。我很抱歉。」班哈達說。

她會成爲黑衛士，基普心想，不過沒有說出口。他是無意間揭露這個祕密的人。他本來期待悶不吭聲可以避免進一步激怒提雅。

「還有你，搭檔，眞是謝謝你了。」提雅說。

# 第二十章

吃完早餐，基普還是很餓。提雅起身去看牆上的布告，把碗、湯匙和杯子留在桌上，就和大多數人一樣。

班哈達和緹希莉也站起身，朝不同方向離去。只有基普和阿拉斯還坐在餐桌前。這個高瘦男孩吃東西超慢。他的喉結大得不像話，讓他看起來像隻友善的大禿鷹。

「我們要收拾餐具嗎？」基普問。

「呃？」阿拉斯本來在看一群女孩。漂亮，身穿和所有人一樣的樸素制服，不過手腕和脖子上都戴有珠寶。有錢女孩。高攀不起，不過，從阿拉斯遙望的表情看來，還沒到不能在夢中高攀的地步。

「餐具？什麼？」

「我們要收拾餐具嗎？」基普問。在家鄉，沒人能夠容忍十五歲的人還不清理餐具。

「奴隸會收。你該走了。第一堂課很快就要開始。」阿拉斯繼續看著那些女孩。

離開餐桌，感覺像是放棄安全之地，跑去野外和狼玩耍，但是他沒辦法拖延。基普起身，走向貼著布告的那面牆。他與幾個剛來吃飯的年長學生擦身而過。一個男孩和一個女孩走過他身旁，雙手垂在身側，全神貫注，他們的食物放在自己汲色製作出來的藍色餐盤裡。兩人都邊走邊緩緩舉起雙手，試著不灑出食物和飲料，並調整開放式盧克辛。接著，他們幾乎在同一時間彌封餐盤。

「喔不，喔不，喔不。」男孩反覆說道。他彌封得很糟，餐盤在他抵達餐桌時瓦解殆盡，碗和杯子都掉了下去，摔成碎片。

「女孩得一分！」他的對手說，輕鬆放下完美的餐盤。

男孩在顯然是他朋友的哀鳴聲中低聲咒罵。一名老師大聲說道：「自己清理。別指望奴隸。」

提雅在基普抵達布告之前走過來。「我們要負責鏡子，藍塔。」

「什麼？」基普問。

「你沒趕上爲我們講解規矩的新生訓練週，什麼都不知道。」提雅說。「所以我和別人調換工作，整週都會和你在一起。」

「眞的？」基普說。那就像是有道正常光線穿透了他毫無頭緒的烏雲。

他正要開口道謝，她已經說道：「不。不用。」

「我只是想要——」

「我不是爲了幫你。搭檔通常都要分擔彼此遭受的懲罰，而這些懲罰會讓人無法上課。所以，萬一你搞砸了什麼，會影響我加入黑衛士的機會。」

太好了，更多讓他自責的事。

提雅帶他走到一部升降梯前，和約莫五十個學生一起排隊。提雅今天沒綁頭髮。基普覺得一開始把她誤認爲男生很蠢。眞是白痴。

他突然想起麗芙，不知她正在做什麼？是否還活著？但是擔心這個實在太愚蠢了，她八成已經開始謀害人民。加利斯頓之役前夕，基普就在現場，聽過法色之王的謊言，心裡很清楚那都是些什麼玩意兒——抹黑和眞假參半的謊言。掩飾懦弱行爲的花言巧語。

魔法很難纏。它能讓你成爲世界的主宰一、二十年，然後開始主宰你。馭光法師會發瘋，而當法力強大的人發瘋時，就會危及所有人。殺死他們不好，但卻是必要之惡。

法色之王說：「我們不會謀害奉獻多年的父母！」他的意思是：「輪到我的時候，我可不想死。我要享受天賦帶來的特權，但是不想付出任何代價。」基普看穿這一點，而基普只是個白痴。麗芙爲什麼看不透？

幾分鐘後，基普和提雅及其他二十個學生一起搭上升降梯。

「我們運氣不錯。」提雅說。「雖然操縱鏡子很無聊，但要是拉一整個早上的配重塊，在手都提不起來時跑去黑衛士訓練班，那才眞的難受呢。」

「謝謝，我也這麼認爲。」旁邊的學生說。基普覺得在黑衛士訓練班看過他。或許是叫弗庫帝？或許？「我這禮拜都和配重塊耗上了。」

「我們和你換。」提雅說。

「眞的?!」

「假的。」提雅說。學生們哈哈大笑。

升降梯停在高塔一半左右的高度，大部分學生都離開升降梯，前往空中走道。基普和提雅跟他們一起走。克朗梅利亞的六座外圍塔及中央塔間，建有許多狹窄的空中走道。基普曾經走過其中一座空橋。他知道它們很安全。

畢竟，克朗梅利亞不會讓馭光法師陷入險境吧？

基普嚥了嚥口水，跟了上去。藍塔外觀是由藍盧克辛切割而成的精美切面組成，在陽光照射下如同上百萬顆藍寶石般閃閃發光。這景象本當令人嘆爲觀止，如果基普還有心情讚嘆的話。

「不喜歡高處，呃？」提雅等他們過橋之後問道。

「不是很喜歡。」基普承認。

「那接下來大概也不會很有趣。」

基普強顏歡笑。

「你是有過不好的經歷還是怎樣嗎？」提雅問。「懼高？」

「有個胖刺客女士曾想把我從黃塔上丟下去。」基普說。

她懷疑地看著他。「聽著，如果你不喜歡高，無所謂，但沒必要開玩笑。我只是在找話聊。」

基普張嘴欲言。不，這個話題他爭不贏。

他們有查出是誰要他的命嗎？

如果有，沒人告訴過他。這讓他想起他的黑衛士護衛──還是沒出現。而這讓基普再度有種自己無關緊要的感覺。有人行刺他，沒人解釋原因。他本來有黑衛士護衛，結果被撤掉了，也沒人想到要和基普講一聲。

去角落玩，別來煩大人，基普。

提雅帶著六位學生來到藍塔前，搭乘升降梯前往頂層。那裡有扇堅固大門，還有條華麗的走廊。

「另外半層頂樓是給總督、貴族和宗教慶典使用的。」提雅說。「太陽節時，整座頂層都會旋轉，讓那半層，而不是我們這半層面對太陽。」

堅固大門後面是個充滿齒輪、滑輪、繩索、沙漏、鈴鐺的房間，房內還有巨大窗戶。陽光強到令基普一時什麼都看不見。提雅交給他一副深色鏡片的大圓眼鏡。戴上後，他就又能看東西了。

值晨間班的學生一臉疲態地自椅子上起身，將厚厚的外套交給下一班學生。有些人交代著某些齒輪或繩索的狀態，有些人則隨口說笑。基普完全搞不清楚狀況。

過了一會兒，他們分配好位置。基普和提雅接下他們的外套，各自找了張椅子坐下。這裡一共有六個崗位，每個崗位有兩個學生、兩張椅子、四個沙漏、四個鈴鐺、一面寬度比基普的身高還寬的大鏡子，以及三面小鏡子。

「一天當中，整個克朗梅利亞會隨著不同時刻轉動，讓它可以直接或間接面對太陽。」提雅說。「所以，我們基本上只要隨著太陽起降，上下移動鏡子，而首要規則是絕對不要用手接觸鏡面。如果有問題，我們就找磨鏡匠。他們是全世界最頂尖的磨鏡匠，要是讓他們發現鏡面上有指紋，可是會發飆的。」

儘管鏡子和滑輪看起來都很了不起，但真正吸引基普目光的不是它們。地板上有六個大洞：中間的洞最大，上方有六面鏡子，還有許多小洞。

「光井。」提雅說。「讓這座塔下層的馭光法師不管是否位於塔的陰暗面，也不管是清晨或黃昏，隨時都有足夠的光線可用。從這裡往下看看。」

每組人馬都用大鏡子把光線送向中央光井的某面大鏡子，然後其他鏡子再把光線轉往下層。基普在光井旁邊探頭出去。洞壁光滑無瑕，鍍了一層帶有鏡面光澤的銀，遠遠向下延伸。在凝聚而來的耀眼光線前，他甚至無法看見底部。

他凝神觀看，只見下方約莫四層樓的位置有塊牆壁開啓，一面直徑約莫三呎的鏡子探入光流中。基普看見更下面還有其他鏡子以同樣方法接收光線，位置都經過仔細計算，讓上方鏡子不會遮住下方光線。

基普一邊吞嚥口水一邊後退。這實在是太神奇，太天才了——而且，光井旁都沒有防止操縱鏡子的人掉落的欄杆。

他被小鈴鐺的鈴聲嚇了一跳。提雅翻過和那個鈴鐺一組的沙漏，抓起一面小側鏡的繩索，拉下一格拉桿，讓鏡子微微移動幾度。

較小的鏡子將光線引入較小的洞裡。「小型實驗室或多色譜法師，或法色法王的房間。」提雅回答了基普沒有提出的問題。「每座塔裡只有幾道私人光井，所以必定是非常重要的人物，才能分配到屬於自己的光井。不過，我們的工作非常無腦。至少等你習慣之後是如此。不必校正任何東西。那是鏡奴的工作，每天清晨設置一切，而我們只要每隔一段時間，鈴響的時候拉一下繩索就好了。兩人一組是爲了避免有人睡著，或是要打開窗戶、頂點替換。」

「當然，頂點替換。」基普說，完全不懂她在說些什麼。

這個工作一開始感覺很複雜，但是沒多久，提雅就讓基普去拉拉桿和翻沙漏。

「有人掉到洞裡過嗎？」基普問。

「去年有個男孩掉到一道小光井裡，是通往四層樓下的藍法王鏡的。那個男孩摔斷了背，撐了六個月才死。據說幾年前有男孩在這上面打架，其中一個把另一個推入大光井，立刻死亡。凶手宣稱是意外，但沒人相信他。」

「後來怎麼處置他？」基普問。

「歐霍蘭之注視。」

基普的表情顯然是在說：我完全不懂妳在講什麼。又一次。

「大傑斯伯橋下有根支柱。你知道千星鏡？」

城裡隨處可見的鏡塔。「當然。」

「對，那些鏡子，加上克朗梅利亞塔上的所有鏡子，全都聚焦在同一個點上。他們正午時分把凶手放到焦點上，然後由馭光法師自己選擇處置方式。你可以像透鏡下的螞蟻般被活活燒死，或是汲色。如果沒色，就會像大水淹過麥桿一樣，你會脹爆。」

「那聽起來……慘到了極點。」基普說。

「本來就不是爲了好玩。來吧，上課時間到了。你覺得你可以安安穩穩度過一整天嗎？」

基普皺起眉頭，還不打算跳開這個話題。「但我以爲每年太陽節，他們都會讓千星鏡聚焦在稜鏡法王身上。」

「然後呢？」

「好吧，那他爲什麼不會死？」基普問。

「他是稜鏡法王。他無所不能。」

# 第二十一章

我辦不到。

七年，七大目標。

那是痴人說夢，童話故事、徒勞無功。加文想做的根本不可能。

他躺在卡莉絲身旁，近到可以分享彼此體溫。他一如往常，時睡時醒，也像往常一樣作著惡夢。昨晚，顯然是出於他清醒時對於失去藍色的恐懼，他夢到哥哥逃出藍色地獄。他拋開這場夢境，忽略胸口的刺痛和緊繃感。黎明將至。卡莉絲隨時都會醒來，然後走開。他們會起床、工作。島上的居民遲早會來阻止他們，或是要求談判。如果他們想殺他，會在晚上過來。現在黎明將至，他認為他們不太可能選在此時動手。加文還能再活一天。

他的第一大目標其實很容易，不過至今依然無法達成——告訴卡莉絲真相。當加利斯頓淪陷到法色之王手裡時，他差點放棄了第二大目標——拯救因為他而受苦受難的加利斯頓人民。現在救贖在望。其他還有一些已經達成的目標：學會以比世間任何人還快的速度旅行；破壞某些克朗梅利亞統治議會、光譜議會法王的威信。還有其他目標仍在進行中。除了告訴卡莉絲真相，其他目標全都是為了他的終極目標而努力，而那是他幾乎不敢多想的遠大目標，深怕光是多想一下，就會讓這個目標變得更加遙不可及。彷彿多想這個目標會讓他洩露這個祕密，然後它就會從此脫離他的掌握。

他虧欠死去的弟弟塞瓦斯丁。他虧欠母親。他虧欠加文。

他不確定，即使仔細思考後還是不確定，所謂的「加文」，究竟是指自己，還是他兄弟。

卡莉絲往他身上靠，但馬上驚醒。他呼吸平穩，假裝還在睡。她輕手輕腳地靠回自己那一側，盡量不吵到他。她或許討厭他——他罪有應得——但還是很體貼。這是他愛她的原因之一。

昨晚她為哥哥哀悼時，他一直擁抱著她。抱到她睡著為止，然後起來繼續守夜。即使當她的淚水落在他身上、讓他為她心痛時，他依然羨慕她的淚水。羨慕她可以明確地為死去的哥哥哀悼，不像他為了活著的哥哥感到恐懼與罪惡。難怪輪到他睡時，他夢見達山。無論如何，昨晚都沒有改善他們的關係。他認為她今天最多只會簡短向他道謝，然後一切恢復正常。

只不過，正常撐不了多久。卡莉絲並不笨——要不了多久，她就會注意到他無法汲取藍魔法，而此刻她提出的問題已經令他不安。

眞相在於，除了告訴卡莉絲眞相，他所有目標都集中在同一個方向，而這個目標與其他目標完全背道而馳。卡莉絲是他計畫中最大的威脅，而他無法用恭維或威脅等手段對付她，她有自己一套是非標準。如果認為摧毀他是正確的做法，她會不惜代價這麼做。

聰明的做法就是比照其他阻礙，直接剷除。

這並不表示要殺她。他可以帶她去某座外圍島嶼，連商人也一年只路過一次的地方，把她留在那裡。到時候，不管他出了什麼事，她都沒辦法干預。但是，從僅剩約莫五年可活的女人身上奪走一年時光，可不是小事。

他坐起身來。這樣想下去是不會有結果的。

卡莉絲從樹林裡方便回來。

「有癢草嗎？」加文問。

她臉色一紅，想起當年那件事。「我最近有比較注意那個了。」

「一朝被蛇咬，十年怕草繩，呃?」加文說著，站起來伸展四肢。他也得去解放一下。

「有些事是這樣的。」她的目光有點奇特。

他步入樹林，開始尿尿。十五年前，在兩步外有人時尿尿會讓他尷尬，但是自從有黑衛士保護之後，他就習慣了這種情況。尤其是當他們野外旅行時，黑衛士絕不可能讓他離開視線。

「加文?謝謝你。」卡莉絲說。

正在尿尿的加文，知道這個時候不能開口，也不能因爲自己猜對了就哈哈大笑。「那麼妳認爲第三眼今天會來嗎?」他問。

「應該會。」卡莉絲說，聲音突然緊張起來。他聽見她扣下手槍擊鎚的聲音。

第二十二章

「你們現在或許不知道，但是這堂課將會是你們之中某些人這輩子最重要的一課。」漢娜老師說。她高得不像話，瘦得不可思議，站姿奇特，一口爛牙，還戴了一副讓兩眼看來大小不一的透明校正厚眼鏡。「對大多數男生而言，你們只有這個機會體驗利用盧克辛製造建築物的感覺，所以最好專心一點，這樣才會知道雇用你們的女人在做什麼。如果你們技巧高超，或許可以擔任計算度量的工作，當然，這個班上大部分學生都會去教算盤和繪圖技巧之類的世俗瑣事。工程學就是掌握知識。建築則是門藝術。所有人都能當工程師，但只有最高明的女人能成爲藝術家。」

一個忿忿不平的男生舉起手來。她請他發言。

「漢娜老師，我們爲什麼不能建造建築物？」

「因爲我們只允許超色譜人建造盧克辛建築。你們這些男生的眼睛都不夠格。在某些汲色運用裡，你們可以用足夠的意志和大量盧克辛彌補拙劣的汲色技巧。但我們只讓值得信任的人建造盧克辛建築。只有女人——超色譜女人——可以建造盧克辛建築。我們不能爲了信任男人而賭上性命。」

「但是爲什麼，漢娜老師？爲什麼我們汲色不如女人？」男孩問。他聽起來像是在發牢騷，就連覺得這樣很不公平的基普也認爲他很煩。

「我不在乎。」漢娜老師說。「去問盧克教士或你們的神學老師。今天，我要挑出超色譜法師。沒錯，我知道你們都已經接受過測驗，但工程師不相信別人的測驗，要親自測驗。任何無法論證的東西都不是眞的。你們面前的石板上放著七根盧克辛棒。這些棒子上只有一部分附有完美無瑕的盧克辛。用你的粉筆在那個部分下方標記。我會下去檢查你們的成果，然後請超色譜人走到教室前面。」

基普看看那些盧克辛棒，然後拿起粉筆。標記下去，他就慘了；不標也一樣慘，他知道。他是超色譜人，同時也是男生。他是怪胎。加入超色譜人的行列，對他而言，不會有任何好處，因爲不會有其他男生和他一起出去。他們會爲了他和女生站在一起而討厭他，而女生也不會輕易接納他。不管怎麼樣，他都與眾不同。

而且，漢娜老師看過他之前的測驗結果，如果基普沒過，她就會問他是不是故意不過。她看起來不像是會接受「身爲超色譜男生太丟臉」理由的那種人。

基普畫下標記。很簡單。教室裡的男男女女全都瞇起眼睛，從不同角度研究盧克辛棒，把它們拿到明亮處檢查。基普突然替那些辦不到的女孩感到悲哀。男孩辦不到也就算了，沒人期待他們會通過。但有一半的女孩可以通過，這個比例會讓沒通過的女孩丟臉。沒通過就表示她們和男生一樣，表示她們是二流馭光法師。他看得出她們非常苦惱。

「這不是努力就能通過的測驗。」漢娜老師說。「你要嘛就是看得出差別，不然就是看不出來。你會失敗，但那沒什麼好丟臉的。因爲不管怎麼做，你都不可能通過。你要不就是天賦異秉，不然就是沒天賦。放下粉筆。」

你要不就是天賦異秉，不然就是沒天賦？謝啦。這話讓人好過多了。

漢娜老師繞了教室一圈，檢查學生的成果。「上前、上前、留下、留下、留下、留下、留下。」她走到基普身後。「留下——呃……」

她看著他的石板，然後看看他隔壁同學的石板。基普猜想是因爲題目不多，所以她想看看他是不是從眞正超色譜人那裡偷看正確答案。

很顯然，她沒聽說過他。太好了。

「你隔壁的男同學，做他的測驗。」漢娜老師命令道。

基普在全班同學轉頭看他時，暗自扮了個鬼臉。他拿起粉筆，迅速在隔壁男生的石板上標記——當然，那個男生通通標錯了。

「嗯，超色譜男孩。很多年沒見過了。」漢娜老師說。「非常好。上前。」

她分類完剩下的學生，然後走到教室前面，和所有通過的學生說話。「很好，女孩……和男孩……你們站在教室前面，是因爲你們身獲歐霍蘭祝福。你們可以經由班上其他同學和世界上大部分人無法體會的方式，欣賞歐霍蘭創造物的美麗之處。然而，那也表示人們對你們的期望更多。這就是我叫你們上前的原因，並不是因爲我在乎你們出生時發生了什麼意外，讓眼睛比別人好。你們眼睛確實比其他人要好，所以你們有責任爲歐霍蘭和我好好運用那雙眼睛。了解嗎？」

「了解，老師。」女生們小聲說道。

她揚起眉毛，透過鼓脹的鏡片瞪向她們。她們重複一次，比之前大聲。基普和她們一起說，以免讓自己看起來更不合群。

「好。現在，算盤。有人來自提利亞嗎？」

「沒有？喔，這個男生，當然。」她在基普舉手時說道。她繼續。「儘管各方面看來都不是這麼回事，在盧西唐尼爾斯降世前，提利亞曾是個偉大帝國。或許他降世時帝國早已滅亡，或許是他的出現加速了它的衰敗。那是另一堂課要討論的話題。提利亞帝國爲我們留下了一些禮物，還有一些詛咒。我在這堂課裡唯一在乎的東西，就是十二進位的計算系統。提利亞是我們把一天分爲日夜各十二小時，一個小時六十分鐘的原因。有些阿伯恩人和提利亞人，可能學過用十二進位來計算。如果是這樣，這堂課對你們而言會變得非常困難。那是個邪惡的計算系統，你們從今以後不准使用。邪惡？你會問。沒錯，褻瀆。計算系統怎麼可能邪惡？好吧，計算系統怎麼可能會是十二進位？我們的計算系統是幾進位的，有人知道嗎？」

「十進位。」前排一個女孩說。

「正確。十進位為什麼有道理？」

沒有回答。「手指頭。」基普故作聰明地說。

「你以為你在說笑，但就連笨蛋也有猜對的時候。」

基普皺眉。

「沒錯。手指跟腳趾。如果手指和腳趾是最容易讓原始人和笨蛋學會算數的方法，」——她看了基普一眼——「那麼在羊皮紙、厚皮紙、紙張出現前，為什麼會有任何文明採用十二進位？」

基普眉頭深鎖。

教室後面的一個女生舉手。漢娜老師請她發言。「提利亞諸神都有六根手指和腳趾。」

「完全正確。這就是你們會聽說世界上某些迷信角落裡，有人崇拜六根手指和腳趾的孩童的原因。你有聽過這種事，是不是，同學？」

「我叫基普。不，我沒聽過。」

「好吧，那或許你父母在提利亞算是有讀過書的人。或是比無知之人更無知的人，我想。」

基普張口欲言，但又閉了起來。不要，基普。這無關緊要。他突然覺得好餓。

接下來一個小時，他們都在學習使用算盤。下排的四個算珠叫作世俗之珠，上排的單一算珠叫作天堂之珠。一開始他們只是在算算盤，上上下下，加一減一。接著加二減二，然後是五。

有些學生顯然感到無聊，因爲他們早就學過了。其他人，比如說基普，努力學習最基礎的數學。但是表現最糟糕的，就是曾經學過十二進位算盤的學生。他們完全卡住；從前學過的都是錯的。

下一堂課情況好點。科目名稱是「盧克辛屬性」，上課的是個長得有點像雪貂、沒在比手畫腳時就把拐杖拄在地上的伊利塔人老師。基普很驚訝地發現，來旁聽的有一半是非馭光法師，而這些非馭光法師是七總督轄地未來的設計師和建築師，個個都既聰明又勤奮。就像馭光法師一樣，這些男生和女生的學費都由總督支付。有些人有人脈——貴族賜給次子或第三子的謀生方式。但就連他們也要通過能力測驗才能入學。

基普立刻看出這些孩子都不用任何算盤訓練。

不過，今天的教學非常基本。將一呎見方、如拇指般厚的藍盧克辛板放在支架上，然後在中央添加配重塊至盧克辛板被壓碎爲止。接下來換綠盧克辛，還有超色譜法師製作出來的黃盧克辛。

接著，阿塔加莫老師請有能力的學生自行製作藍盧克辛板，再由他測試，結果全都承受不了多少重量——特別是男生做的。「稍後我會要你們記下理論上藍盧克辛維持固態的最軟極限，讓你們知道整體範圍。我們目前在學的是最大強度。而我們現在使用的盧克辛是超色譜法師製作出來的，你們的盧克辛會比這種盧克辛軟。各位男生，通常你們的更軟。」

接著，阿塔加莫老師的助教在天平上放了個量桶，兩側各量一呎長度，將天平歸零，然後在量桶裡灌水。基普注意到其他學生都在抄筆記。

小量杯裡的水測出來是一色文，重量的基本單位。當然，色文這個單位用來量很多東西都太大了，所以又細分爲色幅：一色幅等於七分之一色文。基普的體重是二十九色幅，或四色文一色幅，口語上通常唸作四色文一。

但老師還沒弄完。他們把水倒出來，讓三個超紫法師在量桶裡灌滿超紫盧克辛。基普就是在此時發現自己麻煩大了——他們要測量所有東西！等他們釋放超紫盧克辛，將盧克辛瓦解爲如羽毛般纖細、近乎隱形的粉末時，他們就會把那些粉末掃入小杯子，然後測量。他們測量了所有可量的東西。

之後，基普就和其他學生一樣，莫名其妙地抄下所有東西的重量。接著，老師要他們把各色盧克辛的重量加總。已經很熟練算盤用法的學生，很快就算出來了，而那些學生算好時，基普才勉強加完前兩個數字。

阿塔加莫老師說：「現在，總數減掉綠盧克辛管的重量，然後加上一個嬌小女子的重量，姑且當作是十一色幅好了。」

四個女生——全是非馭光法師——幾乎在老師說完的同時，就把答案算出來了。基普看得目瞪口呆。

「很好。」老師說。「現在，來個實用範例。你是藍法師，在塔裡操縱升降梯的配重塊。其中一塊配重塊斷成兩半。配重塊是鐵做的，重三十色幅六。你要製作多少藍盧克辛，才能取代該配重塊？如果你的配重塊比原先的配重塊重上三色文，加上代表團的重量，滑輪就會斷掉，害死升降梯裡的所有人。算出答案後就過來找我。作爲教學用範例，我們姑且假裝升降梯裡的代表團來自你們的總督轄地，如果沒辦法在他們抵達前修好升降梯，你會令他們蒙羞，失去學費贊助。所以，你有三十分鐘算出答案。如果能很快算出答案就可以先下課，上午剩下的時間就當作放假。如果辦不到，今天就會被記缺點。開始。」

其他學生立刻開始計算，基普發現沒有解題捷徑。他不能直接加上全尺寸藍盧克辛的重量，因爲這樣配重塊就會過重。他得找出製作新配重塊所需藍盧克辛的正確體積。

最厲害的男生和女生已經開始撥弄算盤，而基普的算盤技術不行。他絕不可能及時算出答案。他不知道要怎麼運算分數。你可以想到時間結束，但還是想不出——喔。

反正又沒什麼好損失的，是不是，胖子？

基普在紙上畫了幾筆，站起身來，然後走向老師的桌子。

老師很有耐心地看著他，以爲他是個聽不懂問題，想來問清楚的學生。基普舉起那張紙。紙上畫的是用藍盧克辛帶包覆原先斷成兩截的配重塊，把它們固定在一起。

「你就是蓋爾家的私生子，是不是？」

「是的，老師。」

「看得出來。他們家兩兄弟也非常擅長作弊。」

基普吞了口口水。全班學生在聽見「作弊」時，通通停下計算。「你教過他們，先生？」

阿塔加莫老師嘴角扭曲。他沒有回答這個問題。「你遲早得要學會用算盤的，你知道。」

「是的，先生。」

老人「哼」了一聲。「再見，小蓋爾。」

「我通過了？」

「本日最高分。以後不能這樣了。」

# 第二十三章

「給我們一點隱私。」白法王說。

鐵拳站在位於克朗梅利亞中心稜鏡法王塔頂層的白法王住處。輪椅的輪子夠高，讓她可以直接推動輪椅在房間裡自由來去；儘管手腕纖弱，她還是堅持這麼做。

「請給我毯子。」她說。

他把毯子拿給她——這是幾十年前她親手織的。如同許多靠頭腦維生的人，對於少數親手製作出來的東西，她感到特別驕傲，但這卻讓鐵拳覺得她是無聊的老太婆。他把毯子塞在她雙腿兩側，驚訝地發現那兩條腿變得有多細。

「看到了嗎？」她問。「你看得出來，是吧，指揮官？」

眞是個無聊的老太婆。她設計他，她依然比他精明。這是在提醒他，就各方面而言，她的身體狀況不佳，但是心理依然強大。

「看出什麼，女士？」

「嘖。」她說，兩眼微微上翻。「對還沒準備好的人而言，這個地方不好混。」*我要死了*，她的意思是，*準備好，等我死後可別任人宰割*。

想像沒有白法王奧莉雅．普拉爾的世界感覺很糟，而她將他視爲朋友又很溫暖。

「再告訴我一次，指揮官，再說一次你在加利斯頓備戰的情況。」

他依照吩咐又說了一遍。他嘗試不同說法，因爲他知道她在過濾他的說詞，尋找蛛絲馬跡。他告訴她部隊採取的行動、雙方各有多少兵力和馭光法師、魯斯加守軍原先的配置。第一次講的時候，她對這些很感興趣，但現在只是一堆數據。她已經記起來了，並且用以分析魯斯加願意對提利亞付出多少，以及誰受過賄賂。這回她想要找些別的。

他講了兩個小時。他說起達納維斯將軍來到加利斯頓——沒留鬍子——出現在洞石宮殿，以及自己被排除在那場會議之外的情況。他提到加文排除阻礙城門交通的馬車，要求人民幫忙做些他自己就能辦到的事，進而讓他們融入他的使命。

聽到這裡，她微微一笑，一種理解的笑容。或許是領導人贊許另一名領導人的笑容。不過，他不確定她想找什麼，而他也很肯定自己不該知道。

「你不賭博，是吧，指揮官？」她問。

「不，女士。」她怎麼知道？他認爲這不算很難調查的事，但是她調查過、在乎這種事，而且記在心裡。這正是白法王之所以給人疏離與嚇人感覺的原因。

「我一直覺得這很奇怪，因爲你看起來像是會賭博的人。」

「我以前賭。」鐵拳承認。「有過不好的經驗。」他面無表情地說。沉著冷靜乃是男人唯一渴求的東西。清楚自己能夠控制什麼，不能控制什麼。努夸巴在他心裡沒有任何地位。

「我丈夫從前喜歡玩九王牌。他總說自己是普通玩家，但他都不會輸多少錢。他是會提供美酒和上好菸草的好玩家，所以曾和七總督轄地各式各樣的對手交手過。當時我們結婚三年——我才剛開始眞的愛上他——他說服我參加一場他舉辦的宴會。那絕不是個他會希望我在場的夜晚。」

「一名年輕貴族赴宴，瓦里加里家族的。他們家世代捕魚，直到血戰爭時才嶄露頭角。他初來乍到，充滿自信，結果一個晚上輸了很多錢。當晚和我丈夫一起玩牌的，都是有錢的好人，不是惡狼。他們看得出當時的情況，所以請那個瓦里加里家的年輕人收手。但是他拒絕，因爲賭錢常贏，所以他一直覺得自己能翻本。我在其他玩家臉上看見『隨便他』的表情。結果他輸了一大筆錢，或許能從中學到教訓，就這樣吧。黎明時分，他已輸到身無分文；爲了繼續待在賭局裡，他用一座小城堡來下注。我在他臉上看見一種表情，而那表情永遠烙印在我腦海裡。你知道他當時是什麼感覺嗎？」

鐵拳感同身受，從前的記憶火熱鮮明。

「害怕中帶有興奮。心知把自己的人生推到轉捩點的感覺非常刺激。接近瘋狂。」

「我看向我丈夫，難以相信眼前的景象。所有人都在看瓦里加里家的年輕人。我丈夫則看著其他人。接著，我在同一時間了解了幾件事。」她對著手帕咳嗽，然後看它一眼。「我總是擔心哪次咳嗽會咳出血來。還沒，感謝歐霍蘭。」

她以微笑消解擔憂，繼續說道：「首先，關於那個年輕人，他輸掉的並非小錢，而他下注的小城堡可能是他們家族僅存的財產。對他而言，這不是教訓，而是傾家盪產。其次，我丈夫並非普通玩家，他手氣很好，而且有足夠財富可以賭。他是專業賭徒，但是懂得忍耐，很少贏錢的專家，因爲他找到了某樣比贏錢和擁有九王牌高手名聲更重要的事。每次玩牌，他都在觀察與他玩牌的那些人。不只是要找出他們漏餡的反應，還有對命運與財富抱持什麼看法。這名總督貪婪嗎？這個法王會因爲專心面對一名對手而忽略眞正的威脅嗎？這傢伙有沒有比其他人想像中更聰明？」

想到白法王竟然和如她一樣聰明的男人湊成一對，就覺得可怕。

她沒有繼續說下去。

「然後呢？」鐵拳問。

「然後呢？」她問。

「這個故事蘊含著某種寓意。」鐵拳說。

「有嗎？」她說，目光閃爍。「我太老了。」

「我太熟悉妳了，絕不會認爲妳會心不在焉地說些沒意義的話。」

她微笑。「當大筆賭注上桌時，指揮官，你最好要弄清楚自己在這場戲裡扮演什麼角色。」

生活周遭被聰明人包圍的壞處就是：他們期望你也和他們一樣聰明。鐵拳完全不知道她在說些什麼。他遲早會弄懂，他向來如此，但還得努力思索一陣子。「我可以請問一個問題嗎，女士？」

「請問。」

「拉斯柯大人有沒有和安德洛斯．蓋爾盧克法王玩過？」

她輕笑。「我想那要看你是指玩什麼了。九王牌？從來沒有。他知道不能做這種事。你不會和明知道只能輸的人玩牌。我曾見過安德洛斯玩牌。他把金幣堆當成大棒子用。對安德洛斯而言，沒有灑脫地小輸這回事。他要嘛就是大贏，不然就是大輸。讓我丈夫去和安德洛斯玩牌，要不就是輸掉一大筆錢，要不就是洩露他眞正的牌技有多高明，進而輸掉他常年玩牌的目的。」

「那如果我問的不是九王牌呢？」鐵拳問。他其實問的是九王牌，不過她顯然想要告訴他別的事。

她微笑，而他很高興自己是爲她服務。擔任黑衛士指揮官，就是要隨時準備爲你保護的人犧牲性命，不管你本身對這個人有何看法。但是就這個女人來講，即使已是風中殘燭，鐵拳還是非常樂意用自己的性命守護她。她說：「讓我姑且這樣說：安德洛斯．蓋爾沒當上白法王，讓他很不是滋味。」

但是白法王是抽籤決定的。是透過歐霍蘭本身意志決定的。

但如果安德洛斯．蓋爾曾認爲擔任白法王是可以取得的勝利之一，或許就是因爲眞的可以。腐化挑選白法王的過程，當然是異教徒會做的事——但還有比異教徒更糟的無神論者。鐵拳無法理解這種事。

而更進一步的解讀——拉斯柯大人阻止了安德洛斯・蓋爾，讓自己妻子當選白法王——聽起來更糟糕。如果挑選白法王的過程受凡人操弄，那可不可以宣告當選無效？歐霍蘭怎麼能容忍這種事？

但白法王依然是聖人，善良的女人。或許她並沒有參與，或是不知情，或是直到多年後才發現這個事實。如果眞是那樣，妳會怎麼辦？有人透過沒人發現，而妳也不知情的手段操弄挑選妳出任白法王的儀式，妳會因而退位嗎？或許退位對克朗梅利亞造成的衝擊會比繼續隱瞞下去更大。

但這動搖了鐵拳的信仰。加文在船上是怎麼說的？他拿歐霍蘭挑選他爲稜鏡法王的事來說笑——那個笑話只有在他不相信眞的是歐霍蘭挑選自己出來時才能算是笑話。

拉斯柯大人阻擾蓋爾盧克法王成爲白法王，但卻無法阻止他將兒子打造成稜鏡法王。用如此赤裸的政治角度來看待此事，差點讓鐵拳喘不過氣。他絕不天眞。他在這些人底下做事，知道即使是最偉大的人也有缺陷。知道他們全都有遠大的野心。但是有些事一定、一定要保持神聖。

他再度想起自己抱著母親血淋淋的身體，向歐霍蘭大吼禱告，一直禱告到他的心臟和靈魂都將近爆炸。他祈禱歐霍蘭能看見自己，這輩子只要看見他這麼一次就好了。聽見他，一次就好。然後他母親死了。

「誰贏了？那天晚上。出了什麼事？」他問。

她沉默片刻。「我丈夫讓那個年輕人贏了。無所謂。」白法王揮動虛弱的手掌，彷彿要趕跑這個例子。「指揮官，」她輕聲說道。「我刺激到你了。我很抱歉。希望以下的話能夠彌補我的過錯：儘管讓你知道自己在這場戲裡扮演什麼角色非常重要，但此刻更重要的或許是讓你知道我在扮演什麼角色。我是賭徒，指揮官，只是在等待歐霍蘭之眼浮出地平線，洩露眞相。我就是那個賭徒，賭上家族的城堡，等著我的手氣轉變。」

「戰爭即將來臨，是不是？」鐵拳問。

她嘆氣。「是，儘管光譜議會毫不知情。但我不是在講戰爭。」

他走到門口，然後停步。「那個年輕人後來怎麼了？」

「之後又和別人賭，然後輸光一切，就像所有賭徒一樣。」

# 第二十四章

「技巧、意志、色彩源、動作。這些就是製作盧克辛的必要條件。」卡達老師說道。她有種天賦——超強的天賦——有辦法讓魔法聽起來很無聊。

今天，基普坐在教室後方，飢腸轆轆，但是打定主意絕對不要張開大嘴。阿德絲提雅坐在他旁邊專心聽講；班哈達則坐在提雅旁邊，正努力固定黃鏡片，因爲它就是會掉到他的眼鏡前。

他們三個人共用一張小木桌。坐在一起，幾乎就像朋友。

他們不是眞的朋友，暫時還不是。他們不認識基普。雖然讓他一起坐，但和朋友不同。不過，他們是基普這段日子以來覺得最接近朋友的人。

他看向提雅。她看見他在看，於是瞄了他一眼，以眼神提問。

就在那個時刻，卡達老師抬頭，抓到他們互看。運氣有夠爛。「基普，你有什麼話想和全班同學分享的嗎？」她問。

*別亂講，基普。別耍嘴皮子。*

問題是，他剛剛神遊天外，根本不知道卡達老師在上什麼。「我在想製作時有瑕疵的盧克辛有多穩定。」基普說。卡達老師剛剛提到技巧，基普心想，所以這樣講有可能和剛剛上課的內容有關。

「嗯。」卡達老師說，似乎對沒抓到基普上課打瞌睡感到有點失望。「非常好。」她伸出修長的手指，順著教鞭邊緣摸過去，然後把它翻到反面。教鞭反面有道色譜。她想了想，決定換個做法，走到牆前。

她打開牆上一塊鑲板。牆後傳出刺眼強光。基普知道那是光井。牆壁上架設了一面鏡子，她把鏡子推入光流。一道白光穿越教室，投射在學生後方的白牆上。

「這就是光最原始的面貌。這是一切的基石，所有事物因運而生的基礎。而這則是我們想像中的光——」她舉起一片篩板，放到光流前。七彩繽紛的色彩打在牆面上，蔚藍緊鄰翠綠，旁邊是鮮豔的黃色，再過去是能令水果嫉妒的橘色，然後是清澈的紅色。

「這些就是我們能夠汲取的法色——除了次紅和超紫外，當然，你們大多數人看不見那兩種顏色。我們晚點再來討論它們。這些是彩虹裡的顏色，對不對，同學？」

學生輕聲討論。這些顏色的順序沒錯。

「對不對，各位同學？」她有點不耐煩地再問一次。

「對，老師。」大部分學生回答。

「白痴。」她說。

「這是我們世界裡的光——」她舉起一枚稜鏡，放到光流前，將光線分割成整個可見光譜。有別於從一種顏色直接跳到下一種鮮艷色彩的篩板，天然光譜的色彩被分解成連續變化——但每種色彩所占的比例並不平均。有些顏色比其他顏色占用更多空間。

「就某些方面而言，汲色就和大部分事情一樣，如果你坐在一張製作拙劣的椅子上，椅子會垮掉，你就會摔倒，椅子沒能完成使命。製作拙劣的盧克辛也一樣。在色彩線上有些共振點。七個點，七個顏色，七總督轄地。這就是歐霍蘭的旨意。在這些共振點上，」她指向色彩線上，對應之前篩板篩出來的鮮艷色彩的部位。「在這些地方，盧克辛會產生穩定形態。具體化。變成可供我們運用的盧克辛。」她依序指出色彩線上的那些位置。「爲什麼，聰明的學生或許想問，爲什麼是這些顏色？」

卡達老師惹人厭地笑了笑。她常喜歡這麼笑。

喜歡讓人自覺愚蠢，是不是？

基普注意到這些顏色之間的距離並不相等。有些顏色較寬——藍色涵蓋很大一塊區域，紅色也是，但黃色和橘色很小。

「藍色爲什麼涵蓋這麼大塊區域？我們可以指向這一部分，」——她指向藍色深處——「說它是紫色。爲什麼我們不能汲取紫魔法？有人知道嗎？」

沒人說話。就連基普也沒有。

「答案很簡單，但也是個謎團。因爲盧克辛在那裡不會共振。我們無法用紫色製造出穩定的盧克辛。辦不到。七是神聖的數字。七個共振點、七種顏色、七總督轄地。我們不該以智慧要求謎團自動解開，我們要與謎團相互配合，當我們找出歐霍蘭賜給我們、讓世間萬物完美配合的方式之後，就能施展完美的法術。這就是我們努力奮鬥的目標。當你沒有位於祂旨意的正中央時，藍就會化爲灰燼、紅會逐漸消失、黃會一閃即逝。這些共振點，與歐霍蘭本人相互配合的極致完美，就是我們每次汲色想要達到的境界。當我們完美汲色時，就會成爲祂意志的導體。這就是我們比外面那些笨蛋、俗人、普通人，以及只會吸收光線、無法反射光線的非馭光法師要好的原因。這也就是爲什麼雙色譜法師能汲取兩種法色的馭光法師——比只能汲取一種法色的馭光法師更令人敬重。雙色譜法師更接近歐霍蘭，他們參與更多祂神聖創造的過程。每種法色都有可以教導我們的地方，人生在世的課題，而人類形象即類似歐霍蘭所代表的意義。」

「當然，這也就是稜鏡法王之所以如此特別。他是世界上唯一能與歐霍蘭完美交流的人類。他是唯一能夠看穿世間眞相的人。他是唯一純潔之人。」她直視基普，朝他走去。「而這就是我們反抗一切玷污稜鏡法王光輝之物的原因，或任何遮蔽他的榮耀、爲他帶來羞辱之人。」

基普驚訝到喘不過氣。她之所以討厭他，是因爲她尊敬他的父親，而基普令他父親蒙羞？最糟糕的是這一切聽起來很有道理。不公平。他並不是自願成爲私生子，不過確實有道理。

「記住，基普，」卡達老師低聲道。「現在可不是沒人動得了你。」

什麼？

班哈達舉手幫基普解圍，卡達老師點他起來。

「那種說法會不會過於武斷？」班哈達問。「在光譜排列如此不平均、不規律、不以七法色爲中心的情況下，這是否表示還有更偉大知識存在的空間？我是說，其他共振點呢？」

其他共振點？

「我已經說了晚點再來討論次紅和超紫。」她臉上短暫湧現的醜陋表情，表示她也很討厭班哈達。基普本來以爲這是自己的獨特之處。

「對不起，老師，但我指的不是那些。我是說祕密法色。」班哈達說。

提雅把臉埋在雙掌裡。

「你是基普的朋友，對吧？」卡達老師問。

「什麼？不是。我是說，還算不上。」班哈達皺起眉頭，彷彿這話聽起來比他想像中要刻薄一點。「我是說，我才剛認識他。」

「嗯哼。」卡達老師說。「這堂是入門課，只教基礎。沒錯，還有其他較爲脆弱的共振點。有些人相信，包括我在內，運用這些共振點，就等於是人類強迫自然去做歐霍蘭不希望我們去做的事。有些人甚至認爲使用那些不自然法色的人是異教徒。」

基普忍不住瞄向提雅。她臉色發白，不過嘴唇緊閉。

卡達老師說：「七法色是歐霍蘭的旨意。七法色威力強大。這些都是我們已知的事實。如果你想和我討論五年級的課題，可以等到五年級再說。」

# 第二十五章

前往黑衛士訓練課途中，基普趕上提雅。「剛剛那是怎麼回事？」他問。

她沒有立刻回答，也沒有轉頭看他。

他們來到升降梯前等待，基普還以爲自己又在無意間做了無禮舉動，她不會回答了。他想要聊點其他話題，不過一時想不出什麼好說的。

「當你知道自己是超色譜人時的感覺是什麼？」她輕聲說道。

「怪胎。」他說。不過據他所知，除了讓他與眾不同外，超色譜完全是種優勢，沒有任何缺點。

「妳怎麼知道？」她沒有跟他一起上工程學。

「這裡所有人都知道所有人的事，基普，特別是新來的學生，尤其當這個新學生還有個法色法王祖父……或是稜鏡法王父親。」

喔。

「總而言之，」她說著，將絲巾放到頭上，綁起頭髮，不過一直與他對視，「我是次色譜人。就是色盲。女生是色盲的機率，大概就和男生是超色譜人一樣稀有，所以我和你一樣是個怪胎，不過你怪得好。」

「但是、但是，色盲是怎麼回事？」

「紅色和綠色在我眼裡是一樣的。有時候，我會非常努力去看，說服自己說我分得出來。但沒辦法。」她突然臉紅，好像本來並不打算說這麼多。「我們的升降梯來了。」她比向升降梯。

「但那和祕密法色有什麼關係？」

「沒有關係。」

「那祕密法色又是什麼？」

她很專注地看著他：「升降梯來了，基普。」

「妳能汲取——」

「基普！」

他們上了升降梯。一個年紀比較大的學生處理著配重塊。他們不讓一年級學生操縱升降梯。太多傷亡了，他們說。

真是令人安心。

「那麼，當我們嘗試加入黑衛士時，其他學生又在幹什麼？」基普問。

「工作。」提雅說。「我們的課程結束後，還要下去實習到晚餐時間。每隔一天會輪到另一次工作時段。不用工作的日子，他們會安排書籍給我們閱讀。法色理論、力學、繪畫、宗教、數學、聖言錄、政治學、各總督轄地的生活之類的書籍。維持克朗梅利亞運作要做很多工作，他們說知道那些工作是怎麼回事對我們有好處，有朝一日等我們接手後，就知道該怎麼做。」

「還有些什麼工作？」

「微光可以做的？大多是打掃。每一層樓、每一扇窗、每一面學習鏡。如果你運氣不好，或是受罰，就得去打掃廁所、馬廄或廚房。如果學長姊太忙，我們也會協助一些要技巧的工作，或要更多體力的工作——抬配重塊或水、操縱大鏡子、把老師的書籍拿回圖書館等。另外，有錢或是有優良贊助人的學生，可以帶奴隸來幫忙做這些工作。或是雇用僕人或窮學生。」

像妳這種學生，基普心想。但不是像我這種學生，再也不是了。蓋爾家的人肯定會被分類在有錢人的族群。

「應該很快就會有人想贊助你了，基普。千萬不要接受太便宜的價碼。他們會假裝是朋友，但是說到底，他們根本不在乎你。他們只是馭光法師探子，賺取贊助人願意支付和馭光法師願意收取的金額間的價差，當作佣金。」

他們離開稜鏡法王塔，來到陽光下。基普問：「但是我應該不用擔心贊助人的問題，不是嗎？我是說，我以爲我父親會支付一切開銷。」

她突然停步。「你在說什麼？」

基普揚起一邊眉毛，舉起雙手，神色困惑。「我說過我是蓋爾家的人。我是說，私生子，但我父親承認我。」

她目瞪口呆。「你是說你不知道？我以爲這就是你跑來和我們這些不被接受的人坐在一起的原因。」

「妳在說什麼？」基普問。他突然覺得喉嚨緊繃。

「安德洛斯．蓋爾把你逐出蓋爾家族。他是紅法王。他的話就是法律。這就是黑衛士不再貼身保護你的原因。這就是你得和我們其他人一起工作的原因。這就是卡達老師那樣對待你的原因。現在你和其他人一樣了，基普。除了你天賦異秉之外。但是你的敵人比我們多很多。你已經不是蓋爾家的人了。」

基於某種難以言喻的理由，基普哈哈大笑。這是他過去幾週裡聽過最棒的消息。

# 第二十六章

加文認爲就出世修行的神祕先知而言，第三眼算是十分美麗。她淡棕色的長髮綁成細細的髮辮，用帶刺的檀香冠固定在腦後，頂端繪有金葉子。這或許算是極具藝術風格的太陽？用淡棕色來搭配她的頭髮；就這點來看，她肯定有魯斯加血統。她身穿及膝白色連身裙，金繩巧妙地纏繞全身，金繩通過古老異教神祕學中的能量中心，末端的繩結打在鼠蹊部，多出來的繩子在下方擺盪，下一個繩結橫跨腹部，再下一個繩結穿過胸部，剩下的金繩繞在肩上。臉頰上繪有金漆，一路延伸到嘴唇，代表那裡也有個繩結，還有幾筆金漆代表了額頭中央第三眼的繩結。她兩手各有一條手鍊，跟所有手指上的戒指相連——有點像是無指手套——是金色的，表示該處也有繩結。她的涼鞋因爲在沙灘上行走而布滿沙粒，但肯定也有繩結。

七個，或九個繩結，端看你怎麼算。這是種異教悖論。

異端邪說，或許，但這畫面卻提醒加文他已經太久沒做愛了。這些繩結或許是宗教象徵，但實際造成的效果卻是繃緊了一名美女身上的衣服。他看了她的胸部一眼，短暫一眼，然後又看回她的臉。可惡的女人，這樣交手太不公平了。

她的額頭在晨光中閃閃發光，加文原本認爲應該是那裡塗的金漆比其他部位多，不過當她帶著十個形形色色的男保鏢來到他面前站定時，才發現第三眼身上紋有他這輩子見過最細緻、最特別的刺青。

那個第三隻眼的刺青，不光只是精巧，還會發光。她在刺青裡灌注黃盧克辛，讓第三眼綻放金光，更容易讓人聯想到歐霍蘭之眼，也就是太陽。

她本身的眼睛顯示她是個黃法師，斑暈附近是黃色的，外圍則是美麗的棕色。她看起來年近四十，身材苗條，不過曲線玲瓏。

加文又偷看了她胸部一眼。可惡。他心想，等完成此地的港口之後，應該回克朗梅利亞一趟。反正本來就得回去，確保大家有遵照他的命令行事，各總督都有在準備應戰，不過在床上和他的臥房奴隸瑪莉希雅好好相處一段時間，應該有助於繼續容忍卡莉絲．藍球幾個禮拜。

要不是第三眼此刻就站在他面前，加文會汲取藍，讓自己沉浸在隨藍色而來的冷靜理智中。

等等，不，我不會。我已經不能汲取藍色了。

歐霍蘭的毛屁股。加文喉嚨緊縮。

「妳好，」加文說。「願光照妳身。」

第三眼凝重地看著他，加文發誓她額頭上的刺青變得更亮了——不是什麼不可能的把戲，不過眞是個好把戲。「你快死了。」她的聲音悅耳動聽。「不過應該還沒到你該死的時候。」

# 第二十七章

黑衛士的訓練和基普想像中的差不多：跑步跑很久（沒有非常快）、跳也跳很久（沒有非常高）、隨著節奏揮拳（沒有非常準）、很多伏地挺身和仰臥起坐（其實做不多）。不過，最後做到吐了，倒是出乎他意料之外。嘔吐不是很舒服。

他站起身，在一條粉筆線旁彎下腰，感覺全身又熱又冷又漲紅。他覺得自己快要死了。

「好消息是，這已經是最糟糕的狀況了。」一個熟悉的聲音說道。

基普幾乎沒辦法在鐵拳的鞋子前面抬起頭來。他唯一能做的就是喘氣。吸氣、吐氣。

「如果你想停止這一切，基普，你可以停。」

基普吐了口口水，努力清空嘴裡味道刺鼻的嘔吐物。那些東西似乎黏在所有縫隙裡。「什麼？」

「如果你討厭這一切。如果你認爲沒有意義，可以退出。事實上，有人要求我把你退訓。」

「退訓？」基普的腦子轉不太過來。

「紅法王要求把你逐出黑衛士。他四下造謠，說你是因爲……因爲稜鏡法王要求，才能獲選。」

當然，這是事實。

所以，鐵拳指揮官被夾在稜鏡法王的命令和紅法王的要求之間——但安德洛斯．蓋爾近在眼前，加文遠在天邊。

「看來我和他見面時的表現比想像中還糟，呃？」基普說。

「你還得過個兩年才能和那些人玩那種遊戲，基普。別擔心他們爲什麼要做那些事，原因多半和你一點關係都沒有。你唯一要做的就是弄清楚自己想要什麼。你想退出嗎？還是想要留下來？」

基普站直了身子。提雅遞給他一杯水。她全都聽見了，但眼中沒有透露出任何想法。基普把水拿到嘴前喝，覺得手抖得更厲害。他漱了漱口，把水吐出。

他是班上最差勁的學生。四十九人裡，他伏地挺身做得最少，跑得最慢，他最後一個跑完。他一個單槓都拉不起來。如果留下來，八成每天都會吐。每個禮拜，他都會被教訓無數次。每個月，他都要在測驗裡慘遭毆打，很多次。

這甚至算不上公平測驗——他左手的傷還沒好，傷口裸露、緊繃，攤開手掌就會痛，壓下去會更痛。

他父親讓他陷入這種局面，儘管鐵拳竭力反對，認定基普無法靠自己的力量入選，認定他會失敗。而現在他祖父想要毀了他。

「我還可以待在克朗梅利亞嗎？」基普問。「如果我不是蓋爾家的人，我就沒有贊助人，是吧？」

鐵拳臉上短暫浮現一絲滿意的笑容。「經費已經匯入你的帳戶。你的學費已經付清。相信我，錢一旦入帳，那些算盤專家絕不會讓錢再離開。」

經費已經匯入了。過去式。所以他祖父試圖利用學費趕走他，不過受到阻礙。剛剛那個笑容表示這是鐵拳幹的——而且他很高興能在這個小地方挫敗安德洛斯·蓋爾。

「但是情況比那個還糟，」鐵拳說。「從此刻開始，你得自求多福。你了解嗎？」

基普了解。由於提雅在旁邊，鐵拳不願把話說明。他不會幫助基普。不能提高他錄取的機率。如果基普想要加入黑衛士，要靠自己的力量。這簡直是不可能的事。

但這也是一種解放。如果基普成功了，他是靠自己的力量成功。不是因爲他父親，而是他自己的功勞。

好吧，事情已經走到這個地步：輕輕鬆鬆地當個不用贊助人的學生，或是面對身爲最弱矮樹的嚴苛考驗，爭取單憑自己的力量加入黑衛士、成爲一號人物的渺茫機會。

「去他們的。」基普說。「我要留下。」

「很好。」鐵拳說，眼中透露出一股強烈的滿足感。他深吸一口氣，巨大的胸口隆起，寬厚的肩膀不可一世地挺向後方。「很好。現在，五圈。黑衛士也會管好他們的嘴。」突然間，他又開始發號施令，嚴厲、苛刻、專業十足。

「五——五圈？」

指揮官說：「別讓我說兩次。阿德絲提雅，妳也一樣。搭檔跑步，妳也一起跑。」

# 第二十八章

第二天，黑衛士矮樹班裡的女生和男生分開，被帶往另一個訓練場。就與許多訓練區一樣，這裡也有一面都是武器的牆，不過武器是各式各樣的弓，從短馬弓到來自克雷特湖的大紫杉長弓，一直到把紫杉弓的力量包入小弓架的血林複合弓。另外還有十幾種十字弓。女生往有很多標靶的區域走去。前方站著幾名女性黑衛士，雙手交抱胸前，等著那些女孩。阿德絲提雅趁著跟其他九個女孩前進時，打量那些女人。雖然她們的身形從矮壯的錦繡到苗條的科黛莉雅，應有盡有，但她們全都擁有一種阿德絲提雅夢寐以求的東西——充滿自信、無拘無束，坦然面對全世界和她們在其中所扮演的角色。這股自信甚至能讓她們平淡的表情容光煥發。

由於不確定要做什麼，女生在老師面前列隊站好。

身材嬌小的伊塞兒開口：「傳說先知島上有群遠古女戰士，都是出類拔萃的弓箭手，但——」她從牆上取下一張弓，從背後的箭筒裡拔出一支練習箭，然後瞄準阿德絲提雅和米娜中間。

一開始，阿德絲提雅只感到渾身緊繃。標靶離她不遠，她不知道黑衛士想要教她們什麼。搞不好是「如何一邊打鬥一邊抽箭」。

「有人看出問題嗎？」伊塞兒問。

*除了妳用箭指著我？*

「妳的胸部擋到了。」米娜說。提雅感到一陣嫉妒——首先，米娜並沒有因為也被箭指著而驚慌，還有能力開口回答，其次，米娜會想到這點，很可能是因爲她也有胸部。與被基普誤認成男生的提雅不一樣。

但伊塞兒顯然是因爲胸部超大，才被挑選出來講解這個話題的。她微微一笑，放鬆弓弦。「啊，妳練過弓箭嗎？」

米娜點頭，突然害羞起來。「是的，女士。本來沒問題，直到十三歲的某一天，我差點撕裂我的……」她越說越小聲，越說越臉紅。「我父親沒想到要教我裹住胸部。我想當時他比我更尷尬。」

「好了，那些傳說中的女戰士叫作亞馬柔伊。照字面上解釋，就是無胸之人，或許妳可以想像她們的解決之道。」伊塞兒說。

許多人揚起眉毛，不過至少有兩個女孩看來像是聽過這個傳說。

「當然，她們只割掉右邊乳房——或左邊的，如果她們是左撇子——或許她們不會強迫平胸的女人一起割。但是無胸之人有時聽起來比『如果胸部大到會影響射箭，就割掉一邊乳房的女人』好聽。」

女生咯咯嬌笑。

「傳說不是眞的，當然。」伊塞兒說。「它之所以能繼續流傳，大概是因爲男人喜歡乳房，男人也喜歡不吃他們那套的女人，而女人也喜歡不吃男人那套的女人。個人來講，我沒辦法想像有任何女人會蠢到用割掉乳房來解決拿塊布綁就能解決的事。」

女生又笑。

「無論如何，弓都是女性黑衛士的象徵。以上是所有人都知道的事，但接下來卻是不能和任何男人分享的事——就算妳們落選，就算退休都不能。男人認爲弓是我們的象徵，因爲弓是遠距離的殺人武器，因爲女人沒有男人那麼強壯。有人說弓是儒夫的武器。有人說歐霍蘭讓女人擅長汲色，所以男人擅長戰鬥。他們這麼說是因爲男人肌肉比較大，女人應該尊重。」

伊塞兒暫停片刻，提雅和其他學生等著她繼續說下去，期待她說些尖酸刻薄的話。結果，伊塞兒只是緩緩搖頭。「他們想的或許沒錯。一般說來。不過重點是，我不在乎。身爲黑衛士，就是要成爲常規中的特例。若從街上抓來五十個男人，和我放在同間房裡，我就會是裡面最高強的戰士。但如果鐵拳指揮官在戰陣中倒下，儘管他身材魁梧，大多數男性黑衛士還是可以把他扛離戰場，可我一個人辦不到。不過錦繡可以，我看她這麼做過。」

*那講這個有什麼意義呢？*提雅想問。她可以透過眼角看出其他女孩也和自己有同樣想法。

「弓是我們的象徵，因爲弓代表了我們加入黑衛士付出的奉獻——還有我們不用做出的犧牲。想當弓箭手，妳可以割掉乳房，也可以綑綁胸部。這是妳的選擇。兩種都有缺點。這是一個只有最肥胖的男人才要面對的麻煩。沒關係。本來就是這樣。我懂。我接受。我想辦法應付。我不會期待男人用有胸部的眼光看待世間一切——雖然好的領袖會這麼做。米娜，如果妳父親能夠放下他本身的尷尬，他就可以提出讓妳避免痛楚的簡單建議。但他沒有。沒關係。我們都有各自的極限，而我們都會先看見自我的需求。」

「有些打鬥技巧對女人而言比較困難，也有少數技巧比較容易。我們日後會提到，也會教妳們要犧牲什麼、不要犧牲什麼。需要犧牲的部分不是男人的錯，是弓的錯。身爲黑衛士代表的意義，身爲菁英戰士、身爲強大女人所代表的意義，全都是一樣的：就是目不轉睛地凝視現況，然後依照妳的意志改變它。」

錦繡上前一步。「我們攤開來說。黑衛士對所有戰士的容忍限度都很低。妳月經來潮時不是可以因腹痛難忍而不用和指揮官報備就換班嗎？男人不能這麼做。但妳一定要補班，而且當妳的姊妹月經來潮時，她們也會期待妳樂意換班。在營房裡，女人有獨立的房間，雖然房門通常都不會關。我們有獨立的浴室和廁所。但是在戰時，如果指揮官下達戰地命令，就得和男人一起洗澡、換裝、上廁所，任何騷擾妳們的人，都會受到嚴厲懲罰。我們絕不能與其他黑衛士談戀愛，不管是男人還是女人。想要結婚？其中之一就得先退休。要是被逮到你們一起睡覺，雙方都會被趕出黑衛士，被放逐，並且支付找人取代你們的一切開銷。妳們要把男性黑衛士視爲兄弟——小弟弟。妳們會照顧他們，他們也會照顧妳們，但是他們無權過問妳們的私生活。妳可以隨心所欲支配自己的錢和休假時間。想喝多少酒就喝多少酒。想和誰睡覺就和誰睡覺。很顯然，不是所有選擇都很明智，而有時候男性黑衛士會弄混他們身爲兄弟的角色，想要過問妳們的私生活。我們會和妳們站在一起，糾正他們的觀念。通常他們都很了解規矩，並會盡量遵守。」

「外面的世界就有點不一樣了。小村莊裡的硬漢或惡霸，可能會爲了地位而想和男性黑衛士起衝突——因爲不論輸贏，只要有膽量向黑衛士挑釁，就能贏得同伴敬意——這種事不會發生在妳們身上。就算惡霸打倒妳，在他同夥眼中，也只是打贏了個女人而已。萬一輸了，他就會顏面盡失。不過，妳們可能會被人偷摸、吐口水或輕視。我們之後會討論應付這些情況的方式，妳會發現妳的兄弟都是最樂意挺身而出的人。」

「有些特權會伴隨我們所做的犧牲而來，有時候是眞正的特權，有時候則讓我們有機會否定其他人的特權。伊塞兒，妳要和大家分享城主舞會的事件嗎？」

伊塞兒笑著回想那段往事。「我們護送白法王前往阿塔西大使館參加舞會——嚴格說來，那裡算是阿塔西領地。阿塔西大使認爲這樣給了他一些權力。他喜歡我。事實上，我也喜歡他。我休息的時候，他找上我。他親了我——並沒有讓我覺得不舒服，但非常不專業。我認爲如果我們被抓到，對黑衛士會造成負面影響。我這樣告訴他，他以爲我是在裝衿持。我告訴他不是。但他就開始用強的，又親了我一下。我告訴他說我不會警告第三次了，但他還是把兩手放到讓我覺得不舒服的地方，於是我扭斷了他的手指。大部分手指。」

提雅不知道哪個部分最讓她佩服：是伊塞兒能如此輕易就折斷男人的手指，或是她膽敢這麼做，還是她能說得如此輕描淡寫。

伊塞兒繼續說道：「傷好後，他跑去找白法王興師問罪，要求賠償。他編了些荒謬的故事。白法王甚至沒問我的說法。她問：『伊塞兒，妳有做出任何不恰當的行爲嗎？』我說沒有，然後她告訴他，如果她沒決定把他逐出大傑斯伯，他就已經很幸運了。」

錦繡說：「值得一提的是，稜鏡法王對付那些膽敢找我們麻煩的傢伙更不客氣。我們的地位堪稱奇特。就某方面而言，我們只是隨時要爲地位比我們高的人付出性命的奴隸，不管值不值得。而在其他方面，不管是各地使節還是稜鏡法王，都不能找我們麻煩。」

「現在，」錦繡繼續說，「在伊塞兒花了這麼多唇舌，警告各位關於一般規則不適用在我們身上的情況之後，我打算用上一些。因爲有些一般規則發生的機率高到我們不得不放在心上。舉個例子：男人會爲了爭奪地位而打架。女人通常比較聰明。爲什麼會這樣，並不重要，不管是學習而來、天性，或文化，誰在乎？妳看到他們彼此撞胸、罵髒話、在朋友面前表演，其實是在醞釀情緒。時間往往不會太長，不過足以刺激男人的戰鬥本能。就是這種恐懼或興奮的感覺，驅使男人開打或逃跑。偶爾感受一下或是稀釋大量這類情緒，其實還滿不錯的。有人有兄弟嗎？或是和男生打過架？」

十個女生裡有六個舉手。

「有沒有過和他們衝突——不管是口頭爭吵還是打架——之後他們離開，過了一會兒又回來，然後完全把吵架的事拋到腦後，偏偏妳才剛準備好要大吵一頓的經驗？他們會一副遭到埋伏的樣子，因爲他們早已經吵完，而妳卻正在氣頭上？」

「把這種情況想像成做愛。」伊塞兒說。她眞的很好色。「對著男人的耳朵吹氣，叫他把褲子脫下，然後在妳吸下一口氣前，他就已經要出來了。女人的身體反應時間比男人長。」

有些女生笑得有點尷尬。

「男人可以很快進入狀況。他們通常也能非常非常快速地脫離戰鬥狀態。當然，有時候他們會在事後發抖，甚至嘔吐，不過可以隨時進出戰鬥狀態。女人不會這樣。我們很慢才會抵達高峰。好，或許有些特例，或許。但是身爲戰士，因爲只能以自身的經驗作爲判斷基礎，我們往往假設所有人都會產生和我們一樣的反應。而現在並不適用那種情況。男人可以一轉眼就進入狀況，然後瞬間打完。這有好有壞。」

「男人受到驚嚇時，第一本能反應有多自制和脆弱，完全取決於他受過的訓練。然後，那股情緒奔流就會襲體而來。我們花幾千個小時訓練第一本能反應，接著再進一步練習控制那股情緒奔流，將感官強化到極致而不至於變蠢。」

「對我們弓箭手而言，好處就是：突襲我，我的第一反應會和男性黑衛士一樣。當然還是有可能會嚇得渾身發抖，或是無法下達任何決定。但如果我沒有被嚇成那樣，那第二、第三，一直到第十個反應，都會處於我的控制下。我的手不會顫抖。我可以做出男人無法辦到的精確動作。但可能要到一分鐘後才會出現力量或感官強化的現象——這通常都來不及。」

「男人要透過訓練來控制那股衝動，我們則要透過訓練來強化它。如果我們得以較爲緩慢的速度才能爬上頂峰，取得所有優勢，那就要盡早起步。這就是說，當我有可能陷入危險時，必須提前做好準備。我必須開始爬山。男人或許會先開開玩笑，消弭緊張氣氛。我會任由他們那麼做，不會和他們說笑。或許他們會因此認爲我沒有幽默感，但我無所謂。」

那天，提雅和其他女生結束訓練時，都有點茫然、不知所措。提雅在這堂課上發現這些女人吸引人的特質，就在於她們既坦白又強大，並且完美融合。她們說：我是全世界最擅長我的專長的人，而我並非無所不能。這兩句陳述放在一起，就讓她們有能力去面對任何挑戰。就算她本身的力量無法戰勝一個困境，團隊的力量也可以——而她也不會羞於尋求團隊的幫助，因爲她知道在其他情況下自己也可以爲團隊提供同樣寶貴的貢獻。

這群弓箭手不妥協、不自卑，不過依然能在個性上取得平衡。她們尊重彼此，尊重自己。提雅知道有些黑衛士來自奴隸階級、有些來自貴族家庭。有些是藍法師、有些是黃或綠或紅法師。有些是雙色譜法師，有的高，有的瘦，有的和鐵拳一樣壯。他們都是不同個體——但黑衛士會在那些不同處中找出可利用之處，而非用來比較強弱。身爲黑衛士，就是他們身分認同的中心，其他都不重要。

對於既是奴隸、又是色盲，法色還毫無用處的女孩而言，這就像面對一場不可能成眞的夢境。她是在主人命令下參加黑衛士訓練班的，是在別人的指示、別人的利益下受訓多年——但現在她卻是爲了自己而想踏上這條道路。她全心全意想要成爲黑衛士。

# 第二十九章

基普和提雅跑完罰跑的圈數之後——這次是因爲提雅被一個男生說是「小女孩」而動手扁人——沒有時間梳洗，就趕去實習教室：提雅稱這堂課爲汲色練習。她似乎有點害怕。基普倒是很期待——雖然他滿身臭汗。

一如往常，提雅帶路。實習教室和其他位於稜鏡法王塔向陽面的教室不在同一層樓。不過，當他們抵達教室時，基普看見葛林伍迪等在教室門口。

喔，不。

「基普，」瘦巴巴的奴隸說，「你遲到了。紅法王會不高興。」

*而我超在乎他高不高興的。*「他這次又想怎樣？」基普問。

「他召見你。」

「要是我不想去呢？」基普問。

葛林伍迪皺起眉頭。「你要我回覆紅法王說你拒絕見他？」他深信基普是個小丑的表情，完全寫在臉上。這傢伙顯然不喜歡基普，而現在基普被逐出家門，他再也不用掩飾自己的想法。

這讓基普不願妥協，想叫這傢伙下地獄去。

「基普？」提雅問。她靜靜等待在旁。

基普看向她。

提雅說：「不要當笨蛋。」

基普皺眉。「走。」他對葛林伍迪說。

他跟著對方前往安德洛斯．蓋爾的住所，儘管想要保持憤怒，但發現自己越來越緊張。葛林伍迪打開房門，比向沉重的遮光簾幕。

*我發誓，那個老混蛋今天若敢再打我，我一定還手。*

基普很肯定自己不會做這種事，但是這樣想能讓他好過一點。他走進去。

「你好臭。」黑暗中，語氣充滿厭惡的聲音說道。

噁心的味道。老人和焚香。灰塵和腋下的臭酸味。喔，最後那個味道是他發出來的。

「你也是。」基普回嘴。腦子遲了兩秒才開始運作。

一陣沉默過後，對方說：「坐下。」

「坐地上？」基普問。

「你是什麼，猴子嗎？」

「比猴子更像怪物一點，畢竟我和你有親戚關係。」基普說。

又是一陣沉默。這一次比之前久。「我都忘了年輕人有多魯莽。但或許你不是魯莽，只是愚蠢。坐。坐椅子上。」

基普在黑暗中摸索，終於找到椅子。他坐下。

「葛林伍迪！」老人叫道。

奴隸走進來，在基普頭上方的鉤子上掛了一樣東西。然後一言不發地離開。

「提燈。」安德洛斯．蓋爾說。

提燈？但是又沒點著。基普應該要點著它嗎？這樣不會讓門窗都用遮光簾幕遮起來的黑暗房間失去意義嗎？再說，基普身上又沒有打火石。

難道這是在測試基普能不能——

白痴。那是盞超紫燈。

基普瞇起雙眼，房間隨即籠罩在一股令人超級放鬆的奇特紫光中。這房間比想像中大。每堵牆上都掛著蓋爾家族祖先的畫像。在只有超紫光照明的情況下，這些畫像都了無生氣、色彩單調。基普可以分辨出筆觸隆起的輪廓，但很難看清畫上容貌。他隱約可以從通往隔壁房間的門口看出裡面有張超大四柱床，當然也到處都是絨布簾。壁爐架和大鍵琴上擺著象牙和大理石雕像。基普完全認不出這些藝術品的風格，不過看起來都非常棒。

這裡有很多椅子、沙發和桌子。一座有旋轉齒輪和大鐘擺，基普只聽過、從不曾見過的鐘。最後，基普看向面前的男人，期待會看見什麼恐怖景象。儘管光線昏暗，安德洛斯．蓋爾還是戴著一副超大黑眼鏡。他的身材在縮水前顯然十分高大。他的肩膀依然很寬，不過很瘦。頭髮平貼在頭上，在提燈光線下呈現淡紫色，實際上多半是接近白色的銀灰。頭髮稀疏、凌亂——符合住所沒有鏡子的人應有的形象。他的皮膚也同樣慘白、鬆垮。天生就比加文的膚色深一點，不過隨著歲月而慢慢轉淡。他的鼻子很直，皺紋很深。脖子到下巴之間有道舊疤。

他從前想必十分英俊。一看就知道是蓋爾家的人。

「你會玩九王牌嗎？」安德洛斯．蓋爾問。

「我媽從來沒那麼多錢。」基普說。那是一種牌戲，牌本身的價值等同於重量相等的黃金。

「但你知道怎麼玩。」

「我看別人玩過。」

「你面前的那疊牌，」安德洛斯．蓋爾說，「別說我欺負你——第一把牌不下注。」

「我不會這麼說的。」基普說。他拿起牌，再度感覺到自己踏入了和從前有多麼不同的世界。根據玩家認眞的程度不同，九王牌有很多不同變化，全世界共有超過七百多種牌，每個玩家都可以從中挑選出適合自己的牌型。在瑞克頓那種小村落，路過的士兵身上或許會有副小鎭畫家繪製的牌組。繪牌最重要的要求，就是背面不可以有任何標記讓玩家作弊、抽出想要的牌。貴族會用紙牌公會六大分部的畫家和馭光法師共同製作的紙牌。那些牌畫工精美，表面塗以藍盧克辛，保證每張牌大小一致。

這副牌不是那種牌。每張牌都由琥珀金——一種金銀合金製成。每張牌的力量與能力都由帕里亞楔形文字表達，還有大師級的圖畫裝飾，以及畫家簽名。有些牌上鑲有小寶石，全都以完美的結晶化黃盧克辛彌封。牌組還附有鑲寶石的指骨骰、象牙籌碼，以及毛玻璃沙漏。

基普努力忽視手裡的東西有多値錢，笨拙地動手洗牌。

「你的手是怎麼受傷的？」安德洛斯．蓋爾問。他以十分純熟的手法洗自己的牌。

基普沒想到老頭會問這個問題。「有人搶我的東西，我反抗，然後有人把我推進火堆。我用這裡撐住我的身體。」基普舉起手掌，然後想起他是在對一個盲人舉手。「呃，我的手。木頭還是燙的。」

「『還是燙的』？」

「喔，那堆火是我在反抗時汲色而成出來的。」

安德洛斯．蓋爾「嗯」了一聲。

他們玩牌。因爲不熟悉規則，基普輸得一蹋糊塗。他只能勉強辨識那些帕里亞數字，而這也是他在看到黑衛士矮樹依照順序排隊時學會的。不過，話說回來，安德洛斯可是在看不見的情況下玩牌。他的牌面上有小小的隆起和線條，必定是用來提示他那是什麼牌的暗號。這不算作弊，也不能提供優勢，不過卻讓基普知道這副牌是幫安德洛斯．蓋爾量身訂做的。

難怪基普完全傷不了安德洛斯．蓋爾。這傢伙非常認眞看待這場牌局。

不過，老頭面無表情。「再來一局，但這次要下注。」

「什麼賭注？」基普問。

「很高的賭注。」老頭說。

「我沒錢。」基普說。

「我知道你有什麼。」

基普立刻想到他的匕首。但他選擇不理他，用顯然一無所有的語氣回話。「那我們賭什麼？」

「玩完你就知道了。努力贏牌。」

基普深吸了口氣，第二局有點長進，但還是慘遭屠殺。當他最後一把骨骰擲出零點時，安德洛斯靠回椅背，雙手交疊在肚子上。

「今天，你和一群自稱『不被接受的人』的年輕人坐在一起。其中有個女孩叫作『緹希莉』。經過觀察，你和她沒有任何特別交流。」

基普記得她。是那個其貌不揚的女孩。笑容燦爛、有點胖、臉上有胎記。「你想怎樣？」基普問。

「她父母爲了幫她籌措克朗梅利亞的學費，賣了家裡十五頭牛中的六頭。她明天就要回家了。因爲你的關係。」

「什麼？爲什麼？這樣毫無道理！太不公平了！」

「你輸了。」安德洛斯．蓋爾說。「我們改天再玩。下次賭注會更高。」

# 第三十章

「至於妳，」第三眼轉向卡莉絲說道，「妻子。妳的情況也不妙。」

「妳說什麼？」卡莉絲問。

加文覺得好像肚子被人踢了一腳，所以看到卡莉絲也很震驚，感覺還不賴。但第三眼看起來十分困惑。「你究竟是來做什麼的，稜鏡法王？」

「我有五萬個難民需要地方落腳。如果把他們丟在其他地方，結果不是淪為總督的政治人質，就是被法色之王屠殺殆盡。」

「你打算讓他們住在這裡？」

「妳是先知。」

「你會摧毀我們在此建立的聚落。」

「你們建立這個聚落是為了服侍歐霍蘭，而拯救祂的子民也是在服侍祂。」

「你根本不知道你在摧毀什麼。」她說。

「我也不是非常在乎。當皇帝派船前往帕里亞時，他可不會去擔心船艙裡的老鼠過得舒不舒服。如果妳想服侍歐霍蘭，那就開始採集食物。『沒有作為的信仰只是塵土』，不是嗎？三天內就會有五萬個飢腸轆轆的人抵達這裡。」

包圍加文和卡莉絲的男人大發雷霆。他不該說這些的，但是太陽已經出來了，想在艦隊抵達前建好港口，他就不能浪費任何白晝的時間。他們的食物很可能會在今天耗盡。如果他沒有清理暗礁，建造安全的港口，船艦就會擱淺，男女老幼就會死亡。

「你究竟是凡人還是神，加文・蓋爾？」第三眼問。

「我很忙。」加文說。「幫我，不然就別來煩我，因爲我會做想做的事，如果你們阻擾我，我就得做非做不可的事。」

「我覺得我不太喜歡你，加文・蓋爾。」

「如果不是這種局面，我認爲妳會喜歡我。現在恕我告退，我還要建造一座港口。」

「晚餐。」第三眼說。「日落之後，當然。和我共進晚餐。你說了很多值得深思的話，而我也想要還你人情。除非你不屑與老鼠共進晚餐？」她揚起一邊眉毛，神情既挑釁又冷酷。

很有力的一擊。「我……很榮幸。」加文說。

他沿著海灘走去，開始吸收陽光。他脫下上衣。現在氣溫還沒熱到得脫衣服的地步，但他想讓第三眼和手下目睹他走開時皮膚上綻放一波波光彩的模樣。一開始是黃色，讓他的身體綻放金光。他朝空中拋出一道黃盧克辛，在落入海面之前轉化爲一艘飛掠艇。

卡莉絲和他一起踏上飛掠艇。「我不確定你爲什麼老是喜歡讓自己背對一群手持武器的人。」她說。

「全世界的人都拿起武器了。」加文說。「再怎麼樣，也會背對半數手持武器的人。」

她嘟噥一聲。「這表示我經常得倒退著走。」

他轉頭看她。她在笑。

「妳不生我的氣？」他問。他覺得自己應該可以處理得更好。

「你是稜鏡法王。」她說到「稜鏡法王」時，比了個手勢，彷彿這個名詞本身會發光。「我怎麼能生稜鏡法王的氣？」

他大笑。他一輩子都在和女人打交道，但他還是不了解女人。「不，我說眞的。」她跟他一起搖槳。「我不知道你最後打算如何處置提利亞難民。我敢說你已經想好對策了。但是我不在乎。你做這一切，眞的是爲了拯救那些此時此刻無法給你任何好處的人、會對你造成極度不便的人、你本來可以不理會的人，那——是件好事，我不能不讓你去做這件事。」

所以，妳其實有想不讓我去做這件事？「謝謝妳。」加文說。他是眞心的，不過也有點心痛。一年，或許我只剩下一年可活，也是件好事。我不認爲我還能忍受這種情況五年。

他們開始工作，心痛逐漸消失。加文汲色製作支撐大海堤的大柱子。他們繼續爆破，清理海床，深入挖掘，讓那些柱子擁有穩定地基，不過基本上還是依賴汲色。一層層增加強度的黃盧克辛及強化張力的綠盧克辛。他本來想要用藍盧克辛，不過認爲這樣應該就可以了。

夜晚來臨時，他們已經建好了所有支柱。明天，海堤。再隔天則用來補強收尾，確認一切都能依照他的意思運作。然後他就會離開這裡。

日落後，他們划回岸邊。加文心想，忙碌一天之後，或許該先洗個澡，再去赴先知的晚餐邀約。

「你會和她上床嗎？」卡莉絲問。

加文咳嗽。「什麼？」

「這是『要上』的意思，還是『有機會就上』？」

加文臉紅，不過沒有說話。

卡莉絲先偏開頭去，下頷肌肉抖動，隨即放鬆。「我很抱歉，稜鏡法王閣下，這個問題太不恰當了。我道歉。」

好吧，這段談話已經把和先知上床的選項拿掉了。

我不能和妳上床，但我最好也不要和其他人上床，呃？太好了。

第三眼在海灘上迎接他，她的步伐優雅、曲線玲瓏、美不勝收，舉手投足間透露出強烈的暗示。站著不動的她令人驚艷，一旦動起來，就變成全世界都爲她著迷的女人、是歐霍蘭創造物的具體呈現、是祂賜給男人欣賞美貌的光線。她在微笑，嘴唇豐滿、艷紅、誘人，雙眼又大又亮。她畫了雅緻的淡妝，身穿白色薄紗，薄到可以看穿她的乳暈。

眞是。她媽的。完美。

# 第三十一章

基普滿臉沮喪地回到營房。他不知道該怎麼辦。如果告訴「不被接受的人」他得為緹希莉被趕回家的事負責，他們或許會因為害怕接下來輪到自己而疏遠他。這是很合理的恐懼。

下次賭注會更高，還能怎麼解釋？基普又沒錢。唯一的解釋就是安德洛斯還會把和基普親近的人趕回家——或是做出更可怕的事。

結果營房裡空無一人。其他學生顯然還沒有結束實習課。基普走向他位於營房後方的床鋪，再三確認附近沒人。來到隔四張床外的床前，他打開位於空床床角的置物箱，在毯子底下摸索。

他大大鬆了口氣。匕首還在那裡。

他蓋回毯子，輕輕關上置物箱，確保它看起來和之前一模一樣。然後上床睡覺。

他沉睡，難得沒有作夢。第二天早上，他在興奮的喧囂聲中醒來。學生們正熱絡地交頭接耳，完全沒有為了避免吵醒還在床上的學生而放輕音量——雖然基普坐起來後才發現只剩他一個還在床上。

「怎麼回事？」他問，因為睡得太久，聲音有點沙啞。

「今天是贊助人日。」隔壁幾床的男生說。「不用上課或實習。我們全都要去會見贊助人。」

基普慢慢走到公用浴室洗臉，用鹽水漱口，然後拿梳子梳了幾下頭髮，一直到看起來有點條理。

他獨自下樓前往餐廳。餐廳還是有供餐——他發現比平常豐盛許多——不過學生卻比較少。有來用餐的，也都和大人坐在一起。其中有幾個大人可能是學生的哥哥、姊姊，或父母。

他覺得胸口好像有個拳頭。基普拿著餐盤站著，尋找位置吃飯。坐在哪裡都沒差，反正他肯定會落單。母親死了。祖父和他斷絕關係。父親出門在外，就像基普從小到大一樣缺席。

他孤伶伶地坐下。孤伶伶地吃飯。他強迫自己不要吃太快，心裡有部分並不享受這種痛苦，不過還是沉浸其中。

這一切都是在淬鍊他的人格。而他接受這種淬鍊過程。就這樣。

吃完早餐，他前往圖書館。圖書館員是個出奇漂亮的女人，從她的眼睛來看，大概是不太高明的黃法師，她說：「恐怕所有私人閱覽室都被贊助人包了，年輕人。」

「我不用閱覽室。我需要書。九王牌的策略書。」

「啊，」她眼睛一亮。「我想我們幫得上忙。」

莉雅．希魯斯是第四副圖書館員，通常都值晚班。在基普可以開始看書前，要簽署一份合約，保證不會帶火進圖書館，或在館內製作紅盧克辛。簽好後，她帶他前往一張位於圖書館陰暗處的書桌旁坐下；不過，館內當然到處都有黃提燈提供的人工照明。接著，她幫他拿了六本書過來。

「你常玩嗎？」莉雅問。

「只玩過兩次。兩次都輸得很慘。」

她輕笑。她有一頭捲曲的黑髮，在頭上細心梳成類似光暈的髮型，讓她的臉看起來很小，嘴唇很豐勻。「大部分人剛開始都會先輸個二十場。」

呃。「我絕不能輸二十場。」基普說。「我該從哪裡看起？」

「先看這兩本，然後再從這本開始。這本抄錄有所有紙牌的圖樣，可以讓你在看不懂時參考。越快把牌記下來，你的牌技就會越好。」

喔，天呀。基普開始看書。

他一連看了十二個小時。他去上了次廁所，回來時發現有個男人待在他的桌前，抄下疊在桌上那些書的書名。一看見基普回來，就立刻跑開。基普考慮要去追他，不過想想就算抓到，自己也不知道該如何處置。

太好了，他們在調查我看什麼書。基普不知道「他們」是誰，不過他覺得對方是誰並不重要。

起身去吃晚飯時，他走到莉雅桌前。「我吃完還可以再回來嗎？」

「你還沒吃飯？」她連値兩班，看起來很疲倦。

「還沒，不過我現在餓瘋了。」

「那我很抱歉，圖書館再過幾分鐘就要關了。」

基普看向其他一點都不像快要離開的學生，無奈地比了比。

「那些都是三、四年級學生，基普。高年級生和黑衛士新兵隨時都可以來圖書館看書。他們有太多事要忙，有些得到午夜才能來。大家並不信任一年級新生，你們只有在圖書館員在場時才能來。」

於是，基普又看了幾分鐘書。當他終於離開圖書館、要回營房睡覺時，葛林伍迪在走廊上堵他。

那傢伙貪婪地對著他笑。

基普學得還不夠。現在他絕不可能贏。

安德洛斯．蓋爾的住所還是和之前一樣，當基普就坐時，屋內已經備好超紫提燈及一副牌。基普把自己的牌翻過一遍。剛剛那十二個小時，對他一點幫助都沒有。

「賭注是什麼？」他問。

「更高，我告訴過你了。」安德洛斯．蓋爾沒有再說什麼。他打出第一張牌，設定牌局。

基普開始玩牌。他太早打出一張好牌了——不過他一直到牌局結束才發現這點——結果慘遭屠殺。

他本來就輸定了，不過這是他第一次瞥見除了無助之外的東西。

「這次你又打算怎麼對付我？」他問。

「可悲。你體內一滴蓋爾家的血都沒有，嘮叨鬼。你沒必要輸。你之所以會輸，是因爲你選擇輸。」

「沒錯，我選擇輸，因爲輸的感覺超棒。」

「挖苦是掩飾愚蠢的庇護所。夠了。這次的賭注是明天吃飯的權力。明天你禁食。或許這樣可以讓你專心一點。現在，再來一局。」

「賭注是什麼？」基普堅決問道。剛剛那個賭注顯示安德洛斯有多看不起基普，竟然認爲對他而言，不能吃東西比將一個女孩驅逐回家、一切努力化爲烏有更加嚴重。

「更高。」安德洛斯．蓋爾開始洗牌。

「不。」基普說。「我不相信你。我認爲你是等玩完之後才瞎掰賭注。除非你告訴我賭注是什麼，不然我不玩。」

安德洛斯．蓋爾嘴角揚起一絲笑容。「實習。」他說。「這次輸了，你就不能去實習。」

「你每次強迫我來這裡，我都不能去實習。」基普說。

「永遠不能。」安德洛斯．蓋爾說。

失去實習的權利，就表示失去唯一學習以任何有組織方式汲色的機會。「你辦得到這種事？」

「我辦不到的事不多。」

如果基普不能學習正確的汲色方式，他在這裡就沒有未來。「這樣不公平。」他說。他知道自己必輸無疑。

「我對公不公平不感興趣。蓋爾家的人只對獲勝感興趣，不在乎運動家精神。」

「如果我拒絕賭這一把呢？」

「我會開除你。」

你這個渾蛋。「若我贏，可以贏得什麼？」

「我就送那個惡霸俄里歐回家。」

「我不在乎他回不回家。」

「或許你該在乎。」安德洛斯．蓋爾說。

什麼意思？這算警告？

「我恨你。」基普說。

「我心都碎了。」安德洛斯．蓋爾說。「抽牌。」

他看出自己拿了一手好牌。他在剛剛某本書裡見過這手牌型。

但是才玩三回合，他就輸了。他想太多，沒有在時限內出手。他甚至不知道要怎麼適當運用手裡的好牌。安德洛斯．蓋爾顯然抽了一手爛牌──但撐過了基普開頭造成的傷害，然後打得他一敗塗地。

基普在輪牌時翻過最後一回合的計時器，問道：「那別人去上實習課的時候，我要幹什麼？」

「我怎麼會在乎你要幹什麼？」安德洛斯．蓋爾說。「你可以想想還能怎樣失敗、怎樣讓人失望。等我兒子回來時，他就會放棄這玩意兒。」他指著基普說，好像他是隻等著被人掃掉的蟑螂。

「你老了。」基普說。「你還有多久會死？」

紅法王露出凶殘的笑容。「原來私生子體內還住著個小渾蛋。很好。現在給我出去。」

# 第三十二章

阿德絲提雅是奴隸，不是受害者。她早在天亮前就已經穿過百合莖，橫跨克朗梅利亞和大傑斯伯間的大橋。今天是贊助人日。這表示不用上課，不過黑衛士訓練班還是得受訓。黑衛士太重要了，不能放假。今天所有學生都該和贊助人碰面，這點奴隸與其他人沒有任何不同。

然而，不同處在於阿德絲提雅的贊助人從來不和她碰面。她會在贊助人日交付祕密任務給提雅。盧克萊提雅·維倫格提女士不是好相處的主人。

市場裡的攤販正在架設棚子和攤位，鋪設地毯、驅趕驢子，試圖將各式農產或漁獲擺放至定位。街上已有不少人，不過天亮後，當家奴和女人出門購買日常生活用品時，街上就會變得人潮洶湧。阿德絲提雅穿越人群，彷彿要前往某個特定目的地。她踢鬆一條鞋帶後停在一面牆邊，半跪而下，拉高裙子，開始綁鞋帶。

她從兩塊牆磚間的縫隙裡取出指令，塞進鞋子，然後繼續前進。她轉入幾條小巷子，確保沒有被跟蹤——並非因為被跟蹤過，不過這是命令的一部分——最後在兩幢高大建築中間找了塊空地。她從鞋子裡拿出指令，攤開紙條。

維倫格提女士很少寫字。她不喜歡讓自己的筆跡和她要求阿德絲提雅去做的壞事綁在一起，而且也不喜歡過度信任奴隸或抄寫員。

無所謂。阿德絲提雅知道這種事的運作方式。

紙上畫了一幅非常精確的男人畫像——要不是維倫格提女士不屑這種事，她其實可以成為很棒的藝術家。另一張超薄的米紙上，則畫了一個鼻菸盒，鑲有家徽：蒼鷺飛升到新月上方。

根據過往經驗，提雅知道她要在明天早上前竊取這個鼻菸盒。

阿德絲提雅是奴隸，不是笨蛋，她知道這些受害者起碼有一半都是在幫盧克萊提雅．維倫格提做事的男男女女。她在家鄉時曾經被抓到過。

但她從來不知道哪些目標是眞的，哪些只是假餌。這樣其實很有道理。最有效的訓練就是有可能失敗，卻不會帶來慘痛後果。如果受訓的人只失敗一次就玩完了，那投資在她身上的時間就完全白費。但是，如果希望自己訓練的人永遠不會失敗，那麼她的技巧便永遠不會提升，也永遠學不會界線何在。

但提雅無法分辨眞假。坦白說，眞假根本不重要。她不能把任何目標當作假餌。不同處在於，如果她被抓到偷取盧克萊提雅手下的東西，會被毒打一頓，如果被抓到偷其他人的東西，則會被趕出黑衛士和克朗梅利亞，然後被抓去關。

當然，父親的生活都指望她。奴隸表現良好，奴隸的父親就有好日子過。若表現不好，就不必多說。這種事奴隸都很清楚。她父親是自由之身；這點她並沒有欺騙基普。但那並不表示維倫格提女士沒辦法影響他的生活和債務。

於是，提雅仔細研究那幅畫像，記下男人長相。從衣著判斷，他看起來很可能是有土地的貴族。微禿、頭髮很短、鼻子很大、粗項鍊、寬斗篷、劍帶、衣袖寬鬆、戴皮手套。

穿成這樣的人，若是有保鏢隨行，提雅也不會驚訝。她左顧右盼，掃視巷子兩端。沒人。她摺好米紙。角落有層薄蠟，下面附有紅和黃盧克辛。她摩擦片刻，刮開薄蠟，米紙起火燃燒，在強光中化爲灰燼。提雅吹開灰燼，走回市場。

就像城內所有路口，每個通往市場的入口都有一座千星鏡。儘管這些鏡子的主要用途是輔助馭光法師汲色，不過在馭光法師沒使用時，所有城區都可以自行決定要如何利用千星鏡所在的拱門。

這座市場把它的千星鏡租給出價最高的商人。有些聚焦的日光會照射某幾間特定店家。有些在上面安裝有色濾鏡，聚光在遊走市場間的盧克辛雜耍藝人身上，供其表演戲法，為商家宣傳。阿德絲提雅走到一座千星鏡下，用鑰匙打開小門，進去後關門上鎖，然後爬上狹窄的通道。她跟塔猴，也就是負責這座千星鏡的奴隸，有過協議。只要她不妨礙他們做事，或弄壞東西，他們就讓她把鏡塔的通風窗口當作瞭望台。

她一邊等待，一邊打開包包。通常她討厭自己死氣沉沉的短髮，不過此刻這種情況就是她剪短髮的原因。只要幾支髮夾，她就可以迅速佩戴假髮——這次是頂大波浪的阿塔西長髮。用紅手巾綁起。她從包包裡拿出約莫二十個手環。閃閃發光，俗不可耐——目的是要讓人別注意她的長相。她在臉頰和嘴唇塗抹胭紅和唇膏，然後摺起其他手巾。她把披肩塞到包包裡，弄鬆裙子上打的幾個結，把裙子放下來——離開拱門時，她會換上高跟鞋，掩飾身高，所以裙襬得長到足以遮住鞋跟。她穿上緊身馬甲，鬆鬆地纏在肋骨上，然後把摺好的手巾塞入其中，製造胸部比蚊子咬的包包還大的假象。

幾乎所有她對自己身體不滿的地方，都有助於喬裝改扮，她知道。這無疑是她獲選執行這種任務的原因。不太矮、不太高、瘦——瘦比胖更容易透過服裝來改扮——五官討喜，不過沒有美麗到能在一群女生當中脫穎而出。就像基普那天脫口而出惹惱她的那句話一樣，她甚至可以——也曾做過——喬裝成男生。

不過，今天喬裝完畢後，她覺得自己看起來應該像個女人。地位低下的阿塔西家庭主婦，二十幾歲，有點高，品味差，有顆牙齒被油脂和菸灰染黑。那玩意兒味道很糟。

她的偽裝並不完美，但是阿德絲提雅並不要求完美。這個裝扮最棒的地方就是她可以在被人追捕時迅速換裝。

換完裝，她靜靜等候。要靠自己的力量在大傑斯伯的人山人海裡找出某個特定貴族，是不可能的事，更別說要在同一天當中偷走目標身上特定的物品。但是，阿德絲提雅不需要尋找目標。他會自動送上門來，而且是帶著標記前來。

她等了一個小時，每隔一分鐘就瞪大雙眼一次。就和之前告訴基普的一樣，她的視力不及一般人，堪稱爛到谷底，無法分辨顏色。她完全看不見超紫色，勉強看得見紫羅蘭色、紫色、藍色，綠色可能可以正常辨識，黃色沒問題，紅色在她眼中和綠色一樣。

不過話說回來，對於一般人和許多馭光法師可見的正常色譜外的顏色，她卻看得更加清楚。她無法汲取次紅，但看得比大部分次紅法師還清楚。提雅不用刻意擴大瞳孔，只要情緒放鬆，就可以像從近的東西聚焦到遠的東西上一樣，輕易看見次紅光。

但是，當她擴大瞳孔時，可以看見截然不同的景象。次紅之下，超越可見光譜的次紅範圍外，她可以看見她的法色——如果那算法色。書上說那叫帕來色。帕來是種很純粹、美麗，基本上沒有用處的顏色。帕來纖細到少數提到汲取這種法色製作盧克辛的書裡，將其稱爲「蜘蛛絲」。

只不過，蜘蛛可以掛在牠們編織出來的蛛網上，提雅可沒想過要用自己的法色掛掛看。

她開始擔心鏡奴換班了。他們不介意讓她待在塔裡，但她在塔裡的話，他們就出不去。而以這個偽裝的形象離開鏡塔，就是她一天當中最脆弱的時刻。她將瞳孔擴大到可以看見帕來色，有某樣東西從眼角閃過。

她看見一道帕來煙絲在百步外的人群中盤旋而上，隨即失去蹤跡。

當然，沒有人注意到。沒人有能力察覺到它。提雅從未見過任何能看見帕來色的人，更別說是汲取這種法色。

那肯定就是她的目標。這就是目標身上的標記——頭髮或帽子上飄著帕來色煙絲，如同無焰之火般燃燒。這是絕佳的訊號，除了提雅，沒人看得到。但她從未見過合作的搭檔；幫提雅標記目標的男人或女子，從來沒露過臉。

提雅東張西望，仔細搜尋。有了！訊號，剛剛經過她所在鏡塔的底下。她的角度看不清楚目標，但這次行動應該會很順利。

她把包包掛在背上，順著樓梯向下滑去。抵達塔底時，她拿出高跟鞋換上，把包包固定在肩上，確保繫帶沒有弄歪她的「胸部」。她深吸了口氣。要有自信，但是不要太積極主動，提雅。不，連自信都不要。只要假裝忙碌。稍微扭腰擺臀，看起來像有臀部，但不要像妓女。她又檢查了一次假髮，然後吐口氣，打開塔門走出去，不慌不忙地關上塔門。

鏡塔底部正對著一棟房子的側面，所以她可以迅速走入一條狹窄的側巷。遠離鏡塔後，她立刻掃視人群，然後短暫放鬆眼睛。對她而言，確認有沒有人看見她離開拱門，就和找出目標一樣重要。

她轉眼就找到信號。但是信號並非出自她的目標。信號附在一個女人的頭髮上，緊緊糾結成一團，而不是鬆散地四下飄蕩。

提雅知道這不是好主意，但她還是立刻開始跟蹤對方。

如果提雅剛剛目睹的是這個女人被人標記的情況，那就表示另一個帕來法師可能在附近。

不過，提雅並不感到興奮，反而覺得自己陷入危機。標記這個女人的人不知道還有別人看得見，那感覺就像是誤打誤撞發現了某樣祕密信息，還試圖解開它。送出祕密信息的人絕對不會希望信息洩露——就算提雅根本看不懂它們的信息也一樣。

這座城市檯面下暗潮洶湧，而奴隸可能會被捲入最微弱的暗潮中。瑟魯利恩海上幾乎每天早晨都會帶走幾具來自大傑斯伯島上的屍體。

提雅保持警覺，但沒有汲色。一旦汲色，就有可能讓另外的帕來法師察覺她的存在。目標女子離她約莫五十步，看起來不趕時間，正慢慢朝市場裡面逛過去。她不太可能在這種緩慢的步調下，找出另外那個馭光法師。如果她要去某個目的地，所有以差不多速度朝同一個方向前進的人，都有可能正在跟蹤她。而那個女人邊逛邊走，頭上又有信號，根本不可能跟丟，跟蹤那個女人的人——她的間諜？——可以盡量融入人群。

提雅試著默默繞過去觀察女人的長相，對方此刻正在和一個紡織商人交談，指著一條亮綠色和黑色格子的絲巾。女人身材嬌小，有張心型臉蛋、鬈髮，身穿淡藍色上好連身裙，戴著一副大耳環。相貌迷人，年紀應該將近四十歲。

看不出有人會想跟蹤她。

*與我無關。我該離開這裡。*

但是阿德絲提雅無法克制自己。她媽以前總說她是要在火爐上燙傷兩次手，才能說服自己火爐很燙的那種人。

一個販賣動物彩繪陶罐的販子走到提雅面前。「啊，這位小姐品味不凡。」

她微微一笑。「只是看看，謝謝你。」

「妳有什麼特殊用途——」

「需要的話我會告訴你。」她說。她自己也有點驚訝。在真實生活裡，她不會這麼粗魯，但喬裝給她一種奇特的解放感。

「很好。」對方虛僞地笑道。他轉身走開，小聲咒罵她，不過也算不上多小聲。

她要擔心更重要的事，不過這種情況還是讓她臉紅。眞是個——

她差點錯過了。噴泉附近發出一道光波。她望向光波源頭，沒辦法確認是站在那邊的三個男人中哪一個幹的，他們全都在看那個美女。

提雅熟悉那種光波。她自己也會發出那種光波。事實上，那就是她有機會加入黑衛士的唯一理由。帕來色有個其他法色都辦不到的特點，就是它能夠穿透布料。透過帕來光譜，你可以看見一個人身上所有金屬物品。如果他們在上衣裡面穿了鎖甲，大腿上藏了把匕首，在提雅眼前都無所遁形。這一點，以及標記別人看不見的信號，似乎是提雅發現的這個法色的唯二實用用途。有一本書就是用這個理由，把帕來色排除在眞正的法色之外，認爲帕來色「極不持久，毫無用處」。

打獵時很容易專注在獵物身上，提雅在奧迪斯的格鬥老師曾爲此懲罰過她幾次。所以她試著深呼吸，留意四周環境。太過專注會引起注意，或是讓人犯錯。

幸好她及時調整。

她上下打量人潮洶湧的市場主街——來自七總督轄地的商人、奴隸、盧克教士、乞丐及貴族——提雅看見她最不想看見的人。她自己的目標——盧克萊提雅．維倫格提指派的目標——正朝她筆直走來。更糟糕的是，依照他行走的方向，他將會直接走到另一名帕來法師的面前。目標的頭髮上有她熟悉的帕來色標記。如果他帶著那個標記繼續走下去，另一個帕來法師絕不可能錯過他。那可能會讓他開始追蹤提雅。

提雅在還不確定該怎麼做的時候就已經採取行動。被動肯定不是她個性中的缺點之一。

她也釋放出一道超細微的光波，盡可能縮短光波持續的時間。帕來色最棒的特色就是汲色時間比其他法色短，而且隨處可得，就算是最陰暗的陰天也有，所以幾乎不會有找不到法色源的問題。就連晚上也能勉強找到，只要人在室外就可以。她的光流穿透目標衣物，讓它們看起來像是在風中抖動的陰影。

根據多年累積的經驗，提雅隱約可以看出目標身上所有金屬物品的輪廓。劍、匕首、皮帶釦、皮帶內鑲的銀、把錢袋固定在皮帶上的細鍊（這表示他擔心會被打劫）、錢袋裡的硬幣、上衣飾帶的末端、項鍊、斗篷鍊和斗篷披風中內鑲的金絲、一只耳環，以及——終於——斗篷胸前口袋裡有個鼻菸盒。

那個位置很適合動手扒竊。她在最後關頭穿越馬路，以便看起來像是意外撞上目標。她回頭看了一眼。

這是一項錯誤。一名在噴泉旁的男子——身材瘦弱、毫不起眼、光禿禿的頭頂外側有一圈紅髮、身穿商人服飾——雙掌在身前交擊。一根帕來盧克辛針從其手中竄出，插入位於二十步外，他所監視的女子頸側。能夠如此穿越擁擠的人群和推車射中目標，簡直不可思議。帕來盧克辛垂在空中，一邊連在他的手上，另一邊則連在她的頸部。他身體前傾，神色專注。

一個路人走過蜘蛛絲，將之扯斷，不過帕來法師神色自若。他放開蜘蛛絲，頭也不回地離開。

提雅轉向那個女人，只見她皺眉揉了揉脖子，然後繼續回去挑選面前推車上的甜瓜。

接著有人撞上提雅。她本來會被撞倒的，但一隻強壯的手掌抓住她的手臂。

「小心點，美女。」她的目標說。他在幫她站穩腳步時伸手托住她的屁股，還捏了一下。

「喔——我——」提雅不用故意裝出迷惘的模樣。因為穿高跟鞋的關係，她又花了點時間才終於站穩，然後再花更多時間撫平內心的情緒。

「如果妳想找點樂子，我晚點會在紅六酒館，美女。」男人說。他的手還放在她的屁股上。

她拍開他的手。「不了，謝謝，閣下。不好意思。」

他哈哈大笑，沒有繼續摸她。「考慮、考慮。」他說。「我會讓妳體驗妳丈夫永遠無法提供的快感。」

她神情羞澀地低頭離開，深深覺得被侵犯。她發誓她還能感覺到他的手在摸她的屁股。她很想爲了捏她的事給他一拳。

結果，她藉由把鼻菸盒丟進袋子裡來獲得滿足。他雖然趁她不注意偷摸她，不過她很快就恢復。她在他走開時轉過身去，汲色抹除他頭上的標記。如果夠聰明，她就該離開這裡，但她忍不住又往市場裡面看，試圖找出那個女人的蹤跡。

找她並不難。雖然已經開始消散，但她頭上的標記還在發光，而她白皙的皮膚隱隱透露出長年汲色的茶綠色調。她帶著甜瓜穿越市場主街，手臂突然下垂，甜瓜登時落地。她輕輕一笑，彷彿既驚訝又困惑，但是只有半張臉在動。她搖搖晃晃，摔倒在地。

旁邊有些人輕聲竊笑。但是女人沒有爬起來。她癲癇發作。突然中風。

路人臉上的笑容消失，紛紛開始朝她奔去。

「來人啊，救人呀！醫生！」一個圍觀路人叫道。

提雅感到恐懼。歐霍蘭慈悲爲懷，她究竟看到什麼了？

# 第三十三章

克朗梅利亞大殿堂每週都會被用來舉行宗教儀式。所有學生，不管會不會汲色，都要到場。基普慢慢走到班哈達和提雅中間的椅子上坐下。班哈達放下怪眼鏡上的有色鏡片，目光在白色大理石拱門和天窗上的彩繪玻璃鑲板之間游移。

基普全神貫注在地板上發生的事，完全沒去理會彩繪玻璃上描繪的場景。「現在要幹嘛？」

「嗯？」班哈達問。

「就聽啊。」提雅說。她語氣很簡短、內斂，不像平常的她。「這是這個循環的第二週，所以我想會是藍法王本人上台講道。」

「喔，不。」班哈達說。「他講道最無聊了。我聽一個微光說去年加文．蓋爾在藍色日講道，講得超棒的。但這傢伙糟透了。」

「克萊托斯．藍。」基普說。他感到恐懼的壓力來襲。他的目標。

「他想要扮演學者，因爲他認爲藍法師就是該要這樣，但我聽過眞正的學者嘲弄他。」

基普不在乎，雖然他希望自己可以討厭這個他發誓要摧毀的男人。這是他首次有機會親眼見到克萊斯托。他發現自己心跳加劇。大殿堂裡的人越來越多，很多人都在正午前的最後一刻匆匆擁入。學生還在入座的同時，殿前某個看不見的地方傳來低聲吟唱聖歌的聲音。「那又是怎麼回事？」

「次紅唱詩班。」班哈德說，依然盯著天窗上灑落的光線。

「噓。」提雅說完，專心聽起聖歌。她脾氣有點大。

「藍法師他們幹嘛不自己唱聖歌？」基普問班哈達。

「不知道。那是次紅法師的專長。」班哈德突然露齒而笑，目光自天花板上移開。「當然，次紅法師向來充滿熱情；不過他們的男法師往往不能生育。這兩樣特質讓他們深受女人歡迎。」

「音樂天分也有加分。」提雅若有所思地說。

「什麼？」基普問班哈達。「爲什麼？」

班哈達揚起眉毛。

「怎麼了，基普，你父親沒和你講解過男人與女人上床的七十種姿勢嗎？」提雅問。

「我不是問那個。我只是——」喔，她知道。她笑嘻嘻地看著他臉紅。

七十種？

她放過他，低聲說道：「沒人知道他們爲什麼不能生育。那是他們爲歐霍蘭所承擔的責任與犧牲。」

「噓！」他們前排有個女生不太高興地轉頭說道。

唱詩班換唱另一首歌，這次很多學生也跟著唱。基普完全聽不懂他們在唱什麼。他猜那是古帕里亞語。不過曲調本身十分優美，他很高興自己聽不懂，可以專心享受音樂。

兩扇天窗突然變得比正午的陽光還刺眼。基普猜想是有某兩座塔上的大鏡子轉向大殿堂。大殿堂上有一整座高塔，所以陽光無法直接從上方灑落。於是他們利用大鏡子讓歐霍蘭之光照亮祂的子民。

他們又唱了一會兒聖歌，接著有一隊藍袍男女走了進來，其中有些人甩著點燃焚香的香爐。基普看著克萊托斯・藍，身穿高硬領藍絲袍，戴著一頂奇怪藍帽，走過距他只有幾步之遙的走道。那傢伙看起來很不自在，似乎在強迫自己忍受這一切。

基普不喜歡他。

歐霍蘭呀，七十種姿勢？基普只想得到兩種。

這種事可以去問誰？他們會把他當成鄉巴佬嘲笑。

接下來，五千人一起下跪、祈禱、讀經、應答。基普嘴巴跟著動，假裝清楚狀況。他媽從來沒時間理會盧克教士。她懼怕歐霍蘭的審判，總說只要一直低頭，你或許就能避開天譴。

克萊托斯・藍走到講台上，開始輕聲細語，聲音小到大概連最前排的學生都聽不見。他害羞到讓基普對他心生同情。一名盧克教士輕輕來到他身旁，在他耳邊說了幾句話。

克萊托斯稍微提高音量：「……在眼前……第四十九天……」

基普看見剛剛的盧克教士看向另一個盧克教士，以眼神交流。另一個盧克教士站起身來，在克萊托斯・藍耳旁說了幾句話。克萊托斯轉頭回話，臉有點漲紅，接著回過頭去面對他的經書。

「這如我剛剛所說……」克萊托斯尖聲說道，音量終於大到能讓後排的人聽見。他哼了一聲。「把學者最新研究成果傳播到全世界每個角落，乃是克朗梅利亞的工作。不久之前，宣稱我們的世界不是一張攤平的羊皮紙還是異端邪說。世人相信我們世界有四個角——其中最深信這種說法的就是盧克裁決官。在藍法師和藍法色代表的美德努力下，我們現在知道那是迷信，與經文裡提到七總督轄地乃世界中心的隱喻說法並不衝突。歐霍蘭意志中心的說法只是隱喻的陳述，而非眞實世界的情況。」

基普完全不懂他在說些什麼，但有兩個盧克教士看起來對他這種說法不太高興。基普猜想，如果克萊托斯音量再度變小，應該不會有教士上前去提醒了。

「過去幾年裡，你們在理性之塔中的同儕對於教會大分裂和迪馬奇亞事件方面的研究取得重大突破，現在學者大多同意『諸神之戰』應該譯爲『諸神大戰』。迪馬奇亞的『迪』當然是離格，在大部分譯文裡，我們並沒有足夠的上下文證據來推翻廣被接受的『之戰』的翻法。然而，在崔斯坦的《理性基礎》一書中，他指出只要變更少數我們對古帕里亞語文法的認知，經文就會出現天翻地覆的不同解釋。我們很快就會提出這些新的解釋。」

基普的眼神逐漸呆滯。他有太多字聽不懂了。就算他真的認爲文法很有趣，還是沒辦法聽懂上面在講什麼。他放棄聽講，開始環顧四周。有個身穿縐縐黑袍的老盧克教士，看起來像在嚼檸檬。有幾個高年級學生似乎眞的對演講內容深感興趣，這讓基普有點恐慌。*我會變成那個樣子嗎？*

他本來認爲克朗梅利亞是個學習的地方，沒錯，不過是學習實用技能。他開始研究沿著整條天窗鋪設的彩繪玻璃馬賽克鑲畫。上面有盧西唐尼爾斯本人的畫像，白袍、溫和的容顏，身旁都是他的帕里亞戰士，但是他的膚色比其他人都淡一點。這倒有趣。基普一直聽說他是來自帕里亞的外人。

喔，或許就連對帕里亞人來說，他也是外人。

基普突然開始想像這扇彩繪玻璃出現時，盧克教士針對盧西唐尼爾斯究竟該是什麼膚色引發的激烈爭吵。他知道帕里亞人宣稱他是他們的族人，主要在於他們的敵人都是有錢有勢的人，而且鄰居是白皮膚的魯斯加人。只要盧西唐尼爾斯的膚色越深，就越不可能是魯斯加人。

時至今日，儘管這些彩繪玻璃是在盧西唐尼爾斯死後數百年才繪製的，但是人們看到這些窗戶時，還是會假設由於它們年代久遠，所以描繪的形象必定精準。

太有趣了。基普希望自己知道眞相。

喔，見鬼。這就是台上那個喋喋不休的老傢伙在做的事，不是嗎？透過分析一個單字來改變世界的觀念，就像基普幻想全世界爲了一面窗上的用色而爭吵一樣。

藍法王音量再度變小，基普得要彎腰前傾才聽得到他說話。但他說了一個字引起基普注意——馭光者。「……這就是對我們每個人而言，用隱喻來解釋馭光者都是最容易理解的做法。我們每個人都在將光明帶往世界所有陰暗的角落，而非透過熱心的傳教士。如果永恆黑暗之門另一邊的野蠻人都能接受他們本身的宗教，我們有什麼權力改變他們的生活？難道他們不是歐霍蘭的子民嗎？我們要將光明帶往自己生活中的黑暗角落，透過仁慈與寬厚、說別人好話、無盡的大愛。馭光者不會降世。聽著，安姆之子，馭光者並非一個人。我們全都是馭光者。」

所有盧克教士都是一副眼睛要從腦袋中迸出，想大吼大叫跑出大殿堂去泡他們的牛奶浴的模樣。基普差點被這個想像中的畫面弄得哈哈大笑。

小心點，基普。你得多睡點才行。

盧克大主教走上講台，完全沒看克萊托斯．藍。「唱詩班，」他說。「能不能請你們用〈光明之父，原諒我們〉來為今天的集會畫下句點？」顯然這並不是原定計畫中的歌曲。

喔，太好了。

唱詩班的人唱了，而且唱得悅耳動聽。

唱完歌後，所有人開始慢慢向外移動，基普問班哈達。「剛剛那又是怎麼回事？」

「來自地獄的謊言。」班哈達說。前排兩個女生轉頭瞪他，但他不為所動。「馭光者一直都是引人爭議的人物。他是誰，或他會是誰，還是說他已經降世過了。克朗梅利亞說他已經來過，盧西唐尼爾斯就是馭光者。畢竟，他的名字就有『給予光明之人』的意思。」

「但是你不這麼認為？」基普問。

「我不清楚所有引發爭議的論點，不過我父母不相信這種說法。」

基普看著他。這是他聽過最蠢的事之一，而從班哈達陰沉的表情來看，他自己也知道這很蠢。

「我不想活在歷史已經定讞的世界裡。」班哈達說。

這種說法也很蠢——因為我不喜歡世界的現況，所以現況是錯的？至少這一次基普忍住沒把話說出口。

「馭光者將會是個魔法天才。」提雅說。她剛剛一直都安靜得不太尋常，直到現在才終於開口。「能夠剷除一切的戰士。他從小就是不平凡的大人物。會辦到別人以為不可能辦到的事，帶領我們回到眞實之道。盧西唐尼爾斯甚至不是高強的馭光法師。他研究出如何製作有色眼鏡，但那並不代表他是天才，對吧？馭光者會保護我們。他會殺死諸神和國王。」

我殺過國王。

基普背脊發毛。

「世界上已經沒有國王了。」一個高年級的男生插嘴道。「盧西唐尼爾斯把他們殺光了。還有諸神。」

「那是盧西唐尼爾斯的手下幹的。」班哈達說。「不是盧西唐尼爾斯本人。」

「都一樣。」男孩說。「當你說『法色之王奪下加利斯頓』時，你並不是在說他把整座城市握在手中。甚至不是在說他親自奪下城市。你是指他指揮部隊攻下來的。這就是——」

「小鬼！」一個黑袍盧克教士厭惡地說。基普不知道他聽了多久。「別提從你們父母那裡聽來的蠢話，和那些無知的迷信。去上課。我不准你們在這座聖殿裡褻瀆神明。立刻給我出去！」

# 第三十四章

「這套衣服配不上妳的美貌，」一個年輕人在麗芙走出某個女人和孩子在加利斯頓接收的倉庫時說道。「妳的房間也配不上妳的天賦。」他臉上露出心知自己英俊瀟灑的自信笑容。「我是辛穆。我是妳的老師。」

要不是因爲鼻子上貼著繃帶、兩隻眼睛都有瘀青，他應該很英俊。辛穆看起來約莫十六、七歲，和麗芙差不多，不過或許大一點，也可能是因爲他喜歡故作老成。他有頭漆黑的鬈髮，因爲繃帶看起來更大的鷹勾鼻、闊嘴，還有潔白無瑕的牙齒。阿塔西人的膚色、濃密的眉毛、淡藍色眼睛、斑暈下有道五顏六色的圈圈。他身穿新的白上衣——有誰在大戰過後還能有新衣服穿？——前臂衣袖上套了七彩臂套，五條粗粗的彩色條紋，背景則是白色。他披著乾淨的斗篷，上面也有同樣的圖案，從代表次紅的模糊黑條紋，到紅條紋、橘條紋、黃條紋和綠條紋。他是五色多色譜法師。五色！

全克朗梅利亞大概只有二十個五色譜法師。或許還有少數幾個還在受訓。如果這個男生給她驕傲自大的感覺，也是因爲他有本錢驕傲自大。

惹人厭。

「你打架打輸了？」麗芙問。眞沒禮貌！

「事實上，暗殺失敗。臉上挨了一拳。回來又因爲失敗被扁了一頓。我可是穿越有好多鯊魚游來游去的海域回來的。」他笑道。

「你在開玩笑。」

「如果是開玩笑，我的幽默感就太糟了。這其實並不好笑，是不是？」

「你是說眞的？」

「玩笑不開第二次，我想。來吧，我們得先把妳身上那些破——那些衣服換成比較恰當的服裝。」

他是她的老師，全色譜之王親自指派給她的老師。麗芙心想，這表示她該聽他的話。她聳了聳肩，跟他穿街過巷。那座倉庫離洞石宮殿不遠，因爲距離士兵近一點比較有安全感。戰時獨身女子絕對不能掉以輕心。

但是跟著辛穆走了片刻後，麗芙發現他的法袍比任何護甲都安全。「這裡的人都很懼怕馭光法師嗎？」她問。

「懼怕？他們尊敬我們，這樣很合理，妳不認爲嗎？」

「我想是。」

「妳想是？啊。原來這就是妳需要老師的原因。」

好了，眞是一副要人領情的樣子，不過麗芙一點也不領情。

「克朗梅利亞製造奴隸，麗芙。這套體制奠基在克朗梅利亞訓練出來的馭光法師通通欠下必須簽約還債的債務——而合約年限就是一生。換句話說，就是奴隸。自由的馭光法師拒絕這種做法。我們擁抱自然秩序。妳是自己選擇要生下來就是美女的嗎？當然不是。但妳是美女。妳可以任意運用美貌。同樣地，妳生下來就是馭光法師。我們希望全世界的人生下來都擁有我們的天賦，而法色之王就在尋找達成這個目的的方法。但事實是，我們都很特別，擁有其他男人和女人欠缺的天賦。我們不會要求擁有天賦的人限制自己，就像不會要求跑得快的人吃胖一點，好讓我們不會因爲跑得慢而覺得不快。我們就是我們，狂野、自由，就像自然賦予我們的天性。當妳以馭光法師的身分走在街上，人們會知道如果冒犯妳，妳有能力殺了他們。他們可以心生恐懼，也可以尊重妳的法力，就像他們尊重持手槍的女人一樣。而妳更有優勢，當然，因爲手槍只有一發子彈。」

他們走過清掃街道的工人，最後來到一家沒在攻城時受損的小商店。一個老女人向她打招呼。「很高興有客人光顧！謝謝妳，謝謝妳，喔，妳眞是太美了。我可以讓妳變成絕世美女。我有一份三套服裝的訂單，是吧？」她問辛穆。

「如果全色譜之王是這麼訂的話。」辛穆說。

「非常好，脫吧。」她對麗芙說。

麗芙看看她，然後轉向辛穆，他一點要迴避的意思都沒有。「你介意嗎？」她問他。

他上下打量她，淘氣地笑了笑。「非常介意，不過如妳所願。我總得試試看。」

他走出店外，把她留給手藝高超的女裁縫師。裁縫師迅速幫她量身，對照她的身高，請她轉身幾圈，然後請她穿回衣服。她畫了三張草圖，拿給麗芙看。「一切都是最好的，女士。第一件是羊毛，阿伯恩山脈的山羊毛，很暖和，而且難以想像的柔軟。」

「聽起來眞是……」太棒了？太神奇了？「……很貴。」麗芙討厭自己說出這種話，但她實在窮太久了，忍不住脫口而出。

「哈！這才是剛開始而已呢。我要用眞正的骨螺紫來裝飾妳的絲稠衫。最頂級的絲綢，當然。誰會把眞正的紫染料浪費在低等絲綢上呢？一萬顆骨螺殼全都用在妳身上了。」

麗芙感覺有點噁心。絲綢？眞正的紫染料？「我是說……我很抱歉。我的意思是，我沒錢。或許用綿羊毛就好了？一件衣服就好了？」事實上，她連一件羊毛裙的錢都付不出來，但自尊令她難以承認自己窮到這種地步。

「喔，妳這美麗的小東西，妳不用付錢！全色譜之王都打理好了。一件溫暖的衣服、一件平日穿──那件會是阿塔西高地棉的──還有一件盛裝華服。看來妳也需要幾件新的直筒連身裙和襯衣？」

「拜託！我通常不會……這個，戰爭，妳知道。」

「當然，當然。我們先拿套乾淨的衣服穿。」

結果她不但有乾淨的衣服穿，還泡了個熱水澡，表面上是因為這位老太太不希望她弄髒那套衣服，不過麗芙認為裁縫師只是很高興有個晚輩可以寵愛，有個人可以聊天。

當她用海綿擦拭身體，任由熱水放鬆肌肉時，淚水也在眼眶中打轉。她吐出一口氣，覺得很想哭，哭過之後會好很多，但不想兩眼紅腫地出去見人。她很肯定那個老太太不會在乎──她看起來就像是能了解這種心情的人──但辛穆晚點會回來接她，而他會問她為什麼哭。當答案可以講上一個小時，也可用一個字講完時，妳要怎麼向人解釋自己為何哭泣？而且不管是一個小時還是一個字，他都絕對不可能了解的。這樣只會讓她看起來像個弱女子。

麗芙又吐了一口氣。

「妳很常嘆氣。」老太太說。麗芙沒有發現她進來。

「妳有沒有過曾經相信的一切通通都是謊言的感覺。」

「一切？現在天空是綠色的了嗎？」

「我不是指──」

「逗妳的，孩子。」老太太停了一停，然後也嘆了口氣。「我以前相信我丈夫對我絕對忠貞。當這個信念崩潰時，全世界彷彿都一起崩潰了。」

麗芙無言以對。

「不，孩子。別告訴我。我只是陌生人。接受我的好意，但是不要輕易信任我。妳是身處險境的年輕美女，要武裝自己。只要記得哪些是武裝，哪些又是眞正的妳，這樣妳才可以適時卸除武裝。」

老太太走出去，麗芙知道她剛剛所做的遠比傾聽自己紊亂的思緒有幫助多了。

麗芙加入了敵軍。她可以說自己是爲了要讓法色之王拯救基普和卡莉絲才這麼做的，而他們也確實獲救了，不過眞相是她對克朗梅利亞教自己的一切都失去了信心。如果水果有毒，何必尊敬那棵果樹？

但如果克朗梅利亞本身已腐化，腐化的程度究竟有多深？如果他們會教導學生一個謊言，其他還有多少謊言？她感到一陣噁心，彷彿直視著深淵。如果克朗梅利亞腐化了，而克朗梅利亞理應是歐霍蘭意志的中心，這表示歐霍蘭是個什麼樣的神？

祂怎麼能坐視這種腐化？要不就是祂不在乎，不然就是無能爲力，或祂根本不存在。儘管泡著熱水，麗芙還是不寒而慄。這是一旦出現就無法收回的想法。

但她沒有答案。不在乎、無能爲力，或不存在。不管是哪種情況，眞相都與麗芙曾經相信的不同。那感覺就像是有人扯掉了她肩膀上溫暖舒適的斗篷。

那就這樣吧。要當大人、當個堅強的女人，就是這個樣子。她父親用某些特定的信念撫養她長大成人，但父親並非無所不知。他的想法可能是錯的。如果是這樣，麗芙可不想當個道德懦夫。她會勇敢面對眞實的世界。

她曾在課堂上聽老師引述過某個古代哲人的名言：「我非常看重眞相，如果歐霍蘭站在一邊，眞相站在另一邊，我會背棄我的造物主。」

那就這樣吧。效忠一方，這是達納維斯家的座右銘。麗芙必須忠於眞相。

光是想想就很可怕，她想到自己曾經基於正確觀念做的決定——而所謂的正確觀念，又是奠基在神聖的觀念之上——而所謂的神聖觀念，又是奠基於克朗梅利亞教導的神聖觀念——而那又奠基於克朗梅利亞對於歐霍蘭的認知之上。要是拿掉這個關鍵思想呢？

但是話說回來，這樣眞的算是徹底解放。她會變得強大。此事並不容易，但她願意去做。她不願意在難以面對的眞相之前退縮，或是擁抱容易接受的謊言。她要成爲眞相的戰士。

她洗好澡，忘掉想流淚的衝動，堅定自己的信念。接著她吃了老太太拿來的食物，雖然只是料不多的馬鈴薯湯。

「這沒有達到我平常的標準，不過，戰爭，妳知道。」老太太目光閃爍地說。

麗芙大笑。

「等我幫妳做好衣服，我就有錢請妳吃好料的，我保證。」

喝完湯後，麗芙覺得好過多了。她謝過老太太，走出裁縫店。

辛穆坐在一張簡陋的長凳上，利用一隻手拋出藍盧克辛盤，另一隻手發射綠盧克辛射擊它們來打發時間。

「你一直都在這裡等我？」麗芙問。

他拋出一個藍飛盤，以沒必要的力道把它打成碎片。

「喔。我都把你忘了。」她說。哎呀，這和她原來想說的不太一樣。

「只因爲妳長得漂亮，所以說這種話都不會有事？」辛穆問。「如果是這樣，以後別這麼做了。」

「你一直說我漂亮。我不知道你是想要讚美卻變成羞辱，還是蠢到把羞辱說成讚美。」她並不漂亮。她很清楚。最好的情況，她可以讓自己打扮得有點可愛。任何其他說法肯定都是有求於她。

辛穆一副想要破口大罵的模樣，不過最後嘴角抽動。「『羞辱說成讚美』？」他問。「這是妳發明的說法？」他笑嘻嘻地說。

「我本來希望你不會注意。」她皺起眉頭，覺得自己很蠢。「我以爲你不是藍法師。」她迅速說道。他的斗篷和臂套上都標明了五種法色，不過沒有藍色和超紫。

「還不是。」他說。他又汲色製作了另一個藍飛盤。麗芙看得出來顏色不太對，而且只維持了一秒多一點就分崩離析。「希望我能慢慢學會，就差那麼一點點，眞的很讓人火大。藍色用途很多。再說，雖然身爲五色譜法師滿不錯的，我還是夢想能成爲全色譜法師。」

他現在想要成爲七色法師所說的話，就和幾個月前麗芙想要別人承認她的第二種法色時差不多。人永遠都不會滿足，是不是？總是有人比你更好。

無論如何，如果辛穆有可能汲取七種法色，就表示這個男孩和她完全是不同等級的人。

「抱歉把你給忘了。」麗芙看著自己的腳說。「我以爲我沒有重要到讓你在這裡等我。」

他微笑，儘管鼻子斷了、眼睛黑了，還有其他小傷，他還是異常英俊。「來吧，」他說。「我帶妳去看樣東西。」

# 第三十五章

忙到沒時間和朋友相處——或是去想沒有朋友的事——給他一種奇特的解放感。接下來幾個禮拜，基普每天早上都在上課和工作，又去黑衛士訓練場耗上幾個小時，然後就跑圖書館。他認識了圖書館的員工，他們也認識他。往往他一到圖書館，他們就已經幫他準備好一疊書——他每天要求要看的書，加上莉雅．希魯斯認爲可能對他有幫助的書。

他會找張單人書桌，一讀就是八到十個小時，端視最後一個圖書館員什麼時候離開。他每天都皺眉看著那些可以繼續留下來看書的高年級學生，還有幾次和他們一起留下——直到被人發現，被禁止進入圖書館一週。學生也不可以自己把書歸架。顯然是因爲長久以來有太多人亂放，讓圖書館員難以整理。現在，看完書後，學生必須把書放到以樓層區分的兩張書桌中的一張。基普很快就發現，儘管圖書館占了稜鏡法王塔整整三層樓，裡面的藏書依然只是克朗梅利亞總藏書中的一小部分。有很多書都收藏在地下。微光被絕對禁止進入第二間圖書館。

這讓基普完全沒辦法展開其他蒐集資料的任務。他曾發誓要爲母親報仇——但是壓爆加拉杜王的腦袋並沒有消弭這個傷痛。後來他發誓要查出他媽有沒有騙他關於加文．蓋爾的事。他無法想像那個男人會強暴她，但儘管她是個騙徒、毒蟲、討厭鬼，身爲兒子還是有責任幫她報仇。

不過，最重要的任務在於他發誓要逼退克萊托斯．藍。

他眞的不能繼續這樣發誓下去了。

這兩個目標的共同問題在於他不清楚該從哪裡開始。他不能直接問人：「不好意思，你可以告訴我現任法色法王和稜鏡法王的犯罪證據在哪裡嗎？」而且，既然有人調查他看什麼書，當想看打算仔細查閱的書時，就要更加小心。基普找到幾本可以調查克萊托斯·藍的族譜，然後等他看到一個幫忙把書歸架的年輕女子時，就把他的書塞進她的書堆。

照這種速度，他永遠查不出任何線索。想要進入可能會有他想要查的資料的圖書館，只有一個捷徑——加入黑衛士。

於是，一開始爲了試圖取悅有著他永遠搞不清楚的終極目標的父親而做的事，變成了他唯一完成任務的機會。基普每天受訓、學習，到圖書館看書，睡眠不足，每天會被噩夢驚醒，直到他身體支撐不住，得連續昏睡一、兩天爲止。

曠課不會受罰。克朗梅利亞把這種事交給贊助人處理。曠課的學生在贊助人日都會過得很慘。但基普沒有贊助人。不過他還是會去上課，就算是討厭的課也一樣。曠課等於是讓父親失望，成爲家族裡的失敗者。

接著，每個月訓練的高潮，格鬥日到了。

儘管基普顯然是班上最遜的學生，但是以第四順位加入訓練班，表示他極不可能這個月就被踢出去。不過，這整個系統就是設計來讓班上強者浮現的。測試日當天，每個學生都會拿到一個格鬥代幣。測驗會從最後一名開始，讓最低階的學生有機會晉級。第四十九號最先出場。他只能挑戰排名在他之前三名的學生，如果打贏了，他就能得到對方的格鬥代幣，然後立刻使用，繼續往上爬。

開始比試前，有個男生問訓練官。「費斯克訓練官，長官，我們爲什麼要在聚光下打鬥，而不給我們眼鏡？」

訓練官問：「現在問這個？剛來的時候怎麼不問？」

「我，呃——當時什麼都不知道。」男孩說。基普知道那個男孩一開始是因為害怕而不敢問。

「有人要猜猜看嗎？」訓練官問。

「鏡片可能會在訓練過程中破掉，而它們很貴。」提雅說。

「鏡片如果破了，可能會刺瞎我們。」另外有人插嘴。

「沒錯，不過那些都不是主要原因。」費斯克訓練官說。「我來說個小故事。據我所知，這是真實故事。在卡莉絲·影盲者稜鏡法王年代，就是盧西唐尼爾斯把法色眼鏡帶來世界後沒多久，有個年輕人加入了伊利塔教，不過同樣的事可能會發生在所有人身上。他名叫吉里安，是個藍法師。他戴藍眼鏡，從不脫下來。那年頭連年戰爭，和我們現在不同，所以沒人會責怪他。眼鏡是力量的象徵，當然也是地位的象徵。當時只有少數人懂得製造有色鏡片的技術，所以擁有眼鏡也表示你很有錢。多年下來，他參加過多場戰役，大多挑錯陣營，不過那不是重點。許多年後，他企圖暗殺影盲者稜鏡法王。他輕易砍殺她的護衛，然後直接面對稜鏡法王本人。她指責他竟敢用她丈夫送他的眼鏡和她作對，指責他過度使用眼鏡。」

「但他當然認為她是在拖延時間，於是繼續動手攻擊她。她一把搶走他的眼鏡。當天是陰天，沒有藍色可汲，沒過多久他的腳筋就被切斷。她問他是否已經懂了。他還是不懂。她拿起一把鐵矛，叫他阻止她。他當然辦不到。他四下尋找藍色。完全沒有。接著，在她逐漸逼近時，他感應到紅色、綠色和黃色竄入他眼中。他是個全色譜法師，而他從來沒有發現。」

「不過，由於從未汲取過這些法色，他無法控制，無法在短時間內用意志羈絆它們。於是她在他的慘叫聲中殺了他，所有有耳朵的人都聽見了他的叫聲。」

基普環顧四周。有些矮樹在點頭，好像這個故事很合理。其他人看起來感覺和他一樣。

「活在一種法色眼鏡後面的人，等於是活在黑暗之中。」提雅喃喃說道。他聽得出來這話不是臨時想出來的，感覺很有年代。

「問夠問題了，我們還有事要做。就定位！」費斯克訓練官說。這樣就沒了。沒有任何解釋。太棒了。

四十九號，一個笨手笨腳的小夥子，滿口歪七扭八的牙齒，就和大家預期的一樣，挑戰四十六號。四十六號是個身材壯碩的女孩，體型約莫是對手的兩倍，但動作很慢。如果打輸，她就會失去她的格鬥代幣，還有挑戰排名比她前面的人的權力，所以他們兩人都是背水一戰。

「你的策略爲何？」提雅問基普。

四十九和四十六來到大輪盤前，一人轉一次。轉到不同格會有不同的格鬥規則。這又是另一個黑衛士的特殊之處：你永遠不知道會在什麼條件下作戰，或用什麼武器。你可能走運，也可能倒楣，總之得自求多福。

男孩轉到黃和綠。女孩轉到木棍。

「什麼意思？」基普問，心思都放在眼前的情況上。

幾塊遮板拉起，格鬥場登時籠罩在黃光和綠光中。男孩和女孩走到站在一座小講台上的費斯克訓練官面前，兩人都將手指抵在黑石頭的兩個定點上，然後各自收到一根木棍。他們對彼此行禮，然後開始對打。他們動作笨拙，打鬥技巧爛到連基普都有可能擊敗他們。

女孩展開進攻，第一棍在男孩的格擋下劇烈晃動，第二棍趁隙而入，打中男孩腦側。他重重倒地，沒有失去意識，不過渾身癱軟。

男孩半跪而起，接著再度倒下。

女孩宣告獲勝，四十九號淚如泉湧。他不可能繼續待在黑衛士裡。他玩完了。

「別爲他難過。」提雅說。「被踢出去或許能保他一命，不然天知道他會在下個月還是什麼時候被人打死。黑衛士必須是最頂尖的。」

「今天會有人因爲我而被踢回家。」基普說。

她神色疑惑地看著他：「所以，你眞的沒有策略？」

他回應她的目光。她就是聽不懂。「提雅，我很遜。我會全力以赴，不過我會輸。事情就是這麼簡單。」他不打算在不必要的情況下讓加文失望。

接下來是四十八號——他沒有挑戰四十五號，而是挑戰四十六號的女孩。

「他爲什麼——」

「她已經打過一場，所以可能累了。」阿德絲提雅說。

確實如此。四十八號和四十六號完全以戰技對決——他轉出來的顏色不是他們所能汲取的法色。四十六號贏，挑戰四十三號。她又贏了一場，然後挑戰四十號，結果輸了。

他一邊觀戰，一邊思考爲什麼有些人會選擇挑戰前面三名的對手，有些人卻挑戰前面一名，然後一邊對提雅提問。沒過多久，他就發現格鬥測驗也和九王牌一樣，要活用策略。

有些人會跳過朋友不打，因爲他們不希望朋友名次後退或是失去挑戰代幣。有些人會挑戰以爲已經累了的人，或是某個大家認爲沒資格占據那個名次的低等戰士，有時候他們會挑戰名次比自己還低的人，好讓朋友能夠跳級。

喔，拜託不要。

最後七名是已經打輸、肯定要被踢出去的人——他們比較不可能認眞打鬥，所以其他人就比較可能挑戰他們。

在這種安排下，提雅解釋給基普聽，如果有人的排名低於本身能力，他們就有機會一路爬上頂端。當然，實際上，這種情況幾乎從來沒發生過。格鬥很耗費體力，而打完一場就要立刻接著打下一場，表示很少有人能夠一次提升很多名次。

這種規則同時也對排名在前的人造成一場也不能輸的壓力。如果他們輸了，而打贏他們的人最後也輸了，那可能會一場就輸掉很多名次。

設計這些測驗的人，想要讓表現好的黑衛士處於強大的壓力下。

「大家都認定你的名次超越你的實力，基普，這表示很多人都會挑戰你。」

當然。如果在你前後三人範圍內有容易取勝的目標，你就會挑選那個目標。而基普在任何人眼中都是容易獲勝的目標。

「有什麼關係？」基普問。「不過就是挨揍。」

「你知道，」提雅說。「我不知道你究竟是勇敢還是愚蠢。」

呃？

「如果我和你再打一場，我會打贏。」她說。

「天知道。」基普說。「說不定我運氣好。」

她走開了。他幾乎沒有發現；他在看場上的對打。由於他不能練習汲色，所以這是基普首度有機會觀察應該是正常汲色的情況。

但黑衛士矮樹大多是單色譜法師，而轉輪剛好轉到他們法色的機會不高，所以大部分都是徒手格鬥或是武器對武器。有時候轉輪會轉到他們的法色，但卻是很淺的色澤，導致他們不想慢吞吞汲色，乾脆直接打一場。沒多少學生有辦法既專心打鬥，又吸收兩、三分鐘的光線施法。大部分打鬥都沒有持續那麼久。

不過，戰士卻能在短時間內提升實力。一個體格壯碩的男孩，不幸在藍光環境中對上藍法色的女孩。她趁他尚未抵達她面前之前，用藍盧克辛棒打倒他。

當他怒氣沖沖地爬起來時，沒有撲去找她，反而走向基普，指著他的臉搖手指。「你！你比我遜！你才該回家，你這個豬屁股，不是我。」

「你說得沒錯。」基普小聲說。

「我說得當然沒錯！你有什麼權力站在這裡？因爲你媽是個對加文．蓋爾張開雙腿的妓女？你是個私生子。我是阿格魯巴之子。這根本鬼扯淡！」

基普知道自己該怎麼做。他該給那個男孩一拳。以殘暴的手法摧毀他，再度讓所有人知道基普不是好惹的。他已經教訓過惡霸俄里歐一次了。顯然還不夠。只有一個故事，人們是不會相信的。

但基普不想當個瘋狂古怪的渾蛋。他不想要別人因爲害怕他被一點點事觸怒或毫無來由就毆打他人而踮起腳尖繞過他。他在心中找尋那個男生侮辱他媽時掀起的怒氣，但是今天只有一點點痛而已。此刻他心中沒有暴戾之氣。

「別人註定會這樣看我嗎？」基普問。他覺得有點想哭。

「什麼？」男孩吼道。「我和你還沒完。」

「你什麼都不是。」基普傷心地說。「但我比你更微不足道。我是殘暴的瘋子。」

其他黑衛士訓練生都圍了上來，當然，想要看看接下來會發生什麼事。基普覺得訓練官跑來勸架的速度未免也太慢了。或許黑衛士理應盡早建立尊卑順序。

基普起身。他需要一點憤怒的火花，但他憤怒不起來。他很難讓自己冷酷無情地突襲另外一個男孩。特別是有理由生他氣的人。

「等、等、等，」基普說。「你叫什麼名字？」我不能讓父親失望。

「提斯利克，你最好記住我的名字，你——」男孩目光生疑。

「阿格魯巴的提斯利克．塔瑪？」基普攤開雙手，擁抱男孩，好像他是個失聯許久的家人。「提斯利克！我舅舅說——」

「不，我不姓塔瑪——我姓——」

基普抱住男孩，對方不耐地想要推開他的手。但接著，基普抓住男孩兩邊衣袖，用力一扯，額頭狠狠撞上身材比他高的男孩臉部。因為雙手都在兩旁阻止基普抱自己，提斯利克完全無法閃躲。臉對上額頭。骨碎聲響。鮮血灑落在基普頭上。

男孩整個人癱在基普身上。基普把他推開。男孩摔在地上，在啜泣聲中鼻血長流。他的鼻梁歪一邊，顯然被撞斷了，嘴唇也血肉模糊。他口裡湧出鮮血，還有一顆牙齒順勢流了出來。

基普覺得自己彷彿是從遠方看著自己走到男孩身上，一腳踏住他的脖子，不讓他爬起來。人群中傳來交頭接耳和驚呼聲。費斯克訓練官推開眾人。他看著血流不止的年輕人，然後轉向基普。「去找醫生！你也一樣，基普。」

基普不敢相信訓練官似乎毫不責怪自己，顯然其他學生也一樣。「但是……我今天還沒下場比試。」

「你已經比夠了。」訓練官說著，把基普從提斯利克身上拉開。

「他作弊！」提斯利克摀著鼻子說。

費斯克訓練官說：「黑衛士沒有所謂的作弊，黑衛士只有獲勝。」

學生質疑的表情顯然讓費斯克訓練官很不耐煩。「這就是現實。」訓練官說。「我們的強項就是暴力。攻其不備、凶猛殘暴、喘不過氣，不讓對手有任何報復的機會。這就是我們在必要時所需採取的手段。基普了解這一點，而在座有些人顯然不了解。沒關係。我們有時間剷除你們裡面的廢物。」

費斯克訓練官露出白森森的牙齒，掃視在場的年輕人。沒人膽敢直視他的目光，就連基普也不敢，雖然他沒辦法解釋原因，但他不知爲何覺得有點丟臉。

「下一個！」費斯克叫道。

基普去給醫生檢查，和他想的一樣，一點傷都沒有。不過因爲與醫生待在一起，他沒有參加測驗。因爲有排名在他前面的人輸了，他下滑了兩個名次，但他知道本週沒有上場測驗，等於是增加好幾倍留在黑衛士的機會。他眞的有機會留下來。

但總是得打贏幾場架才行。

# 第三十六章

提雅一邊祈禱一邊走進格鬥場。她很瘦，反應速度絕佳。動作敏捷。她的缺點是不夠強壯，和黑衛士的那些男生相比不夠。幸運的是，訓練課程著重在揮砍式武器。黑衛士對猛擊型武器——戰鎚、巨棒、釘頭鎚等——並沒有偏見，沒錯，那些武器適合用來對付重盔甲。但那些武器拿來訓練很不安全。他們可以把釘頭鎚的鎚尖弄鈍，但如果讓像李歐那種怪物——擁有駄馬般闊肩和條鐵般手臂——用釘頭鎚打你，就算拿枕頭包在鎚頭上，也沒有差別。骨頭肯定會被打碎。這就是他們不用這些武器訓練的原因。

她想那些大肌肉男生大概會覺得不公平。但是話說回來，至少轉輪有機會轉到他們的法色。*就算轉輪轉到我的法色又能怎樣？難道我要用我的盧克辛插進別人脖子，殺死他們嗎？*

這個想法令她腸胃翻滾，後頸發毛。她又看見了那個女人死前的表情，放開甜瓜，神色驚訝，完全不知道自己即將慘死。

到底是怎麼回事？

她的對手是葛雷史東．凱夫塔。他是個膚色黝黑、笑容可愛的綠法師。好男孩。他之前有和她調過幾次情。不過他已經開始禿頭了。眞是悲劇。他身材矮小，體格健壯，有錢人家的孩子，來克朗梅利亞前就已經受過訓練。

葛雷史東朝她眨眼，轉動轉輪。她做了個鬼臉，也轉她的轉輪。下次再來調情，她絕對不會給他好臉色看。除非不把對手放在眼裡，不然你不會在開打前向對方眨眼。

那個男生在想什麼?他受訓是爲了變可愛嗎?

轉輪的結果是綠色或紅色。從葛雷史東那副自鳴得意的模樣來看,顯然結果是綠色——可惡!——而她轉出來的是細劍。

她和葛雷史東接過武器。他拿劍的樣子似乎笨手笨腳,不過她知道只是裝模作樣。黑衛士等於把訓練生直接丟到水裡。如果你不了解這些格鬥就是要你觀察其他人的做法,弄清楚誰擅長哪些技巧,不然你就是在浪費時間。每個月一次的測驗,一方面是要你保住名次,另一方面也是要你察覺威脅。葛雷史東會使細劍。不算厲害。他擅長阿塔干劍或其他較沉的刀劍,而他會把細劍當作那些武器來使用。但他懂得基本的格擋和招式。

她可以贏——本來肯定會贏,如果他沒有轉到綠色的話。

他們站到格鬥場上的定位,面對彼此,行禮。他又對她眨眼。

說眞的,如果他再眨一次眼,她就要一拳捶在他臉上。

這個想法讓她面露微笑。

他似乎覺得這個反應是在鼓勵他繼續眨眼。

監督人在上方的水晶外加掛綠色濾鏡,格鬥場隨即籠罩在綠光下。

她立刻展開猛擊。她逼退他,持續逼退。他退出綠色聚光範圍,進入黑暗中。她繼續搶攻。

從驚訝中恢復過來時,他已經一腳踏出格鬥圈外。如果出界超過五秒,就算輸了。

葛雷史東低下頭,奮力擋下提雅接下來的攻擊——而下一擊則重重擊中他的手掌。

他的細劍脫手而出,片刻過後,提雅的鈍劍尖抵住他的下巴。

她贏了。

「贏得漂亮。」葛雷史東說。

「閉嘴。」

她怒氣沖沖地離開。她可以挑戰排名在她之前的男生，但她已經躋身前七名了，而那兩個男生又很強。依照現實考量，除非她在對上關鍵者時幸運到了極點，不然最好的情況是她以第二名的成績加入黑衛士。全班所有人的身高都不到關鍵者肩膀。不過坦白說，她的實力大概在班上排名第十。如果要繼續保持在前七名裡，就得期待接下來三次測驗，對手都沒有轉出所屬法色。

但是現在出手越多次，其他學生就越有辦法摸清楚她的底細。她想要以好的名次收場，而不是一路保持領先，最後被人幹掉。

所以，她沒有挑戰任何人。這種手段或許有點骯髒，但是很聰明。他們都有機會在訓練時間裡刺探彼此，不過也都會保留實力到下場較量。

提雅觀看最後幾場比賽，注意最強的戰士的動作。最後六場比賽的參賽者，全都不夠幸運——他們都沒有轉到自己的法色，所以每一場都仰賴戰鬥技巧。

費斯克訓練官在訓練生即將解散時，宣布鐵拳指揮官要和大家講話。

光是看到指揮官，就讓提雅心跳加速。據說他在受訓期間一場比賽都沒輸過。他晚幾屆加入黑衛士的弟弟，同樣也沒有敗績。當這兩個人終於在表演賽上比試時，感覺就像是巨人對撞一樣。當時訓練場裡擁入數千人圍觀。儘管打鬥相當激烈，但每樣武器都還是鐵拳獲勝。

而在僞稜鏡法王戰爭期間，還有更多他的傳說。而現在人們又在傳頌他在加利斯頓之役的表現。他們說他闖入加拉杜王陣地，滲透他後方的人牆，殺光所有火砲手——孤身一人——然後把火砲轉向攻擊國王的部隊，擊爆一輛裝滿黑火藥的大車，當場炸死好幾百人。接著，他從憤怒的大軍中逃脫，但不是一個人。不，獨自逃跑不是鐵拳的作風。他做那一切只是爲了分散注意——然後援救基普和卡莉絲·懷特·歐克，接著跑過鯊魚肆虐的海面，即時趕回去阻止刺客行刺稜鏡法王。如果在場所有年輕人都有共同的偶像，肯定就是鐵拳了。

「幹得好。」鐵拳對他們說。「打得好，而和打鬥一樣重要的部分，在於各位採用的策略也很好。今天我看到不少非常聰明的策略，還看到幾個人展現眞正的實力。不過，今天我要爲各位帶來一個或許超乎你們能力範圍的挑戰。你們不會喜歡這個挑戰。我也不喜歡，但是情非得已。黑衛士必須以冷靜的態度評判狀況。我們沉著以對。我們克服困境。」

所有人都突然坐到椅子邊緣。

「各位現在或許已經知道了，黑衛士參與了導致加利斯頓淪陷的行動。他們一如預期，英勇作戰。而我們的損失極爲慘重。子彈不會跳過英勇作戰之人。黑衛士一直都是菁英部隊，人數向來不多。我們不能在承受大量損失後正常執行任務。因此，本屆訓練班的畢業人數將從七人提升至十四人。」

學生第一個反應都是鬆了口氣。十四個空缺！提雅可以！

有些人放聲歡呼——不過都是自認可以擠進前十四名，但擠不進前七名的人。本來肯定自己能夠入選的男孩，看起來就沒那麼開心了。

鐵拳噘起嘴唇。「沒錯。」他說。「之前畢業的黑衛士會看不起你們。我要你們同班同學一起面對這個挑戰。我要你們讓班上前十四名同學，和之前訓練班的前七名同學一樣強。我們有個任務，需要黑衛士完成。我還是會開除所有無法執行這項任務的人，也會立刻開始支付黑衛士的酬勞。你們將會成爲菁英，所以有資格收取菁英的報酬。如果你們的朋友裡有高強的戰士，或是有潛力成爲高強戰士，請鼓勵他們參加下一屆訓練班。從現在開始，我們一年會開四個訓練班，而不是兩班。如果沒估錯，接下來幾年中，我們都會需要值得信任的夥伴，但不是全都能度過未來這幾年。」

鐵拳拿下他的高特拉。他為了哀悼戰友而剃光頭髮，表情悲傷中帶有堅定。「你們前任的黑衛士為了守護七總督轄地、守護稜鏡法王、守護白法王而付出性命。很多人會覺得你們只是小孩，但我要請你們做出成人該做的決定。你們願意在孤身一人、遠離家園，沒人得知你的英勇事蹟的情況下，犧牲生命嗎？我甚至不能承諾你們的生命或死亡能夠確保勝利。我唯一能夠承諾各位的，就是只要我還活著，只要我還在領導你們，就不會讓你們白白犧牲。我只能提供這些。這些，還有現在站在你旁邊的兄弟姊妹。如果不想過這種生活，很好。去別的地方安安穩穩過一輩子。明天不要來。因為明天開始，訓練會比之前更嚴苛。」

他把高特拉丟在地上，然後走開。

學生們默不吭聲地看著他離去。

少數幾個人鼓掌，不過其他人都看向關鍵者。他揚起手掌，掌心向下：不，不要鼓掌。這個情形——有十幾個學生以關鍵者馬首是瞻，而關鍵者也當仁不讓地指揮大局——讓提雅知道有朝一日關鍵者將會成為黑衛士指揮官。

「戰爭即將來臨。」關鍵者說。「法色之王已經入侵阿塔西。此刻伊度斯城多半已經淪陷。他的異教正在擴張。他宣稱我們對克朗梅利亞立下的誓言不具有約束力。說那是來自地獄深淵的謊言。去找你的贊助人，弄清楚你該對誰效忠。在弄清楚這一點之前不要回來。如果你一週內沒有回來，你就被開除了。」他遲疑片刻。「這樣可以接受嗎，長官？」

費斯克訓練官從頭到尾不發一語，現在所有學生都看向他。畢竟這裡歸他所管。他點頭。

關鍵者在眾目睽睽下走過所有訓練生，撿起鐵拳的高特拉，恭恭敬敬地折好，然後離開。其他訓練生心情沉重，一言不發，也跟著離開。

# 第三十七章

加文跟隨第三眼來到進入叢林後不遠處的一塊空地上。地上生了禦寒用的火堆，闍浮樹枝上掛著幾盞明亮的提燈，照亮樹上成熟的粉紅色果實。地上鋪了幾塊毯子。毯子上擺了一個酒碗，和一個放滿無花果、闍浮果和其他水果的大碗。

第三眼盤腿坐在毯子上，這個動作讓她的小腿全部露了出來。她比向對面的位子。加文坐下。

「妳怎麼會跑來先知島？」加文問。「一個人要怎麼多一隻眼睛？」他朝她諷刺地笑了笑。

她沒理會他，抬頭向天禱告，爲晚餐祈福。他努力不要在她深呼吸時盯著她的胸部看。他望向站在叢林裡守衛的卡莉絲。她看了第三眼的胸部一眼，然後又看回加文，微現窘態。*你覺得那是意外嗎？*她微微挑眉詢問。

加文閉上雙眼，假裝也在禱告。有些人不喜歡看到他們的稜鏡法王表現出信仰不夠虔誠的樣子。*你讓我陷入了一個超棒的處境，歐霍蘭。*

他假裝禱告完畢。睜開雙眼時，她正好湊向前方——這個動作導致她的胸口處於非常令人分心的角度。她說：「我認爲你會想要遣走你的……保鏢？我有些話想要和你單獨討論。」

加文轉向卡莉絲，那個女人的話她當然聽得一清二楚。

「我不會離開。」卡莉絲說。「除非妳遣走守在樹林裡那兩個拿火槍的女人，然後讓我搜身。」

第三眼看向叢林。她優雅地站起身。顯然因爲提燈太亮，她沒有面對正確的方向。「克萊拉、瑟西莉雅，是妳們嗎？我說過我的性命沒有危險。我的貞操，或許有。請立刻離開。」她轉向卡莉絲。

「請搜。」她說。

卡莉絲很迅速但一絲不苟地搜第三眼的身。她是搜身專家。再說，那套衣服根本沒給女人留下多少藏匿武器的空間。

卡莉絲搜完之前，第三眼湊到她耳邊，以加文聽不見的聲音說話。

卡莉絲臉色發白。神色驚訝地看著第三眼，然後又轉向加文，看看他有沒有聽見。

「妳不可能知道這件事。」她說。她努力壓低音量，免得被加文聽見，但是情緒激動到難以自已。她在第三眼繼續說話的同時，轉頭看著加文。

先知講完後，卡莉絲沉默了很長一段時間。

「需要我的話，我就在附近，稜鏡法王閣下。」卡莉絲生硬地說。接著她離開。

第三眼回到加文對面坐好。他雙眼緊繃，難以專注。很少有人能對卡莉絲造成那種影響。

「請。」她說。「喝酒。吃東西。你是我的客人。」

他開始晚餐，她跟著開動，一言不發。有羊酪搭配水果。一個女人拿了一片麵包、一碗豆子、米飯、外加辣醬野豬肉過來。加文依照第三眼的吃法，撕下一塊麵包，舀了點混合醬料。她沒有說話，不過一直在觀察他。他起頭交談，不過對方都沒有回應。要不是熟知內情，他肯定會以爲她是聾子。

「妳在幹嘛？」他終於問道。

「我在等。」她說。

「等？」

「快要發生了，就在今晚。我以爲現在應該已經發生了，但顯然……」

「所以妳眞的可以預見未來。」加文說。

「不。」她說。

加文揚起雙手。「但妳還是在這裡預測未來。」她舉起一根手指反駁，但是加文插嘴。「雖然預測得不怎麼樣。」

她微笑。潔白明亮的牙齒，完美的笑容。「天賦有時候也是詛咒，是不是，稜鏡法王閣下？」

「我想──」

「你很美。」她插嘴道。「我向來都很喜歡有肌肉的男人，而你的肌肉一整天都在我腦中揮之不去。眞讓人心煩意亂。」

「呃，謝謝妳？」

「你會游泳嗎？」她看著他寬闊的肩膀問道。

「只有在我划船犯錯時游。而我不常犯錯。」

她瞳孔擴大。「我懂了。你知道，你那種妄自尊大的態度，讓我想把你綁在我的床上蹂躪。」她的目光在他身上游移，加文知道她正在想像那個場景。

加文呑嚥口水。盤腿而坐時，男人沒辦法以不起眼的方式調整姿勢。他帶著罪惡感地偷看了卡莉絲一眼。

「一點也沒錯。」第三眼說。「你比她需要你更需要她，稜鏡法王。她讓你保持人性。」

她垂下頭，閉上眼，額頭上的盧克辛刺青黃眼閃閃發光，接著在第三隻眼如同心跳般持續脈動時睜開雙眼。光線逐漸退去。

「我可以跳脫時間看待世事。或許你覺得這話聽起來沒道理，其實我也這麼認爲。而且我預見未來的方式也不完美。我不是歐霍蘭。還是會被自己的慾望和偏見影響所看見的景象或解讀的方式──也就是我如何描述所見景象。告訴我，稜鏡法王，你認爲慈悲是種弱點嗎？」

「不是。」

「我問錯了；請見諒。我的意思是，你認爲公義重要，還是慈悲重要？」

「看情形。」

「由誰決定？」她問。

「我。」

「同情和慈悲是一樣的嗎？」她問。

「不一樣。」

「不同處在於？」

「我不相信同情。」

「騙子。」她笑。

「不好意思？」加文問。

「有兩種人最擅長說謊：毫無良知的怪物，還有因爲極度羞愧而得練習完美的騙徒。我不認爲你是怪物，稜鏡法王閣下。你掩飾得十分巧妙。你的面具璀璨、華麗，令人信服。讓我想要脫光衣服，用肉體歡愉征服你，直到你筋疲力竭，無力維持那張面具。到時候我就能扯下面具，讓你看看底下埋藏了些什麼東西。因爲我已經知道，而我認爲面具下的那個男人，比此刻的你要溫柔多了。」

算命師的鬼話。不過是帶點性感誘惑的鬼話。

「妳確定妳不是在勾引我？」加文輕聲問道。

「啊，稜鏡法王，你向來喜歡直指重點，是不是？這算是長處，我想。記住這一點。不過話說回來，你記得大部分的事情，是不是？」

他被她給弄糊塗了。

她微笑。「我唯一肯定的就是，和你上床，對你、卡莉絲和七總督轄地都會是一場災難，但對我會有大大的好處。不管對眼前，還是長期來看都一樣。而這也是爲什麼我要在你面前一副淫蕩過火、令人作嘔的樣子。只要讓你沒有性致，那些災難就不會發生。」

他大笑——聽得出來她不是在開玩笑。她舉手投足間都透露出強烈的性飢渴，而那種毫無保留的坦白風格，讓他覺得她會是他這輩子上過最爽的女人。他說：「『淫蕩過火』的模樣有點效果，但或許不是妳計畫中的那種。」歐霍蘭忠心耿耿的藍睪丸呀，卡莉絲就在十步以內。加文死定了。

第三眼凝望星空，皺起眉頭。「我眞的以爲現在已經開始了，嗯。你覺得你這輩子做過最糟糕的決定是什麼，稜鏡法王閣下？」

這題很簡單。就是沒殺掉他哥。「我從前心太軟。」

「你錯了。你饒過加文不是出於心軟。如果能夠重來，你還是會做出一樣的決定。」

她那副陳述事實的口吻，讓他差點錯過這句話的重點。接著，他猛然抬頭，像是聞到兔子氣味的狗般疾撲而出——撲到鎖鏈容許的範圍。她說「饒過加文」。她不但知道他不是加文，還知道他沒殺他哥。空氣凝重，難以呼吸。加文的胸口緊繃。

「怎麼，你以爲我在裝模作樣？接受新的現實，達山，然後討論眞正的重點。」

他無法否認。否認沒有意義。她語氣沒有任何猜測，也不是什麼誘人失言的陷阱，如果他要她再說一遍，卡莉絲搞不好會聽到。加文心跳如雷鳴。他吞嚥口水，喝了點酒，然後又吞嚥一次。

「我最糟糕的決定是沒有告訴她眞相。」加文彷如墜入霧中，神遊天外。他不想說出卡莉絲的名字。以距離來看，她應該聽不清楚他們的交談，但是聽見自己的名字往往會刺激耳朵。

「不，也不是那個。如果你在她年輕時告訴她眞相，她會揭穿你。你的做法不體貼，或許也不公平，但很明智。我建議你不要爲你的所作所爲道歉。卡莉絲擅於調適難以接受的現實，不擅於原諒他人。這是個性上的缺陷。」

說得沒錯。一點都沒錯。告訴卡莉絲「那是我的職責」，可能會比「我很抱歉」來得好一點。她了解職責，在乎職責。但加文心裡還是忿忿不平，想幫卡莉絲辯解。

「那究竟是什麼？」加文問。

「我不知道。」她說。「我並非無所不知。我只知道什麼不是。我知道你一直在問自己錯誤的問題，所以不可能得到正確答案。我該做的事已經做完了，可惜沒有激情叫喊和使勁抓背。另外還有兩件事。首先，你的子民可以留下。我很肯定他們將會摧毀我們的生活型態。但或許將來先知島會變得比現在更好。我對此期望不高，不過由於身陷其中，也難以窺視全貌，但不管他們會在塡飽肚子之後對我們做什麼事，我知道把五萬個饑民推到海裡，絕不是歐霍蘭會要求我做的事。」

「第二件事呢？」加文問。這是場大勝利。她給了他想要的一切，但你不能歌頌勝利，你要鞏固勝利，然後持續進逼。

「第二，你失去控制藍色的能力，而你的……宿敵逃出了藍色監牢。我建議你正視此事，因爲少了稜鏡法王，世界上就會開始發生奇怪的事。一開始會是微不足道的小怪事，之後將越演越烈。」她說著，彷彿陷入沉思。

加文感覺渾身赤裸得不舒服。關於他哥哥的消息——如果是眞的——實在是太可怕了。不光只是震撼無比，不光只是超級壞消息，而且太過巧合。加文當然有施法設置警報，不過都是用來通知稜鏡法王塔住所裡的人——他不在時就是瑪莉希雅。他無從得知達山已經逃出藍囚室的事，就連在內心深處隱約感應也不行。

他以禁忌法門在那座監牢裡灌注大量自己的意志，或許能在如此遙遠的地方隱約感應到達山突破了意志。但是不管他能力有多強，克朗梅利亞都遠在大海的另一端。

或許，他失去對藍色的控制削弱了藍囚室的力量，甚至導致囚室破損。而這或許並非巧合。一件事有可能導致另一件事發生——但他不知道哪個是因，哪個是果。加文覺得自己在探查高山的根基，而隨著他越探越深，越走越快，整座山隨時都可能在他頭上坍塌。

但他又看不見任何出路。

歐霍蘭呀，他哥已經逃出藍囚室了嗎？瑪莉希雅記不記得要怎麼切換輸送道？或許達山會活活餓死。不……不，他告訴過她，在很多很多年前，告訴她怎麼切換，爲了這個無可避免的情況。她的記性很好。她會切換好的。

無論如何，他得回去一趟，而回去就表示直接闖入所有威脅的中心。

「啊哈！」第三眼吸了口氣。「開始了。」

加文皺起眉頭，朝她看去。注意到她的乳頭——可惡，現在有更重要的事要擔心，加文！她身體往後靠，再度望向天際。這次不是在祈禱，不過還是在衣服上清楚勾勒出乳頭激凸的輪廓。他吸了口氣，抬頭去看她究竟在說什麼。

沒有聞到任何味道。他再度吸氣，終於聞到一股淡淡的氣味。

他皮膚上傳來輕微刺痛，彷彿被什麼東西輕輕觸碰。他轉頭看向第三眼。

她像個小女孩般輕笑。他不了解。接著，有東西碰了碰他的手。他把它拿到眼前，但在有機會仔細打量之前就融化了。雪？

涼爽的夜晚，但沒冷到下雪的地步。差得遠了。

他現在聞到那個味道了——熟悉的礦物加白堊的氣味。藍盧克辛。

更多藍盧克辛打在他仰望的臉上、手臂上。藍盧克辛雪。

「藍色喜愛秩序。」第三眼說。「我知道你看不見，但所有雪花都是藍色的。美妙非凡，稜鏡法王閣下。我從未見過如此驚艷的末日徵兆。」

加文心裡一沉。除了帕里亞和提利亞山區，七總督轄地的大部分地區都已經多年不曾降雪。一片雪花落在加文衣袖上，加文瞇起眼睛打量它。看起來就像普通雪花。藍盧克辛，脫離他的掌握，開始混亂失控。但對藍色而言，混亂失控的意思就是隨機強加秩序。像是組織雪花的冰晶。這是很微不足道的秩序；不自然的藍雪幾乎剛成形就開始消融。

「如果一開始是這樣，那接下來會怎樣？」加文問。

「更糟糕。」先知說。「而且它已經展開行動。我們只是距離太遠，所以只受到這點影響。」

「剋星。」加文低聲道。

她點頭。

「妳能告訴我剋星在哪裡嗎？」

「它在移動，而我處於時間之外。」

「所以？」

「如果某樣東西一直待在原地，那我什麼時候看見它都無關緊要。但如果會動，要在某個特定時間內找到它，就很困難。」

「很困難並不等於不可能。」加文說，心跳加劇。如果可以不用跑去帕里亞找努夸巴，他就可以避免各種麻煩。

她皺眉。「不，不等於。」

稜鏡法王不論何時出現在任何主要城市裡，都會有上千件只有他能辦到的事等著他去處理——特別是那些永遠舉行不完的儀式。最輕鬆的做法就是幫每一種法色舉行一項儀式，而現在其中一種法色將會洩露他的祕密。他如果只要待在那裡一、兩個禮拜就能查出要查的事，或許有辦法靠一張嘴唬弄過去，但最好不要仰賴運氣。如果她能直接把他要查的事告訴他……

她轉頭看他，顯然不用先知也知道他接下來要問她什麼。「我並非隨時隨地都能看見一切，稜鏡法王閣下。而且我需要光。我明天幫你找找。」她揚起一根手指。「我不保證會說出所預見的一切，也不保證不會要你付出代價。」

「啊哈，開始討價還價了。妳會幫我省下至少兩週時間，還有和一個有權有勢、曾經敗在我手下的女人無數尷尬的談話。這樣我要付出什麼代價？」他試著把底價壓低，第三眼會幫他省下的可不只這些。不過，既然她是先知，如果願意花時間確認，很可能會察覺此事。但就像她所說的，她是凡人，而且有太多歷史和未來要挖掘。

但她搖頭。「我不是指那種代價。幫你是我送給你的禮物，但雖然眞相是禮物，並不表示會有人因此感謝你。」

「啊。那種代價。」加文說，突然嚴肅起來。

「一個『殺害兄弟』的男人，難道會期待眞相容易接受嗎？」

殺害兄弟。如果是眞的就好了。但是她當然知道。她知道他付出多少代價保守這個祕密，以及這麼做的理由，還有公開眞相會對世界造成什麼影響。透過她的天賦，必定也很清楚各種加文永遠無從得知的代價。

第三眼看著他，眼中流露出同情。加文突然發現她是個很有深度的女人，一個天生的領袖。了解加文在做什麼、爲何而做，以及他正在面對什麼力量的女人。他覺得她非常有魅力。要不是他那顆頑固的心早就心有所屬，說不定會愛上她。她也知道這一點。她剛剛並沒有說謊：她眞的想要用純粹的性來引誘他——這樣就不會產生更深層的危機。

一陣冰晶風雪繞著他們轉圈，從混亂中生出的秩序雪花。加文望向夜空，彷彿能夠解開它的謎團。「所以，妳與我，災難，呃？」

她微笑，豐滿的紅唇、完美的牙齒。點頭，直視他的目光。他的嘴角微微懊悔地抽動一下。「大災難。」她欣賞地看著他，彷彿是在向和他上床的機會道別。「不過，我倒是有則與你有關的預言，稜鏡法王閣下，就是你會喜歡的那種形式：正午前抵達。往東三個小時，往北兩個半小時。」

聽起來很簡單。他確實很喜歡這種預言。接著，他發現她沒有告訴他從哪裡往東往北。他問：「這則預言只有事後回想時才有幫助，是吧？」

她神祕兮兮地笑了笑。

「妳很享受這種事，是不是？」他問。

「非常享受。」

「我之前一直不太有用得上預言的時候。」加文說。

「我知道。」她說。「這就是我最早對你的預言之一。發生了什麼事？」

「發生？我以爲我一向認爲預言很——喔，不，確實有發生一件事。小時候，我哥不再和我玩之後，我在古書裡找到一些預言，幻想我能夠解開它們。其中有一則是這樣的……是怎麼說的？」

這話是在問他自己，不過第三眼輕聲回應：

「狡詐紅色的小兒子，

將會分裂父親和父親和父親和兒子。」

「妳怎麼……？」他感到疑惑。

「我在你頭上看見那則預言於苦澀之火中焚燒，稜鏡法王閣下。你認爲那是什麼意思？」

「狡詐紅色的小兒子——紅蓋爾最小的兒子——蓋爾紅法王的幼子。所以就是安德洛斯．蓋爾的小兒子。那是關於我弟塞瓦斯丁的預言。」

「而他死了。謀殺。」

「是個藍狂法師幹的。他代表我們家族裡所有好的一面，完全沒有沾染惡習。如果他還活著，一切都會與現在大不相同。」他拋開這個想法。「妳的預言和那種不一樣。我是說，沒有那麼隱晦。我是說，除了最後那則預言。」他微笑。「爲什麼？」

她嚴肅地摸摸她的第三隻眼。「我們是凡人，加文。我的天賦沒有附上規則表。我也是在嘗試中學習。在實作的過程中自行找尋規則。但我心裡也有一股我的前身肯定都曾感受過的誘惑——成爲重要的人，幫助我愛的人，傷害我恨的人，讓人當作神一樣膜拜，指引人民，受人愛戴——或是說管他媽的，我才不要爲這鬼天賦負責，然後把我所預見的一切通通吐掉。當我不確定時，我就不出聲。我想，其他先知比較常預言，不過比較隱晦，以免預言出錯時有人找他們負責。當然，世界上有不少冒牌貨——根本不是先知的先知。」

「妳能告訴我哪則預言是眞是假嗎？」

「我連該從何查起都不知道。」

「妳說妳在我頭上的苦澀之火裡看到它。」加文說。「從那裡開始如何?」

「我有看見那些句子,沒錯。但那並不表示預言是眞的。」

「妳總是直言不諱,是不是?」加文問。

「希望不是。」她說,刻意微笑,一個若有深意、玩世不恭的笑容。

加文想把她剝光。

他偏開目光,清清喉嚨。「女士,晚安,嗯哼,既然我們已經決定不要犯下最愉快的錯誤。我希望下次見面時可以不要這麼……緊張。」他站起身,刻意拍掉大腿上根本不存在的麵包屑。他笑了笑。但他希望她同意這點。他以前也曾經明知故犯。

她伸出一隻手,容許他扶她起身。她故作疲倦,伸了個懶腰,不過顯然是在給他機會趁她不注意時欣賞她。他看得出來她在做什麼,不過還是瞪大眼睛欣賞。她淘氣地笑了笑。「你知道,」她說。「我平常其實很矜持的。」

*不,事實上,這我可不知道。*他不太相信地揚起一邊眉毛,不過立刻縮了回去,然後像個紳士,很有禮貌地說謊道:「妳當然矜持。」

她笑。「不能得到你,使得玩弄你更加有趣。」她說。

「有人說大多數人喜歡和災難調情,不過那只是一種比喻的說法。」加文說。

「最好的玩具就是危險的玩具。我祈求你一夜好眠,稜鏡法王閣下。」

好了,他們兩個都知道這個祈禱絕對不會獲得回應。

「沒人崇拜古老諸神，是因爲七總督轄地的人都是無知的笨蛋。」辛穆對麗芙說。他們一起走向加利斯頓外圍，穿越巫婆門，來到老城牆和明水牆間的平原，大部分馭光法師駐紮的地方。「人們崇拜古老諸神是因爲他們都是眞神。」

「繼續。」麗芙說，並沒有很成功地掩飾懷疑的語氣。

辛穆臉上浮現短暫怒容，不過很快就消退。他冷冷地看著她。到底誰才是老師？

麗芙臉紅。她的第一反應來自於之前的信仰。她向來聽說古老諸神是盧西唐尼爾斯降世前，住在瑟魯利恩海四周的人對原始力量的想像。但如果克朗梅利亞曾在其他事上撒謊，那這也可能是謊言。她清清喉嚨：「我是說，請繼續。」

「我認爲七總督轄地的人民都知道這點。於是，小小的神像憑空般地再次出現，被藏在閣樓上、地窖裡、樹林中隱密的家族聖壇。妳只要在營地裡睜大眼睛，就會看見微小的徵兆。要不了多久，人們就會重建教士體系，開始公開崇拜古神。妳好像不怎麼相信？」

「我很抱歉，但是，古老諸神？像是阿提瑞特、安納特和達格努嗎？」

又一個惱怒的神色，麗芙覺得自己很蠢。但他開口時語氣還算溫和。「妳知道汲取超紫魔法時的感覺？」

「當然。很奇特、與情緒分離，老實說，我有點驕傲自己可以把一切看得這麼清楚。」

「那並不是妳。」辛穆說。

「我不是非常自大的人，所以我同意。」麗芙說。但是你又不認識我，你哪知道？

「我並不是說那不是『眞正的妳』。我是說那不是妳。」

「請再說一次？」

「那些不是妳的情緒，不是妳的感覺。事實上，那些並非妳的能力，而是來自隱身幕後的費利盧克。人類有許多重大成就，都是他的功勞，但他並不把人類放在眼裡。他疏離、輕視人類，而他選擇與妳分享他的力量。」

這種說法令麗芙反感。「有個隱形人在幫我汲色？這就是法色之王相信的東西？我的魔法都是我自己的。」

辛穆語氣冷淡：「是妳自己挑選法色的嗎？超紫，在一個外來者身上，永遠無法融入克朗梅利亞的提利亞女孩，偏偏又在背後看不起那些不讓她加入她們小圈子的女孩。黃色，在一個腦袋清楚，但卻無法決定要不要與身邊一切互動的人身上？嗯，聽起來很……那是怎麼形容的？意想不到。」

「你聽起來像個廉價的算命師。如果我是次紅法師，你就說，喔，次紅，一個被人視爲外來者而超級不爽的女孩。或藍色，喔，妳嫉妒那些如魚得水的女孩。垃圾。」麗芙雙手合十，深吸了口氣，然後擠壓十指。「我是說……不好意思，閣下，但這樣不能讓我信服。我知道克朗梅利亞教導謊言，但那不表示我要接受第一個反駁他們的觀念。」

辛穆似乎不覺得她是在針對他。「妳生氣時很可愛。妳的手做『那個』動作時會很恰當地凸顯胸部。」

麗芙低下頭，隨即好像燙到一樣，放開交纏的雙手。「你說什麼?!」她停止前進，他也跟著停步，轉頭面對她。她差點甩了那張蠢臉一巴掌。「這是我這輩子聽過最不得體的話，我要你立刻向我道歉。」

「不得體？為什麼？誰說的？妳很漂亮。我告訴過妳了。誰能阻止我把心裡的想法告訴妳？妳加入了自由法師，阿麗維安娜。我們自己決定人生。克朗梅利亞為什麼要求妳端莊？如果歐霍蘭真的存在，祂為什麼要在乎妳的衣服包得有多緊，或是誰上了妳的床？祂應該有更大的問題要處理，妳不這麼認為嗎？」

「這個……」麗芙想不出該說什麼。

「克朗梅利亞教妳去討厭能夠強化妳優勢的東西。妳很漂亮。妳該利用這點，想怎麼利用就怎麼利用。妳自己選擇。現在，妳可以選擇去當妓女──不，不要覺得受冒犯，可惡，我只是在假設！妳當然可以過得很好，而且也不會因為歐霍蘭說那是錯事就是錯事：成為妓女根本沒錯，只是蠢。那是沒有善用妳的才華，限制了妳的選擇，至少在世界改變之前是這樣。所以，那是個糟糕的決定，但不是錯誤的決定。我們汲色也一樣。有些人在準備好之前就粉碎光暈，選擇了有能力在保有理智下與自然合一前，就永遠分享自己的身體。他們以會剝奪選擇的方式運用他們的選擇，就像選擇自殺一樣。那是很蠢的舉動，而且貶低了道德觀念。我們──自由法師──在講的，我們提供的，就是讓所有人都能獲得自由。但那並不代表混亂。自由選擇，自由決定，不過還是必須承擔後果。選擇從軍，就得遵守命令，直到役期結束。這裡比妳離開的那個世界更加艱困，麗芙。自由很難。如果妳只是因為有人告訴妳不該以美麗的曲線、豐滿的嘴唇、白皙的肌膚、優雅的頸線、明亮的雙眼為傲，而不想讓我稱讚妳，那實在是太荒謬了。去他們的。當然，如果妳不想和我上床是因為妳不喜歡我，那又是另一回事。」他聰明得可怕，不是嗎？而且意志堅定，力量強大。

她壓下心中突然湧現的仰慕情懷，還有他那些花言巧語掀起的深刻又愚蠢的快感。在克朗梅利亞時，從來沒人說過她漂亮。提利亞人不能漂亮，不能追趕時尚，在僞稜鏡法王戰爭過後不能。「你一向都能達到自己的目的嗎？」她問。

「這是既帥氣又聰明的壞處。」

她嗤之以鼻。「鼻子挨揍也是。」

他揚起雙手，後退一步。「我可沒說我也很勇敢。」他朝她伸出手臂，她勾上去，他難以壓抑突破她心防的喜悅。「嗯。喔，我想到了個問題。法色之王是誰？在他被燒傷之前？」

「克伊歐斯．懷特．歐克。問這幹嘛？」

「只是好奇。」卡莉絲的哥哥？

「這不是祕密。從前的身分對我們而言沒有現在的重要，更別說妳將會成爲什麼人。現在，妳要開始學習汲色。妳要忘掉很多東西，還有更多東西要學。」

「我還是不會和你上床。」她說。

「那個我們繼續努力。」他說著，眨眼微笑。

就這樣，麗芙開始上課。

# 第三十九章

午夜時分，當基普步履蹣跚地走出圖書館，鐵拳已在升降梯前等他。高大的指揮官一言不發，只是對他比個手勢。

基普雖然很餓，但立刻提高警覺。他沒想到會在指揮官身旁看見阿德絲提雅。他們一起步入升降梯，然後鐵拳指揮官將鑰匙插入一個鎖孔，帶他們前往基普從未去過的地底樓層。他看向提雅。她也看向他，聳了聳肩。

指揮官朝一條陰暗走道揚了揚頭，步入黑暗。基普瞪大雙眼，進入次紅光譜。鐵拳身上散發足夠的體熱，整個身體呈灰色，腋下和股間顏色較淡，全身最亮的就是那顆沒有包巾的光頭。他順著走廊走去。

「基普。」提雅說，聲音很緊繃。他無法判讀她的表情：次紅光並不清晰，基普也不常使用這種視覺，但他看得出來她很緊張。

幾乎所有馭光法師都很怕黑——甚至許多次紅法師也是，因爲光是歐霍蘭的禮物，黑暗是邪惡的同類，看不見東西等於沒有力量。提雅已算是比較不怕的。她伸出雙手，基普牽起她其中一隻手，領著她走過走廊。鐵拳沒有放慢腳步。

接著，基普突然覺得和提雅牽手很尷尬，微微抖了一下。她一定有察覺到。

「嗯，」他說。「呃。」他將她的手拉到自己手臂上。

*喔，就像貴族帶領妻子參加晚宴。這樣好多了。白痴！*

基普清清喉嚨，然後想到不管自己說什麼，肯定都一樣愚蠢。他皺起眉頭，偷看了她一眼。她在偷笑。

儘管因爲一片漆黑，她不知道他看得到她在偷笑，但他還是很想死。

她說：「我……我現在好點了。」她伸出舌頭，舔濕嘴唇，在冰冷黑暗的走道中形成奇特的熱點。「我……有時候不太能放鬆眼睛。」

喔，沒錯。她看得到次紅色，能看見遠低於次紅的光譜，能自己在黑暗中行走。她縮回手臂，動作尷尬。

基普挺起肩膀，低下頭去，跟著鐵拳繼續前進。兩個轉角過後，鐵拳帶他們來到一個房間。他操縱起一種基普就算在可見光下也看不懂的裝置，接著天花板開始發光，一股溫暖柔和的白光。

這是間訓練室，但是和基普之前見過的不同。

鐵拳在一個角落裡翻找東西，而基普和提雅則趁機打量這裡。這裡有練習平衡感的木樁、拉單槓用的橫槓、包覆盧克辛的練習假人——會在不同區域發光，以及用來訓練速度、包木屑的皮沙包、木製擋格樹、一疊打鬥練習用的襯墊護具、毛巾、標靶，還有各式各樣襯墊武器。

「這裡是稜鏡法王的訓練室。他允許我們使用。」鐵拳說，兩手各拿著一條長布。「把手給我，基普。盡量伸直，舉穩。」

基普朝他伸出雙手，鐵拳開始在他的手腕上纏布條。

「你們兩個該來學些本事了。」鐵拳說。

「什麼意思，長官？」阿德絲提雅問。

「班上有三個矮樹我絕對不能踢出去。」

「誰？」她問。

「基普，因為他父親要求我不要踢。」

提雅轉頭看他，顯然對這個不公平的情況不太高興。基普臉紅，然後皺眉。

鐵拳繼續。「關鍵者，因為他有潛力成為這一代最頂尖的黑衛士。」

「他怎麼可能失敗？他比其他人優秀多了。」提雅說。

「除非運氣不好，但這並非不可能，不過我不會讓他失敗。第三個就是妳，提雅。」

「我？」她問，聽起來十分震驚。

「妳的法色。」鐵拳說。「妳可以看穿衣服，這表示妳可以看見隱藏的武器。在正常情況下，就算妳沒有雙腳，我都可以讓妳加入黑衛士。妳的同學會忿忿不平，不過時間久了，他們就會發現妳比他們之中任何五個人加起來都更有價值，就算妳完全不能打也一樣。但今年我不能這樣做。如果我直接收妳，結果妳表現不佳，那會進一步打擊黑衛士的信心。肯定我們是菁英很重要。如果有人認為我讓平庸之輩加入黑衛士，會對所有人造成傷害。基於這個原因，私生子和外光譜女孩都得看起來和其他人一樣強。提雅，妳一直沒有發揮實力，在無法汲色時，得靠運氣才能以目前的實力入選，而基普和班上前段學生還有一年的差距。所以你們倆都要額外練習，減少睡眠。」

他纏好基普的雙手，纏左手時還格外小心，然後幫他戴上手套。

在鐵拳的監督下，基普開始擊打一個木屑沙包。他們訓練時練習過出拳招式，不過真的擊中目標的感覺又不一樣。

「出手不要這麼重，暫時還不要。」鐵拳說。

基普繼續打沙包，速度加快，力道減輕。他的左手會痛，不過只要維持握拳，就不會太難受。攤開手掌才會讓他痛得想哭。鐵拳叫提雅去做伏地挺身，每起來一次要拍一下手。提雅個子嬌小，要讓身體騰空並不困難，不過還是很快就累了。鐵拳要她膝蓋著地繼續做。

開始練習後，鐵拳也纏起自己的手掌，走到基普旁邊的沙包前，自我鍛鍊。

基普打到手痛，不過十分鐘過去後，他發現雙手就只剩下熱熱的感覺。他不知道包在纏布下的手有沒有流血。鐵拳只是告訴他可以開始用力了。他想起麗芙，想起母親，想到稜鏡法王。

不知道為什麼，儘管他的思緒無法跳脫，也想不出什麼新意，但痛毆不會動的沙包還是讓他覺得好過一點。鐵拳繼續打、繼續打。基普也跟著他一直打。一個小時後，基普已經變成會走路的死人。鐵拳丟了條毛巾給他，說：「基普，先去升降梯。我們一會兒就來。」

基普離開。他很想偷聽，但是想到要面對鐵拳怒火，就打消了這個念頭。再說，偷聽似乎有點沒禮貌。他走向升降梯，拿毛巾擦乾汗水。

他很餓，來這裡之後似乎隨時都很餓。燭光，或是二年級生，以及更高年級的學生，都有供餐時間較長的休息室——至於閃光和亮光，三年級和四年級的學生，則是不分日夜全天供餐。但一年級的學生被禁止進入這種休息室。這裡的一切都要慢慢獲得，從圖書館到食物都一樣。

基普咳了一聲，在次紅視覺下，他看見口中噴出小白點和小紅點組成的口沫。

他舉起手，突然置身加利斯頓，全身包覆綠盧克辛，鼻腔裡充斥著火藥、血腥、盧克辛、汗水和恐懼的味道。他舉起手，朝四面八方的士兵射出子彈。一個男人的臉頰炸開，腦袋猛然轉向後方，然後又轉回來面對基普，甩出牙齒和血滴，跌跌撞撞地朝他走來。

基普伸手抵在男人額頭上，彷彿在為他祈福。接著，一顆子彈射入他腦中，掌心濺滿鮮血。

他是純粹的意志，所有反抗他的人都只是在巨人膝蓋附近隨風飄搖的雜草。

接著，他回到現實，眨眼，顫抖。

那感覺像是這一切都很單薄，很脆弱。一個謊言。基普竟然在擔心通過測驗的事？擔心一群十五歲的小孩怎麼看他？死亡很龐大、高聳、永不妥協、在世界各地取得勝利。生死也不過是一顆小鉛球的距離。只要一點盧克辛，一切都會變得毫無價值。

他才剛擦掉眼中的淚水——他又沒哭，爲什麼會有眼淚？——鐵拳和提雅已經走了過來。

鐵拳看了基普一眼，沒說什麼。他們搭上升降梯。基普有事想問他，卻不知道從何問起。鐵拳是怎麼辦到的？他怎麼能在殺人之後依然不受影響地回來當自己？他是怎麼看待這個世界的？鐵拳是岩石，靜止不動、堅固牢靠、瘋狂大海中的孤島。

鐵拳指揮官伸手摸摸剃光的腦袋，聲音低沉沙啞。「我母親在殺手的刀下失去生機時，我摟著她，基普。我祈禱。我從來沒那樣祈禱過，之後也沒有。歐霍蘭沒有聽見我的祈禱，我相信是因爲我沒資格吸引祂的目光，因爲祂只會看見善良且偉大的人。」他的臉在某種情緒下抽動了一秒半，隨即又壓抑下來。哀傷？孤寂？但他語氣平淡。「基普，世界不會給你解釋。你只能繼續生活。」

「如何繼續？」基普的聲音在自己耳中聽來都顯得渺小空洞。

「就繼續。」

基普看著指揮官。就這樣？這個不是答案的答案？他覺得心情沉重。

提雅看著他們兩人，不知道他們在說什麼，不過沒有插嘴，沒有提問。基普想要爲此感謝她。

升降梯停在他們的樓層。

鐵拳交給提雅一支鑰匙。他的聲音轉粗，不過還沒有恢復正常音調。「每天晚上都要練習。我不能每天都來，不過會盡量出現。基普，我聽說你不能去上實習課，還有提雅，妳也得練習妳的能力，雖然妳那種魔法我幫不上忙。明天你們兩個都要開始練習汲色。」

「是的，長官。」

基普和阿德絲提雅分道離開，不確定能和對方說些什麼。基普洗了個澡，上床睡覺。他渾身痠痛，心神麻痺，只想睡覺，但每次閉上雙眼，就會看見鮮血、腦漿、天殺的子彈。

黎明是他現在唯一能夠感受到的慰藉：從一種戰鬥轉往另一種戰鬥。他起身面對全新的一天。只要夠忙，就沒時間思考。

# 第四十章

「她是美女。」卡莉絲說。

加文沒有說話。他們穿越叢林，往自己的營地前進。這是卡莉絲自從讚嘆藍雪以來，所說的第一句話──而加文宣稱自己不知道藍雪是怎麼回事。

「她喜歡你。」卡莉絲說。

加文一言不發。

「你可以和她過夜，你知道。」卡莉絲說。

這下她開始激怒他了。

「你最近很毛躁。」卡莉絲說。「或許發洩一下可以讓你冷靜一點。」

加文停步。「妳竟然和我說這種話。當眞。妳？」

卡莉絲微微聳肩。「我之前問你的……其實很不公平。我沒資格管你。你跟我沒有任何關係足以阻止你……蹦蹦跳跳地做你想做的事。你是稜鏡法王，你應該有些福利，不是嗎？」

「請別和我說傻話，卡莉絲。」*蹦蹦跳跳？*

「我只是──」

「我已經做好決定了。」*決定是妳。*

「我只是告訴你──」

「給我閉嘴。」

通常這話會讓她大發雷霆，但這次她沒說什麼。他們一言不發地前進。一言不發地紮營。一言不發地睡覺。

他確實睡著了，不過夢到法色監牢和他哥哥。恐懼導致睡眠無法讓他放鬆。當距離天亮還有幾個小時、卡莉絲叫他起床換哨時，藍雪已經停了。卡莉絲睡覺時，加文坐在旁邊。基於某種原因，他一直想到死去的弟弟塞瓦斯丁。小塞瓦斯丁，善良的弟弟。經常擔任兩個不斷吵架的哥哥間的和平使者。

塞瓦斯丁在稜鏡法王戰爭時會站在誰那邊？

在這個瘋狂的世界，加文理應跟個不存在或不在乎的神祇擁有某種神聖連結的世界裡，他卻只關心死去的小弟會怎麼看自己。你長大會成為什麼樣的人，塞瓦斯丁？可不可能是我殺了加文，然後把稜鏡法王的位子傳給你，而世界因此得到和平？要是你沒有死在那個該死的狂法師手上，今天世界會是什麼模樣？

又是藍狂法師。這代表什麼意義？加文此刻失去控制的法色，就是害死塞瓦斯丁的法色，也是達山成功逃脫的法色。這是巧合嗎？

是呀，加文，巧合就是這樣。

天亮了，但加文心中只有黑暗。

# 第四十一章

達山·蓋爾凝視著綠囚室牆壁上的死人。他和死人都在拔他們膝蓋上的痂。他們已經待在綠囚室裡好幾天，一個禮拜？肯定還沒到兩個禮拜？他們會悶不吭聲地失去意識一段時間、悶不吭聲地舔著牆上的水、悶不吭聲地挨餓。從這些痂來看，或許有兩個禮拜了。

每當失去意識之前，他就會製作小小的綠盧克辛薄片。不管盧克辛有多少用途，總之很乾淨。達山自體內擠出盧克辛——不是從掌心或指甲下擠，而是從傷口中擠。一開始，他從手上和膝蓋上的傷口擠出盧克辛，然後是胸口那道紅腫、發炎的割傷。劇痛難耐。黃色濃汁會搶先盧克辛一步湧出。醒來後，他會舔牆壁上的水珠一個小時，然後繼續清理傷口，再度昏過去。第三次這麼做時，傷口只滲出血來。

一段日子過後，燒退了，他失去衝勁，內心空虛，但終於恢復了意識。恢復了自我——虛弱的自我。

和藍囚室一樣，這座綠囚室呈扁球狀，上方有個狹窄的輸送道，一面牆上水滴涓涓流下，地下有條窄排水管，負責排出排泄物。

他的獄卒——他兄弟——顯然沒發現達山已經逃出藍囚室。這個事實肯定可以提供一些優勢，但達山想不出優勢何在。他只知道自從來到這個囚室之後，就沒吃過任何麵包。他討厭那塊厚厚、硬硬、粗粗、凹凸不平的麵包，但此刻只要給他麵包，就算叫他哀求、舔碎玻璃都願意。

或許他兄弟知道。或許這就是他的懲罰。

無論如何，加文之前沒種餓死他，而他有十六年的時間可以這麼做，所以達山不認爲加文會在現在餓死自己。至少不會故意餓死他。

他覺得身體虛弱，而虛弱是種誘惑。燒退後，他就沒汲取過綠色，而綠魔法是力量，是野性。綠色無疑救過他一命，但現在它代表死亡。因爲它是力量，而力量在這個地方是會上癮的。每汲取一點綠魔法，都會讓他想要繼續汲色。而且綠色缺乏理性，充滿野性。野性受困就代表瘋狂、自殺。

目前的狀況也已經很接近了。

他再度開始建造假設的高塔，這就是連續多年汲取藍色的美妙之處。它能釐清思緒，壓抑情緒。藍色依然討厭他把弟弟當作加文，把自己當成達山這個不合邏輯的想法，但他堅持這個決定。加文是失敗者。加文打了敗仗，還被人囚禁。達山竊取了加文的身分，那就送給他吧。「加文」現在是牆上的死人，至於他這個囚犯，現在是達山，與過去截然不同；身爲達山，他將會逃離此地，贏回所有理應屬於他的東西。

這是黑瘋狂的徵兆，他知道。但或許一點瘋狂，就是能在地牢裡獨自度過十六年唯一的生存之道。

專注，達山。茫然。打盹。一打。絕佳。加倍。懷疑。明確。T的。分歧。交叉。方向。指導。已故。死亡。打盹。茫然。達山。

他緩緩吐出一口長氣。他瞪向死人，死人也挑釁地回瞪。

「我會叫你下地獄去，但是——」他對死人說。

「你已經叫過了。」死人回應。「記得嗎？」

達山在鬍子下嘟噥。他舉起右手。加文要不就是知道我在隔壁牢房，不然就是不知道。

不，退回去。

加文要不就是有設置在我移動到另一個牢房時通知他的系統，不然就是沒有。

既然他費心建造了不只一座牢房，肯定也有設置當我移動到其他牢房時的通知系統。

他的警報要不就是有作用，不然就是沒作用。

我敢說有作用。截至目前爲止，加文所做的一切都還沒失敗過。

所以，如果警報有作用，就會顯示我來到這裡。

如果警報顯示我來到這裡，那加文就有可能看警告，也有可能沒看到。

但我肯定他沒膽量餓死我。

所以，或許他沒發現我在這裡。

這又引出了另一個問題：加文出門在外都在幹些什麼？他要嘛就是從不出門，不然就會設置一套餵我麵包的系統。他絕不會讓自己和我一樣受困於此，所以他肯定設置了一套系統。

他可能交代其他人負責餵我，不然就是有套自動餵食系統。自動餵食系統很容易壞，而加文不希望意外害死我。但是人又不值得信任。

很難選。

嗯，加文相信人。這一直以來都是他的缺點，也是加文有辦法擾亂他與卡莉絲私奔計畫的原因。卡在他的藍腦袋裡的「加文」，令他惱怒。讓他很難回想遭囚之前的事。無論如何，他弟弟的信任就是他弟弟和卡莉絲私奔失敗的原因。新加文有可能從那件事情中學到教訓，也可能沒有。嗯。加文在取代加文成爲稜鏡法王的事情上做得十分成功，而那絕不可能單靠一個人的力量。所以，加文還沒學會不要信任別人。所以加文還是有相信某人。

所以上面有個人，他可能看見，也可能沒看見達山轉移牢房的警告。那個人可能很盡忠職守，也可能不是。加文不會信任不夠謹慎的人。所以對方心思縝密。那個人要不就是知道這個警報是什麼意思、看到時該做什麼，不然就是不知道。

或……退回去。對方可能是男人也可能是女人。倒不是說這有什麼差別，不過想到有個女人驚慌失措地跑來跑去，因爲不知道該怎麼處理房裡那個閃個不停的綠盧克辛光，就讓囚犯欣喜若狂。他希望她是高傲的女人。他好懷念既謙遜又高傲的女人。

離題了，達山，還是會激起性慾的離題。他不能去理會性慾，在這裡不行，現在不行。他從前和女人上床時喜歡汲取綠魔法，熱愛那種狂野、激烈的感覺。但是飢餓和藍色壓抑了他的性慾，而綠色則是瘋狂。而瘋狂就是死亡。所以……

加文不會指示上面那個女人餓死他弟弟，所以她遲早會做正確或錯誤的事。又或許是在找出正確的做法前先做一大堆錯事。

要做正確的事，她要不就把麵包放到不同輸送道裡，不然就是轉動原先那條輸送道，對準達山的新牢房。首先，當然，她得要把麵包染成綠色。

但她會知道要染綠麵包嗎？

除非加文告訴過她要染，不然她不會把麵包染綠。或許她是新來的。或許加文沒告訴她實話，因爲不想透露任何與地牢有關的細節，沒必要引起那個女人的好奇心。

就是這個原因。這就是爲什麼他已經一個禮拜沒東西吃了。

加文沒有給予適當的指示。她只知道把食物丟下去給某人。她一定很心急。

加文可能會在她做出錯誤舉動前回來，也可能不會。許多年來第一次，達山臉上浮現一絲笑容。他只要繼續等待就好了。他可能會等到自己死亡，也可能只會等到她犯下讓他重獲自由的錯誤爲止。

等待十分煎熬，但他已經習慣這種煎熬。他與死人聊天打發時間。死人嘲笑他，他也嘲笑死人。這樣不好玩，不過能讓他分心。他等不及要逃離監獄，把死人留在這裡等死。

日子一天天過去。他的假設都有可能是錯的。加文可能會把看守囚犯的任務交給有理由痛恨達山的女人。就算她知道該怎麼做，還是有可能蓄意謀殺。你永遠搞不清楚女人在想什麼。也可能雖然有警報，但警報壞了。畢竟，他兄弟多久會檢查一次這種東西？或許十六年後，他變得不再那麼謹愼。或許他每年都會檢查警報，不過檢查的日子才剛過，而他還沒有來檢查。達山開始感到絕望，要想想辦法。

他幾乎毫不費力地汲取綠色。那是寒夜中的溫暖。是飢餓之人的食物。那是一口沒有溫暖肚子的烈酒，衝上雙眼，直達感官極限，洗盡他身上所有虛弱與遲鈍。

不能太多！不能太多！他在被魔力淹沒前停下汲色。但是此時看向牆壁的倒影，已經讓他感到強烈的恐懼。他的手指變成利爪，而他發現自己正在猛抓盧克辛牆。

停停停！他將溢出的盧克辛甩出手指。那股力量，他知道，只是表面的力量。他的身體非常虛弱。他會爲自己莽撞的舉動付出代價。而綠色莽撞到愚蠢的地步。他很想衝撞對面的牆壁，直接穿牆而過。如果在這股衝動前屈服，他會把自己撞昏，搞不好撞死。

究竟施展綠魔法要幹什麼？他不可能用綠盧克辛在綠盧克辛牆上打洞。他哥哥沒有那麼笨。

歐霍蘭啊，他太餓了！他朝食物輸送道噴了一道綠盧克辛，前進，繼續前進。他推進了一個轉角

——這條輸送道和藍牢房的輸送道形狀不同。當然不同，這條得讓食物多繞多遠，二十、三十步？他試著保持耐心，但是歐霍蘭啊，上面有食物。他需要食物！上面有自由。

他繼續推進，放慢速度，不過沒有慢到藍色會建議的速度。他在綠盧克辛斷掉之前都沒有感應到超紫色的來襲。

某樣東西突然劃過他伸出老遠的綠盧克辛臂，割斷它，同時也割斷了他的意志。他失去意識。

第二天早上——如果是早上——他聽見輸送道裡傳來工具磨擦的聲音。他坐起身，滿懷期待。是他兄弟跑來落井下石，還是可以救他一命的食物？

他原先的假設錯誤。要不就是他兄弟眞的想殺他，不然就是警報失效，或是……他現在無法在沒有藍色的情況下，建立假設高塔。他太蠢了。他是頭野獸。筋疲力竭，氣若游絲。他崩潰了。如果來的不是麵包，他就會繼續汲取綠色。就算自殺又怎樣？活著究竟有什麼好？

有東西順著輸送道滑下來。

他等待，等待。

一塊麵包竄出輸送道，他接住了。他難以置信地接住麵包。儘管牢房裡所有光源都是綠的，而在綠光下的藍色也很難用以汲色，但他手中還是握著色彩鮮艷的救贖。在綠色地獄裡，麵包是藍色的。夠藍了。

# 第四十二章

有人召見阿德絲提雅。她的女主人盧克萊提雅·維倫格提親自召見她，命令她前往大傑斯伯南端城牆陰影下的一間破爛屋子。這附近並不是什麼善男信女會來的好地方。

一個臉色蒼白、嘴裡不停嘟噥的男人打開屋門，帶阿德絲提雅來到一個隱密的房間。他端茶過來。只有一杯。不是放在她面前。

十分鐘後，一個阿德絲提雅不認得的女人走了進來。她是個年輕的魯斯加人，擁有一頭貨眞價實、極少見的金髮和藍色眼睛。如果那張馬臉沒有長到那種地步，肯定是個絕色美女。她身穿休閒連身裙，剪裁得宜，身上的珠寶不多。她的頭髮又長又美，不過此刻綁成不會妨礙動作的圓髻。整體而言，她看起來像是個悠閒在家、超級有錢的女人。她坐下，輕啜熱茶。

「茶不熱，蓋羅斯。」她說。

男人誠心道歉，把茶端走。他幾乎立刻就走了回來，在她面前放下另一杯熱茶。「我們要密談。」女人說。

「是，主人。」他走出房間，關上房門。

「那麼。」女人說。

「那麼？」提雅問。

「我是妳的主人，我叫阿格萊雅·克拉索斯。妳可以叫我主人。」

「我的主人是盧克萊提雅·維倫格提。」

「維倫格提女士並不存在，或者說我就是維倫格提女士，端看妳怎麼看待此事。我們家族有些敵人會阻擋我們在某些職位上安插奴隸——比方說，黑衛士。『維倫格提女士』這個身分讓我可以繞過這些瑣事。」

「很抱歉，女士，我不想太無禮，但我忠於我的主人……」

「妳不相信我。」克拉索斯女士說，聽起來似乎頗有興致，提雅希望這是好現象。「這是個很有趣的謊言，是不是？當然，這招只能用在從未見過主人的奴隸身上——也就是我的奴隸。悲哀呀。」她取出一張羊皮紙遞給她，那是擁有提雅的證明；她一眼就認出來了。證明上還附了一張轉移狀，上面有盧克萊提雅．維倫格提和阿格萊雅．克拉索斯的簽名。筆跡都一樣。

提雅過了一段時間才了解，如果阿格萊雅不想讓人知道她是提雅的主人，就不能讓提雅的擁有證明簽署在自己名下，不然任何有心調查的人都會知道提雅的主人是誰。但她得先簽署轉移狀，以免要在短時間內證實自己擁有提雅——所以她簽好轉移狀，只是沒提報給克朗梅利亞。

提雅的喉嚨緊縮。這個女人為什麼選在這個時候揭露身分？

「妳有多會騙人，孩子？」

「不好意思？」

「這是很簡單的問題。如果妳不老實回答，我會狠狠教訓妳一頓。」

狠狠教訓？「若有心，我很能騙人。主人。」

阿格萊雅．克拉索斯眼睛一亮。「很好。很好。我的消息來源就是這樣說的。繼續老實回答問題，妳幫我做事就不會全然不愉快。」

提雅感到一陣恐懼。不會全然不愉快？

阿格萊雅左顧右盼，彷彿在尋找什麼東西。她搖了搖小鈴鐺，男侍者立刻進門。「我的馬鞭。」她說。

蓋羅斯敲敲額頭，離開房間。隔沒多久，他就回來了，交給她一條馬鞭，然後轉過身去。

她朝他背上抽了一鞭。他身體一挺，但是沒說什麼。

阿格萊雅揮手遣走他。「我的奴隸得預先設想我的需求，若無法辦到，我喜歡親自教訓。當一名女士因爲過分講究而將教訓奴隸假手他人，就不會知道下手太輕或太重。而奴隸——就像小孩和狗一樣——最好立刻動手教訓。我身邊不會隨時跟著打手，但是無論走到哪裡，我都會帶著我強壯的右手。所以，今天會面結束時，我會打妳。我認爲讓知道妳主人的手有多穩健，是很重要的事。這樣我也會知道妳容不容易出現瘀青，以免有朝一日，我得在妳要出席公共場合之前打妳。」

提雅呑嚥口水。恐懼的壓力令她膝蓋發抖。「是的，主人。」

「基普．蓋爾是妳在黑衛士訓練班的搭檔。」

「是的，主人。不好意思，但他幾週前已經被逐出家門，已經不是蓋爾家的人。」

「我知道。但我有理由相信加文．蓋爾回來之後，基普就能重返家門。」

提雅低下頭，臉上流露悔悟的表情。她是個奴隸，不是笨蛋。

「阿德絲提雅，我哥哥是加利斯頓城主。他想要拯救那座毫無價值的城市，但是加文．蓋爾卻羞辱、殺害他，讓他看起來像是叛徒。現在我的奴隸和他的私生子——他顯然很在乎的私生子，成爲夥伴。這些是事實。」

提雅微微皺眉，不確定她的主人在暗示什麼。但她很快就消除了這個表情。有些主人不喜歡在奴隸臉上看見不開心的表情。她也沒露出許多奴隸都很擅長的那種白痴傻笑。阿格萊雅說過她喜歡聰明人。這或許是眞的。最好還是逢迎主人的優越感，不要演得太過分。

阿格萊雅兩眼一翻，好像提雅蠢到無可救藥。「不要洩露我是妳主人，了解嗎？萬一被人發現我是妳主人，基於加文家族和我的家族之間的恩怨，妳很可能會被逐出黑衛士，失去利用價値。那樣等我對妳發洩完之後，就會把妳賣到洛利安銀礦的妓院去。懂了嗎？」

那裡的銀礦惡名昭彰，是奴隸犯下罪不至死的嚴重罪行時的第一選擇，也是奴隸主人懲罰反叛或反覆逃亡奴隸的最後手段。銀礦很危險，其他奴隸更危險，而妓院最糟糕。她們被保留給墮落的獄卒和他們最寵愛的奴隸享用：也就是最墮落的人裡最墮落的一群。提雅有個朋友，優特培，她的主人在一場乾旱中失去了一切。而當發現當地妓院已經擠滿奴隸，甚至還有自由之身的女人爲了吃飯而把自己賣到妓院後，優特培的主人對她發誓，會在三個月後將她贖回。她主人的經濟狀況於五個月後終於好轉，於是她回家了，但是一直沒有從那段日子裡恢復，再也沒有任何笑容。她對任何男人的觸摸都會感到畏縮，連自己的父親也一樣。後來她父親發瘋自殺了。

洛利安是奴隸口中的詛咒，恐怖的代名詞。光是它的存在，就足以讓任何奴隸乖乖聽話。

阿格萊雅．克拉索斯並不是在威脅她，她眼中的同情就和響尾蛇一樣多。「妳以爲我會因爲黑衛士可能花大錢買妳就不那麼做嗎？」

提雅輕舔嘴唇，但是想不出任何不會讓自己的處境變得更糟的回應。

「我哥哥的死，表示我將繼承的財產，比幾個月前多了一倍。復仇比黃金甜美。妳知道洛利安的女孩一天要服務超過五十個男人嗎？五十個！連我都覺得難以置信，不過我認識幾個人都信誓旦旦地宣稱那是眞的。他們每天都會發給那些女孩一些橄欖油。猜得到用途嗎？」

提雅愚蠢地眨眼，五臟彷彿都結成冰。

「因爲不抹油的話，她們裡面就會被插爛。被陽具插死，聽起來眞是浪漫，不是嗎？但我敢肯定沒有那麼浪漫。每天五十個。像妳這麼漂亮的女孩……應該會接更多。那裡沒多少漂亮女孩。妳聽懂我的意思了嗎？」

提雅膝蓋痠軟。她點頭。她得想辦法脫離這種處境。

「既然我們取得了共識，告訴我，妳有看到什麼値得一提的事嗎？」

提雅提出報告。基普很胖，有幾個朋友，大部分時間都耗在圖書館裡，顯然是在閱讀和某個牌戲有關的書籍。紅法王召見過他幾次，每次召見後，他都顯得心煩意亂。他認爲紅法王想摧毀他。那個老傢伙奪走了基普實習的權力，讓基普在加文回來時顯得無能。提雅見過基普汲取綠和藍魔法。他睡不好。

這些情報很普通，都是可以從其他管道獲得的情報。提雅很清楚光是提供這些還不夠。在感覺噁心到極點的情況下，提雅告訴她主人，鐵拳指揮官說過有兩個訓練生絕對不會被踢出黑衛士：關鍵者和基普。她沒提她自己。

阿格萊雅顯然沒聽過此事。「很好。」她說。「非常好。還有沒有……別的事？」

「我午夜過後會和基普一起訓練，在稜鏡法王塔底的一間特殊訓練室裡。」阿德絲提雅聳肩。「指揮官要他把實力提升到可以單憑自己的力量進入黑衛士。」

盡量不要提起太多基普的事。別提他藏起來的那支匕首。爲了妳自己的靈魂著想。

「很不錯，」阿格萊雅說。「還有嗎？」

將其他的全盤托出。妳是奴隸，不是英雄。「我在出特殊任務時看見另一個會施展帕來魔法的人。」

阿格萊雅揚起眉毛，叫提雅從頭到尾說給她聽。

「刺殺行動。」她說。「反正我從來沒有喜歡過她，但是有人會……嗯。我得去看看她死了沒。不過不管是死是活，都很令人擔心。」她沒有解釋她在說誰。提雅知道不該多問。

但阿格萊雅似乎隨即把這個想法拋到腦後，又回到之前的問題。她微笑，看起來似乎是發自內心。「妳讓我非常滿意，女孩。我會記在心裡的。我知道我是很嚴厲的主人，但只要妳表現良好，就會獲得豐富的獎賞。今天，兩樣獎賞，妳先挑一個。」

這可能是測試，是陷阱。當奴隸的都知道有些獎賞絕對不能要求。要求太多會讓妳給人懶惰、不知感恩，甚至貪婪的印象。但如果你主人心情好，或許會一時興起，就改變你的生活——變得更好。

「清除我父親的債務。」提雅在自己考慮太多前說道。

「他欠了多少？」克拉索斯女士問。

「七百丹納。」這是普通勞工兩年的薪資。現在她父親竭盡所能也只能支付利息。

「七百丹納？這可是一大筆錢呀。妳父親怎麼會欠這麼多錢？他是賭徒？」

提雅不理會那種故作友善的語氣。「他買回我妹妹。」他在一次出外經商歸來後，發現妻子和另一個男人搞在一起，借了一大筆錢盡情揮霍，把他過去二十年辛苦工作累積下來的財富通通花光，包括他們的房子、家具、珠寶和釀造廠。他妻子最後還為了還債，賣掉了三個女兒，但只夠償還一部分債務。這一切都是他出門在外時發生的。

「他買回她們。但是沒有買妳。」

「我太貴了。」那是提雅的錯。她被賣掉之後才開始展露汲色能力，然後一切就不同了。她母親還為了提雅賣得太便宜而大發雷霆。

儘管經歷過這麼多事，卡利克拉特還是沒有離開妻子。他說她發瘋了。他說娶一個無法忍受丈夫長年在外經商的女人是他自己的錯。

「妳知道這個手環花了我多少錢嗎？」阿格萊雅問，同時揚起一隻手腕，上面套了個醜陋俗氣的金環。

「不知道，女士。」猜太高和太低，都不會有好結果。

「猜猜看。」這是命令。

「六、七千丹納？」提雅說。那玩意兒不可能超過五千丹納。她父親可以還價到四千。

阿格萊雅揚眉了片刻。「猜得好，小花朵。我花五千六百丹納買的，還費了好大的唇舌討價還價。我以爲它和我的一條項鍊很配。結果不配。」她的表情明白表示今天是她最後一次戴這個手環。

提雅沒有說話。她知道不該期待太多。

阿格萊雅說：「不，不，不，當然不。七百丹納，只爲了鼻菸盒、小首飾和一點情報？不値那麼多。不過我會放在心裡的。想點別的……？」

「帕來色訓練。」提雅立刻說。如果加入黑衛士，他們或許會花錢雇用私人教師來教她，不然就得等到自己成爲閃光或三年級生，克朗梅利亞開始教導專業課程之後。那太久了。

「啊，」阿格萊雅說。「長久來看，那會比償還妳父親的債務還要花錢。不過……這樣可以增加妳進入黑衛士的機會，是不是？一項投資。」她考慮片刻，提雅心跳加速。「好。成交。」她微笑。「很棒的要求。顯示妳很聰明。以一個奴隸而言。我要妳知道，我覺得很高興；如果今天不是我們第一次見面，我會跳過打妳的步驟。但我不能讓妳覺得我很軟弱。脫到只剩內衣，女孩。我喜歡留一層衣料，這樣才不會留下傷痕，不過沒理由讓妳墊更多不必要的衣服。在通風不良的小房間裡打人可是很累人的。」

提雅脫衣服，阿格萊雅．克拉索斯小心翼翼地使勁抽打她的小腿到肩膀，接著，當提雅以爲她打完後，她又打正面，從鎖骨打到小腿。

有時候提雅會幻想被打的時候不要哭，幻想自己和鐵拳指揮官或守衛隊長卡莉絲．懷特．歐克一樣堅強剽悍，但她還是嚎啕大哭。驕傲的奴隸就是愚蠢的奴隸。而且眞的很痛。雖然阿格萊雅．克拉索斯說她不想打提雅，但是一旦開打，打到滿身大汗之後，臉上彷彿綻放出一種不完全是出於汗水反光的光芒。當鞭子狠狠在提雅的胸口抽最後一下時，她眼中隱隱散發出強烈的歡愉快感。

阿格萊雅．克拉索斯搖了搖她的小鈴鐺，蓋羅斯立刻自門口探出頭來。提雅癱倒在地，渾身無處不痛。蓋羅斯端著一個盤子進來，上面有只裝了冰酒的高腳杯。

邪惡的女人接過酒杯，喝了一大口。「蓋羅斯，幫這傢伙穿好衣服，然後，」——她抹抹上唇上的汗珠——「叫我的臥房奴隸過來，高的那個，英卡洛斯。我覺得我性慾大發。」

「他已經迫不及待在隔壁等妳了，主人。」

「啊，看吧！預測我的需求！」她轉身，把馬鞭抵在蓋羅斯胯下。「如果你有一點英俊，我或許會賜給你那種獎勵。」她對著他的胯下甩了一鞭，好像甩著玩一樣，不過出手很重。

男人悶哼了一聲，轉過身去，渾身僵硬了好一陣子。當他睜開眼睛時，雙眼泛出淚光，但是阿格萊雅已經把他忘了。她轉向提雅，站在提雅身前，輕聲說道：「妳會記得這頓打，是不是，提雅？」

「會——的，主人。」

「蓋羅斯，問清楚她最喜歡的食物和飲料是什麼。下次來的時候端給她吃。她表現得不錯。非常好。提雅。下次我還會打妳。奴隸天生就學得很慢，需要持續加強最基本的教訓。但是兩次之後就沒必要繼續打下去了。」

「是的，主人。」

「妳會發誓全心全意爲我服務，是吧，女孩？」

「是的，主人。」提雅誠摯地說，沒有絲毫怨懟之情。

她很會騙人嗎？阿格萊雅問過。提雅是奴隸。她當然很會騙人。

「喔，我差點忘了。妳的第二個獎賞。」阿格萊雅．克拉索斯在一個小珠寶盒裡翻了翻。「妳要隨時都戴著這個，了解嗎？」

「是的，主人。」提雅完全不知道她在說什麼。

克拉索斯女士交給她一條美麗的細項鍊，上面掛著一個小藥瓶。看著提雅困惑的眼神，克拉索斯女士只是笑笑地離開。

在蓋羅斯幫她著裝、衣料摩擦紅腫皮膚導致她忍不住呻吟低呼的同時，提雅聽見隔壁傳來那個賤女人的叫床聲。歡愉的叫聲聽起來和痛苦的叫聲沒有多大差別。當提雅穿好衣服、擦乾眼淚後，蓋羅斯輕輕握起她緊握成拳頭的手，接過那條項鍊，幫她戴上。

提雅有點難以接受地強迫自己攤開手掌，放開那個瓶子。一瓶橄欖油。

# 第四十三章

基普把一本書攤開在自己的一條手臂上，然後搔搔額頭，揉揉眼睛。他發現了一個幫助自己專注的小把戲。他站在窗口閣上書，一根手指塞在書裡充當書籤。他左顧右盼。附近沒人。他把書翻過來；封面是亮藍色的，馭光法師的藍色。

藍色穿體而過，從他的眼睛開始，釐清所有邏輯上的阻礙——疲倦、情緒，甚至久坐而導致的不適。基普吐出一口氣，釋放藍魔法。他抓起另一本書，主題是古魯斯加還被稱爲綠林時的動物。這是本很有趣的書，但他一樣只是爲了封面才挑選它：馭光法師用的紅色。原色——不是藝術家所謂的原色，而是馭光法師所謂的原色，最接近盧克辛法色的顏色——非常受人喜愛。基普看著封面，汲取了一點紅，重新點燃即將消磨殆盡的學習火花。他放下那本書，拿起另一本橘書。橘色的影響力能幫助他建立事物間的關聯。他知道自己並沒有完美汲取這些法色，想要成爲某種法色的馭光法師，要能製作該法色穩定的固態盧克辛。基普辦不到，他只能製作綠色及藍色盧克辛。次紅色是僥倖，只施展過一次。他已接受打穀機測驗。他是雙色譜法師。

但此刻他能夠做到就已經很有用處了。他再度打開書本，繼續閱讀。

過去兩週以來，他覺得自己九王牌的功力增強不少，現在已十分熟悉基本策略——畢竟，那只是牌戲。有很多東西他根本可以完全忽略——和超過一名對手玩牌的策略、用較少牌或較多牌時的變化、加注的方式、從普通牌中汲色。那些都沒必要學。

接著，在某個時間點上，他突然了解儘管已經學會了基本策略，但是在研究知名牌局時，他還是不明白玩家為什麼不立刻打出手中好牌——然後就好像汲色製作火焰一樣，咻地一聲就開啓了超級複雜的局面。他本來不放在心上的反制手法，或許是古早九王牌遺留下來的策略，因此突然變得重要起來。琢磨對方牌數的策略、在面對特定法色的牌時要如何平衡因應之道的理論。它變成了數學遊戲，處理一大堆數字，計算機率。在特定狀況下對付特定牌型，你的對手會有二十七分之一的機會拿到最適合用來阻止你的牌。如果他現在就打出反制牌（而且打得十分合理），你就可以推斷他手裡沒有那張牌。

他走到髮型看起來像個大黑光暈的圖書館員莉雅．希魯斯面前，把她叫他記熟的基本策略書還給她。「複雜牌局。」他說。

她微笑，嘴唇豐滿美麗。「動作眞快。」

「快？我看了好幾週！」

「下一步應該要不了你多少時間。」她給了他一本羊皮書。「撐著點。這本有點枯燥。」

基普接過書。她說上一本很有趣，如果那算有趣，而這本算枯燥的……但是他一開始翻閱這本書，就立刻忘記了所有抱怨。「這是什麼書？」他問。

這本書上的字型很奇特，濃淡不均，雖然看得懂，但是潦草到不正常。偏偏通篇字體又都很統一，每一個字母看起來都和其他字母很像，不管是位於一個字的開頭、中間，或結尾。

「那是一本伊利塔的書。成書還不到五年。」她神采飛揚，語氣興奮。「他們想出一種用機器複製書籍的辦法。想想看！雖然製造第一本書時有相當困難，但是第一本之後，就能複製數百本一模一樣的書。數百本！短短幾天！這種技術遭到伊利塔抄寫員的強烈反對，深怕自己的技藝將會失傳，但是金匠和鐘錶匠卻趨之若鶩。據說現在伊利塔連商人都能擁有書了。」

奇怪。這本書沒有任何個性，字句都不是手寫的，毫無生氣，一模一樣。難懂的句子後面沒有多空出一點空間，好讓讀者有時間弄清楚作者的意思。旁邊也沒有空位加註解。沒有標註值得記下來的句子或段落，提醒疲憊的讀者特別注意。只有赤裸的墨水和某台滾輪機器沒感情的刻印。就連書的味道都不一樣。

「我想我很快就會覺得無聊。」基普說。「這樣讓書變得好……乏味。」

「這會改變世界的。」

不是把世界變得更好。「我可以問個無禮的問題嗎？」基普問。

「通常當你用這句話起頭時……不，最好別問。」莉雅．希魯斯說。

基普抬頭思考，試著想出更迂迴的方式問她是不是在監視自己。「呃，那……你們會交接學生閱讀的書籍清單嗎？」

「如果圖書館員不想丟掉工作的話，當然要啊。不過，有時候我們不會寫整個書名，也會忘掉一些細節。」

「啊。妳可以忘掉我開始閱讀這本書了嗎？」

「想要別人低估你的實力，嗯？」她問。

「我不知道現在這個階段有沒有可能低估我的實力，」基普說。「我希望不久的將來，實力可以大幅躍進，出乎所有人的意料。包括我自己。」

「如果你想大幅躍進，就得開始玩牌。」

基普無奈地攤開雙手。

「我來教你。」她說。「我的班結束後，還可以待上一、兩個小時。我帶牌來。」

於是，一週後的此刻，他正等著莉雅和之前每天晚上一樣，過來和他玩牌。

她走過來，指示基普跟她前往一個小房間。「我知道你的問題在哪裡了。」她說。

「我的智力不足以玩九王牌？」基普問。

她笑了笑，笑聲很好聽。基普覺得自己有點迷上她了。歐霍蘭呀，他是不是很花心？但是這裡的女人遠比家鄉那些女孩對他友善多了。他懷疑從前情況之所以會那麼糟，是因為他媽這個包袱——還是現在情況這麼好是因為他父親。他難以分辨——他永遠也不可能分辨。他的身分就是這樣，沒人可以改變，沒人可以告訴他如果有不一樣的父母——正常的父母——人生會不會有所不同。

「我不這麼認為，基普。每張牌都有個故事。」

「喔，不。」

「每張牌都是根據一個真實人物設計的，至少是真實的傳說。但你描述給我聽的牌裡，有很多都是古牌，已經很多年沒人在用了。有人稱之為黑牌，或異教牌。沒有那些牌之後，九王牌的玩法就出現了很大變化，像是有些牌沒辦法在牌組裡有那些牌時一樣輕易反制等。你不能告訴別人你用這些牌玩，基普。玩異教牌很容易招惹教廷調查。但是我可以告訴你：你不可能從握有黑牌的人手中取勝。基本規則還是一樣，不過過去兩百年裡的所有高等策略書，都是在取消那些牌之後寫成的。」

「沒有提到那些牌的策略書？」

她遲疑。「這裡……沒有。」

「這間圖書館裡沒有，還是克朗梅利亞沒有？」

「克朗梅利亞非常重視知識，連記載安納特教徒拋嬰兒過火儀式的典籍都沒有摧毀。真的，當那些書年代久遠到必須抄錄副本、不然就會化為塵土時，我們還會去抄錄。不過是由二十個抄寫員輪流抄寫。每個抄寫員都只寫一個單字，然後就交給下一個人，這樣知識就能不污染任何心靈地保存下來。並非所有收入黑暗圖書館的書都如此邪惡──其中有很多書都只是因爲政治因素，只有深受信任的人才能接觸它們。」

「比方說？」基普問。

「圖書館館長和她最頂尖的助手、抄寫大師和他的抄寫團隊、一些白法王特許的盧克教士。若正式的馭光法師提出特別研究申請，有時候也可以借閱特定書籍，或是在館方陪同下進入圖書館。黑衛士、法色法王。有時候法色法王也會允許某些馭光法師進去。不過這些都要圖書館館長批准，而圖書館館長會向白法王回報。」

「黑衛士？」

「他們在保護稜鏡法王或白法王時，很可能會遇上禁忌法術。另外，檯面下，他們也得釐清各家族間的世仇關係，以便確認敵人身分。」

這是黑暗中的光芒，好比用一顆石頭打死約莫十五隻鳥──可以學習九王牌、可以挖掘克萊托斯的隱私，還可以試著查出他母親是否只是抽了太多海斯菸，還是對加文的指控其來有自。這一切都只要做到他已經決定要做的事：加入黑衛士。簡單。哈。

「可以接觸那些書的黑衛士不包括矮樹，是吧？」

她輕笑。「不包括。不過問得好。」

然而，他當前的問題是要和祖父玩牌，所以儘管她很漂亮，又提供了很多幫助，但他一直不理會這點：或許不該告訴莉雅．希魯斯任何事。

「所以我一直在浪費時間。」基普說。

「你可以贏牌，但不會一直贏，就算牌技再好也一樣。你之前設想的機率都不正確。」她聳肩。

「而我無法藉由玩牌得知眞正的機率，因爲沒人擁有安德洛斯・蓋爾手裡的那些異教牌，而我也無法透過看書得知眞正的機率，因爲我不能進入那些圖書館？」

「大概就是這樣。」不過，她似乎還有話要說。

「不過？」基普順著她的話頭問。

「有個人或許能幫得上忙，一個叫波麗格的女人。」

「波麗格？」這肯定是基普聽過最難聽的女子名。

「她是個藝術家。個性有點古怪。認眞一點。監視你的間諜都知道你會和我在這個房間裡玩兩小時的牌。如果你從後面離開，走樓梯下一層樓，就可以不被發現地溜出去。這很重要，基普，對她和對你而言都一樣，你絕不能被人跟蹤或偷聽。現在的教廷和以前比起來，比較偏向學術，但是在最近發生一些事件後，已經有人在討論要任命一些盧克裁決官。你不會想和會讓人心生恐懼的人扯上關係吧。這時候最好不要。」

「盧克裁決官？」

「受命進入黑暗的光。有權力不擇手段爲世間帶來光明。他們會……濫用權力。這任白法王不會坐視他們再度任命盧克裁決官，但是奧莉雅・普拉爾已經不再年輕了，基普。」

基普覺得噁心到了極點。這裡有盤根錯節的陰謀，充斥整個檯面。任何一個陰謀都會吞噬他。

「她在哪裡？」他問。

莉雅告訴他路怎麼走，而他立刻離開。走下高塔，渡橋前往大傑斯伯。走進一條窄巷後，他突然想到這樣偷偷溜走可能會很危險。可能是陷阱。他究竟有多蠢？之前已經有人企圖行刺他了。他不知道莉雅・希魯斯效忠誰，而且問題（黑卡的存在）和解決方案（去一個不安全的地方見一個或許根本不存在的人）都是她告訴他的。

他應該要立刻回家。他不該繼續和莉雅・希魯斯玩牌，而他該……怎樣？等到他變成黑衛士？不理會祖父召見？這行不通，那個老頭不會任由基普這麼不敬。基普不知道安德洛斯・蓋爾會怎麼做，不過肯定不好過。非常非常不好過。

要是加文能趕回來就好了。加文可以保護他。即使基普聽說加文怕安德洛斯・蓋爾——所有人都怕安德洛斯・蓋爾——他還是覺得只要加文一回來，就能解決所有問題。基普就可以繼續回去當小孩。

一個奉命要摧毀藍法王的小孩。

歐霍蘭慈悲為懷。基普不能依賴任何人。他得利用手頭上的資源。要繼續走下去。

當時是下午。這一區的千星鏡都把光線聚集在其他地方。這裡，住宅很密集，陰影很長。他回頭看向身後。

他沒有看錯。一個身材高大、蓬頭垢面的男人擋在巷口。男人從皮帶中拔出一支匕首。那匕首和海惡魔差不多大。

基普拔腿就跑。

距離最近的光井只有二十步。基普緊急停步。他在壯漢緊追而來時，從口袋中摸出眼鏡，戴在臉上。

壯漢立刻停步。舉起雙手。「剛剛沒看到你，法師，先生。我只是要跑步，呃，回家。沒有不敬的意思。」

基普根本還沒開始汲色。事實上，他或許沒有時間在被壯漢宰掉前汲色。

但是對方並不知道這點。他後退離開，彷彿眼前是頭野生猛獸，然後拔腿就跑。只是個惡棍。只是個小賊。不是私人恩怨。沒有陰謀。不是刺殺行動。

而基普完全沒想到鐵拳和費斯克訓練官努力塞到他腦中的那些格鬥技巧。他低頭看手，指節上都是擦傷，拳頭因不斷練習而瘀青，而現在就這麼……把所學一切拋到腦後，完全沒想過自己也能打。

他把眼鏡塞回口袋，接著看見眼前那扇門上有個牌子寫著：珍娜絲．波麗格，迪米厄苟斯。

他敲門，接著看見巷子兩側上方幾層樓的窗口相繼冒出黑影，隨即消失。他感覺到有人在監視自己。

太容易受驚了，基普。太容易受驚。

一個老女人打開屋門。她幾乎完全禿頭，手裡拿著根長菸斗。長鼻子、牙齒沒剩幾顆，臉上除了淡掉的雀斑外，還有許多老人斑。她的連身裙上沾了許多染料。要不是脖子上戴了條起碼一色文重的粗金鏈，看起來就和流浪漢沒什麼不同。她像胎盤一樣又皺又難看，不過整個人精力充沛，而且給人一種親切感，基普發現自己幾乎立刻面露微笑。

「你就是那個私生子。」她說。「莉雅說過你會來。進來吧。」

# 第四十四章

基普對珍娜絲．波麗格家的第一印象就是凌亂，可以說是他至今見過最亂的屋子，彷彿每個陰暗角落都有爪子，每個裂縫都會掉毛一樣。一堆堆衣服，像吐出來的毛球般堆在地板上；一疊疊書則像是在雜亂中用來標示地盤的樹。這間凌亂的屋子似乎懂一點人類的價值觀，因爲吃完的雞骨頭，和一串串珍珠及可能是珠寶、也可能是看起來像珠寶的有色玻璃一起散在地上，愚弄基普的眼睛。

接著，他注意到屋裡的槍。珍娜絲．波麗格很喜歡槍。門上掛了一把槍，槍口指著窺視孔，以免珍娜絲決定要幹掉門外訪客，而不是開門歡迎他。但還是有其他槍枝散布在屋內各處，彷彿也被隨便亂丟。手槍、最新型的燧發式火槍、火繩式手槍、喇叭槍──到處都能隨手殺人。

「什麼都別碰。」珍娜絲說。

*根本辦不到，謝謝。*

「這裡有一半的東西，只要一不小心，就會要你的命。」

*喔。太棒了。*

她轉過身去，把某樣東西放到一個架子上。那是一把小手槍。她吸了口菸，嘴唇扭曲成類似笑容的形狀，然後從兩側嘴角同時吐菸。「答應我一件事，史上最偉大的稜鏡法王的私生子。」

她倒轉菸斗，將菸灰抖在一堆菸灰上。她拿起另一把手槍，扣動擊鎚，然後以擊鎚刮掉菸斗上沒抖乾淨的菸灰。每刮一下，那把扣下擊鎚的手槍──就基普所知，應該裝有子彈──槍口就會在基普的額頭和下體之間移動。

他的左右都是一堆一堆的雜物，不管往哪裡移動，都會碰到東西。

「呃，什麼事？」基普問。

「答應我不要殺我，也不要向會殺我的人舉報我。」

「我答應妳。」基普說。

她吸了吸嘴唇，發出嘖嘖聲響，然後吐了口痰。她放下手槍，抓起一堆菸草，塞了一些到菸斗裡，仔細打量著基普。他敢發誓，那堆菸草旁就是一堆黑火藥。她從火繩式手槍裡拔出一根引線，塞到一盞提燈的火焰裡，然後用引線去點菸斗。「發誓。」她在一團白煙之後說道。

「我發誓。」基普說。

「再發一次。」

「我發誓。」

「你身受誓言羈絆。跟我來。」她說。

基普繞過堆到他膝蓋附近的雜物。這個女人怪怪的。

他跟著她上樓。樓上顯然是她的工作室，與樓下截然不同。凌亂怪物的魔爪完全沒有伸過樓梯。這裡沒有任何東西亂放，完全沒有。地面潔淨無瑕，全部都由紅色花紋的大理石鋪成。珠寶匠的透鏡和鎚子、鑿子，掛在小刷子、特殊提燈、調色板和小瓶染料旁邊。對面有個畫架，上面有張空白畫布，前面擺了個放大鏡。

其中一面牆上掛滿畫好的紙牌。紙牌掛得很密，根本看不見牆。而那面牆很大，滿滿──從地板到天花板──都是紙牌，要不是基普過去幾週都待在圖書館裡，背下一切關於這些紙牌的知識，他也不會知道這裡的每一張牌都很值錢。這些都是原畫。

而這裡的牌實在太多了。基普忍不住深吸了一大口氣。

「黑牌。異教牌。」珍娜絲說。她坐在畫布前一張高腳椅上。「你知道它們。」

「我只聽過一點傳說。」基普說。「我——不清楚。」

「你是什麼法色，基普．蓋爾？」

基普感到一股寒意、一陣噁心，一種缺乏歸屬感的感覺。「我不叫那個名字。」他生硬地說。

「你不可能是其他人了，基普。我看過你的眼睛。你以爲你很聰明，但事實上——」

「對，我知道，大家都這樣告訴我——」

「——你比想像中聰明多了。」

這話讓他目瞪口呆。有夠諷刺。

「你骨子裡就是蓋爾家的人，年輕人。就算你不被家族承認，私生子還是能在世界上揚名立萬。蓋爾家族遭到詛咒，你不知道嗎？他們的子嗣不多，過去幾代都是如此。耀眼的光芒往往只能璀璨一時。至少故事是這麼說的。現在，你的法色是什麼？」

「妳爲什麼想知道？」

「因爲我要開始幫你畫牌。」

她在說另一種語言，或是胡言亂語。基普敲敲自己的額頭。

「我有個天賦。」珍娜絲．波麗格說。「很奇特、很奇特的天賦。不尋常。我有一大堆很常見的天賦，不過集合在一起就不太常見了。另外還有一樣和稜鏡法王差不多罕見的天賦。」

「我想妳會告訴我的。」基普說。有人要告訴你一件很有趣的事，而你就不肯閉上你的鳥嘴？

但是她大笑。「綠色，當然。不過也有藍色。還有什麼？你不光只是雙色譜法師。這點我很肯定。」

要這樣玩？

「妳會畫畫。」基普說。「技巧高超，還是個珠寶匠。可以把珠寶切割到足以鑲入紙牌裡。」

她輕笑，噴出很多菸。「重點在於，這個遊戲對我來說容易多了。我只剩下九種法色可以猜，而你很可能還能汲取不只一種法色。但是話說回來，你得在全世界各式各樣不尋常的能力中選擇。」

剩下九種法色？總共有十一種法色？她到底在說什麼？「妳是在逗我。」基普說。

「或許有天我們會熟到你看得出來我有沒有在逗你。」她說。「菸？」

呃？「次紅。」基普說，心想她是在猜他可以汲取什麼法色。

她放低菸斗。喔，她是想要分享菸斗。但她很快就說：「你會汲取次紅色，還是能放火？」

「都一樣。」基普說。

「回答我的問題。」

「火。」

「你知道，計謀就算不是真的，也可以派上用場。你看得見次紅？」

「可以。」基普說，突然不太確定自己為何而來。好奇？或許這不是夠好的理由。

「你看得見超紫色嗎？」她問。

他不太情願地點頭。他甚至不確定自己為什麼不想透露更多細節。

「你想當稜鏡法王嗎，基普？」

那感覺就像是她專門在問他不願意問自己的問題。「大概所有人都想當稜鏡法王。」基普說。

「你不知道你想不想。你有點想，但不認為有辦法成為像你父親那種人。」

「妳在說瘋話。」基普說，呑嚥口水。

「不，才不瘋。我知道什麼是瘋話。我很清楚。我是創造者。我們不只是藝術家，更是看顧歷史的人。紙牌都是歷史。每一張牌都述說著一段眞相，一個故事。黑牌的故事遭到掩蓋，因爲它會威脅……」她抬頭看向天花板，思索，找尋正確的字眼。最後放棄了。「好吧，它就是威脅。威脅什麼，自己想像。」

她抽菸，思考。

「我現在要告訴你一段異教歷史。如果你珍惜生命，就不要和別人說。異教史，但卻是事實。聽我說，然後藏在心裡，珍惜它們。世界上有七大天賦，基普。有些很普遍，有些一個世代只有一個人，或一個世紀只有一個人。光明是眞理，所有天賦都以此爲根基。光明、眞理、現實。身爲馭光法師——運用光的人——是偉大的天賦，不過相對而言很常見。身爲稜鏡法王，則是另一種天賦。身爲先知，能看見事物的本質，則是更稀有的天賦。我的天賦也同樣稀有：我是明鏡。天賦就是無法描繪謊言。而我的天賦告訴我，你父親有兩大祕密，而你，基普，並非其中之一。」

# 第四十五章

「妳本名叫什麼？」加文一邊問第三眼，一邊走到海邊，站在她身旁。她在先知島最南端禱告，夕陽讓這個女人沐浴在金光之中。「妳成為先知前叫什麼名字？族人是誰？」

第三眼身穿黃棉布連身裙，讓她看起來像個普通凡人，不過依然是個艷光四射的美女。她一直到傍晚才差人去找加文。她的同伴，或僕人，或朋友，凱莉雅，告訴加文預知未來需要時間。

「喔，不，少來這套。」第三眼說。「你可能也是會指控女人反覆無常的那種男人。」

「呃？」

「你昨晚要求我不要引誘你，要我穿正式一點，但今天見面第一句話就問起更私人的問題。呃嗯，稜鏡法王閣下，你可以用讓女人心碎來滿足自己的虛榮，但別想傷我的心。」

虛榮？那可是有點冒犯、有點唐突、有點……精確。他張口欲言，卻發現自己無話可說。

「我很抱歉。」她說。「預知未來的後果就是……我把自己忘了。很難不直話直說。對不起。」

她甩開扇子，開始幫自己搧風。「恐怕我也有點太熱了。我的皮膚不太能忍受烈日曝曬。」

她看起來確實有點曬太多太陽的模樣。

「妳說預知未來需要光？」加文問。

她點頭，不過似乎不打算進一步解釋。

「妳找到了嗎？」加文終於問。

「找到很多次，在很多條路上。它在海裡。」

「不好意思？」

「剋星在瑟魯利恩海的某處漂盪。」

「這樣講……」毫無用處？毫無幫助？「……太籠統了。」加文說。她說向東三個小時，向北兩個半小時——也就是說，從這裡出發並按照指示走的海面上，但是他很肯定事情沒那麼簡單。

「這個我知道。我也很難在海裡找出地標或時間標記，告訴你確切位置。它在海裡移動。」

加文舉起雙手。「它要去哪裡？來自何處？」

「很抱歉。」她說。「我想我可以告訴你它朝著中心前進。中心？中心……我也不確定。」她看起來很抱歉。

「大海中心？像是白霧礁？還是沉到海裡的中心？」

「剋星大部分時間都漂在海面上。」

她的時間是用複數。「那依然算不上多少線索。」

「夠多了。」如果剋星正漂往白霧礁，那麼反推回去，就是在伊利塔的斯慕沙托城南方某處，或許是沿著帕里亞和提利亞的邊境漂流。只要知道目的，又假設它會走直線，還知道某個時間點它會出現在什麼地方，就能畫出一條它所處位置的路線。

「妳是說我會找到它？」他突然感到一股希望。

「對。」

他不敢相信。不會有這麼好的事。他要查地圖、計算位置，不過還是太容易了點。「這要花我多少時間？」

「如果告訴你，你就會等我說的那天來臨時才開始尋找。」

「不，我不會——好吧，對，我當然會。」

她嘆氣。

「我能及時找到它嗎？」他問。

「就連我也不知道你說的及時是指什麼。」

「妳不能這樣對我。」加文說。

「請不要拿和我無關的事來責怪我。」

加文舔舔舌頭。她說得沒錯。當然沒錯，她能預知一切。這點依然令他不安。「那妳能告訴我什麼？」他問。

「你會在這裡待一陣子，還有法色之王也在找它，而你最好不要讓他得逞。剋星在成長，稜鏡法王閣下，它越成熟，就會吸引越多藍法師。大多是藍狂法師。」

「為什麼，究竟出了什麼事？我只知道剋星與古老諸神的神廟有關。」

「你會知道的。我還有另一件事要告訴你。」

「妳還應該告訴我一千件事！」

「如果帶卡莉絲一起去，可以大幅提升成功機率。」

「這點我自己就知道，她是得力助手。」

「不過她如果跟你去，幾乎肯定會死。」

「就是沒那麼好的事，是吧？」加文說。

「我在努力幫你取得優勢，努力讓你有成功機會。」

他聳肩。「幾乎肯定會死，是指百分之九十九的機率，還是三分之二的機率？」

「在她和你同去的未來裡，我看見她以十幾種不同的死法死去。我也不喜歡看這種畫面。特別是當我知道如果她活下來，有朝一日很可能和我成爲朋友。假設你不和某個人上床……你知道嗎？我已經說太多了。」

「得知此事將會改變一些情況……你眞的想知道？」

「妳稱卡莉絲爲『妻子』，」加文說。「但後來妳又說這不對。到底是什麼意思？」

加文皺眉。「這個，沒錯。」

「那眞可惜。我不告訴你。」

「妳眞是了不起的算命師。」加文抱怨。

「我不是算命師，是先知，有時會把看見的未來景象說出來。我沒興趣安撫你。」

她是說眞的。加文看得出她內心堅定不移。這顯然是唯一能讓她在天賦前保有人性的方法。

「卡莉絲不喜歡我丟下她，孤身犯險。」

「你爲我帶來了五萬個問題，稜鏡法王閣下，但那並非其中之一。」

回答得好，也很有道理。他吸了口氣，打算反唇相譏，但最後打消了念頭。「女士，妳的機智如同美貌般敏銳動人。既然光明以其存在降福於妳，我想我最多只能以缺席來表達謝意。再見。」

他鞠躬離開，才走出幾步，就依稀聽見她在喃喃自語。他回過頭去，發誓她正盯著他的——

她噘嘴，臉上閃過驚慌之色。「我可以預見世界末日，但無從得知何時會被男人抓到我在偷看他結實的屁股。」

加文無話可說，只能擺出嚴肅的模樣，每走一步都覺得屁股上有種怪怪的感覺。

# 第四十六章

法色之王本想在六週內離開加利斯頓，但還是待了八週。儘管麗芙有一半工作時間都和法色之王在一起，但還是知道眼前一直有看不見的暗潮。對習慣看見別人看不見東西的超紫法師而言，這種感覺很不舒服。

一天，有個將軍被吊死在洞石宮殿的升降閘門上。對此，麗芙只知道一個事實，就是他曾提議不要繼續推進，只要收復提利亞，建立新國家就滿足了。

當天，法色之王在接見朝臣時，一開場就說：「只要世界上還有人遭受壓迫，就沒有人能得到眞正的自由。」

那天，麗芙聽到十幾個人複誦著這句話，第二天出城行軍時也一樣。接下來幾週裡，他都忙到沒時間理她，整天和他的軍事將領商議大事。麗芙變成局外人，不管實際上或象徵上都是。她騎馬走在部隊前線，不過沒和軍事將領或顧問待在一起。她不確定自己的身分，其他人也不確定。

從法色之王離開凱爾芬就一直跟隨他的人，都不信任她。她是敵軍將領的女兒。這個事實再次讓她非常生氣。她父親的倒戈，讓她在那些童年把她當外人的人的敵對陣營前，也變成外人。

上路兩週之後，有天晚上，法色之王傳喚她到他的營帳，狹小又樸實的營帳。這是一個與人民站在同一陣線的人。麗芙不知道怎麼會有人相信如此明顯的把戲。但他們確實相信。

「所以，阿麗維安娜，妳知道妳在這裡的作用了嗎？」他問。

「你整個部隊裡，約莫只有半打超紫法師，而其中或許就屬我的能力最強。我知道你還在招募更多超紫法師，你想要發明一種可以辨識超紫法師的測試。你的方法與克朗梅利亞的手段相比，有點粗糙。你手下的馭光法師，一般而言能力並不出眾，而你期待借助我的洞察力。最後這點是我猜想的，不過我認爲合情合理。所以我猜你想要我訓練你的超紫法師。」

在克朗梅利亞，老師經常會警告學生，不要過於仰賴他們的盧克辛去塑造想法或感覺，而這裡鼓勵馭光法師這麼做，而麗芙還不能肯定哪種方式比較好。如果汲色會像克朗梅利亞教導的那樣燃燒生命，那麼訓練年輕馭光法師避免不必要的汲色相當合理。但麗芙一直不認爲這些禁忌純粹只是實用性質，它們是道德上的警告，彷彿盧克辛是酒，而過度依賴酒精的人意志都很薄弱。

如果是這樣，那她就是意志薄弱。但超紫盧克辛能夠沉浸思緒、遠離不恰當的感覺、遠離孤獨。她總是運用超紫色，然後藉由黃色去凸顯問題，再從新角度檢視它們、看穿它們。

他替自己倒了杯白蘭地，揚起一根手指，看著它轉爲火紅，然後觸碰他的斯加羅菸。「妳就只有這些話？」

「你曾經是克伊歐斯・懷特・歐克。」麗芙說。卡莉絲・懷特・歐克理應已死的哥哥。

「過去式？」他冷冷地對著白蘭地說。

她沒有回應。

「妳怎麼知道的？」他問。

「問人。」她承認。這算不上正面回答。

「那妳有何看法？」他問。

「沒有期望中那麼多看法。」

他把剩下的白蘭地一飲而盡。「跟我來。」

他們在被烏雲遮蔽的月亮和上千座營火的黯淡照明下，穿越營區。而他一走出營帳，立刻就有兩個馭光法師和兩個身穿白衣的士兵跟在他們後面。

「白衛士？」麗芙問。這有點迫切想要透過嘲弄稜鏡法王來讓人認眞看待的感覺。

「自然界難道沒有鏡子嗎？」他問，彷彿看穿她的心思。「我至今已經遇上四個刺客。其中一個是我的前任將領，另三個身分不明。光是鎖不住的，但克朗梅利亞希望能夠把光吹熄。」

他們走過數千人的營地。營地現在看起來，比進攻加利斯頓之前整齊多了。熟能生巧，麗芙心想。沒幾個人注意到領袖路過，而認出的人似乎也不知道該怎麼敬禮。有些人鞠躬，有些伏地拜倒，有些行軍禮。

「藍法師要我統一向我敬禮的姿勢。」法色之王在斯加羅菸後說道。「但我只想制定必要規矩。指揮部隊需要很多我不想要的規矩，不過等我們推翻克朗梅利亞制定的一切後，需求就會改變，一切都會在光明中解放。」

他們停在營地西側的一座絞刑台前，有四個人被吊死在上面。在火把微弱的光下，麗芙看不清楚他們的相貌，不過有看到被繩索拉長到不自然的脖子。法色之王揚起一隻手，一道黃光射向死人。每個死人下巴都有乾掉的血塊。他們的五官腫脹，有鳥在啄食。

麗芙不清楚屍體的腐爛過程，但看得出這些人已經死亡超過一天。所以不可能是罪犯；部隊才剛抵達這裡。

「他們是我們的狂熱信徒，現在是殉道烈士。這些是我派去阿塔西散布消息的人，幫我們備戰。他們去的時候手無寸鐵，只負責傳道，說服其他人。他們的舌頭被人拔掉，嚴刑拷打，最後才被吊死。阿塔西人甚至沒穿越邊境，入侵我們的領地。殺死手無寸鐵之人？這是宣戰，是展現敵意。阿塔西人種下戰爭的種子。他們將會嚐到戰爭的後果。」

「你經常說謊，是不是？」麗芙問，吞嚥了口水。超紫色讓她了解事物的結構，但並不一定要順從那些結構。

法色之王的守衛神色緊繃。麗芙看見他們露出厭惡的目光。但法色之王好奇地看著她。「我忘記妳是什麼人了。」他說，接著聲音轉為冷酷。「但或許妳也忘記自己是什麼人。」

她又吞了口口水。

「我不否認我早就打算解放阿塔西，但是他們搶先攻擊我們。攻擊無辜之人。讓我告訴妳，阿麗維安娜·達納維斯，該是妳走出童年幻覺的時候了。為了眞理撒謊乃是美德。妳知道伊利塔海盜為什麼能肆虐瑟魯利恩海數世紀之久嗎？」

「因為他們有安全的避風港，而伊利塔海岸對不熟悉地形的人而言非常危險——」

「不。那是因為人們不擅長評斷長期投資。總督痛恨海盜。商人痛恨海盜。父親被迫加入海盜的家庭痛恨海盜。兒子淪為划槳奴隸的父母也痛恨海盜。但儘管海盜曾數度遭受打擊——而我非常樂意承認這是那個所謂的稜鏡法王曾做過的好事之一——但總是能捲土重來。為什麼？因為各總督都覺得付錢疏通他們，比徹底剷除便宜。伊利塔現在有四個海盜王，每個海盜王都與阿伯恩總督簽約，絕對不會攻擊掛阿伯恩旗的船隻。妳知道總督送給海盜的那些錢花到哪裡去了？」

麗芙皺眉。「變成海盜的財產。」

「資助更多海盜，還讓所有海盜做起有朝一日成為海盜王的大夢。總督發現了這個問題，卻絕望無助。他們三不五時會群起追殺某個背棄合約的海盜王，有時候甚至成功吊死一整船海盜。但是永遠不會貫徹剷除海盜的行動。沒人願意把自己的錢和人力花在幫助他人身上，所以等到自己的船遭到掠奪、擊沉時，自然也沒人願意幫忙。好了，難道妳不認為如果七總督能夠通力合作、一次解決這個問題，會比較好嗎？而且不是只好一時，是好一百年？」

「如果你真的能阻止海盜。你真的認為自己能成就總督和稜鏡法王都無法達成的目標？」

「當然可以。這純粹是意志問題，而我擁有無窮無盡的意志。」

他的壯志豪語很能激勵人心。

「那是小事，麗芙。」他說。「奴隸不是天生的，所以不該有奴隸制度。妳是提利亞人，妳的家鄉沒有像其他總督轄地那麼嚴重的奴隸問題，但奴隸是種詛咒。我會終結它。克朗梅利亞也一樣。它跑到一個國家，拔光所有花朵──馭光法師──然後帶走、對他們灌輸邪說，接著把他們送到克朗梅利亞偏愛的地方，誤導年輕的馭光法師，讓他們以為所做的一切都是為了自己好。就和奴隸制度一樣，是腐化雙方陣營的詛咒。所有人都說這些組織大到無法改變，但我說他們大到非改變不可。我為了追求這個目標而撒謊。我說這件事會比現實情況更容易達成。我承認。但是我撒謊撒得很小心，動機也只是為了鼓勵人們追求自己和七總督轄地更美好的未來。」

麗芙相信他，但體內的超紫魔力逼她提問：「誰來決定什麼目的值得撒謊？」

他哀傷地搖頭。「妳以為我是隨隨便便就做出這種決定嗎？看看克朗梅利亞做了什麼。妳父親是馭光法師。他現在是我的敵人，但我還是認為他是大人物，擁有偉大的靈魂。難道不是任何情況都比殺了他好嗎？難道叫別人去幫妳殺人就不會弄髒妳的手嗎？」

這話讓她感到噁心。就馭光法師而言，她父親年紀很大。他在她小時候很少汲色，但現在為了打仗，他幾乎每天都要汲色。他最多只剩下兩年壽命。「不能……或許我們可以說服他們解放儀式沒有必要？狂法師並不邪惡？說服──」

「說服？麗芙。解放儀式並非克朗梅利亞某個無關緊要的決策，那是他們的中心思想。少了解放儀式，克朗梅利亞就沒有存在必要。如果汲色沒那麼危險，就不必把女兒送到遙遠國度學習汲色。如果不送去克朗梅利亞，他們就不能灌輸年輕人那些觀念，就不能擄獲世界上最有價值的商品——馭光法師。無法控制和獨占馭光法師，克朗梅利亞就會徹底崩潰。那就是出現這種情況的原因。」他指向那些死人。

陣風來襲，將腐敗的氣味吹入麗芙鼻子。她咳嗽幾聲，轉過頭去。

「妳或許想知道我爲什麼還不割斷絞繩，好好埋葬他們。我會的。等所有部隊行軍路過此地，看清楚我們將面對什麼樣的畜生之後。因爲我拒絕掩飾克朗梅利亞的罪孽，也拒絕成爲罪孽的一部分。」他凝視屍體一段時間，目光哀傷，至少麗芙認爲她在他眼中讀出哀傷。他轉向她。「妳有疑問。」

「與此事無關。不用……現在問。」麗芙說，看著那些屍體，故作堅強。

「我喜歡妳是因爲妳的想法，阿麗維安娜。妳不用強迫自己專注在眼前的事情上。」

她思索著這句話。有幾分是眞的，又有幾分是在恭維她？但還是讓她感到心裡暖暖的。「諸神，」她說。「是眞的嗎？」

嘴角扭出一絲微笑。「辛穆怎麼說？」

「他說是眞的。」

「但是？」

「但他是辛穆，而你是你。」

法色之王大笑。「說得太好了。妳該當橘法師才對。」

她以爲他在取笑她拙於言辭，接著才發現他是認眞的。她的說法就是最安全的說法——可以代表任何意思，也可以完全沒有意思。

「沒錯，他們是眞的，不過我不相信他們的本性和克朗梅利亞或那些新教士描述的一樣。我喜歡妳，阿麗維安娜。妳會問正確的問題。想法有遠見。但太不看重自己。妳太謙虛了。我當然要訓練我的馭光法師。那是一個目標，很有價值的目標——但卻不是遠大的目標。」

「那與辛穆有關嗎？」她問。

「辛穆？喔，妳怕我想把你們兩個配成一對？」

「他顯然在盡力取悅我，閣下。」

「是了，這我倒不意外。辛穆從來不會低估自己。不，我讓辛穆教妳，是因爲你們年紀相近，而我以爲妳會喜歡這種安排。而且這能讓你們兩個都有事做。如果妳想要換個老師……？」

「不，閣下。我已經有點……習慣他了，應該這麼說。」只要她不做辛穆無法忍受的事，也就是侮辱他的智慧，他就會一直稱讚她的能力、理解艱澀概念與記憶隱晦歷史的速度。他讓她覺得自己很厲害、很特別。而他持續不斷地引誘她，也讓她覺得自己是個大人、是個女人，擁有魅力。「只是……他很少提及自己的過去。」

「辛穆的過去只有一件妳該知道的事，就是他曾經試圖行刺稜鏡法王。」法色之王說。

「眞的？他有稍微提過，但我以爲他是在——」

「我賭了一把。派辛穆去執行這項成功機會很低的任務。他以爲自己失敗了，這是好事，方便我繼續控制他。事實上，他只失敗了一半。歷史或許會把他記載爲催生……」他越說越小聲，抬頭看向天空。

「一個新的時代？」麗芙問。「催生新時代？」她順著他的目光看向正在浮現的月亮，照亮夜間的雲層。雲層以完美的直線橫貫天空，從地平線到地平線，間隔平均、兩兩平行。這種幻覺——這景象絕不可能是眞的，對吧？——持續了約莫二十秒鐘，接著雲層被風吹亂、抹除、消散。

法色之王打破沉默。「新神，阿麗維安娜。催生新神。」

# 第四十七章

「祕密？」基普問。「什麼祕密？」

「我還不知道。」珍娜絲・波麗格說。「這就是我今天要你來找我的原因。我想知道你是不是他們的人。」她吸了吸牙齒。「你不是。」

「這是好消息還是壞消息？」基普問。

「非常、非常不好的消息。」

「我還是不懂。」基普說。

「說不懂太保守了。」

「呃？」

「過來。」

基普走到她旁邊。她把草圖給他看。第一張是個穿斗篷、戴兜帽的人，光線從身後打落，頭髮如同黑簾般垂到眼前，雙眼在後面隱隱發光，鬍子上綁著明亮的鬚珠，手裡握著一支匕首。刺客嗎？另一張上畫的是個皮膚黝黑的禿頭男子，一隻眼下有道流血的傷口，戴著一邊眼罩，雙手各拿著一支彎曲短劍。還有一張上——

「等等，那是鐵拳指揮官。」基普說。

「啊，原來是他。謝謝。」她說。「他的頭髮怎麼了？」

「爲了哀悼死去的黑衛士而剃的。」

「啊，是了，當然。」

「妳幹嘛問我？他爲什麼只有一隻眼睛？」

「他現在不只一隻嗎？嗯。圖像並不總是依照表面上來解釋。」她腦袋側向一邊。她在鐵拳那張圖下方潦草地寫了一個帕里亞古字。

「守護者？」基普問。

「哨兵。警衛。守護者。守夜人。堅固的高塔。安靜。」

「安靜？」基普問。「這意思差太多了吧？」

「不是他。是你。安靜。」

「喔，喔，抱歉。」

她順手在他脖子上畫了幾筆。一條項鍊。但在畫到鏈條下方掛著的東西時，卻暫停作畫。她吸了一口菸，然後再度動筆。接著她嘆口氣。「忘記了。」

「我還在想妳爲什麼要畫鐵拳指揮官。」基普說，心裡產生一股恐懼。她看向他，他覺得心臟彷彿翻轉過來，劇烈跳動，試圖爬過嘎嘎作響的乾淨地板，前往樓梯。心悸導致它跳得像隻發狂的兔子，簡直是史上最糟糕的逃亡行動。

「成爲稜鏡法王對你來說太渺小了嗎，孩子？」

「妳一直在說聽來毫無道理可言的話。」基普說。

「因爲我一直想要把你畫成下一任稜鏡法王，但是我辦不到。你不會成爲稜鏡法王，基普。」

「我也不指望。」基普說。他覺得毛骨悚然，彷彿遭受歷史箝制。

「你指望成爲更偉大的人？」

「沒有更偉大的人，對吧？」基普問。有什麼人比稜鏡法王還偉大？

「別人有給你取綽號嗎？」

「你是說除了基普之外？當然。胖子、豬油蓋爾、私生子、慢郎中。」

「別的綽號。或許是我想錯了。或許我不該畫你的紙牌，而是該決定哪張牌屬於你。」

「聽著，我來只是爲了學九王牌。妳到底能不能幫我？」

「你聽過伊・橡木盾嗎？」

「沒聽過。」基普說。他從未聽過這個名字。

「你對九王牌知道多少？」

「鉅細靡遺。我記下了七百三十六張牌的名稱和能力，還記下了一打著名牌局。我知道二十種標準牌陣，還有致勝的原因。這樣還可以嗎？」

「不行。」

「喔，見鬼了。」如果花那麼多心力學習，只是浪費時間，那乾脆在附近找棟高樓跳下去算了。

「開玩笑的。」她說。「你已經可以開始學更深的玩法了。」

「我突然有股想要大發雷霆的衝動。」基普說。

她瞇眼看他。「九王牌反應現實，小蓋爾。這就是長久以來不論蠢蛋、瘋子、聰明的女人和總督，都玩九王牌的原因。花點時間想想這種說法。每張紙牌的強項和弱點，都和牌上的人物一樣。這並不涵蓋所有性格，當然——因爲幾個數字、幾行描述，還有一張美麗的畫像，只能表現出這麼多訊息——但卻不會誤導玩家。不過，這都只是關於明鏡這個偉大天賦的偉大事蹟開端。」她走到牆邊，拿起一張紙牌，坐在一張高腳椅上，像個小女孩般地轉動兩圈。「來，看看，想想。感受一下歐霍蘭之光的力量。」

迷信的蠢話？魔法咒語？還是靈驗的禱告？基普不知道。這個老太婆似乎有點瘋癲。或許她所說的一切都是謊言或妄想。

基普猜想那張牌是原稿紙牌——一個年輕女子，身穿皮衣，釦子都是綠松石，膚色白皙，髮色火紅，頭頂盤著黑鐵木棘冠。左臂皮膚上覆蓋著綠盧克辛，順著身側而下，邊緣留下捲曲盤旋的圖案。右手放在身後，彷彿在掩飾手裡匕首。她挺直而立，臉上流露傲慢的笑容，隨時可以應付任何狀況。

「這是你的曾曾曾曾曾祖母——伊·橡木盾。就許多方面而言，她都是你們家族的創建人，不過蓋爾這個姓氏則來自別處。」

她相貌迷人，與基普一點都不像——不過，那個笑容卻和加文·蓋爾一模一樣。感覺像是哪個畫家記下她的笑容，然後把笑容直接加在加文臉上。

基普沒有評論畫中人與加文的相似度，也不讚美能把她畫得如此傳神的高明畫家，反而說道：「她根本沒拿盾牌。」愚蠢。幹得好，基普。

「她從來不用盾牌，不管是不是橡木盾。她的姓氏並非因爲盾牌而得名，不過我不用告訴你這些。你看見那些寶石了嗎？」

基普點頭。紙牌的外框上有五顆小寶石，每個角落各有一顆，最後一顆在她頭上。

「汲色，隨便哪種法色，同時接觸那些寶石。」她指向一面牆上某幅繪有各種法色的圖畫。

基普凝視著藍色。藍色遠遠不及綠色恐怖。幾秒過後，他開始感到一股冷靜的理性湧上心頭。他該照這個女人的話做嗎？好吧，如果不照做，就什麼都學不到。他來這裡的唯一目的就是學習。再說，她能用一張紙牌對他做出什麼不能用那些槍做到的事嗎？

他伸出沾著藍盧克辛的手指，觸摸那些寶石。

沒有反應。

好吧，有點失望。

「用力一點。」珍娜絲．波麗格大聲說道。「不用眞的流血，不過一定要弄到快要流血。你的手很柔軟，不用太大力。」

手很柔軟？基普皺眉，不過還是照她的話做，用力拍打藍寶石，其他手指則輕抵著對應的寶石。伊眨了眨眼，釐清視線，看向朝陽。透過大河兩岸兩座燃燒城市的濃煙，拂曉的晨光呈現紅色。有點搞不清楚方向，因爲視線左右搖擺，身體還不能動，完全無法控制。

大河兩岸都有敵方士兵。基普幾乎可以聽見一些士兵的想法——他們是誰，他們要做什麼——但唯一能夠肯定的就是他們是「敵軍」。

她站在高處，而她的攻城法師已經展開行動，手持繩索及曲柄，只等日光充足後就要完成任務。伊轉向一名獨眼壯漢。他看著她，長相恐怖，不過表情順從。一名軍官？肯定是她的下屬。他手持巨弓，搭起一支船柱大小的箭。她嘴唇微動，不過基普沒聽見聲音。只能看見影像。

敵人距離四百步遠，高度相差二十步，從軍旗飄動的方向看來，伊的位置是順風。魯斯加部隊正保持著隊形奔跑。伊手下有些騎兵——大多是青少年——已經開始衝鋒。她看見有些軍官憤怒地朝他們揮手，或許是在叫他們回來？——接著，無可奈何地，軍官也跟著衝鋒。

她的陣線開始瓦解，有些步兵隨著騎兵衝鋒，破壞了弓箭手的射界。

步兵開始衝鋒後，弓箭手就得停止射箭。本來一千名弓箭手每人都能射出十二支箭，現在只能發射六支。

她大聲下令，望向攻城法師，他們已經汲色製作出巨型綠盧克辛橫梁，在木桶中灌注可燃的紅盧克辛，準備投向敵軍。

他們——還有一打的其他攻城法師部隊——大概只能發射兩輪。

她跳上馬——她這突如其來的動作讓基普感到噁心——然後對某人大聲下令；小熊，那是對方的名字！

小熊一言不發，慢慢瞄準目標，然後發射巨箭。一千名弓箭手與他一起放箭。

她抓起一支火把，騎到她的手下面前。基普認爲她在喊叫。或許所有士兵都在喊叫。她將火把拋入空中，策馬展開衝鋒。

三十名強壯的護衛立刻將她圍在中央。

影像改變了，彷彿越沉越深——

一個著火的紅盧克辛桶擊中魯斯加部隊前線，立刻爆炸，畫出一道筆直的火線轟倒敵軍，點燃他們。我利用即將變成紅色的綠草汲取綠魔法。我的左側，小公牛和葛里夫·加辛分別汲取藍與綠，擊落空中的弓箭和火焰彈，守護我的安全。

我製作一支綠盧克辛長槍，腳踢戰馬的腹部。

「夠了。」

這話形成奇特的回音。

我似乎完全沒有注意到。空氣中煙灰的氣味突然消失，遠比它瀰漫空中時更引人注意。她什麼時候開始嚐味道、聞氣味的？接著，煙灰、汗水、馬的氣味——消失了。她感覺到膝蓋之間的馬鞍，手指緊握長槍。

一片漆黑。

基普眨眼，發現老太婆握著他的手，將他的手指一根根扯離紙牌上的寶石。

基普氣喘吁吁，看著她的雙眼，感覺到藍盧克辛離體而去，遁入虛無，讓他變得空空蕩蕩、了無生氣。

「見鬼了。」她說。「你最後有聽見聲音？聞到氣味？嚐到味道？」

「有，一點點。」

她眼睛一亮。「他們撒謊！他們當然撒謊。當然。他們是蓋爾家族。但爲什麼要派你一個人來這裡？他一定知道你會發現你的眞實身分。我們一定要查出來。看天花板。」

天花板上繪有全光譜的鮮艷色彩，要不是屋裡放了太多原稿紙牌，基普早就發現了。「妳想要我做什麼嗎？汲色還是——」

她握住他的手。「只要一直看著上面就好了。」她將他的手指壓在一張紙牌上，一次壓一根。她用力壓下他的小拇指，一陣茶葉和菸草的氣味撲鼻而來。他正要開口，卻突然打從骨子裡感到疲憊，渾身痠痛。接著，彷彿耳朵裡的耳塞突然被拔掉一樣，他聽見木板嘎吱作響、強風呼嘯而過，以及海浪拍擊的聲響。

他沉浸在所處環境中。那是個涼爽的夜晚，火藥的氣味瀰漫在船上和船員之間。船上某處有個女人在哭泣，肯定是爲了某名死者哭泣。他的房間很昏暗，只有一根蠟燭照明。船艙外，銀色月光像劍一樣砍穿黑夜。他轉動手中的羽毛筆。

他的手壓在羊皮紙上。這份文件不能交給書記寫。這是叛國行爲。文件上有收信人的名字，不過被手掌擋住了——名字最後是以「——歐斯」結尾，這表示任何魯斯加人都有可能，還有已經不具有魯斯加血統、但還是取魯斯加名的人。

接著，基普完全忘記自己的存在。

「或許能透過與戰爭相反的方式，來達到更加有利的和平。達格努是——」我寫道，羽毛筆書寫的聲音充斥在小艙房中，直到最後一個字寫完才歸於寧靜。死寂。詭異。

接著艙房……變暗了。我覺得——基普覺得——頭暈目眩。他回來了，再度透過自己的雙眼視物。

珍娜絲．波麗格吐了口菸，面帶怒容。「才十五歲？不。」

「怎麼——剛剛那是怎麼回事？」基普縮回手掌，大聲問道。

「你沒告訴我，不然就不用弄得這麼麻煩。」

「告訴妳什麼？這又是我的錯？」基普有點害怕，有點生氣。他瘋了嗎？她究竟對他做了什麼？

「你是要告訴我說你不知道？紙牌透過光進行聯繫，基普。你能汲取越多法色，感應就會越加真實。」

「我究竟怎麼了？」基普問。

「你看到的比理應看到的還多。我就先說到這裡。」

「那是真的嗎？」

「這個問題比想像中複雜。」

「她死了嗎？」基普問。

「伊？沒有死在那場戰役裡，不過她輸了。」

「她的敵人是……」基普不太清楚狀況。

「達里安．蓋爾。十五年後，她把女兒嫁給他，藉以換取和平。據說她本來想要親自下嫁，但她的年紀已不適合生小孩，而她知道唯有以血緣聯繫兩個家族，和平才有可能持續。有傳言說伊和達里安有過婚外情，不過都是瞎說。達里安．蓋爾非常尊重伊，也比較想娶她，但他們兩個都知道男人的不忠與女人的愚行，很有可能導致血流成河。而你們家族在一段時間過後又學到了這個教訓。」

基普不知道她在講什麼，但從她的語氣中可以假設伊和達里安之戰的起因是私事。「他是好人嗎？」基普問。

「達里安？他是蓋爾家的人。」

「第二張紙牌是怎麼回事？」和達格努有關？那是異教古神。基普思考那張牌的年代究竟有多久遠。

「是個錯誤。我只是隨手抓起最近的牌，我不該拿那張牌的。」

她沒有回答問題。「這裡的牌都有那種效果？」基普問，神色敬畏且有幾分驚恐地看著那面牆。

「只有原稿是。」

「哪些是原稿？」基普問。

「我不會告訴你。不過我要提醒你，這裡很多紙牌都設有陷阱。如果你想把它們從牆上拿下來，就會面對一些不愉快的驚喜。如果你拿下來並想汲色得知它們的真相，多半會無法在牌裡深藏的恐怖景象中生存。」

「我以為妳想幫我。」基普說。

「我想。我只是要讓你知道，如果偷我的東西，你就會變成語無倫次的白痴。原稿紙牌就算透過正確方法使用，也會有危險。並非所有眞相都很美麗。這些紙牌可以讓人產生幻覺。讓人迷失自我。他們可以把……可怕的知識傳達給那些濫用力量的人。」她的語氣中透露出一絲苦澀，但在基普開口詢問前，她繼續說：「無論如何，女人總要想辦法保護自己。要不是爲了製作你父親的紙牌，我根本不把他放心上。要不是爲了製作你的紙牌，我也不把你放心上。這就是明鏡的職責所在。這是我的本性。歐霍蘭親自交給我使命，而我會好好完成使命。如果你幫助我，我也會很樂意幫助你。你已經讓我知道你的法色，那幫了我很大的忙，所以我就先告訴你一個事實：用安德洛斯．蓋爾給你的那副牌玩，不可能贏。」

# 第四十八章

「帕來是很獨特的法色。」提雅的老師說。「也具有獨特的危險性。」

提雅皺眉。她本來以爲儘管帕來色是最弱、最沒用的法色，至少不會把你害死或逼瘋。接著她再度皺眉——因爲他們站在黑衛士的一間訓練廳裡。當時是晚餐時間，訓練廳裡沒有多少矮樹。大多是訓練班大提雅一屆、成功加入黑衛士的新兵，但關鍵者在附近，正專心踢著一根木樁。他曾和提雅說過這樣做會稍微踢碎小腿裡的骨頭，而身體就會重建這些骨頭，讓它們變得更強。他讓她看過他那雙凹凸不平的小腿，看起來很強壯——也有點噁心；她覺得那是自己見過最了不起的景象。但此時此刻，他刻意放慢訓練速度，顯然在偷聽。

「有什麼危險？」提雅問。她的私人教師瑪塔．馬太安斯，已經年過五十，對馭光法師而言，年紀很大。波浪般的黑髮變得花白，橄欖色皮膚，上面的門牙都掉了。

「妳會瞎掉或被燒死。」

提雅深吸了口氣。喔，就這樣？

「要看見帕來色，就得把瞳孔擴大到超過大部分人的極限。妳可以自主辦到這點，對吧？」馬太安斯老師抿起她薄薄的上唇。

「是的，女士。」

「做給我看。我要確認。」

提雅花了點時間。緊張時要把眼睛放鬆到看見帕來色的地步並不容易。但她終於看見了。

「很好。」馬太安斯老師說。「現在，恢復正常。我想妳從未在這麼做時照過鏡子？沒有吧？看著。」

女人凝視著提雅，瞳孔放大到不自然的地步，虹膜變成超大瞳孔外圍細細的棕圈。

提雅做出欣賞的表情。

「這樣只能看見次紅。」老馭光法師說。她的瞳孔再度放大，擴拉撐張鞏膜，整顆眼珠呈現詭異的黑色，眼白完全消失。

提雅畏縮。

女人的眼睛瞬間恢復正常。「那就是妳的眼睛在看帕來色時的模樣，阿德絲提雅。我們的眼睛本身就與眾不同，晶狀體的延展性強，受到歐霍蘭祝福，可以看見不同景象。妳能看見超紫色嗎？」

「不行。我是色盲，紅綠不分。」最好先說清楚。

「太不幸了。」

「妳也是嗎？」

「色盲？不，不過這在我們這種人裡很常見。我們在光譜中看見的區段遠比其他馭光法師來得多。但我們的區段未必與其他馭光法師所見的區段重疊。我主人的老師夏陽．拉薩德，完全看不到可見光譜，但可以透過次紅和帕來色行走自如。不過這樣很危險。首先，實質的危險是，如果太常在強光下放大瞳孔，會瞎掉，通常是慢慢變瞎。還得特別小心鎂火炬和強烈的日光。現在，說夠了，來看看妳能做什麼。」

於是她們開始練習，馬太安斯老師問提雅能看見什麼，接著汲色製作盧克辛，辨識光源的遠近，然後叫提雅自行汲色。根據馬太安斯老師的說法，帕來盧克辛比較接近凝膠，不過是比空氣還輕的凝膠。它很適合用來標記目標，因為膠狀盧克辛會飄蕩分岔、不斷綻放出帕來光。

「所以是妳幫我主人標記目標的。」提雅說。她沒有早一步想到這點，實在有點愚蠢。當然是這個女人標記的！這附近又沒有好幾百個帕來法師。

女人的臉變得異常僵硬。

「世界上究竟有多少帕來法師？」提雅問。

「此刻只有兩個。」馬太安斯老師說。她在沒有轉頭的情況下左顧右盼，神色緊張地望向還在假裝鍛鍊的關鍵者。「妳與我。」

「但是不可能。」提雅說。「我看見一個男人製作固態帕來盧克辛──」

瑪塔．馬太安斯嘶吼了一聲──像蛇一樣地嘶嘶作響。提雅連忙住口。

馬太安斯老師放鬆情緒，冷靜地走向出口，指示提雅跟上。當她們走出訓練廳，來到克朗梅利亞底下明亮寬敞的洞窟後，她繞過建築轉角，前往沒人看見的地方。提雅跟上去，發現老師臉色鐵青。

「我不知道妳以為妳看見了什麼。」馬太安斯老師說。「但妳永遠不准向別人提起。懂不懂？」

「我──我很抱歉，但是我不懂。」提雅說。

「妳不用懂，只要閉嘴就好了。特別是這類事情。」

「不！」提雅說。「妳是我老師。教我。想要加入黑衛士，就得學會一切。妳不能藏私。」

「我可以藏私，也會藏私。妳是我的學生，妳要聽我的。」

「那我去問鐵拳指揮官。」

女人臉色發白。「我要妳仔細想想妳打算做的事，小女孩。」

「去找我信任的人，有權管我的人，問他一個簡單的問題，這就是我打算做的事。」提雅越說越怒。

「告訴我妳以爲妳看見了什麼。小聲點。」

提雅把當天的情形說了一遍。

馬太安斯老師在提雅說完前，就開始搖頭。「不。不。我嘗試製作固態帕來盧克辛已千千萬萬次。根本辦不到。」

「但要是辦得到呢？」提雅問。

「是呀，要是辦得到呢？」瑪塔·馬太安斯說。

提雅提起雙掌，心裡的困惑更甚於憤怒。或許汲取帕來色眞的會把人逼瘋。

馬太安斯老師再度左顧右盼，不過附近沒人偷聽他們談話。「想想妳所說的事代表什麼意義：一種包括馭光法師在內，幾乎所有人都看不見的法色——一種可以殺人於無形的法色，不會留下任何證據，看起來像自然死亡。請用妳的小腦袋想一想，世人會如何看待這種魔法。」

提雅輕舔嘴唇。世人的反應會跟她一樣，驚恐。

「每當有人神祕死亡，就會有人怪罪帕來法師。每當肥胖的貴族心臟病發，就會有人懷疑是他的敵人所爲——所有貴族都有敵人，而大部分貴族都很肥胖。先想想這種情況會對政局造成什麼影響，當任何人死亡都有可能是暗殺時。然後想想這會對帕來法師造成什麼影響。等教廷當局派遣盧克裁決官剷除帕來法師時，他們所持的理由可不會只是因爲光譜議會認定我們是異教徒而已。」

教廷當局會派盧克裁決官去追殺帕來法師？「所以確實辦得到。妳承認了。」儘管喉嚨緊縮，提雅還是說道。

「我什麼都沒承認。我從未見過固態帕來盧克辛，也做不出來。我不相信有人辦得到。數百年前，有些帕來法師幫碎眼殺手會做事。當殺手。我猜他們可能是用毒藥殺人，不過藉由對外宣稱他們可以無聲無息殺人、不留任何線索，他們收到了更多合約。但是接下來，死的人越來越多之後，情況就失去控制。這就是爲什麼帕來法師銷聲匿跡。妳這個蠢女孩。不是辦不辦得到，而是因爲世人害怕帕來法色的威力比想像中更強大。這就是我們一不小心就會被歸類爲異教徒的原因，爲什麼圖書館刻意抹除對我們的記載，而現任白法王得費心克制教廷當局的原因。她相信所有光都是歐霍蘭的禮物，但每個年代都有迷信的人。他們稱之爲黑暗之光，歐拉蘭——隱藏之光。他們說那是來自黑暗之王的禮物，只能用火焰驅逐的黑暗。妳懂嗎？只能用火焰驅逐的黑暗。」

「焚燒。」提雅輕聲說。

馬太安斯老師突然冷靜下來。「我曾見過她一次，妳知道。白法王。她向我道歉，說馭光法師對待帕來法師，就像愚蠢的世人對待所有馭光法師一樣。她說她在想辦法克服這點，但要好幾個世代的努力。她是個好人。妳絕不能用愚蠢的謠言顛覆她的努力。克朗梅利亞可能永遠不會再出現對我們這麼友善的人。此事比妳我更加重要。這是爲了未來幾代的帕來法師著想。妳的主人已經問過我各式各樣的問題，而我得撒一千個謊才能讓她相信是妳在胡思亂想。下次遇上她時，妳就告訴她，妳在去見她的路上又看見了那道帕來法術。把它描述成一道光，不過沒看見汲色者。說那道法術憑空出現，裝出困惑的模樣。如果她問起，就說妳還沒向我提過此事，但妳會提。說妳還沒向我提過那個死女人的事。我告訴她帕來法師常常會看見光線，說那是我們法色的副作用。妳要讓她相信妳看見的景象只是意外。如果不這麼做，帕來法師將會再度滅絕。」

「是，老師。」

「那我們就開始吧。我要看看妳可以標記多遠的目標，還有妳可以把看穿衣料的目光限制在多小的範圍。」馬太安斯老師說。

「老師，」提雅說。「到底是怎麼辦到的？我是說，理論上要怎麼做？我不會再提起此事了，我保證，但是，拜託。」

老女人抿抿薄薄的嘴唇，再度環顧四周。「根據傳說，如果馭光法師擁有知識和強大的意志，不但能把帕來盧克辛變成固態，還能塑造成細到讓人被扎了也不會有感覺的針。然後，馭光法師會在目標的血液裡添加一小顆石頭。理論上，這顆小石頭最後會引發知覺喪失——現在醫生稱之爲中風。但是帕來盧克辛本身不會傷害任何人。我試過割傷自己，然後用帕來盧克辛接觸血液；帕來沒有毒。」

「但是妳說的情況和我看到的一模一樣！」提雅說。在女人的怒視下，她壓低音量。「抱歉。」

「我要說的就是，妳一定是讀過同一個故事，不過忘記了。疲憊的馭光法師經常會產生幻覺。我們這些利用光線汲色的人，眼睛常常會看見奇怪的東西。」

提雅難以相信這個女人竟然能刻意盲目到這個地步。她努力維持充滿敬意的語氣。「老師，我的主人認爲有可能辦到這種事嗎？她相信妳，還是相信我？她會要我去對別人做那種事嗎？」

馬太安斯老師看起來像是吞了一口酸酒。「關於妳家主人，我很清楚兩件事。她對於把人帶上床的興趣，遠比跑到得付大錢才能進入的禁忌圖書館看塵封的古老典籍大得多。危險的知識往往隱藏在沉悶的文法和隱晦的文字底下。她沒有耐性去參透祕密。所有人都聽說過黑暗法師和暗夜施法者的愚蠢傳說。沒人知道那些故事是在講我們。這就是爲什麼我們有責任不提醒他們。這也是我要妳在公開場合汲色時戴暗色眼鏡的原因，或是迅速汲色，不讓其他人看見妳的眼睛。」

「第二件事呢？」提雅問。

「有些人能夠享受無聲的勝利，但妳的主人不是這種人，她並不想無聲無息地剷除蓋爾家族。等她確認幫助稜鏡法王的私生子，還是傷害他，對蓋爾家族造成的傷害比較重後，一定會要妳動手，不管妳或她會因此付出多少代價。她非常看重報仇。所以別和那個基普走得太近，妳或許得背叛他。」

# 第四十九章

基普悶悶不樂地跟在葛林伍迪身後。這個房間看起來和之前一模一樣。門、簾幕、黑暗。安德洛斯．蓋爾已經坐在桌前。

葛林伍迪拿出超紫提燈時，基普在老頭對面坐下。

「我這次可以用你的牌嗎？」基普問。

「不行。」安德洛斯．蓋爾說。「你只能用我給你的牌。你是私生子，只能用爛牌。」

「喔，現在我是私生子了？所以你不懷疑我父親是誰？」基普吞了口口水。他不該這麼說的。

但安德洛斯．蓋爾沒說什麼。他拿起他的牌，開始洗。「我從未懷疑過你是不是我兒子的種，笨蛋。就連你的聲音聽起來都像他。問題在於你媽算是他的妾室，還是妓女。如果他為了氣我而宣稱她是妾室，我就不能讓他得逞。我很清楚他們沒有結婚，我想你也知道。」

「當時我還沒出生，所以事實上，我不知道。」狂妄自大。危險，基普。

「你手上還纏著繃帶？」安德洛斯問。

「是的，閣下。」

他的眉毛揚到那副黑眼鏡之上——*喔？現在稱我為「閣下」了？*

基普不知道自己比較厭惡之前對這老渾蛋那種魯莽的態度，還是現在這種順從的態度。

「解開繃帶。」

基普手齒並用，片刻過後解開繃帶。燒傷還在癒合中，皮膚上沒有因為掉疤而呈現白色的部位都是粉紅色的，而他的手指因長久彎曲，可以握指成拳，但伸直就會痛。醫生和鐵拳都叫他要伸展手指，但實在太痛了。

「把手伸出來，私生子，我瞎了。」

基普把手掌攤在桌上。老人伸手去摸基普的手。「輕一點。」基普說。「很痛。」

安德洛斯．蓋爾哼了一聲。他從他細長、白皙、皮膚鬆垮的手指，一直摸到掌心，毫不在乎塗在上面的藥膏。基普感到刺痛，不過沒有縮手。

「你要是不多伸展手指，這隻手很快就會廢了。」安德洛斯說。

「是，閣下。我知道。」

安德洛斯．蓋爾翻過基普的手掌，讓掌心向下。「你知道。所以你是自願變殘廢的？爲什麼？」

基普咬緊牙關，吞嚥口水。「因爲會痛。」

「因爲會痛？」安德洛斯嘲笑道。「你覺得很丟臉。我聽得出來。」

「是，閣下。」

「你該覺得丟臉。把手放在桌上。痛得受不了就叫。」

什麼？

安德洛斯壓下基普的手掌，慢慢把它壓平。基普感到關節上新長好的皮膚逐漸撕裂。他忍不住哀鳴一聲，不過沒有叫。

我是缸豬油、是恥辱、令家族蒙羞，但我是天殺的龜熊。你可以去死，安德洛斯．蓋爾。你這個老頭、沒良心、殘酷——

基普手上的韌帶有如被灼燒般，整個掌心都抵在桌面，但手指還是固執地彎曲，如同獸爪。

接著，突然間，壓力消失了。

基普淚流滿面。他氣喘吁吁，將手抱在胸口。

安德洛斯・蓋爾說：「只要是對你有利的，都得臣服於你的意志。就連你的身體也一樣。或許特別是你的身體，胖子。皮膚撕裂了嗎？」

基普過了一會兒才擠出正常語氣：「是的，閣下。」

「把藥膏塗回撕裂的傷口。你不希望傷口感染吧。」

基普以顫抖的手塗抹藥膏。

「你知道我接下來要說什麼，是吧？」安德洛斯・蓋爾問。

「一直這麼做，整天做，每天做，直到傷口正式癒合。」基普說。

接著，他又覺得非常丟臉。他確實知道該怎麼做，只是缺乏實際執行的意志力。安德洛斯・蓋爾甚至不必多說什麼。

「你表現得不錯。」結果老頭說。

「呃？」

「你沒叫。我以爲你會叫。所以這一次，不下注。練習賽。不過下一次就要賭你的小朋友了，所以我希望你加強了牌技。」

安德洛斯不再說話，開始發牌。六張朝下，兩張朝上：一張是跟蹤者，一張是綠獄卒。

這表示他在使用綠牌和影牌牌組。他最強的牌組。基普把繃帶鬆鬆地纏回手掌，然後從安德洛斯給他用的單純白牌組中抽牌。基普之前用這副牌玩過兩次，而他終於弄清楚用這副牌玩的策略。他的上牌是天堂之眼——強化力量的牌——還有阿拉可斯之頂。

基普心裡暗罵了一聲。沒有賭注？他翻出這副牌組中最好的起手牌。他手上的牌也很好。他真的有機會贏。他前兩輪沒得選擇，除非在中間抽到足以翻盤的爛牌，不然就只要撐過六輪，於是基普說：「你說要賭我的小朋友，是什麼意思？」

安德洛斯邊打出黑暗斗篷，大幅降低基普輸牌的機會，邊說：「那個奴隸女孩。」他似乎在努力回想她的名字。基普沒有提醒他，深怕對方在引誘他說出來。安德洛斯突然彈指。

「阿德絲提雅。」葛林伍迪在黑暗中小聲說道。基普看了他一眼。那傢伙戴著一副基普之前沒看過的奇怪大眼鏡。

「阿德絲提雅。」安德洛斯一副剛剛想起這個名字的模樣，彷彿葛林伍迪是他意志的延伸。「你贏的話，我就買下她，然後送給你。你可以讓她成爲你的臥房奴隸。我不認爲你村裡的人會給你這種缺乏魅力的小鬼嘗試肉體歡愉的機會，是吧？」

基普的五臟六腑都在翻騰。「要是我輸了呢？」他問，希望盡量遠離那種話題。

「她就會成爲我的奴隸。這絕對値得你擔心。」他的嘴角扭曲成一絲類似笑容的陰影。

基普，我是奴隸，提雅說過。你根本不知道那是什麼意思。

他現在知道了。基普是來自七總督轄地中最低賤地區的肥胖私生子，但他有選擇權。提雅沒有。其他人或許會瞧不起基普，但他們甚至不把提雅看在眼裡。就算看到了，也很可能不是她想要讓別人看見的角度。

「你對我有什麼計畫？」基普問。

基普無法透過那副黑眼鏡看穿老頭的雙眼，但安德洛斯側過腦袋，眉毛抽動，語氣驚訝。「這個問題連我自己的兒子都不敢問我。你究竟是勇敢還是愚蠢，小鬼？」

「都有。而你在迴避問題。」

安德洛斯．蓋爾噘起嘴唇，然後揚起兩根手指，向前搖擺。

基普的臉頰上吃了一拳。葛林伍迪。願歐霍蘭用沙磨穿他的雙眼。

基普摔下椅子，紙牌脫手。他慢慢撿起紙牌，恢復冷靜。

「偶一爲之還算有趣，基普，但是我不會容忍太多不敬。記住這一點，不然有人會提醒你。」

「那你到底要不要告訴我？」基普問。他太過分了，他自己也知道，但安德洛斯．蓋爾饒了他這一次。

「要看你九王牌玩得怎麼樣。」

基普難得聰明到聽得出這句話的意思，但玩牌最後的目的究竟爲何，小洛斯？當然，蓋爾家族幾乎等於是統治世界了，但稜鏡法王不可能永遠在位。你們家族幾乎後繼無人了。你還想怎樣？

或許安德洛斯．蓋爾過了太久陰謀算計的日子，已經不知道該怎樣才能停止。或許他不可能贏，他也知道這點，但他很可能會輸，而自尊不允許他輸。於是他不斷出擊，摧毀上百個家族，然後繼續掙扎，直到他們把他封死在克朗梅利亞地底的陵墓裡。

「我沒有剩下太多可以讓你剝奪的東西。」基普說。「所以還能玩幾把？」再過一段時間，當我輸無可輸的時候，就只有贏的可能。

但他無法想像安德洛斯．蓋爾會讓他身處於只有好事會發生的處境。

「還能玩三把。」安德洛斯說。

他已經想過這個問題了，這條老鯊魚。

基普沒說什麼，看吧，沉默居然也有好處。「等我們賭完阿德絲提雅之後，就會再玩一場，賭你的未來。」

「我覺得我不太喜歡你。」基普說。

「那眞是太可惜了，因爲我本來希望你能像痛恨你媽一樣恨我。」

「閉嘴。」基普說，語氣瞬間變冷。

「你說什麼？」安德洛斯．蓋爾問。

「閉嘴。」基普說。

安德洛斯再度側頭，打量基普。「該你了。」老人說。

基普在第七輪時犯了個錯，沒有正確計算各張牌對彼此能力產生的連鎖反應，眼睜睜地看著安德洛斯引發超棒的連鎖反應。下一輪基普就輸了。

基普嘆了口氣，收拾自己的牌。這把牌正如安德洛斯．蓋爾所說，是練習賽，甚至連計時器都沒用。但基普本來可以贏的。運氣好的話，他有可能打贏安德洛斯．蓋爾。這不是沒可能的事，就算安德洛斯．蓋爾用那副牌也一樣。只是可能性不大。基普瀏覽手中的牌，看看之後會抽到什麼牌，要是沒被自己玩壞，會是什麼局面。

「我有多少時間？」基普問。

「你這種能力的馭光法師？大概十五年。」安德洛斯．蓋爾說。但他邊說邊笑。他知道基普不是在問這個。

所以基普沒有上鉤。難得。

「一個禮拜，然後我們就開始第一場比賽。我會去和她的現任主人商量。你可以幻想一下如果贏了，可以對她做些什麼。當然，你先得贏才行。」安德洛斯．蓋爾竊笑。「你認爲你會解放她，是吧？

事實上，你沒有像你想像中那麼爲他人著想。體內流著蓋爾家族之血的人都一樣。血脈就是命運，私生子。別忘了。」

基普聽見他說的話，但言語突然失去意義，完全無關緊要。一張白牌組的紙牌圖案，和他記憶中的不同。或許是因爲他一直在研究所有牌上的小畫像，根本沒注意到。天堂之指。那是支匕首——白色，有黑色線條，刀刃上有七顆透明寶石閃閃發光。那就是基普母親給他的那支匕首。他僵住了。

聽見葛林伍迪在安德洛斯耳邊輕聲說話，基普立刻抬頭。

「地獄牙。」安德洛斯・蓋爾說。「你見過它。不是這張牌。你見過實物。」

這話直接命中基普大大軟軟的肚子。他神色驚慌。「我——不，你在說什麼？」

「地獄牙是它的別稱，又稱『食髓者』、『盲眼刀』。你見過它。我沒猜錯，對吧？」

基普沒有回答，不過他知道最後那句話不是對他說的。葛林伍迪說：「他看見那張牌時嚇了一跳，閣下。肯定認得牌上的東西。」他絲毫不掩飾那洋洋得意的語氣。

這是陷阱。安德洛斯・蓋爾幾度和他玩牌，純粹是爲了要給基普建立虛假的安全感、滿足感。基普已經玩過兩次白牌組了，那張牌一直沒有出現。安德洛斯・蓋爾慢慢和他玩，讓基普毫無警覺地看見那張牌。花了這麼多時間，只爲了讓基普表現出最眞實的驚訝反應，如果他見過那支匕首的話。這一切都是陷阱。

「等你準備好，我們再來討論此事。」安德洛斯・蓋爾說。「我知道你母親偷走它。我知道她想把它交給加文，或許作爲承認你的交換條件。我要知道它的下落，還有我兒子對它知道多少。告訴我，我就把那個女孩送給你。考慮、考慮。這樣不但有人可以幫你暖床——承認吧，不然你絕對沒機會上床——而且你還有張只要她還活著就很值錢的馭光法師合約。有人付了你的學費，但你沒有其他收入。或許可以向加文討點零用錢，如果他還記得你的話，如果你想當乞丐的話。不然，你唯一不用自己去找贊助人的方法，就是取得她的服務。只要提供一些我遲早都會查出來的情報就行了。如果我從其他地方查出來，你什麼都得不到。」

事情遠遠超出基普的能力範圍。和安德洛斯．蓋爾鬥智，就像用兩張牌去與有整組牌的專家打九王牌一樣。基普那兩張牌還是「無知」和「愚蠢」，沒有足以致勝的牌。

「一週後見。」基普說。「準備好提雅的合約。我打算贏牌。」

# 第五十章

離開安德洛斯的住所後，基普拔腿就跑。他走樓梯前往自己樓層，一路奔跑到看見營房。營房外站了個男人。「哈囉，先生。」他在基普走近時說道。

「呃。」

「有人要我告訴你，安德洛斯．蓋爾閣下想要獎勵你精采的表現。你有自己的房間了。你的行李都已經搬過去了。你要現在跟我過去嗎？」

那個可惡透頂的老蜘蛛。他實在太厲害了。他打了一張占卜牌就摸清楚基普的底牌。一時之間，基普不禁誠心佩服。還有什麼藉口比幫他搬家更適合用來搜查他的財物？基普又怎麼能拒絕呢？他什麼都不用做，就可以住進更好的房間。

於是，基普做了他這一整天做過最聰明的決定。他上樓——沒有找藉口先回營房去看看匕首是否還在隔五個床位的箱子裡。如果他們偷走了它，那就已經不在那裡了。如果還在，去查看只會洩露祕密。他晚點再回去。

他的新房間不大，不過有張鋪著新床單和厚毯子的床、一張書桌、兩張椅子，和一扇可以看見外面的小窗戶。門上有鎖。僕人給了他一把鑰匙。這招不錯。

最有可能偷他東西的人，肯定已經多打了一把鑰匙。

「謝謝你。」基普說。「告訴蓋爾盧克法王，他這麼大方，讓我感動到說不出話來。告訴他這張占卜牌打得好。」

「打得……好，先生？」

「好占卜牌。」

「占卜牌。沒問題，先生。」

男人在門邊等著，基普知道他在等小費。「我眞的很抱歉，」基普說，「但是我沒錢。」

對方看了看屋內，彷彿在說，對一個窮人來說，這還眞是個好房間，好環境。彷彿在說，騙子。

基普臉紅。「謝謝你，再見。」他突然間因爲極度窘迫而發怒，差點把門甩在對方臉上。

但是在門關閉的同時，他了解到這也是蓋爾法色法王的傑作。他有很多奴隸可以帶基普前往他的新房間。奴隸不用給小費，而讓奴隸接待客人，以免客人擔心小費之類的事，往往是有錢人表達善意的方式。蓋爾法色法王是在提醒基普他有多窮、處境有多糟糕。讓他嚐嚐這種滋味，提醒基普他有多麼需要提雅。

基普不太清楚外面的行情，不過他知道有些馭光法師從來不曾效忠任何總督，而是私底下獲得贊助。那些貴族或商人，有時會把他們的馭光法師租借給需要的人——當作傭兵。對沒有時間和金錢投資馭光法師的人而言，這是種做法。

但是……提雅的天賦毫無用處，不是嗎？

或許在正確處境下會變得價值連城。

*加文，父親，拜託你回來，好嗎？我很怕我會做出可怕的事。*

現在去找提雅太晚了，她可能已經執完勤，不過基普不能待在這裡。反正他還不累。還要再過四個小時，才會到和她及鐵拳一起訓練的時間。

他離開稜鏡法王塔，步行前往大傑斯伯。經過一座市集時，他發誓所有人的步伐都整齊劃一，一步、兩步、三步，全都一模一樣——然後這個奇特的現象就結束了。一定是他幻想出來的。有幾個人互看了幾眼，然後就回去做自己的事。半個小時之內，他又回到珍娜絲．波麗格的門口。他敲門，然後耐心等候。他看見附近的屋頂上有陰影移動。守衛？門上的活板打開，他看見她在看著門外。

「我要上哪兒去找一副黑牌？」基普問。

她笑。「這麼快就回來了。你看吧？我就說你比自己想的還要聰明。進來。進來。」

# 第五十一章

「你知道我不喜歡和人吵架。」卡莉絲說。

加文正要把一塊兔肉塞進嘴裡，聽到這話，立刻僵住。用這句話開頭的談話，顯然不會有好結果。他含糊不清地出了點聲音。今晚他和卡莉絲獨自在離海灘不遠的小營帳裡用餐。

這幾個禮拜就在大量有成效的工作、全新的友誼、毫無進展的搜尋，以及逐漸加溫的恐懼中度過。提利亞人在讚嘆與淚水中登陸。第三眼的子民準備了一場盛宴——接著，加文就讓提利亞人立刻開始工作。他在幾天內擬定了計畫，還有一些例行規則。他盡可能把權力下放給科凡・達納維斯，支持他的決策、公開聽從他的意見、強化他的權威，直到提利亞人不管加文在不在場，都會去找科凡解決問題或尋求指引。

加文幾乎每天都出海，和卡莉絲一起在大海裡找尋藍剋星的蹤跡。他用算盤和地圖反覆檢查計算結果和假設——然後又反覆檢查那些海域。剋星不在那裡。不管往東兩個小時、往南兩個半小時的出發點在哪裡，都肯定不是先知島上的這片海灘。至於向後反推，也不在白霧礁以西兩個小時、以北兩個半小時的地方。他花了不少時間才弄清楚這點，因為白霧礁在地圖上並不是一個點，而是一整片海域，比先知島整整大上五倍。所以，他是應該從白霧礁中央出發？還是從海域內某個特定點？還是半徑範圍內所有可能的地點？

而且，飛掠艇也不能一直維持在同樣的速度。雖然他以為自己的速度都一樣，但有些日子他比較疲倦，就會少划幾里格。

「我是說基普。」卡莉絲說。

這個話題聽起來不算太危險。「怎麼樣？」他問。

「你在對那個孩子做什麼？」

「不好意思？」他已經好幾個禮拜沒見到基普了。

「他是個孩子，加文。」

「我還以為他是隻雷鳥。」

「別和我來這套。」卡莉絲氣呼呼地說。她在板凳上轉了個方向，隨即露出疼痛的表情。和外行人一起訓練，就表示她會被還不太能控制自己的肢體、拿捏縮手時機的人打出不少瘀傷。

「我根本不知道我們在說什麼。」加文說。

「你交付給他很困難的任務，對不對？」卡莉絲問。

加文皺眉。「妳怎麼——」

「我了解你！」

「妳說得好像那是什麼壞事似的。」加文輕鬆笑道，試圖化解這個話題。

但卡莉絲顯然沒心情和他講和。「他是個孩子，不是武器。你把他當成箭一樣射向敵人，雖然我不知道目標是誰，也根本不在乎，但我知道你想利用他達到某個目的。」

加文思索著這些話，噘起嘴唇，把湯匙放到燉肉裡。「沒錯。我們都有自己的職責。」

「錯了。他是個好孩子，應該過更好的生活。你承認他是你兒子，就該盡到做父親的責任。」

「什麼？妳說什麼？」加文大聲道。

「他是孩子！你卻把他當成士兵。他需要你陪伴，加文。他需要你把他放在第一位。」

「我沒有把他放在第一位。」加文坦承道。

「一點也沒錯！」

「一點也沒錯。妳是打算叫我爲了陪伴兒子而放棄什麼？幫五萬名難民找衣服穿、找房子住？不重要。摧毀一個剋星？不重要。拯救七總督轄地？不——」

「我不是那個意思，你明明就知道！你說基普是你兒子。你到底要不要把他當作兒子看待？」

「基普不重要！」加文吼道。

卡莉絲坐回原位，神情挫敗。「那你比我想像中還要糟糕。」

「妳到底要我怎麼做？」加文叫道。

「做好事。」她輕聲說道。

他一拳打在桌上，力道猛到把湯跟酒都灑到桌上。他大叫：「好事?!我做的一切都是爲了別人！一切！」

「說謊。」卡莉絲輕聲說。「雖然很接近事實。爲什麼和你最親的人都只能看見你最差勁的一面，加文．蓋爾？」

「出去！給我出去！」他大叫。

她起身離去。走到帳簾前，冷冷地轉頭看他，說道：「你是個大人物，但只能遠觀。」然後就走了。

這究竟是怎麼了？

他還以爲和卡莉絲一起工作這段期間，讓兩人的關係逐漸好轉。他們一直合作得很好，享受對方的陪伴，就算不講話也一樣。結果現在又搞這套。伏擊。究竟是怎麼回事？

女人。加文暗罵了幾句髒話。他可以去追她。他該去追。然後呢？和她說什麼？告訴她眞相？

這個想法平息了他的怒火。他又咒罵了幾句，然後拿出航海圖。他還有工作，去她的。

他放棄了藉由猜測和聰明才智縮小搜索範圍的捷徑，因爲這樣很可能比利用有系統的方式搜索落後兩週進度。他造訪瑟魯利恩海沿岸的城市，打聽有沒有人見過藍狂法師，如果有，他們又是往哪個方向走。甚至遇過兩次狂法師，一個乘坐小帆船，另一個划著自己設計的藍盧克辛小艇。兩個都沒有提供任何幫助，當然，一見面立刻就想要殺掉加文和卡莉絲，不過加文查出了他們來自何處，一個來自阿塔西的伊度斯城外小鎮，另一個來自加利斯頓。根據藍法師爲了追求效率而傾向朝目標直線前進的特性，他計算出兩個馭光法師的航線交會點——不過什麼都沒發現。

很顯然，他們其中之一的航海技術不佳，也可能兩個都是，或是讓最近發生頻率甚高的秋季風暴吹離航道。

被憑空出現的風暴吹離航道，可憐的渾蛋。被伏擊。難怪有人說大海是女人。

加文在航海圖上將瑟魯利恩海分格，劃分成許多區域，然後盡量划到最遠，每半個小時檢查一次六分儀和羅盤，確認沒有偏離航道。當然，以他的航行速度，半個小時就能偏離好幾度——天氣不好時很容易這樣——等修正好，第二天再沿著原先預定的航道前進，還是會繞行一段足以錯過一座小島的距離。

唯一的辦法就是每隔十分鐘就停下來，仔細計算一次航道。他很熟悉那些工具的用法，但是這麼常停下來，就表示他每天都會少移動好幾里格。還得留意剋星也會移動。如果它移動得太快，就可能直接穿越他分格的區域，而他永遠找不到——就算所有計算和猜測都正確無誤也一樣。這種情況眞的讓人很火大。

卡莉絲建議他製造一架飛鷹，用飛的。這是很棒的建議，如果他還能汲取藍魔法的話。他花了好幾個月用本來的材料設計飛鷹，而那個設計還稱不上完美。他可以用黃盧克辛取代藍盧克辛，不過這樣會變重，而且也很難製作出穩定的版本。他認爲再過兩個禮拜，就能想出可行的設計。但若是用固態黃盧克辛製作，就得是永久的設計。他沒辦法每天都做出一架，而且一旦落入敵人手中，他也無法迅速摧毀。所以，這表示他得在製作過程中找個安全的地方收藏。如果在空中出了任何差錯，他也沒辦法迅速以藍盧克辛修補。如果出了差錯，他就會墜毀，然後所有努力白費。如果他知道自己會在海上搜索六個月，那麼這樣搜索下去也值得。但他不知道。

眞是火大到了極點。

而且他的提利亞人需要他。如果加文不幫忙，他們的馭光法師會在清理樹林和建造住所的過程中耗盡精力。科凡已經說服幾乎全是馭光法師的先知島人幫忙，換取未來的合作，不過工作似乎永遠做不完。加文沒有把事情全部攬在自己身上，而是採用一種本來只是爲了自娛，後來卻讓所有人驚訝的做法——他製作磚塊。

黃盧克辛磚。根據建造明水牆的經驗，他的工程師和工人製作相互結合固態磚模組。加文每天早上都會花一個小時巡視那些模組，塡充黃盧克辛，完美汲色、完美彌封，幾乎無法摧毀，然後才出海。之後，工人就拿那些磚塊去建造所有東西。

卡莉絲本來只負責在島上和海上保護他，後來她也開始幫忙。她訓練最健壯的人作戰，有時候會帶隊出門獵豪豬。儘管豪豬和大豪豬都是提利亞土生土長的動物，不過過去數十年來，加利斯頓附近卻沒有牠們的蹤跡，而除了眞正踏上戰場，面對難以預料的危險動物就是最好的訓練方式。

每當加文和卡莉絲回到島上，總是看到讓他驚訝的景象。在有很多可以任意取用建材、五萬名主動工作的工人、友善的本地人和良好管理下，他們的小港口迅速從營地變成聚落。他們沒有建造城牆，這是科凡和第三眼達成的共識，因爲第三眼認爲彼此信任比互相提防更重要。但是其他建築則以飛快的速度建造完成。難得有機會建造東西，讓加文深感驕傲。

他晚上大部分時間都和科凡在一起，討論管理事宜、解決問題、擬定計畫，甚至玩上一、兩把九王牌。偶爾能和人聊聊、開玩笑、喝太多酒的感覺很好。

他讓卡莉絲跟在身邊，迫切地尋求她的陪伴，同時也非常害怕。以最差勁的一面對待最親近的人，沒錯。

他放下航海圖。剛剛幾分鐘裡根本沒在看圖。

此事與基普無關，他發現。至少不是完全在講基普。對卡莉絲而言，此事與當年錯過的道路有關。基普年紀其實可以當他們兩個的兒子，如果加文當年沒和卡莉絲解除婚約的話。卡莉絲的意思不是：你怎麼可以和你無意間和某個平民生下的私生子保持距離？她的意思是：如果我們有兒子，你也會成爲這種父親嗎？

歐霍蘭慈悲爲懷。他覺得肚子上中了一拳。

而她想得沒錯。

基普是個好孩子，但加文幾乎不認識他，當然也不知道怎麼和他相處。他應該讓基普留在身邊，應該親自訓練，但他根本沒想過要這樣做。他把基普當成行李，當成一有機會就丟給鐵拳指揮官的負擔。

所有人都對稜鏡法王有所要求，而他不願意接受照顧基普的要求。基普是好孩子，但不是加文的兒子。加文可以告訴全世界他是自己的兒子，可以承受生下私生子的恥辱，甚至可以在自己父親面前承認這一點，但是召告天下和每天照顧兒子是兩回事。

把基普加入克朗梅利亞等待他的麻煩清單。不光只是等待而已，而且持續惡化——這些有很多都是他亟待解決的問題，但在找到藍剋星前，他都不能去解決。

第二天早上，卡莉絲好像沒事一樣地和他打招呼，所以他也不提這個話題。在找到剋星前，他完全無法處理基普，或任何其他問題。

於是，只要他在大海上一看見船，就會停下來，把飛掠艇變成普通小船，划向他們，提出問題，迴避對方的問題，然後繼續搜尋。其他地方的問題肯定會日漸加劇。如果他離開太久，克朗梅利亞就會不顧他請船艦船長送去的信件，以及他裝作沒看到的回信，直接宣告他死亡。但他不能放棄搜尋。他太討厭藍法師了。這也是他的五大目標之一——摧毀所有狂法師。這是他欠塞瓦斯丁的。誰也不能阻止他。就連克朗梅利亞也不能。

他幾乎每天都帶卡莉絲一起出海，部分原因在於她不肯放他獨自出海，部分原因在於他希望她能感應到藍法色。第三眼透露，所有接近剋星的人都會受到影響，但馭光法師受到的影響最大。加文打算利用卡莉絲找出剋星，然後第二天再獨自回去摧毀它。她會大發雷霆，當然，但他不在乎。

日子一天一天過去，繼續過去，不停地過去。兩個月過去了。然後是三個月。

# 第五十二章

「我可以把這些牌送給你。」珍娜絲．波麗格說。

一定會有代價，當然。不會有人把基普迫切需要的東西免費給他。這些黑牌肯定是無價之寶。

「但我得付出代價。」基普說。她關上他後頭的大門，拉上許多門閂和門鎖。

「不用。」她說。「免費的禮物。話說回來，禮物前面加上免費其實有點多餘，不是嗎？」

「但是……」他開口。

她用長菸斗柄戳他胸口。「但你知不知道口袋裡塞著價值連城的東西走來走去，是什麼感覺？是走在一條後巷裡，心知可以用口袋裡的東西買下附近所有住家和店鋪的感覺？很可怕。這副牌裡只要一張就值那麼多錢，基普。如果我給你一整副，就等於是身懷比你賺一輩子都更多的巨款。而我所謂的巨款，還不光只是金錢。你身懷歷史，可能會被你丟到水坑徹底摧毀的歷史，也可能會被人偷走，然後就此消失的歷史。你知道帶這種東西在身上的感覺有多恐怖嗎？」

基普心裡想著那支可能還在、或可能已不在營房箱子裡的匕首。他吞嚥著口水。「這就是讓我一直覺得困擾的部分。」他說。「妳家。不要誤會，妳家很好，只是……它坐落在這裡。我沒想過那麼值錢的東西會出現在這種地方。」他突然想到這或許就是她家會在這裡的原因。

「我丈夫和我建造了這棟屋子，已經快五十年了。我喜歡這裡。」她聳肩。「我知道這裡看起來不像是收藏這些東西的安全地點，但比你想像中安全。我花了很多錢讓這裡安全。就算是稜鏡法王或光譜議會，都不能跑來這裡搶走我不願意給他們的東西。」她微笑。「好了。好了。好了。我們在講

——啊。黑牌。問題在於，你要黑牌是因爲它們是禁忌牌，還是只是想擊敗安德洛斯．蓋爾？」

基普皺眉。他的答案似乎不太正確，不過還是說道：「我只是想要擊敗安德洛斯．蓋爾。」

「那樣你就不用整副黑牌。」她邊說邊伸手去拿桌上一個裝有菸草的罐子。

「不用嗎？」

「這些牌遭禁，並不是因爲威力強大，基普，是因爲述說著克朗梅利亞不希望繼續流傳下去的故事。就像我發行新紙牌時一樣——許多、許多年來的第一副新牌——牌上所描繪的那些人物，絕不會喜歡那些牌。」

「我可以用新牌嗎？」那肯定是重挫安德洛斯．蓋爾的方法。

「不。絕對不行。新牌尚未完工，而當它們完工時，我的處境會比現在更危險。時機成熟時，我會接受那種危險，不過暫時還不到時候。」

「有人會爲了描述眞相、必定是眞相的紙牌動手殺妳？」

「這就是殺人滅口最主要的原因呀，基普。如果我可以隨便編造一些謊言來畫，好吧，那我會變成什麼人？」她在菸斗裡塞了點菸草。菸頭的火光看起來很黯淡。「變成普通老女人。誰也不是。眞相賦予力量。光明揭露——」

菸斗末端突然火光一閃，打斷了她的話。火焰直竄天花板。她大聲咒罵，放開被她塞了黑火藥的菸斗。她踩熄正四處點燃垃圾的火焰，不過那些火藥很快就燒光了。

「可惡，這禮拜第二次了。」

基普瞪大雙眼。「妳——有危險嗎？」他問。

「當然有。」她說。「不過我很難找，而且守備森嚴。」

「我隨隨便便就找到妳了。」

「那是因爲我要你來找我，小蓋爾。再說，難道你沒看見我的守衛嗎？」

「呃……」基普是有遭人監視的感覺。

「黑衣服、銀盾牌徽記？嗯，迅速複誦六遍。好了，很好，或許他們眞的值那個價錢。」珍娜絲從牆上取下另一根菸斗，在裡面塞滿菸草。「現在我們講到——喔，別管了，上樓來。」基普在她說話時跟著上樓。「說到代價……」

*我就知道！*

「你只能帶走體驗過的紙牌。」

「體驗？」

「體驗牌裡的回憶。就像之前那樣，以免你弄丟那些牌，我可不希望弄丟那些回憶。」

「可不可以，呃，不要拿妳那些超値錢的原稿，我拿抄本就好了？妳知道，就像一般人在玩的牌？正常人，我是說。」

珍娜絲．波麗格用新菸斗柄搔搔鼻子側面。「那眞是……這麼久以來我聽過最明智的主意了。這樣我就可以在牌上添加盲人記號，蓋爾法色法王也會比較願意讓你使用它們。基普，你眞聰明。」

聰明？她完全沒考慮過使用廉價紙牌。珍娜絲．波麗格眞是聰明到早上起床會自己穿衣服都算是奇蹟。他會想到正常做法並不表示他聰明，其實根本是反過來的。

「太棒了。」她愉快地說。「好了，我們來幫你配副牌吧。」

# 第五十三章

又是同一個。這傢伙有點重要。他得找出正確的時機。他不知道自己在做什麼，但他要學習。

叩、叩、叩、叩、叩。

——砲手——

伯許渥船長今天早上有點固執，可能和我們殺了他兩個手下，現在還想奪走他上好大船、絕佳槳手、豐富貨物，還有他悲慘的性命有關。

「砲手船長只會再問你一次，伯許渥船長。」我說。「我要鎖鏈的鑰匙。」我皺眉。「我想這並不是問題，對吧？但其實是。」

船長和他弟弟還有兩個船員，都雙手被綁在身後，坐在船緣。對這艘船而言，那算是砲緣，因爲上面架有兩座火砲。二十年前，所有船都是這樣設計的，後來有個天才發明了砲門。短短二十年間，這個點子傳遍瑟魯利恩海——不過或許沒有傳到瑟魯利恩海以外的地區。架設在砲緣上的火砲，在攻擊左右兩側的目標時比較不準，當然也沒辦法攻擊較低的目標——船要待在一定距離之外，因爲一旦靠近目標，就只能射中對方帆纜。在對付利用划槳前進的船隻時，那並不是癱瘓目標的好方法。

船長看起來很生氣，而他弟弟雖然天生氣色紅潤，不過此刻面如死灰，旁邊兩名水手則是嚇壞了。

他們是安加人，來自永恆黑暗之門以外的地區。壯碩魁梧的男人，留著一頭長長的金髮，綁成辮子。母系社會。兒子是家族恥辱。奇特的蠻人習俗，喜歡喝用蜂蜜釀的怪酒，不過卻是很高強的水手。有辦法穿越永恆黑暗之門，就很值得尊敬了。

砲手船長沒有穿越過永恆黑暗之門。還沒有。

「鎖鏈鑰匙在哪裡？」我問，口氣非常客氣。和他的臉只隔一根手指的距離。

那把鑰匙是用來開下層甲板的奴隸鎖鏈用的。不是爲了釋放他們或是那類愚蠢的事，而是因爲槳都被鎖在定位。這種情況並不常見，不然我會有因應對策。

當然，那只是條鎖鏈。可以弄斷。我們有工具；我們有火藥。我只要約莫三分鐘，就能引發完美的爆破，而且多半不會導致失火或害死任何人。但用鑰匙還是比較快。

而且，伯許渥的船員大多在從盧城返回船上的途中，他們的小船在海浪中緩慢前進，人人都喝醉了，懶洋洋的。距離他們不到五百步。船上連座可以用來對付他們的旋轉砲台都沒有。我們目前爲止才找到兩把火槍，但我不敢把性命交到這些老式火繩槍手中。如果讓他的手下回到船上，很可能會殺光我們。

「這是艘好船。」我說。「槳的數目比一般多三倍。速度快，不過槳很容易打在一起，呃？」

「藍神艦隊裡第十快的船，也就是說，比瑟莉絲這灘尿裡的所有船艦都快得多。」他說。「全世界最強的槳手，從來沒讓槳打在一起過，連穿越永恆黑暗之門時也沒有。」我有發現他的划槳奴隸，不像一般笨船長養的奴隸那般瘦弱。如果任由槳手削瘦，就會沒有力氣，而船的速度就會變慢。伯許渥沒有那麼笨。他的奴隸肌肉都很大，也很乾淨，沒有生病，身材魁梧。要讓奴隸保持這種身材，得花很多錢，但這錢花得值得，對海盜而言更有價值，特別是當他們訓練精良時。這次戰果比我想像得還要豐碩，如果我能逃得掉的話。

「鎖鏈鑰匙。」我說。非常有禮貌。

他一言不發。勇敢的男人，在砲緣上搖搖晃晃。我很佩服他。

「林基、辛基、丁基，還是豆？」我問。

「林基什麼？」顯然他不熟悉這個遊戲。

「那就林基囉。」

我踢中第一個人的胸口。他飛出船外，在叫聲和水花中落海。想手被綁在背後游泳，可不容易，不過辦得到，起碼能游一下子。

可惜林基不行。他慌了。胡亂掙扎。沉了下去。

「說個數字，船長。」

「什——什麼？」他臉上突然浮現恐懼神色。

「瑟莉絲的奶頭，吉蘭！」他弟弟說。「隨便挑個數字！」

「林基、辛基、丁基、豆。」我拔出手槍，一邊輪流指向他們，一邊說道：「從前有個名叫緩慢的海盜。找個罪人當贏家，然後就會這樣——」

「三！」船長說。

「一……」我將槍管抵在船長額頭上，扣下擊鎚。看他發抖，臉色發白。片刻後，開始咬牙切齒表示反抗。

「二……」我放開擊鎚，另一隻手舉起匕首，抵著船長弟弟的喉嚨。匕首沿著他的下巴向上移動，劃過綁了辮子的濃密金鬍鬚。他緊緊閉起雙眼。

「三……」我收回匕首。「結果就是這樣。」

「不不不！」第三個人叫道。

我伸出細長的手指戳他額頭，而不是拿刀刺他。他努力保持平衡，但我持續施力。他滾落海面。

「船長，時間不多了。」我的手下對我說。

我轉向他。「這就是我趕時間的樣子。」我說。他吞了口口水，閉嘴。

「說個數字，船長。」我說。我槍口先指向他。單數就是船長，雙數是他弟弟。很好猜，如果你沒猜錯的話。

「他有家人！他在──」

我開始唸：「林基、辛基、丁基──啊，去他媽的。」我對著他弟弟的膝蓋開槍。

當膝蓋被一顆拇指大小的鉛彈擊中時，基本上會把整條腿都扯斷。我必須出手抓住他弟弟，以免他墜落砲緣。

我說：「我已經玩膩了。最後一次機會，不然我就殺了你們兩個，然後和你手下開打。我喜歡打架。告訴我，你就能活下來。」

「在我的艙房裡，門框上。」船長說。

史上最爛的藏匿地點。如果我有更多手下，我就殺一個來懲罰他們──連這種地方都沒去找。

我的大副已經衝過去拿鑰匙了。

片刻過後，他跑出船艙，然後帶兩個手下奔往下層甲板。他們依照計畫行事。應該會是不錯的船員。這麼做或許需要半分鐘。我們趕得及。

「你現在要殺我們了，是不是？」船長苦澀地說。他弟弟已經快要失去意識了。我把他們兩個都拉回甲板。

「和你說過不會。」我說。「我是妓女和背棄信仰的盧克教士生的兒子。我說話算話。」我對他露出瘋狂的笑容。

他臉色慘白。

我在他弟弟的腳上緊緊綁了條細繩止血。「你要弟弟變成殘廢活著，還是死掉算了？」我問。

他吞了吞口水。「活著。」

我拿起船長的劍——一把安加怪劍，劍尖比較寬，適合大幅度揮砍，不過沒辦法插入劍鞘。但我曾經拿過更奇怪的東西殺人。

我一劍砍入他弟弟的腿，膝蓋上方，繩索下方。我很瘦，但很強壯，而且很清楚要怎麼迅速出劍。這一劍乾淨俐落地砍斷他的腳。

倒不是說眞的很乾淨。傷口還是有流血，當然。止血帶最多只能做到這樣。

那傢伙放聲慘叫，踢來踢去。船長一副快要吐了的模樣。我把劍丟下，去確認划槳艇的情況。那些小艇上的船員已經發現情況不對勁；他們聽見我開槍的聲音，現在開始加快船速。時間有點趕。

我把獨腳人翻過來，在血流不止的斷口上倒黑火藥。他低聲啜泣，虛弱抖動。我點了三次火才終於點著。接著火光大作，空氣裡充滿硝煙和煎豬肉的味道，燒灼斷口。香噴噴的人肉聞起來有點怪。

獨腳人昏了過去。船長以一副不知道我是什麼怪物的表情看著我。

「把他們塞到木桶裡去。」我命令站在旁邊無所事事的手下。「空木桶，你們這些白痴！」

他們照做，這時候船身兩側都冒出了五十根船槳。比一般多三倍。在海裡放越多船槳，船的速度就越快。我跳到船柄前——不幸的是，這艘船上沒有方向舵，只有一根直挺挺的船柄。看來搶人家的東西就不能挑三揀四。

伯許渥船長冷冷地瞪著我，身軀因憤怒而不停發抖。「古老諸神正在重生。」他說。「你所知的一切都在毀滅，海盜。永恆黑暗之門即將開啓，我們會像卡薩克東猛禽一樣撲到你們身上。我們不會永遠被放逐的，小賊。白霧會爲我們散開，我們的時代即將——」

我一拳打在他的臉上，然後對我的手下比手勢。

「莫特此刻正在重生，海盜！」他邊流血邊叫道。「你感覺不到嗎？我們來此就是爲了宣告他的到來！你們的時代結束了！」

莫特，藍神。我手上已經有個藍色女神要應付了。

我的手下把船長和他弟弟丟下船。他們濺起大片水花，然後藉由木桶的浮力浮出水面，不過又隨著木桶翻滾而滾到水面下去。他們必須爲呼吸而奮戰，就和我們所有人每天在做的一樣。

划槳艇上的安加人開始大吼大叫。大船的槳開始划，不過船速很慢。

「那是你們的船長和他弟弟。」我叫道。「拯救他們，或是任由他們溺死。對我來說都一樣。」

讓划槳艇的水手選擇要救船長還是來追殺我們，分散了他們的注意力，替我們爭取到幾秒鐘的時間。我看見有兩個人舉起火槍。我閃躲。

火槍擊發的聲音。瑟莉絲呀，我愛這個聲音。有幾個人甚至打下了幾塊木屑。槍法不錯。眞希望他們是我的船員。

第一艘划槳艇去救船長，第二艘來追我們。

「卓斯，船柄！」我下令。

他接過船柄，我跳到砲緣，向朝我們划過來的水手敬禮。

「早啊，各位。」我對划槳艇上的水手說。「你們敗在砲手船長手上。輸給最頂尖的高手並不可恥。你們日後要把今天發生的事說給孫子聽，而且要活著這麼做！所以現在就回頭吧。因爲我是砲手船長，鯊魚和海惡魔的屠夫，如果你們想要，我也可以把你們添進我的功績。」

我臨時拼湊出一顆爆破彈，不過不想使用。導火線是一塊沾了些黑火藥的破布。爆破彈本身是個裝滿黑火藥的酒壺，壺口塞了塊木頭。它有可能會在我手裡爆炸，也可能根本不會爆。我需要找個馭光法師。魔法就和處女一樣讓我緊張，但有時候連砲手也無法得到想要的東西。有時候你潤滑你的老二，有時候得潤滑你的屁眼。

小艇上的水手開始咒罵我。他們已經開槍了，有幾個人停止划槳，裝填彈藥。很好。划槳的人越少，速度就越慢。

我嘲笑他們，又有個人停止划槳。他們咒罵彼此，邊叫邊划，發誓要殺了我。

大船的槳奴再度划動他們的大槳，然後再划。這樣已經夠了。我們的速度變快了。我在大船把前任主人丟在後面的同時，輕快地取下我的帽子，向他們鞠了個躬。

幾秒之後，我聽見兩聲槍響。我愛這種火槍音樂。

我已經轉向我的手下。「下去盤點。」我下令。「砲手船長本週內還要再搶一艘船。我要知道船上的黑火藥夠不夠搶船，還是得單靠我的個人魅力。那些野蠻人都喝些什麼？蜜酒？把蜜酒拿出來。每個人都喝一杯。如果你們讓我爽，今天晚上每個人還可以再來兩杯！」

# 第五十四章

三十五個矮樹整齊排隊，稍息站好，仔細聽講。通常都是由費斯克訓練官安排訓練事宜，不過今天鐵拳指揮官又來講話。有兩個學生在和贊助人討論過即將來臨的戰爭後決定離開，不過只有兩個。提雅為此驕傲；她同時也很清楚，為了一群不知道即將陷入什麼處境的無知者驕傲，或許很蠢。

鐵拳指揮官走到訓練班前，他的頭才剛剃過，還抹了油。他在黑衛士制服的棉布中灌注了盧克辛，製造出延展性強的第二層皮膚，在肩膀和腰間形成一個大大的V字型，衣袖上的金色滾邊，襯托出和某些學生的腰差不多粗的手臂，屁股結實到能把馬壓扁，兩條腿看起來就像克朗梅利亞的高塔。他美到令人驚豔。這男人肌肉上的血管都比提雅的肌肉還大。而且渾身放鬆，毫不用力，一切如常。

提雅知道戰士在肌肉鬆弛下速度最快。費斯克訓練官身材比鐵拳指揮官矮胖，但是渾身糾結的肌肉。和鐵拳指揮官相比，他的肌肉結實到影響行動速度。當然，如果和提雅相比，訓練官的速度就和十字弓箭一樣快。

「你們接受的是七總督轄地最頂尖的訓練。」鐵拳指揮官開口。沒有開場白，那不是他的風格。「你們所受的都是必要、很好、有效率的訓練。但你們的訓練——即使在這裡，即使與最頂尖的人一起受訓——都有可能對你們造成傷害。練習出拳時，我們點到為止，因為不這樣，你們全都會被打死。但是當你們頭一萬次都點到為止時，第一萬零一次要不點到為止就會變得艱難：也就是對真正的攻擊者揮出的第一拳。」

「訓練時必要的安全機制，有時會讓你們變成很糟的戰士。黑衛士絕不能是糟糕的戰士。你們全班人都會奉命上陣，甚至會戰死沙場，或許很快就會；如果不知道該如何搶先殺死對手，就會死傷慘重。你們這一班可能會有十四個人入選。可能。不是肯定。所以你們班的訓練和一般不同。加快課程，提高難度，我們不允許你們淪爲二流黑衛士。經驗是無可取代的，所以你們會得到經驗。這些經驗會導致某些人受傷，退出那十四個人選的競爭行列。我們從未這麼做過，因爲這種做法很危險，而且不公平。但時間緊迫，所以非這麼做不可。對你們之中的某些人而言，測驗會很輕鬆，對某些人甚至枯燥無味，但是對於其他人來說，這些測驗和奮戰到死沒什麼差別。這些經驗絕不安全，也無法控制。它們或許太過困難。你們可能會殘廢，可能會死，如果不能接受，可以離開。現在。」

沒有人離開。

「無法通過這些測驗，並不表示你們不能升等，但絕對會影響評比。一旦失敗，你就後退三名。黑衛士面對的是現況，而不是我們想面對的狀況。測驗的規則如下：你和夥伴會被帶往大傑斯伯某個最惡劣的地區。我們會給你們一筆錢，然後你們得把錢帶到大噴泉。不能攜帶武器，也不能汲色。交給你們的八丹納裡，至少要帶回六丹納，才算通過測驗。不管帶回多少錢，你與夥伴都可以保留下來。如果三個小時內沒有抵達目的地，我們就會去找你們。但別期待有人幫忙，你們在外面完全孤立無援。」

他們抽籤決定順序，不過出了件怪事，第一隊抽到一號、第二隊抽到二號、第三隊抽到三號。費斯克訓練官皺起眉頭，再度把籤弄亂。但是第四隊還是抽到四號、第五隊抽到五號。他又弄亂一次籤，六號、七號、八號、九號、十號。他皺眉，但沒說什麼，他們把這個現象當成奇怪的巧合。

阿德絲提雅和基普抽到倒數第三號，不算什麼吉兆。接著，他們在費斯克訓練官和其他幾個年紀較大的黑衛士訓練生帶領下穿街走巷。鐵拳指揮官沒和他們一起去，他有其他事要辦。

第一隊開始測驗的是帕里山地女孩葛萊希雅。她瘦得像柳樹一樣，身高比大多數男生都高。她的夥伴也是帕里人，也是又高又瘦，不過不像葛萊希雅那麼黑，而且醜多了。高斯，他是最厲害的戰士之一，但他喜歡摳東摳西——摳疤、摳鼻孔、摳耳屎——還會摳下來吃。他和顯而易見的綽號只有一線之隔。

一群民眾聚集而來，想要知道黑衛士幹嘛跑來貧民區。有些人看來不懷好意，但大部多神色謹慎、充滿好奇。

費斯克訓練官命令葛萊希雅和高斯上前，公開交給他們八丹納，還一枚一枚硬幣地數，然後在兩人的額頭上綁紅頭巾。「把這些錢安全帶往大溫泉。黑衛士和克朗梅利亞的人都不會出面幫忙。如果弄丟這些錢，你們就要倒大楣了。不能使用武器。不能汲色。」

圍觀群眾開始交頭接耳。八丹納不算什麼大錢，但是對沒有特殊專長的勞工而言，這是他們兩週的工錢，而錢在這些小鬼手上。大家都知道小鬼要把錢拿去哪裡，所以可以猜出會走的路線。費斯克訓練官還當眾宣布上面的人不會保護他們。

不過，葛萊希雅和高斯很聰明。比提雅想像中更聰明。他們拔腿就跑。

如果他們直線前進，搞不好會跑得比消息傳播速度還快。事實上，根據費斯克讓兩隊出發的間隔時間來看，搞不好開頭前幾組隊伍都能採取同樣策略。任何想要伏擊黑衛士的人，都得先得知這個消息，然後花時間召集人馬。

五分鐘後，費斯克訓練官再度宣告規則，在第二隊的頭上綁紅頭巾，再把錢交給他們。他們也拔腿就跑。

好奇的群眾越來越多，但基普把注意力放在群眾外圍，看看有什麼人離開。提雅順著他的目光看去。她看見幾個年輕人分別從不同方向離開，而且每個都神祕兮兮地回頭偷看人群，彷彿深怕他們的發薪日會突然結束。

矮樹也互相討論、擬定對策。如果提雅估計正確，還要兩個小時才會輪到她和基普。想到這段時間會有多少惡棍集結，她就口乾舌燥。他們會像鯊魚追逐食物般趕來搶錢。

正在盤算這些事情時，她發現基普走向一旁。

「你要去哪裡？」提雅問。

「現在所有人都該去的地方。」基普說。

「什麼？」她問。

由於提雅問得有點大聲，所有矮樹的目光都集中在基普身上，甚至有些圍觀群眾也在看他。「探路。」基普說。

矮樹看向費斯克訓練官。他聳肩。「除了剛剛那些規則，沒有其他規則。」他一副無所謂的樣子。

基普太聰明了，轉眼就看出重點：不要遵守規則代表的意義，遵守字面上的意思就好了。這和把硬幣安全帶到目的地一樣，都屬於測驗的一環。

十秒鐘內，除了快要輪到他們的那組人馬，所有矮樹通通跑光。弗庫帝和戴羅斯本來還因爲能趁早出發而神情興奮，但發現自己相對而言缺乏情報後，變得一臉苦澀。

提雅和基普在附近的街道慢慢走了一圈。沒有說話。

片刻過後，他們聽見一條街外傳來打鬥聲。提雅朝打鬥現場跑去。基普緊跟在後，不過跑得比較慢。

「我們根本還沒收到錢，你們這些白痴！」一個提雅叫不出名字的女孩，向那個躺在地上、鼻血直流的壯漢叫道。「你有看見紅頭巾嗎？」

女孩的夥伴魯德，一個頭戴高特拉、來自帕里亞沿岸城市的小胖子，看起來並不氣憤或得意。他看起來很害怕，肩膀上有道血淋淋的傷口。

「我該殺了你！」女孩吼道。

壯漢連忙爬起，轉身逃離現場。

提雅說：「我們得把你帶回費斯克訓練官那裡，魯德。立刻。」

他點頭，然後四人快步走向位於四條街口外的廣場。魯德先是靠在他夥伴身上，接著又靠上基普，失血過多讓他幾乎失去意識。提雅走在他們前面，提防任何威脅。

費斯克訓練官在看見他們後，立刻迎了上去。其他黑衛士矮樹跟在他身後。他們扶起魯德，讓他躺下，立刻處理傷口。

提雅聽見有人說：「咬著這個，魯德。會很痛。」

就看到火光一閃，緊接著傳來一陣利用紅盧克辛燒灼傷口產生的燒肉、茶葉和菸草味。魯德的腳跟猛踢地面，尖叫一聲，隨即變成迅速而低沉的喘息聲。

班上最強的男生之一祖恩，擠開群眾，回到廣場。下一隊人馬正要出發，他們是身材瘦小、排名在班上後段的兄弟。

祖恩壓低音量，但提雅聽見他對那兩兄弟說：「別走勞街，有人在那裡設置路障。二十個惡棍，有些人還拿武器。他們已經抓了皮普和勇氣。」

喔，太好了，提雅本來想走那裡的。好吧，那就只剩下——

「科賓街也被堵死了。」祖恩的夥伴屋勒說。

祖恩說：「穿越鼬鼠岩的巷子似乎沒人看守，但是那些巷子很窄，只要兩個人就能守住。」

傷勢處理完畢、確保魯德沒有大礙之後，費斯克訓練官再度宣布規則，把錢交給歐羅斯兄弟。

「我有個計畫。」提雅說。

「呃？」基普問。「什麼計畫？」

她含糊地哼了一聲。「待會兒你就知道了。」

「提雅？提雅，妳是我的夥伴，這表示我也是妳的夥伴。妳應該把計畫告訴我。」

她微笑：「然後剝奪你的樂趣？」

他瞪了她一眼。「那好吧。妳有東西吃嗎？我餓了。」

「沒有！」

「不，說眞的，我餓了。這種事我不會騙妳。」

「別吃太胖。」她說。

基普揚起雙手，一副在測量身體有多寬的模樣。他嘆口氣道：「這我也沒辦法。」

她忍不住笑了出來。「出發時，把你的錢給我。」

「我不能拿去買蛋糕捲？」

「不能！」

「是，長官。」他說著，兩眼一翻。

「絕對是好計畫。」她說，突然有點爲自己辯護的感覺，也突然想起自己在逗的是什麼人。妳是個奴隸，提雅。

「嗯。」

「會成功的。」提雅說。「我保證。」

「我敢打賭不會成功。」

「如果成功，你要給我什麼？」提雅挑釁道。

「一個吻。」基普說。接著他瞪大雙眼，一副難以想像自己剛剛說了什麼的模樣。

提雅整個人僵住了。他是在取笑她嗎？等等，如果成功的話，她可以得到一個吻？

基普看見她臉上的表情。他說：「我……呃……」

「基普、提雅，輪到你們了！」費斯克訓練官說。「魯德受傷拖到我們的進度。來吧。」

費斯克訓練官再度宣布規則，但提雅幾乎沒在聽。她把錢幣交給基普，沒有面對他的目光。費斯克訓練官在他們頭上綁紅頭巾，然後基普就出發了。

儘管身材肥胖，基普似乎毫不困難地跟著她在人群中穿梭。她跑過一個街口，轉進一間桶匠鋪，然後穿越隔壁鐵匠鋪的院子，又鑽進另一間店。

基普跟進來時，提雅已經跑到櫃檯。「兩個小時內抵達大噴泉？」她說。

「我們的人半個小時內會往那個方向出發，不是問題。」櫃檯後那個頭髮花白的老人說。

提雅把錢放在櫃檯上。「把錢交給這位基普，或是費斯克訓練官，或是鐵拳指揮官？」

基普拉拉提雅的衣袖。「妳在幹嘛？」

「這些都是源自你的主意。現在閉嘴。」

她簡單描述費斯克訓練官和鐵拳指揮官的相貌，接著支付信差費用——一丹納——然後問道：「你有後門嗎？」

老人比了比後門。

「謝謝你。」提雅說。她取下紅頭巾，指示基普照做。這算不上是什麼僞裝，但是在身穿黑衛士矮樹裝的情況下，沒辦法把他們兩個都扮成其他人。「基普，脫下你的頭巾。」

「呃？」

「脫下來。除非你想被埋伏。」

基普聽懂了，立刻脫下頭巾。

「等等。」提雅說。

「什麼？」

她舔舔嘴唇。「這是你的主意，懂嗎？」

「我的……什麼？妳知道，我通常不會覺得這麼蠢。」

「我要你表現得像是這一切都是你的主意。」

「爲什麼？」

「照做就對了！」

他站在原地，像鋪在地上的石板一樣，動也不動，滿臉困惑。

她扮了個鬼臉。「這是我加入黑衛士的策略之一。」

「把功勞賴到別人頭上？太厲害了。」

「看看我。」她說。「我不高、不壯，也不是雙色譜法師。我動作快，但是女生，還是次色譜人。我要所有人都低估我，基普。如果他們認爲我很聰明，就會嚴肅看待我。如果他們嚴肅看待我，我就不可能加入黑衛士。」她下意識地握著項鍊上的小藥瓶。「少了我的聰明才智，我就沒有足夠本錢入選。拜託。」

他揚起雙手。「我會盡一切可能幫妳。妳確定嗎？」

「一千個確定。」

他跟著她走。他們從科賓街前往大噴泉。他們路過一群神色不善盯著他們的年輕人，但這時對方已經得知有錢的矮樹頭上都綁著紅頭巾，加上矮樹的訓練服上沒有口袋，而提雅和基普的手掌都是攤開的，身上顯然沒帶錢。

這些人，其中幾個在和之前的矮樹遭遇時弄得血跡斑斑，二話不說就讓他們通過了。

不過，當他們抵達大噴泉時，只有鐵拳指揮官在場。

「錢拿出來給我看。」指揮官說。他若有深意地看著他們沒包紅頭巾的額頭。

「其他人呢？」基普問。提雅緊張兮兮地看著他。太沒禮貌了！——竟然這樣和鐵拳指揮官說話！

指揮官直視基普，沒有說話。

基普偏開目光，神情憤怒，不過也沒說話。

提雅這時不管說任何話，都只會讓自己夾在石頭與硬箱子中間，所以她也一聲不吭。她父親之前是怎麼說的？「介入撒尿比賽的女人，只會把自己搞濕。」

接著，她發現基普是爲了她才這麼做的。他並不是倔強，只是在假裝倔強，藉以避免任何問題。他故意挑釁鐵拳指揮官——爲了提雅。這種行爲差點軟化了她脆弱恐懼的內心，她知道基普有多尊敬指揮官。

大噴泉蓋在提供大傑斯伯大部分清水的自流井上。大型地底水管將水導引到城內另四個公共區域和所有大使館，克朗梅利亞擁有獨立水井，但是對貧窮的居民而言，大噴泉就是唯一水源。大部分居民每天至少都會來打一次水，但常常不只一次。

噴泉上有座第二任稜鏡法王卡莉絲·影盲者的玻璃雕像。她是盧西唐尼爾斯的遺孀。雕像的臉仰望天空，直視歐霍蘭之眼。它不是站在地上，而是由雙掌噴出的兩道盧克辛懸空支撐。它身上只穿直筒連身裙，身材纖瘦，肩膀卻像戰士一樣寬厚。提雅一直都很喜歡這座雕像的這一點。她可不是悠悠哉哉的弱女子，如同許多跟隨她的馭光法師，卡莉絲一世透過投擲盧克辛塑造出強健的體魄，就像她透過自己的身體塑造歷史一樣。

白天的任何時刻，至少都有一座千星鏡的光線直射在這座玻璃雕像上，讓它在太陽下更加明亮。每天日出和日落時，還會有好幾座千星鏡投射在它身上，讓它成爲黑暗中的明燈。

噴泉四周噴出的水柱外圍，七角星的設計將水化爲七道水柱，讓打水的人可以輕鬆排隊，並讓隊伍移動得更有效率。

現在這個時間，只有一些人在排隊打水，裝滿水桶，挑在肩膀上的扁擔上——如果是阿塔西人，會把扁擔頂在頭上——然後走回家。大噴泉外圍有一圈商家，每一家都生意興隆。這裡禁止擺攤，也不准行乞，這表示攤販和乞丐都擠在外圍街道上。

提雅坐在噴泉旁的長板凳上。她想要摸水，但是沒有摸。傑斯伯人非常看重水。有些過度狂熱的醫生會告誡他們，如果喝水和洗手都用同一個水槽，就會生病。提雅認爲沒必要與人們的迷信作對。

白日夢還作不到五分鐘，她就聽見了喊叫聲。得意洋洋的歡呼聲。其他矮樹。他們把關鍵者扛在肩上，幾乎全班學生都在——除了她和基普。

學生們在鐵拳指揮官面前放下關鍵者。

關鍵者面帶微笑，不過努力維持嚴肅表情。

提雅觀察他們。至少有一打矮樹顯然和人動過手。衣衫不整，有的人缺了門牙，有人鼻血長流，而班上最美麗的女孩之一，露希雅，則有隻眼睛腫到睜不開；不少人手掌紅腫、指節鮮血淋漓。關鍵者向前揮手。全班人在鐵拳指揮官面前列隊。這時，費斯克訓練官也騎馬趕來，下馬站在他的上司身旁。各組人馬紛紛上前，把錢幣交給鐵拳指揮官。

不是所有人都有錢交。其中有八組失敗了，他們悶悶不樂地走到一旁，兩手空空。

提雅在人群中搜索，看見基普。他看起來很緊張。太好了。

「關鍵者，回報。」費斯克訓練官說。

「長官，在我和夥伴露希雅把錢幣帶來這裡之後，我們又回去召集其他人。聯手突破幫派的封鎖，帶回我們的錢幣。」他吞了口口水。「你確實，呃，說過唯一的規則就是你說的那些規則。」

「所以，你就把原先的個別測驗變成團體測驗。」鐵拳指揮官冷冷地說。

「情況很危——」

「是或不是。」

「是，長官。」關鍵者說。他又吞了口口水，不過沒有偏開目光。

鐵拳說：「幹得好，關鍵者。我本來就希望你們這麼做。」

學生齊聲歡呼，關鍵者鬆了一大口氣。

矮樹安靜下來之後，鐵拳說：「你們團結一致，完成一件無法獨立完成的任務。對黑衛士而言，完成任務才是重點。帶著你們的尊嚴迎向永恆之夜。你們以最有效率，也是最安全的方式達成任。我們的目的不是爲了勇氣或榮譽，是爲了完成任務。現在，還有人要交錢嗎？還是已經結束了？」

這時信差騎馬趕到。她是個瘦瘦的提利亞女人，身懷一把長劍和一對手槍。「不好意思，閣下。

鐵拳指揮官？」

「我就是。」指揮官聲音低沉地說。

「這個包裹是基普和阿德絲提雅送給你的。」信差交出了一個紙袋，然後離開。指揮官打開紙袋，把錢幣倒入掌心。

同學們交頭接耳，聽起來並不全是好話。

「基普，」鐵拳指揮官說。「我想這是你的主意？」

「是，長官。」基普說。提雅幾乎可以在這麼遠的距離外聽見他呑嚥口水的聲音。她沒出聲，希望指揮官會忽略她。她爲計畫成功得意，同時又因爲鐵拳指揮官認定是基普的主意而心碎。

「你把你們的錢幣交給信差，然後就這麼走過來？」

「是，長官。」基普說。

提雅知道鐵拳的……表情不會透露任何情緒，所以看向其他矮樹。懊悔、驚愕、惱怒。他們得大打出手或死命狂奔，而基普作弊。基普作弊。他們甚至沒看到她。

當然，他們也作弊，但是他們作弊的方法還是得和人家動手。那算光榮的作弊。基普和提雅當然必須接受懲罰。

鐵拳指揮官揚起一隻手，掌心朝下。「任何做法都要付出代價。你們選擇了以血肉之軀承受代價，而基普選擇付錢。有些人沒有受傷，但有些人受傷了。身體就是我們的財富。我們的身體，說到底，就是黑衛士的所有本錢。你們選擇了以身犯險，而基普和提雅利用他們的智慧。如果我不是叫你們保護錢幣，而是保護白法王，哪種做法比較好？闖入敵陣中，英勇地拿她的性命冒險，還是以沒人料想得到的方式偷偷護送她？基普、提雅，做得好，你們兩個都上升了兩個名次。關鍵者、露希雅，你們也上升兩名——當然，你已經是第一名了，關鍵者，所以你就待在原來的位置。本週的淘汰測驗沒人可以挑戰你，但下週你就得回來接受挑戰。沒帶錢幣回來的人，每人都下降兩名。今晚，我們一起去找間好旅店——有帶錢幣回來的人可以把錢通通花光，但我希望你們也幫沒帶錢回來的同學付帳。我們是團體。我們是最頂尖的。我們照料彼此。」

於是，他們跑去狂歡，吃吃喝喝——鐵拳指揮官負責晚餐，矮樹則把錢都拿去買酒給大家喝，直到所有人都醉醺醺，費斯克訓練官不讓他們繼續喝下去。他們互相講述自己的英勇事蹟和史詩級打鬥，或許有點誇大其詞。後來指揮官和訓練官都先行離席，肯定是還有工作要做。

一開始，有些人對基普和提雅輕鬆過關頗有微辭，不過在關鍵者走過來稱讚他們的做法比自己聰明之後，抱怨的聲浪就消失了，而基普和提雅的地位也都比之前提升了。

提雅一整個晚上都沒說什麼話，享受著這種屬於團體一份子的感覺。這對她來說，就像光和生命。她從來沒有過歸屬於任何團體的感覺，所以願意付出一切代價保有。當她發現自己在輕敲項鍊時，理解到這是自己第一次在內心懷抱希望的情況下觸碰它。或許真的有機會把這可惡的東西丟進火裡，再也不用理會阿格萊雅·克拉索斯的希望。

過了一會兒，她終於被人勸去喝了一大杯麥酒。她覺得整個晚上身體都輕飄飄的，陶醉在享受朋友的陪伴與歸屬感中，但也可能只是喝醉了。

眾矮樹鬧哄哄地走路回家，沒人叫他們小聲一點。不過，當他們走在百合莖上，基普、提雅、關鍵者和他的夥伴露希雅，一起走在眾人的最後面時，提雅突然想起一件事。

「嘿，你知道黑衛士之間不能談戀愛，是吧？」提雅對基普說，但是關鍵者和露希雅都以驚慌和罪惡的眼神看她。

基普嚇了一大跳。「呃，知道？當然。沒錯。」

「那你就該知道這不是那個意思。」提雅說，體內還覺得熱熱的。「只是因爲那個荒唐的賭注。」

基普向後一縮。「呃，妳眞的不必——」

提雅用雙掌捧起基普的臉頰，在他的嘴唇上親了一下。當她放開手時，他目瞪口呆的模樣令她忍不住哈哈大笑。

「喔，我也想來個荒唐的賭注。」露希雅說。

「不！」基普說著，從目瞪口呆中回過神來，舉起雙手擋在面前。

「不是和你啦，基普！」露希雅笑道。

基普雙手遮面。「現在就讓我死了吧，拜託。」

當前面同學放慢腳步，轉頭來看發生什麼事這麼好笑時，關鍵者伸手搭上基普的肩膀。「沒有男生逃得過，基普。沒有男生逃得過。」

# 第五十五章

天亮後，加文再度駕駛飛掠艇出海。今天他孤身上路。昨天卡莉絲前去指導一些先知自衛術，結果傍晚來了一場風暴，把她困在火山外圍的先知小鎮上。加文在太陽逐漸升起時打了個呵欠，目光在錯誤的時刻從海面上移開。飛掠艇向旁邊偏了一點，加文放開了推進桿。

突然，失速讓他在下一道波浪來襲時向上彈起。飛掠艇翻覆落海，加文整個飛了出去。他以極高的速度撞上海面，掠過一道海浪上空，又摔進第二道海浪裡。

加文游回孤零零在海浪間上下擺動的飛掠艇，然後終於完全甦醒，爬回艇中。他是怎麼和第三眼說的？不常犯錯？他輕聲嘲笑自己。接著渾身僵硬。她有問過他會不會游泳；他說只有在划船犯錯時才游；而她說：「我懂了。」

*提醒自己：當先知說「我懂了」的時候，注意聽。*

今早他向西而行，從可以看見紅懸崖的地方開始找起。他已經航行了一個小時。

第三眼對加文說過：「向東三個小時，向北兩個半小時。正午前趕到。」從此刻算起的五個半小時，會是中午過後一個半小時。

如果她講得是現在，那他絕不可能在正午前趕到。所以她講的必定是……

「你喜歡直指重點，是不是？」她說過。

聰明的女巫。這樣玩弄他。

他不用直線向東接著向南，他得往東南方走……他計算片刻，手指撥弄著想像中的算盤。若走斜邊，會要……四個小時。剛好正午。

當然。

於是他將小船對準東南方，然後追逐太陽而去。

數小時之後，正午將至，他心想自己八成走錯方向，或是誤解了方向。畢竟，這是遼闊的大海。但他也沒有因應之策，只能繼續前進。

接著，海面改變了，變得越來越平靜。感覺有點不對勁。加文停下飛掠艇，看向兩側。海浪上方有類似陰影的東西。彷彿有層薄雲遮蔽日光，而他可以透過海浪色差，看出那道陰影的邊緣。但天上沒有雲。海面平靜的原因是某種光滑的浮油。

加文跪在船緣，一手伸進水中，舀起一掌水。感覺像是薄薄的融雪，不過並不冰。加文仔細打量著它。裡面有千千萬萬的小結晶，像針、像雪花的碎片，全都以同樣的方式排列。他看不見藍色，無法汲取藍魔法。如果可以，或許這種情況就一點也不神祕了。他聞了聞手裡的水——鹹鹹的，微帶樹脂氣味，就是藍盧克辛那股白堊礦物般的味道。

海浪上覆蓋了一層藍盧克辛，試圖將自己變成結晶，而且還自發性地凝聚在一起，而不是依循常理在陽光下融解殆盡。

當他轉動捧著海水的手掌，發現裡面的小結晶也一樣，彷彿羅盤的指針。其中一端指向外緣，另一端則指向中心——他要去的地方。

他最多只能準備到這樣了。他強化飛掠艇的推進管，把它們變細，又把兩條推進管合成一條。他想騰出一隻手。接著朝融雪中央前進。

海水變稠了，不過他把推進杓延伸到那層融雪之下，所以還能維持一定的速度。接著，海水越來越稠，最後他發現推進管已經像是在攪拌湯的湯匙般，在海水裡打轉。

藍盧克辛結晶開始凝聚成塊，形成大型薄片。他的船在穿越盧克辛冰前進時，發出弄縐米紙般的聲音。

前方，他看見一座藍色島嶼，漂浮在理應沒有藍色島嶼的海面上。它在酥脆的海面上緩緩起伏，每一下擺動都壓碎大片盧克辛冰。有些盧克辛冰迅速在陽光下融化，不過其他部分則在大量藍盧克辛加持下維持原貌。

接著，他看見某樣令他不再汲色、渾身僵硬的東西。他現在身處淺水，因爲海面下方約莫一步左右，就是固態的盧克辛浮冰。透過這層白色背景，他看見附近的淺水中漂了不少屍體。數十具──不，數百具──屍體，在海面上浮浮沉沉，赤身裸體，渾身結晶。

喔，見鬼了。不是屍體。是藍狂法師。他們沒死，只是在吸收日光和盧克辛。這裡的海水參雜著大量盧克辛，幫助他們轉化爲藍狂法師。

「正午前趕到。」第三眼對他說過。加文突然對這群沉睡中的狂法師會在正午出現什麼變化，產生一股不祥的預感。

他汲色製作了一把槳，迂迴避開那些浮浮沉沉、沒有意識的狂法師，最後抵達岸邊，緊張到心跳有如雷鳴。他把錨拋向岸上，跳上地面。固態盧克辛。

這裡的景觀十分奇特。有些水晶柱和加文的身高差不多。海浪打碎了許多水晶柱，不過大部分水晶柱還是指向同一個方向──島內，總是指向島內。

於是，加文開始奔跑。他的目標是島中央的一根巨柱，約莫半里格遠。一開始，前進的速度很慢，地面崎嶇不平，他得從奇形怪狀的水晶柱中跳到閃閃發光的怪梁上。地面每隔一段時間就會裂開，隆起一道藍水晶。天上有奇怪的龍捲風，從頭到尾以令人目眩神迷的精確動作旋轉。扭曲的三角結晶如同玻璃鳥般，乘著看不見的微風飛舞。

水晶柱在他腳下像雪一樣粉碎，留下類似玻璃的東西，藉由氣溫、壓力，甚至他的步伐，成就更完美的外型。

隨著他深入島心，藍法色講究秩序的特質越來越明顯。

他看見一根斜插在地上的水晶柱微微晃動。接著突然躺平，毫無縫隙地沉入地面。這附近的地面呈現完美的平面。前方，他看見十二根水晶柱，沿著島心巨柱外緣圍了一圈。

十二根水晶柱差不多都三步高。加文走向最近的一根水晶柱時，在柱子裡面看到這輩子見過最完美的藍狂法師。他已經完全蛻下人類的皮膚，取而代之的是寶石編織而成的外皮，其編織方式隨著下方肌肉的運動需求而有所不同。它極度美麗，感覺像是有人用血畫下的驚世巨作。

加文毫不遲疑地奔向中央巨柱。巨柱外圍有向上的奇特方形石階。沒有護欄。加文一步兩階，直奔而上。

到柱頂共有九十七階。加文跑上柱頂後，第一個注意到的就是從這裡可以看見白霧礁。白霧和隱藏其中的暗礁都是傳說。關於它的確實位置眾說紛紜，不過所有人都認爲它位於瑟魯利恩海中央。或許是眞正的中央，就像蜘蛛會待在蛛網中央一樣。

這座漂浮島爲什麼會這麼接近白霧礁？

可能是巧合。最近有很多巧合。

接著，他的目光落在巨柱頂上的一根水晶柱。柱裡滿是翻騰的液體和滾動的氣體——在加文眼中是灰色的，所以他相信實際上是藍色的。那裡面有樣東西，但看不清楚。他湊上前去。幾乎位於天頂的太陽照亮了攪動的氣體。加文在與眼睛平行的高度上，看見一道曲線。

喔，不。

太陽抵達天上最高點，純粹的日光照亮了整根水晶柱。加文看見的那道曲線是人的肩膀。

正午了。

整座藍島劇烈晃動。地面裂開，以極高的速度噴出水晶碎片。唯一沒有搖晃的，就是那座水晶柱。加文在圍繞巨柱的十二根水晶柱中看到有東西在動，但他將目光集中在身前那根中央水晶柱上。

一個巨大的身影在柱內凝聚成形。加文正在目睹一個神的誕生。

他汲色製作黃盧克辛劍，緩緩彌封。成形一半的神睜開雙眼，聚焦遠方，接著突然注意到加文。

水晶柱內光明大作，而黃劍終於彌封完畢。加文看準神的下巴下方插入黃劍，貫穿腦袋而出。

他雙眼綻放強光，在水晶柱裡炸成一團黏液。

好了，眞好解決。

加文用雙手使勁轉動黃劍，手中傳來攪碎骨頭的感覺。接著拔出黃劍。黏液流到腳邊地面。他在手中凝聚大量次紅和紅盧克辛，點燃，然後一拳打穿破碎的盧克辛。他找出對方的脖子，抓住，然後把那傢伙扯出水晶柱。

對方不是狂法師，而是莫特本人。人類血肉與盧克辛合而爲一，就連人類的骨骼都向外膨脹，形成眼前這個大型軀體。這個巨人不完美，還沒有完全成形。他還在凝聚形體，而加文打斷了。

加文砍下神的腦袋，砍下他手臂上的骨頭，砍斷腳——小腿已經成形，大腿還是骨頭。他砍斷脊椎——全部都在很短的時間內完成。絕不可能復活。他撿起對方戴著的金項鍊，上面鑲有一顆黑寶石。他拔下寶石，然後在對方身上噴灑紅黏液，所有斷肢都噴。他以極深的次紅盧克辛點燃屍體，一定要讓他屍骨無存。

莫特融化，變成一灘爛泥，氣化蒸發，徹底燒光。

直到此時，加文才把注意力轉移到島上的情況，和四周正在發生的事情上。遠方傳來某種非人類發出的尖叫。氣溫升高。三角形的鳥向下俯衝——不，墜落，死氣沉沉。天上的太陽恢復原來的色調。龍捲風化為霧氣，朝四面八方散去。

十二根水晶柱有半數碎裂。其中一根裡的完美藍狂法師正在奮力掙脫。整座島似乎都在融化，海水覆蓋地面。空氣中瀰漫著分解盧克辛的臭味。

遠方，加文看見數百個藍狂法師，站在他們的池子裡慘叫。

最麻煩的是，他太晚才發現自己身處的巨柱正在崩塌。

不妙。

巨柱裂成兩半，對側的半塊巨柱直墜十五呎，銳利的頂端插入島中。一時間，加文以為自己幸運至極，腳下的這半塊巨柱不會倒塌。但巨柱再度裂開，他所站的地方瘋狂翻轉，把他甩了出去。

朝下噴灑紅盧克辛和火焰，只有在能辨識「下方」為何處時才有作用。加文身在空中、頭上腳下，不停地轉動掙扎。他在急速墜落的最後關頭才弄清楚下方何在，及時噴射火焰。幸運的是，他不是筆直墜落，而且盧克辛地面也已經蒸發，變成水。柔軟、舒適、不致命的水。他墜入水中，彷彿永無止盡地往下沉淪。

終於不再下沉後，他發現自己面對一個完美狂法師的雙眼。它的頭側向一旁。肯定已經醒了。

藍法師在了解情況前都不會採取行動，但加文從來沒有這個缺陷。他游出水面，一劍刺穿那個藍渾蛋，朝它臉上丟了顆火球，然後砍下它的腦袋。他開始在及膝水中奔跑，離開水池，跑上一條斜坡，碰上三十個大吼大叫的藍狂法師。它們同時舉起雙手，掌心光芒大作，迅速製作投擲武器。

他撲倒在地，數十支短矛從頭上呼嘯而過。片刻後，他翻身而起，掌心一揮，在身前弄出一面綠色巨盾，展開衝鋒。質感類似木頭盾牌，在被數十把投擲武器擊中時，震動不已。

接著，有些狂法師開始對加文投擲更大更長的投擲武器。沒多久，所有狂法師都起而效尤。可惡的狂法師，總是能在瞬間了解其他狂法師的想法。加文多花了一秒才弄清楚是怎麼回事，不過他的身體比腦子轉得更快。

巨盾越來越重，大型投擲武器在加文手上增添了許多壓力。

就在加文快想出因應方法之際，巨盾已經越降越低。太遲了。巨盾底端已接觸到他腳下的地面，卡住不動。他整個人翻身而起，放開巨盾，身體暴露在敵人的射程中。接著，他摔入腳踝深的水裡，肩膀一挺，向旁邊滾開。

他帶著火焰翻身而起，雙手揮出猛烈火焰。他在某些高強的藍法師貫穿火牆、射入投擲武器時再度撲倒。

他無法一直這樣撐下去，狂法師們在兩秒內就會發現他已經趴在地上，開始瞄準火焰源頭。

接著，加文遇上了難以置信、荒謬至極的好運。他們腳下的地面瞬間完全瓦解，全都掉進海裡。

加文落水之前深吸了一大口氣。

他從沒想過自己會感謝海惡魔，但之前在艦隊旁和海惡魔起的小衝突，讓他學會如何像魚一樣在海裡行動。加文雙手放在腰間，張開手掌，開始噴出綠盧克辛盤，利用噴射力道在水中前進。

要繞過這些以機械式動作游泳的藍狂法師並不困難，不到三十秒，加文就找到了他還在海面上漂浮的飛掠艇。他衝出水面，吸了一大口氣，然後製作盾牌防身。幾支零零落落的投擲武器擊中他的盾牌，但沒過多久，他已經開始操作推進桿、提升船速。他還能聽見狂法師的哀號聲。憤怒，發自理應全然理性的藍法師。爲了一個男人能凌駕他們完美的藍而憤怒，爲了他們有可能出錯而憤怒。

他在那座島崩壞沉沒時沿著島外圍繞行，從整座島嶼移動的方向看出它正朝著白霧礁前進，如同一艘大船。爲什麼？

但他沒時間思索這個問題。此刻還是有些藍狂法師試圖製作小船逃生。遲早會有狂法師想出製船方法，然後其他人就會照做。加文不能任由這種事發生。

他冷酷地在飛掠艇上製造浮桶，然後又在浮桶上加裝黃劍，朝下指向海底。

他以高速繞行海面，駛過那些曾經是人的怪物，玻璃般的皮膚慘遭割裂的聲音，被海水和高速淹沒。每個狂法師死亡時，都會發出類似馬車車輪輾過大圓石的聲音，有時候還夾雜著一陣泡泡浮出水面的聲響，每次都伴隨著大片血跡。

稜鏡法王是萬夫莫敵的戰士，也是屠夫，是戰爭的必備工具。他是不會疲憊的工人，一直繞圈、一直繞圈，有如天上的大鷲。他一直轉到再也聽不見叫聲、再也沒有任何仇恨、再也沒有鮮血從他的黃船板上排出，直到所有狂法師都被送往地獄之門。

# 第五十六章

阿格萊雅・克拉索斯在會客室會見訪客。這位訪客相貌英俊、微帶雀斑、一撮橘紅色頭髮蓋在光禿禿的頭頂上；手上拿著一頂貴族紳士的寬邊帽，身穿魯斯加最新流行的合身外套；看起來像說客或銀行家，不過肩膀十分寬厚。但是話說回來，誰知道這些來自血林的猴子是幹什麼的？

「歡迎光臨寒舍，夏普大師。」阿格萊雅說。「我的手下說你想找我談生意？」

「是的。」他自己找張椅子坐下，蹺起腿來。

「我通常不和陌生人做生意，但是你的推薦函十分出色。」

「嗯。我花了很大工夫弄來那些推薦函。」

眞是個怪人。「那麼……」她說。

「那麼。」他說。他看她的眼神令她不安。直到此刻，她才注意到他的眼睛是琥珀色的，並非經由馭光法師生涯染色過的眼睛，而是眞正十分罕見的琥珀眼。「妳做過最糟糕的交易是什麼？」他問，把玩著上衣下方的珍珠項鍊。珍珠，男人戴？這算是她沒見過的最新時尙，還是怪癖？

「不好意思？」她問。

「最差的交易。」

「這樣問太沒禮貌了。」

「妳擁有一樣安德洛斯・蓋爾法王想要的東西。」夏普大師說。

「不好意思？」

「一個女奴隸，提雅。」

「誰？什麼？我才沒有——」

「妳以爲沒人查得出她的所有權在妳這裡嗎？親愛的，此事遠遠超過妳的能力範圍。妳得轉讓她的所有權，越快辦好，妳的損失就越少。」

「你必須離開了，立刻。」阿格萊雅說。她想對這隻猴子的笑臉吐口水。安德洛斯·蓋爾？她寧願死。

「紅法王說過，這件事會有點像拔牙。我該給妳多少時間重新考慮？」

阿格萊雅轉過身去，走向放奴隸鈴的壁爐。但突然間，夏普大師從後方抱住她，一隻手臂繞過她的肋骨，手掌像鋼爪般緊扣住她的咽喉，另一隻手則插在耳後某個讓她劇痛的部位。

「我要妳知道。我打算享受這一切。」他低聲在她耳邊說道，口氣甜甜，有薄荷味。「妳有一口非常漂亮的牙齒。」

然後他放開她，在她搖響奴隸鈴之前走出房門。

「去追他。」她對身材魁梧的年輕奴隸——英卡洛斯——她的新寵，說道。「帶大洛斯和阿克洛斯一起去。把那渾蛋痛扁一頓。狠狠地打。打斷骨頭。去。立刻！」

她命令管家召集更多守衛，然後回到自己房間。她試圖用英卡洛斯、洛斯和阿克洛斯正在痛毆那個渾蛋的想法安撫自己。但是那個渾蛋把她嚇壞了。她在發抖，這讓她感到憤怒。她關上房門，然後拿手帕擦拭額頭。

有人一拳捶在她的額頭上，她的後腦瞬間撞上剛剛關閉的木門。她驚駭莫名，但在她摔倒之際，一雙手撐著將她慢慢放低，然後雙腳跨在她身上。當她試圖尖叫時，他在她嘴裡塞了某樣粗粗、尖尖的金屬物品，然後手法純熟地把那東西綁在她臉上。

嘴裡的東西壓住她的舌頭，阻止空氣入口，於是她開始透過鼻孔尖叫，而他伸手夾住她的鼻子，另一隻手壓住她的喉嚨，不讓她起身。

那雙琥珀色的眼睛在笑。

她不再尖叫。他拉她起身，基本上是扯著喉嚨提起來的，然後把她拉到一張椅子上。

他是怎麼跑進來的？一被她趕出去立刻就爬上屋子，從窗戶溜進來？這麼快？都沒人看見？

她勃然大怒，奮力掙扎。他狠狠地捶她的肚子，打得她體內空氣從嘴中噴出，不知不覺就咬下口中東西。那玩意兒有點像是馬嚼子，不過很鋒利，立刻插入她的牙齒和舌頭。她得盡可能張大嘴巴。

沒過多久，她就被人用寬皮帶綁在自己的椅子上。

夏普大師後退一步，將因爲剛剛扭打而弄亂的那撮紅髮推回頭上。他的珍珠項鍊甩到上衣外面——不過那些不是珍珠。

「妳可以叫，」他輕聲說道。「隨便怎麼叫。不過如果妳叫了，我就會捶妳的下巴。妳嘴裡含的那根東西在妳每顆牙齒上方都有一根小鑿子。只要我計算精確，它就能鑿斷妳每一顆牙齒，上下兩排都行，而且會乾淨俐落地鑿成四塊。因爲斷牙的過程很快，所以斷口不可能非常平整。太可惜了。而且我恐怕不能親自幫妳拔出碎牙，所以妳得去找其他使用鉗子技巧稍遜的人幫忙。但是……」他聳肩，彷彿是忍不住要聳肩似地。他說：「底線在於，如果妳讓我難過，我就會打斷妳的牙齒。依序打斷。先從臼齒開始。從來沒人能夠撐到門牙。」他對她呼出有薄荷味的口氣。「但是誰知道呢？或許妳是第一人。」

# 第五十七章

眞實世界測驗過後兩天，黑衛士矮樹進行了一場淘汰格鬥。基普只希望他今天要對付的男生，有幾個身上的瘀傷嚴重到無法拿他的臉去擦地。

但光靠希望是不夠的。他輸了兩場，而且輸得很快。他再度走進測驗場，輕輕伸展左手的手指。還是痛到像是有小動物在咬手上的每個關節，咬完後還在傷口上灑鹽，不過不會比接下來被對手打還痛。他看著對面那個男生。*來吧，龜熊，來吧。*

轉輪轉到紅色和赤手空拳。紅色算是幸運，非常幸運。基普昨晚才和提雅練習過紅色。他終於、終於能製作出穩定的紅盧克辛——不過也只能做到這樣而已。他只想出兩種利用那種黏稠盧克辛的方法。其一是可燃黏液，但放火燒對手肯定讓人皺眉。問題在對面那個男生——弗庫帝——是藍／綠雙色譜法師，目前領先基普兩名。約莫五十個人圍在格鬥場外，仔細觀察比賽。這些圍觀群眾除了傷兵和緊張兮兮的贊助人，只剩下二十八個矮樹。

弗庫帝身材矮小，胸口厚實，但是壯得和頭牛一樣，而且身手出奇矯健。基普觀察過他打鬥，他幾乎是班上最擅長近身扭打的人。弗庫帝打輸的幾場，都是因爲攻擊範圍太短。當他狀態好、又轉到自己的法色時，可以排名在班上的前三或前四名。他此刻之所以會爭奪第十五名的位置，完全是因爲運氣不好。

基普聳聳肩膀，轉動腦袋，伸展頸部，然後比手勢表示他已經準備好了。

弗庫帝嘴角上揚。他認定自己能夠迅速徒手擊倒基普。

沒理由讓其他人知道你手上有什麼牌，是不是？謝謝你，安德洛斯・蓋爾。謝謝你，安德洛斯・蓋爾？有人在我的早餐裡加了海斯菸嗎？

哨音響起，紅光照射在格鬥場上。弗庫帝直衝而上。

基普舉起雙手，擋在他和弗庫帝之間，不讓對方看見紅盧克辛湧入眼中。接著，他雙手朝下，朝男孩腳底噴出黏稠的紅盧克辛。

弗庫帝雙腳被卡住，差點摔倒。恢復平衡後，他舉起雙手，而基普也朝它們噴灑紅盧克辛，把弗庫帝的手都黏在胸口上。一切都和鐵拳教他的一樣。

紅盧克辛很黏，但沒有硬到像鐵。基普的意志卻和鐵一樣強大。他把所有囚禁那個男孩的渴望通通灌注在這次汲色上。

弗庫帝顯然沒料到基普會汲取紅色，不過基普也沒料到紅魔法會對他造成影響。紅色掀起他體內的怒火。其實弗庫帝並沒有惹火他，但紅色消磨了理智。

他開始拉近距離，而在發現自己在幹什麼前，他已經一拳打在神情驚愕的男孩臉上。

半夜的訓練課程似乎有點效果，因爲這一拳正中他想打的位置——他揮拳偏低，攻擊弗庫帝的下巴；就和鐵拳指揮官說的一樣，男孩本能性地壓低下巴，於是基普的拳頭擊中鼻子。因爲雙腳卡在紅盧克辛裡，男孩直接向後倒下。

基普在倒地的男孩四周噴灑紅盧克辛，把對方黏在地上。他提起一腳，對準男孩的腦袋就要踩下——然後在哨音響起時及時阻止了自己。

基普被自己差點要做的事嚇壞了，連忙甩光體內的紅盧克辛。歐霍蘭的鬍子啊，剛剛有那麼一瞬間，他想要殺了那個男孩。

紅盧克辛消失了，弗庫帝坐起身來。「喔，」他說。「我想你打斷了我的鼻子。」他輕輕捏著鼻子，不讓它繼續流血。「我不……甚至不知道你會汲取紅色。厲害！」他抓著自己的鼻梁，迅速吸了口氣，然後把鼻梁扳回原位。他呻吟一聲，捶了地板兩下。「噢，噢。」他眨下幾滴眼淚，伸出雙手，兩個朋友拉他起來。「打得好，基普。」他說。

就這樣？不生氣？

「呃……對不起。」基普說。「你的鼻子。我有點被紅魔法影響了。」

「啊，這不算什麼。我的鼻子也不是第一次斷了。」

「大概也不會是最後一次，你這醜八怪。」關鍵者說著，走了過來。「坐下吧，基普。我想你今天不會再打了。」

「眞的嗎？」基普問。他累壞了。長時間鍛鍊、熬夜，然後無法睡覺，後來只要一睡覺就會作惡夢，感覺離崩潰只剩一線之隔。他朝張輕便折椅一屁股坐下。

喀啦！椅子的後腳折斷，基普驚慌失措，失去平衡，背部著地。

胖子。

矮樹們哈哈大笑。所有人都笑了。基普覺得自己臉紅到和紅黏液一樣。就連關鍵者都在笑。

基普跳起身來，接著僵在原地。*可惡。正當我的人際關係有所進展時，正當我開始融入一個團體時。*強烈的自我厭惡襲體而來，讓他完全無法動彈。能怎麼辦？

他討厭他們。反正他也不想成爲他們的一份子。他們全都可以下地獄。

關鍵者舉起雙手。「就這麼決定了！基普，我想你在班上得要有個新名字。基普不是黑衛士的名字，而從你的表現看來，你肯定要一個。」

關鍵者是在取笑他嗎?他說「要一個」是什麼意思?

「我不懂。」基普輕聲說道,深怕中了陷阱。

費斯克訓練官站在旁邊,一副若有所思的模樣。「我肯定你不是唯一需要新名字的人。有多少人是在帕里亞長大的?」舉手的人不到一半。「那好吧,故事時間。不是所有人都是黑衛士第三代,關鍵者。」

「是,長官。」

費斯克訓練官瞪著地板,似乎不知道該從何說起。「盧西唐尼爾斯降世時,有三十個強大的男人守護他,其中有些人是他的手下敗將。這些人中有很多都是古老諸神的英雄和教士,名字也是從僞神那邊來的,像是厄爾-安納特、達格納·柴蘭,和歐-馬-柴爾-阿泰爾。他們不能保有本名,所以取了新名字。不過有些人在服侍歐霍蘭的過程中自認夠格取得新名字前,度過一段無名無姓的日子。厄爾-安納特改名爲佛魯夏斯馬利許一段時間,不過隨著光明照耀到帕里亞以外的地方,越來越多人把名字改成當地人可以發音——或是懼怕的名字。於是,佛魯夏斯馬利許再度改名,變成閃耀之矛。現在,黑衛士的名字意義已和從前大不相同,因爲我們不必擺脫古老褻瀆的名字。你可以取個新名字,也可以不取。如果有人幫你取名字,你可以選擇要徹底改名,或只在和黑衛士在一起時用那個名字。一般而言,最響亮的名字都是名副其實,或最符合本人個性的名字。取決於你。」

「但我還不是黑衛士。」基普說。萬一他們幫他取了個名字,而他沒有入選呢?

「傳統上如果你換了個名字,直到你正式成爲黑衛士,只會在同學之間使用。」費斯克訓練官聳肩。「不過,我們後來也收到一些在來到傑斯伯之前,父母就已經幫忙取好黑衛士名的孩子……像是關鍵者。」他似乎覺得很有趣。「所以,關鍵者?」

「我說基普不是黑衛士名，他要個新名字。」人群中掀起一陣認同的聲浪。「但是叫什麼呢？」關鍵者問。「要符合特徵，對吧？」

「小個子！」有人叫道。

「不要，太明顯了。」關鍵者說。「他做過什麼事？手臂粉碎者、意志粉碎者、規則粉碎者、鼻子粉碎者……」他暫停片刻，營造氣氛。「椅子粉碎者。」矮樹們一陣大聲吶喊。

關鍵者揮揮手，說道：「基普，我們封你爲『粉碎者』。」

眾矮樹歡呼大笑。這個黑衛士名堪稱完美——可以用來讚美，也可以用來諷刺。基普在嘴裡默唸了幾遍。粉碎者。儘管他可以幫所有讓他得到這個封號的事件找出並非眞實反映自己個性的藉口，純粹都是意外，但他還是很喜歡這個封號。聽起來很剽悍。

他臉上露出不太情願的笑容，就像黎明照亮阿坦之牙一樣。「我接受。」他說。「在各位面前，我是粉碎者。」

# 第五十八章

「粉碎者，呃？」安德洛斯．蓋爾語帶譏諷地說。「我覺得來拜訪我的是個大人物。」

「我覺得我來拜訪的是個尖酸刻薄的壞老頭。喔。」基普在老人對面的椅子坐下。

安德洛斯大笑。「那麼，粉碎者，你的小朋友阿德絲提雅知道我們這把牌在賭她的未來嗎？」

「不知道。」

「那你要粉碎什麼，她的心，還是她的處女膜？哈哈！嗯。你的做法很失敗，基普。你知道你爲什麼沒告訴她嗎？因爲你認爲如果自己輸了，就可以假裝發生在她身上的悲劇與你無關。你不想讓她恨你。可憐的基普。海斯毒蟲留下的可憐孤兒。」

「閉嘴，玩牌。」基普說。

「賤嘴基普。你從不知道什麼時候該閉嘴，是不是？湊上前，豬油男。」

他照做。瞎子伸出手來，摸到他的臉，然後重重甩他一巴掌。

基普接受懲罰。疼痛給他一種淨化的感覺。他是個狂人。他在蓋爾法王家的地板上吐血。賤嘴基普。朗以前這樣嘲笑過他。

「孩子，叛逆很能激勵人心，但是要記住，規矩是我定的，而我不會因爲一時興起更改規矩而有任何愧咎。你以爲你沒什麼可輸了？笨蛋。沒贏之前不要自吹自擂，沒輸之前也別哭天搶地。」

「那好吧，希望你半個小時後能夠坦然接受我的自吹自擂。」

安德洛斯說：「那就開始吧。三戰兩勝。你今天想玩哪副牌？我要用紅牌。」他比了個手勢，在基普面前準備了白牌和黃牌。

「我不選。」基普說。

安德洛斯的大黑眼鏡上方隱隱冒出稀疏的眉毛。「啊，你自己帶牌來？給我看看。」

「上面有盲人標記。」基普說。「看吧。」他只交出一張牌。

安德洛斯搓揉標記所在的牌角，彷彿想找藉口不讓他用，但是標記的做工非常完美。珍娜絲・波麗格沒有不完美的作品。

基普隱隱期待老頭拒絕讓他使用這些牌。他從來沒有提過這個規則。

「只要任何一張牌上沒有標記，我就會拒絕整副牌，然後就算你輸，懂了嗎？」安德洛斯說。

「懂了。」

「我還在想你要過多久才會自己帶牌來。」安德洛斯說。「比我想像中慢。」

「嗯哼。」基普說。和可以用自己帶的牌取得的勝利相比，這點羞辱根本不算什麼。「我先？」

他以爲老頭會拒絕，然後先攻。

結果是寬宏大量的笑容。「請。」

於是，基普將戰場設定在室外。室外難以控制光線，通常在應付紅牌時算是不錯的做法。室內有許多光源都來自火把或火堆——很容易提供黃、紅和次紅光的光源——不過綠法師和藍法師就很難找到汲色的光源。

但是基普先攻，就表示安德洛斯可以多抽一張牌。

他們很快就擺開陣勢，牌上的圖案提供了一塊想像空間——位於一座城堡的紅牆外。草地、森林、藍天，當然。這些都是光源。兩邊都可以透過這些光源汲色，但基普位於森林這一側，所以他利用森林迅速汲色，讓綠法師更快取得力量；反過來說，安德洛斯和紅牆也是同樣情況。

現在基普已熟知規矩，所以安德洛斯採用快攻。旁邊有兩個小沙漏，每次五秒鐘。由於無法看見沙粒滑落的情況，盧克法王的特殊沙漏會在每回玩家時間用完時發出鈴聲。如果五秒內沒有出牌，那一輪就不用出了。就像他常說的一樣，在現實世界，馭光法師打架都是同時出手，必須在最短的時間內汲色，迅速做出決定，也迅速犯錯。

安德洛斯看不見，對基普而言是很大的優勢。他可以在對手翻牌的同時看清對手的牌，安德洛斯卻得伸手摸牌。基普每次翻牌，都會把牌放在同一個位置，盡量減少對方摸牌的難度，但每一回合還是至少能讓他多出一秒的思考時間。而安德洛斯得記下牌局上的一切細節。

正常玩法不用沙漏，玩家可以慢慢翻牌，但安德洛斯唾棄這種玩法，說這樣不會學到任何東西。生、死和汲色都在轉眼之間，他說。我們生命的沙漏永遠都在流動，而且永遠都流得太快。

「這個名字不祥。」安德洛斯說。剛開始的幾回合不用太專心。

「什麼？」基普邊問邊考慮這回合是該在戰場上增加顏色，還是戴上眼鏡。

「粉碎者。」

眼鏡。他想要盡快武裝自己。「爲什麼不祥？」

「不是你引導他取這個名字的嗎？我依然認爲是你在幕後操縱呢。我認爲你這種做法很聰明。」

做法很聰明？顯然，基普的沉默說明了一切。

「你想要我相信你是碰巧讓人家這樣叫你的？」

「你是說什麼和什麼碰巧？」基普問。

「粉碎者是馭光者在預言中的封號之一。」

「那是個玩笑。我坐垮了一張椅子。」

「很好笑。」安德洛斯語氣平淡地說。

「我還打斷了一個男生的鼻子，也打斷了某人汲色。」

馭光者？這個想法讓基普體內的某個部分神遊天外。說話讓他分心，差點忘了時間。他迅速出牌，把戴米恩．薩渥斯放進戰場，然後翻過安德洛斯．蓋爾的沙漏。

喔，見鬼了。那是張禁忌牌。基普本來打算過兩回合再打那些牌的。

安德洛斯觸摸牌上的標記。遲疑片刻後再摸一摸標記。「這是戴米恩．薩渥斯。」他說。「這張牌禁用。」他竟然敢講說這種話。

「禁止持有。」基普立刻說道。「但是九王牌裁決官從來沒宣布禁止使用這張牌。」他翻過自己的沙漏。

「兩者差異不大。」

「差異不大？我會知道黑牌都是因爲你在用黑牌！」

「有些黑牌只是被抽離現行的牌組，有些卻是明文禁用——」鈴響了，代表安德洛斯．蓋爾的回合結束了。

基普立刻打出另一張牌，不給盧克法王補出牌的機會。

安德洛斯．蓋爾顯現怒容，下巴下面鬆垮的皮膚微微顫抖。但他沒說什麼，繼續玩牌。

五分鐘內，基普贏了。錯失一回合加上沒想到會面對十多年不曾見過的牌，打亂了安德洛斯．蓋爾的陣腳。儘管如此，他看起來還是像在刻意採取守勢。這倒不尋常。

「好把戲。」安德洛斯趁洗牌時說道。「你不該把這種把戲浪費在那個女孩身上。這種把戲只能奏效一次。你應該先試試看能不能贏我一把，然後在平手時使用那張牌。除此之外，你還應該等你自己的未來成爲賭注時再用，而不是浪費在一個女奴隸身上。愚蠢。」

基普轉向葛林伍迪。「請給我杯水。」他又忘記不該向奴隸說「請」了。他從來沒記得過。但是喝水不是重點。基普已經知道葛林伍迪戴的那副大眼鏡能讓他在黑暗中視物。有了那副眼鏡，葛林伍迪就是安德洛斯的眼睛。一等那個老奴隸轉身拿水瓶，基普立刻輕輕從口袋裡拿出另一副牌，利用說話來掩飾拿牌的聲音。「你可以教我很多東西，蓋爾盧克法王。你很聰明，人生經驗豐富。但此刻你是我的敵人，打算對我關心的人做出可怕的事。所以我暫時不聽你的建議，謝謝。」

盧克法王神色一喜。「你在成長，是不是？無知、天眞，不過沒有我想像中那麼蠢。我知道你或許不相信我，基普，但我眞的喜歡你。一點點。你的手怎麼樣？」

基普過了一會兒才聽懂他不是指他手中的牌，而是眞的在問他受傷的手。「有比較好。」他的手指還是不能完全伸直，但握力變強了，而且還在繼續努力復健。

安德洛斯．蓋爾若有深意地哼了一聲，拿起之前擺給基普挑選的黃牌。他打開旁邊一個盒子，拿出幾張牌，又從原先的牌組裡抽出幾張牌，然後把新牌洗進去。你可以在牌局之間換別副牌或調整牌組，藉以應付對手的策略。「所以你考慮過了嗎？大部分男生遲早會考慮的。」

「考慮什麼？」基普問。老人開始隨口談論腦子裡想到的事，一點也不在乎聽他說話的人知不知道話題是怎麼轉的。

「你是不是馭光者，當然。」安德洛斯．蓋爾的語氣有種粗魯又調皮的感覺，好像他在變火球戲法，然後把滾燙的火球丟到基普身上。

「沒有。」基普說，覺得喉嚨好像卡住了。「玩牌吧。」

「傳說他的出生十分神祕，而你的出生至少算得上令人起疑——這樣應該很接近。」

基普臉紅。「該你。」他說。

「根據古老傳說，他從小就很『偉大』，而偉大在古帕里亞語中是雙關語——『偉大』的另一種解釋就是『肥胖』。這麼說起來……你知道。」

死吧，你這個老病夫。「該你。」基普說。

「我已經出手了，你看不出來嗎？」安德洛斯問。「馭光者降世，世界將會天翻地覆。任何有錢、有地位、有權勢的人都會怕他，因爲他能奪走一切。但所有沒那些東西的人都會愛他，希望他能把那些東西送給他們。所以你打算扮演什麼樣的角色，基普？花園。」

花園？喔，他在宣告戰場。

基普抽牌——運氣好，整手都是時間控制牌。

他利用開頭幾回合收集各式需要的光源，看起來似乎毫無作爲。

安德洛斯打了一張超色譜牌，對黃色牌組而言，這算很強的牌，表示他不會汲色失敗。然後開始製作一把黃劍，這要兩回合，一回合汲色，一回合成形。

黃劍製成之後，基普打出驚慌牌。老人噘起嘴唇，他不知道哪副綠牌會用基普現在使用的策略。

而對一個可能一輩子都沒有驚慌過的冷酷老人施展驚慌牌，感覺就像是開開心心轉動匕首一樣痛快。

安德洛斯的五秒沙漏被換成四秒沙漏。

安德洛斯展開攻擊，基普完全沒試圖抵抗。這次攻擊幾乎打掉他一半血量。

基普打出另一張驚慌牌。五秒沙漏被換成三秒沙漏。

當然，這種策略一點也不公平。本來盲人就需要比正常人多花一秒去確認對手打了什麼牌，三秒的思考時間根本不可能想出什麼對策。

他再度攻擊，打得基普奄奄一息。接著，基普進行了幾次虛弱反擊，在垂死邊緣掙扎。安德洛斯既要抽牌、摸自己的牌，還要摸基普的牌，根本沒有任何時間思考。

基普將他繳械，以最快的速度出牌，盡可能剝奪安德洛斯喘息的時間。五回合過後，透過上百下輕微的割傷，他痛宰了那個老頭。

安德洛斯一拳捶上桌面，推飛沙漏，在牆壁上摔爛了好幾個。他雙手緊握成拳，不住抖動。

「把你的牌給我。」他說，努力壓抑怒火。

「就在桌上。你面前。」基普說，聲音很輕、很緊繃。他有點不明白自己為什麼會如此害怕這個弱不禁風的老頭，但就是害怕。

安德洛斯以對盲人而言堪稱驚人的速度，摸過所有牌。「你換牌。」他說。「葛林伍迪？」

「大人，我沒看到他換牌。這是我的疏失。」

安德洛斯大吼大叫：「我知道是你的疏失！」基普突然間強烈意識到安德洛斯．蓋爾是紅法王的事實。他使用紅盧克辛的時間，比基普的年紀乘以兩倍還長。屋內之所以如此漆黑，就是為了不讓安德洛斯變成狂法師——而這傢伙可能非常非常接近臨界點。「滾，私生子！給我滾！」

基普僵在原地。輕舔嘴唇。

「我說滾出去！」安德洛斯吼道。

基普神色畏縮。他非常小聲、非常恭敬地說：「我需要提雅的證明文件，閣下。還有我的牌。請。」

安德洛斯大聲咆哮，把基普的牌甩在他臉上。他轉過身去，怒氣沖沖地走向臥房，然後在門口停步，不過沒有回頭。「葛林伍迪！」他叫道。

「是的，閣下。」奴隸說。多年相處下來，這個小個子可以從紅法王語氣中的些微變化，精確地判斷他的想法。

安德洛斯大力甩門，基普撿起散落一地的紙牌。葛林伍迪拿出一捆文件，還有安德洛斯．蓋爾的印章。

「你媽的名字？」葛林伍迪小聲問道。

「卡塔琳娜。」

「全名。」

「卡塔琳娜．迪勞莉雅。」葛林伍迪點頭，彷彿他早就知道了，只是在確認。基普隱約知道，即使這次損失，安德洛斯．蓋爾還是從他口中套出了情報。基普不知道這點情報有什麼用處，但他知道那隻蜘蛛每口呼吸都在編織陷阱。

葛林伍迪填滿表格，蓋上印章，然後把文件交給基普。文件上有塊棕色污點。血跡？「把這些文件交給稜鏡法王塔的首席抄寫員。恭喜，你現在是個年輕女奴隸的主人了。好好享受吧。」

# 第五十九章

## ——微光斗篷——

扣、扣、扣、扣……

脫離時間。脫離空間。

分崩離析。

當他的手指逐一觸摸每一個點，都覺得好像有個捲軸攤開了。不光只是五官知覺：五種中心法色提供視覺、觸覺、聽覺、嗅覺和味覺，還有其他知覺。超紫和藍色一起從紙牌左下方進入他的大拇指：城市和超級建築，它們的輪廓在緊密、符合邏輯的線條中發光，接著自牌面浮起的是理性之線、思緒之線、歷史之線，還有因果關係——而他繼續下墜。

紙牌左上角的綠色湧入他的食指。實體化身：他現在知道他將會占據健康軀體，還有四周那些軀體、那些實質存在、那些生命——病人、弱者、生氣勃勃之人。甚至還包括海灣裡驚鴻一瞥的魚群、背景中那些海面下的生物，還有這座島上的青草樹木散發的寧靜和諧。他在這張紙牌中的軀體很強壯，如日中天的男人，不過有點隱隱作痛。或許是某個戰士？從前的背傷，一直沒有痊癒？扭傷十幾次的腳踝，向來都很沒力。接著，深入體內，他感覺到肌肉中的力量、舞團出身戰士特有的優雅氣質，感覺到長期與一個渴望得到的女人一同旅行所壓抑的情慾。

接下來接觸的是他的無名指。右上角。橘色。綠色代表生命，橘色則代表生命間的關聯。那些代表因果關係和邏輯的藍光線條，展現著生機。那些線條，少了橘色的關聯，就沒有任何意義。藍色架構中有些出於自己的謊言，是他爲了勸說、誤導、欺瞞手下裁決官所鋪設的基礎。此刻，突然之間，年輕人察覺到這個男人有多危險。他有個缺陷。他和妮雅有過一段關係，他現在知道那個女人的名字了。他的夥伴，一個他忍不住一直偷看的女人：愛慕、渴望、痛恨。之前他曾把她哄上床。

那次之後，她說如果他再碰她一次，就殺了他。她說他太粗暴了——還是什麼的。

她只是不願承認她喜歡和他上床。那樣會讓她軟弱。害羞。不過她可以反抗。那次上床後，她向他們的上司提出調職要求，但沒有說明原因。太難堪，太軟弱了。他們拒絕了。

但是他後來再也沒有碰過她。他很擅長使用匕首、擅長用槍，也很擅長記仇。儘管如此，他還是忍不住幻想再度把她綁起來的景象。正常情況下，他只要和女人上過一次床，就會對人家失去興趣。妮雅不會。或許這就是愛。

喔，求歐霍蘭幫忙。年輕人已經迷失在紙牌裡，而他甚至還沒接觸所有的——

他的小拇指，右下角，次紅和紅色幾乎在他的中指接觸上方中央黃色那一點的同時，湧入體內。所有關於這些紙牌的運作機制，和它們如何將馭光法師與牌中角色產生連結的客觀研究，通通在轉眼間被渥克斯不太熱中的熱情和無法分心的思緒給拋到腦後。還有渥克斯的微光斗篷。

我把袋子甩到肩上，跟著妮雅走下碼頭。我討厭海上那股腐爛的海草味，一直都很討厭。但是能夠下船的感覺很棒。我討厭船。如果要我繼續待在船上，我就要把那個生瘡的船長開膛剖肚。這個想法讓我忍不住面露微笑，妮雅在我面前搖晃的屁股也一樣。妮雅的屁股能讓盧克教士賭咒，讓閹人勃起。我想這是爲了彌補她容貌上的不足。

妮娜將她的袋子移到背上，然後調整腰帶。她伸長了一根手指朝下，這是在對我欣賞她的屁股表達激賞。

我笑了。妮娜喜歡調情。

我們還沒通過碼頭上的稅務站，妮娜已經開始咳嗽。這是她收到命令的信號。我們的上司總是把命令下達給她。基於某種原因，他們認爲她比我優秀。不過這樣能讓我聽她號令，讓我不傷害她。好像我會傷害她一樣。

她繼續走在前面，沒有告訴我命令，也沒有把命令給我看。反正命令是用密碼寫的，他們從來沒教過我密碼，妮娜也拒絕教我。這女人有時候很聰明。

我抬頭看向克朗梅利亞，心裡頓時充滿憤怒和厭惡。他們第一年就把我踢出來，當年我才十三歲。爲了什麼？一隻貓。

誰喜歡貓？貓根本沒能力回應你的愛。他們爲什麼會認爲那頭可惡的野獸比我更有價值？我是個還在成長的綠法師，他們不可能知道我有多特別，但誰會爲了一隻貓趕走任何馭光法師？

儘管如此，那隻貓還是給我上了一課。牠教我做事要小心，在我們這一行裡，那是非常寶貴的一課，也是爲什麼二十年後的今天，我還活在世界上的原因。我前三個夥伴都沒有我這麼小心。上次我只能搶救出吉巴林的斗篷，而且沒來得及在它被燒掉六個拇指寬度前將它救出火場。現在那襲斗篷只能給像妮娜那麼矮小的人穿了。要找分光者本來就不容易——我的主人還得要找矮個子分光者。

不是我的問題。

我只希望這次任務能對克朗梅利亞造成傷害。阿提瑞特比歐霍蘭和祂的克朗梅利亞，更能接受我的怪癖。綠女神不會限制那些愛她的人。阿提瑞特把我從自我厭惡的生活中拯救出來，賜我自由與接納。這些家畜、這些東西，永遠不會了解那種感覺。

稅務官沒有攔下我，沒有搜我的行李。儘管他們有權這麼做，但通關的人就是多到沒辦法每個人都搜。他們採取抽樣檢查，把人拉出隊伍，檢查鼠草、珠寶、番紅花，以及任何體積小、價值高、可以放在口袋裡逃稅的東西。

或許我看起來不像那種人，雖然根據我的經驗，走私者看起來都跟我一樣邋遢。我的鬍子至少需要上一點油。如果我能找到阿塔西理髮師，我會來個全套護鬚——解開鬍辮、拿下鬍珠、梳理整齊、臉部按摩、染黑花白的部分之後再次結辮，或許換掉我現在用的藍玻璃珠，改用金珠，也許再參雜些金線。金線，是這次任務我要給自己的獎賞，不管是什麼任務。

一個小時後，我和妮雅入住旅店，在不同房裡安頓好，然後會合。分房住是基於工作上的理由，不過當我提議可以共住一房省錢時，妮雅並沒有提到這點，只說如果我敢進她房間，她就殺了我。

有時候我覺得她不太喜歡我。不過她是個好夥伴。能力強，不會害死我。說到底，我只在乎這個，雖然我很懷念把她綁起來掐脖子時她臉上的表情。她驚慌失措，但我知道等她高潮後就會向我道謝。我等不急要看她的恐懼變成興奮歡愉。

但她性冷感。這個男人就幫不上忙了。

我在她到距離旅店一條街口外的市場買水果時，走到她身旁。「好甜瓜。」我說。

她假裝我沒說話。「我解開密碼了。你絕對不會相信上面寫了什麼。」

我比她高很多，而我站得很近，低頭看她的領口。「嗯，懸疑呀。」

「你知道，渥克斯，對街就有妓院。你需要先去解決完再和我談嗎？」要脾氣。我就喜歡她這點。

我抬頭面對她的雙眼。「不想給我看，就不要露出來。我有權看，妳也有權遮起來。任務是什麼？」

她左顧右盼，確定附近沒人偷聽。她壓低音量。「他們要我們殺掉『風之女巫』。他們要我們殺掉珍娜絲·波麗格。」

我的雙眼在恐懼襲來時變得一片漆黑。聲音消失了。感覺消失了。思緒列車消失了。我沖天而起、脫離現場、回到現實。

我憑空盤旋、漂浮在自己和一個胖小子的身體之間。噁，肥胖，在經歷過戰士殺手高度實用的軀體之後，經歷過上萬個小時訓練出來的優雅動作之後。我坐在——

搞什麼？

到底是——

他回來了。

# 第六十章

「我是你的？你打一把牌就把我贏走了？」提雅問。

「對？」基普說。

當時是午夜鍛鍊和汲色練習過後。提雅顯然注意到基普表現得有點奇怪，覺得有點擔心。現在他們坐在他的新房間裡。他身體還熱呼呼的、肩膀上掛了條毛巾，不敢和她目光接觸。他甚至不知道自己爲什麼會感到羞愧。

「你拿我去賭什麼？我是說，你的賭注是什麼？」提雅問。「你什麼也沒有。我是說，沒有不敬的意思。我也什麼都沒有，但是……」

「其實我們不是那樣賭的。紅法王他——我不知道——想知道我能承受多少壓力。我猜。賭注是妳和……一個他以爲我知道的祕密。」

「我……懂了。」提雅皺了皺鼻頭，知道他不打算信任她。「我很抱歉，我疲倦時講話不知輕重。」她說。「他們有給你我的文件？」

基普朝擺著那捆文件的書桌比了比。「我已經和首席抄寫員登記了。他說他們得向阿伯恩大使館諮詢，確認妳身上沒有任何留置權，不過既然安德洛斯．蓋爾都已經簽署了這份文件，他敢保證不會有問題。他已經把文件登錄在克朗梅利亞的資料裡了。」

提雅還像個摔倒後無法肯定自己有沒有受傷的小孩一樣眨眼。正確的反應是流淚嗎？還是站起身來，離開這裡？「我是你的？」她又問了一次。「你……你要怎麼處置我？」

她目光轉向他的床，又看回他的眼睛，然後看地下。

「不是！」基普說。「就像妳說的，黑衛士禁止發生關係。我……」

「那是指正式黑衛士，矮樹不算。」她小聲說道。「在你宣誓之前都不算。」

沒有女人會主動帶基普上床。他要弄個臥房奴隸，或是召妓，才有機會上床。他很胖、是私生子、愚蠢、長得醜、笨手笨腳、提利亞人，而且還是混血。他不像別的男孩一樣知道該怎麼和女生說話。提雅並不算是主動獻身，不過她似乎也不討厭他。安德洛斯．蓋爾說得沒錯。

他可以事後再解放她。或是等到他們兩個都成為黑衛士，宣誓效忠，再結束這段關係。

基普難得可以對自己好一點。這是他應得的。他本來可以把那些時間拿去研究汲色，但卻花在研究九王牌、記憶牌組和策略上。他知道不該把黑牌拿去救提雅。他應該保留黑牌，等到自己成為賭注時再用。他為了救她，可能會輸掉自己的未來。這是她欠他的。沒有基普，她就會淪為安德洛斯．蓋爾的奴隸。他從那隻蜘蛛的手中拯救了她。要求一點回報有什麼不對？

回報，呃？你一直都在幻想這個嗎，基普？

提雅放下她的袋子，聲音變得遙遠、空洞。「你要我先去洗澡嗎？還是要我去提熱水，我們一起洗。還是……很抱歉，基普。我是說，主人。我以前沒做過這種事。我沒——我沒想過我之前的主人會賣掉我。她似乎非常——我——我說太多了，是不是？」

他有幻想過和提雅做愛，不過事後覺得很羞愧。

基普拿毛巾擦臉。她是奴隸，並不是他把她變成奴隸的，世事本來就是如此運作。這一切都不是他的主意，而且他自己也曾為世界既定的運作方式付出代價。他並不是自己選擇要身為私生子的，但得揹負這個恥辱，不是嗎？他接受了命運的懲罰，也該從中獲得獎勵。這是他應得的。再說，雖然是出於職責，但並不表示提雅會難過。基普會對她好的。他會關心她。他對待她會比任何男人對待女奴隸還要好。

提雅吞了口口水。「我是處女，但是臥房奴隸都會談論她們的工作——常談。」她臉紅。「我想我知道該怎麼做。」她又吞了口口水。

說眞的，賜她自由眞的會讓她日子比較好過嗎？平民過得眞的比奴隸好很多嗎？

誘惑是條緩慢又微妙的毒蛇。

我是龜熊。我既胖又醜，還很可笑，但至少對自己很誠實。我想要她，是因爲害怕永遠沒有機會和任何人上床。而我會對她好，是因爲不希望事後心生罪惡。全部都是謊言。

我當然想和你上床，主人。你當然會對我好。這當然超乎任何女孩的期待。你當然是個寬宏大量的好人。

如果妳沒有權力說「不」，那妳的「是」就沒有意義。

「我惹你生氣了？」提雅問。

如果我不是她的主人，她根本不會這麼關心我的心情，是不是？

她吞嚥口水。「我們不必先洗澡。我這麼說沒有任何意思。我很抱歉。我很不擅長這個。我該閉嘴，然後——」她雙手交叉，抓起上衣下襬。

基普抓住她的手臂，阻止她脫衣服。他不理會她驚訝的表情，走向書桌，拿起那些文件。他把文件交給她，避開她的目光。

「妳自由了。在和大使館確認之前，我沒辦法正式登記——我試過了，但是在我看來，妳不屬於我。」基於某些理由，這句話聽起來很糟。基普用毛巾擦臉。「我的家鄉沒人有奴隸，所以我不知道一般人是怎麼做的，但是……我不想知道。光是想到要強迫妳去……去做那個壞老頭提到的事情……我就已經非常厭惡自己了。」

「你很久沒睡覺了，是不是？」提雅問。

「那和這個有什麼關係？」

「所以你很久沒睡覺了。」

基普偏開目光。「我會……作惡夢。」惡夢，眞是保守的說法。「不管睡不睡覺，早上我都會更累。」

「上床吧，基普。我們明天早上再談。」

「我說眞的，提雅。」

「我也是。上床。」她語氣堅決。

「我以爲我才是主人。」基普說。他話一出口，立刻後悔，但她笑著拍了他的屁股一下。不過她笑得有點太大聲，顯然和他一樣鬆了口氣。

他爬上床，然後奇蹟出現，他睡著了。

第二天早上，基普感覺心情好到不像話。他發現自己在哼歌，足足哼了十秒。

接著，他想起那支匕首。

他用海綿擦拭身體，換了套乾淨衣服，然後迅速探頭出門。沒有間諜，至少他沒看到。

他走樓梯下樓前往之前營房的樓層。他還是沒想出辦法，但他知道不能把一個無價之寶永遠放在隨機挑選的置物箱裡。他溜進營房，迅速往裡面走去。

他藏匕首的那張床有人睡了。那個置物箱被移到床腳，就和其他有人睡的床一樣。基普喉嚨緊縮。

他打開置物箱。一套換洗衣物、備用毯子，還有幾枚硬幣。沒有匕首。喔，不要。喔，千萬不要。親愛的歐霍蘭，不要啊。

「你翻我的東西幹嘛？」有人自廁所門口問道。一個新來的男生，基普從未見過。滿臉痘痘的瘦子，脖子上有胎記。

「這個箱子裡有我的東西。」基普說。「在哪裡？你把它們放到哪裡去了？」

「你在說什麼？我來的時候，箱子裡只有一條制式毯子。你在偷東西嗎？」

「喔，閉嘴。」基普說。

「你是粉碎者，是不是？」男孩問。

太好了。基普不再多說，離開。

他下樓，來到學生排隊的地方。當時是上課時間，所以沒人排隊。書記官顯然也知道基普是蹺課跑來的，所以慢條斯理地晃過來。

基普忍氣吞聲。

「你迷路了嗎，年輕人？」書記官問他。這傢伙手裡拿著一杯熱騰騰的咖啡。

「不，但是我有東西不見了。你們這裡有專放失物的地方嗎？」

「有呀。」男人說。「你掉了什麼？」

基普吞嚥口水。

「請不要告訴我你掉了一大堆零錢，但是不記得多少。」男人皮笑肉不笑地說，然後啜飲了一口咖啡。

「不。嗯。」基普壓低音量。「一把插在刀鞘裡的匕首，約莫這麼長，刀柄是白色的，刀刃上有，呃，鑲玻璃。」

「男孩的遊戲。」

「我是說眞的。」

男人喝了口咖啡，兩眼上翻，然後走向書桌後面的一個箱子。他開始在一堆舊斗篷和褲子裡翻來翻去。「打掃房間的是奴隸，你知道。他們都很奸詐，毫無道德可言，常常在偷東西。你眞的不該把東西留在——」他突然住口。

基普清楚聽見一把匕首拔出刀鞘的聲音。他心臟差點跳了出來。

男人回到櫃檯，把那把刀放在櫃檯上。正是那支匕首。他瞪大了雙眼。

基普一把搶過匕首。「你，呃，最好不要向別人提起這件事。」他說。「呃，我不是在威脅你。我是說這把匕首非常重要，如果有其他人來找，或許你從未見過它，也不知道他們在說什麼。如果你有查出是哪個奴隸拿來放的，幫我謝謝他們。我的命搞不好是他們救的。」

男人冷淡地喝著咖啡，不過額頭上冒出斗大的汗珠。

*我身上沒地方藏得下這麼大支匕首。*

基普把匕首塞到衣袖裡，盡量把刀柄握在手掌中，假裝這樣看起來一點也不醒目。他吞嚥口水，一手拉緊腰帶。

*束緊我的腰肉，我想。*

腰肉。基普不喜歡這個字眼。

書記官清清喉嚨。「還有別的事嗎？」他問。

喔，基普拖太久了。

「沒有。再次謝謝你。」他離開。

他不知道該上哪兒去。他沒有安全的地方可供收藏值錢的東西，但他發現自己朝珍娜絲．波麗格家前進。她有很多值錢的東西，就藏在隨處可見的地方。或許可以給他一些建議。

來到入口廳時，他發現所有從外面進來的人身上都淋濕了。他考慮回房間拿斗篷，但他的房間很可能有人監視，而他保護匕首已經保護得很糟糕了。走運一次很好，但是期待再度走運，就太過分了。

淋濕就淋濕吧。歐霍蘭知道他有足以保暖的脂肪。他做好面對傾盆大雨的心理準備，開始慢跑前進。

他又濕又冷地抵達珍娜絲．波麗格家，結果卻發現房門被人打爛、鉸鍊扯落、鐵片扭曲斷裂。他聞到一股氣味。血腥味。血腥味和煙味。

# 第六十一章

基普感覺恐懼試圖癱瘓他，但恐懼的動作很慢。恐懼只能待在他的肩膀上，用黑翅膀遮蔽他的臉，如果他提供駐足空間的話。恐懼在他的頭上盤旋，以血淋淋的鳥喙戳他的雙眼，但基普動作更快。他衝入屋內。

在踏過倒在地上的門板時，他撞到某樣東西。某樣柔軟又隱形的東西。不是東西。是人。

基普的體重難得派上用場，他向前撲倒，跌入珍娜絲．波麗格的屋子，撞倒那個隱形人。他在對方撞上破書架跌倒時，透過敞開的斗篷看見一條穿著長褲的腿。

一團紙牌撒入空中。這個男人手上必定拿滿紙牌，而當他倒地時，紙牌立刻脫手而出。

接著，在一陣衣料摩擦的聲響中，他消失了。

基普跳起身來，踩到地板上的垃圾滑倒，然後看見了幾具屍體。武裝男子，約莫半打，全都身穿黑制服，胸口繡著銀盾牌。珍娜絲．波麗格的守衛。這些死人都是她的守衛。他們沒有殺掉任何入侵者。

一陣拔出武器的聲響，蓋過了屋外風雨聲。

基普睜大雙眼，進入次紅光譜——隱形人立刻變得清晰。儘管身穿斗篷，身體還是比周遭環境高溫。他朝基普筆直走來，完全沒費心把重心放低。他必定認爲基普很好解決。

基普神色驚慌地左顧右盼，一副搞不清楚狀況的樣子，等著斗篷男逐漸接近。顯然，那襲斗篷只能遮蔽位於其中的東西，所以男人只能使用短劍，而且得到最後關頭才能舉劍，不然劍身就會飄到空中。於是那個男的劍尖指地，持續前進。

當對方來到兩步之內時，基普突然大叫。他跳向男人身側，左臂順勢揮出，在男人舉劍的同時擊中手臂，右手拿著自己的匕首插入男人胸口。

可能是次紅不容易看清楚細節，又或許因爲基普笨手笨腳，他的腳落在書本和蘋果核上，滑了一跤，放脫了匕首。

他翻身而起，打鬥令他顫抖。現在隱形男已完全現身，躺在地上，雙臂攤開，沒有動靜，基普的匕首直挺挺地插在他胸口。

基普迅速環顧四周。珍娜絲在屋裡放了一千把火槍。他爲什麼一把都沒看到？現在似乎沒有東西著火，不過空氣中還是有股濃濃的煙味。他還聞到綠盧克辛特有的清新杉樹樹脂味。他們用盧克辛滅火。多處火頭。珍娜絲．波麗格說過樓上的紙牌都設有陷阱，或許樓下也有。

「渥克斯?!」樓上傳來一個女人的叫聲。「怎麼了？」

基普自死人身上拔起匕首，衝上樓梯，匿蹤的程度就和犀牛撞上一箱瓷器差不多。那個女人站在紙牌牆前，一張一張取下來，放入一個有許多格子的木箱裡，但是在看見基普之前，她已經提高警覺。她把木箱放到一張桌子上，然後用斗篷罩住全身。

基普在不知不覺間恢復正常視覺，迅速打量樓上房間的情況。珍娜絲．波麗格血淋淋地躺在桌旁，死了。牆壁上一塊平坦的牆面被打了個洞，後頭是個收藏紙牌或其他寶物的空間，半面牆上的紙牌已經被清空。

一道微光朝他逼近，他放鬆雙眼。隱形女子變成一道暖光，迅速向他衝來，在最後關頭舉起短劍。這些殺手必定習慣輕鬆擊殺目標，因爲當基普閃開時，她驚訝到完全忘記應變。他在跳開的同時轉身，然後揮手攻擊。

他的匕首劃中某樣東西，疾掠而過。基普以爲——希望——那是對方的脖子。他在房間中央伏低身形。

「你是次紅法師。」她說。「向來討厭次紅法師。」她在魔光中脫離隱形狀態。她是個身材嬌小、皮膚白皙的金髮女子，一雙藍眼因爲汲色而幾乎完全變綠。她的眼睛很小，長相酷似雪貂。她的頭髮在腦後綁成兩條辮子，其中一條被基普的匕首割斷。她拔出手槍。

基普抓起珍娜絲的小椅子丟向殺手。她跳向旁邊，但是已經扣下扳機。火光大作，槍聲在小房間裡聽來格外響亮。鉛彈嗖嗖作響，一顆接著一顆，從牆面上彈開。

女人咒罵了一聲，抱住小腿，不知道是被跳彈打中，還是裝出來的。基普不知道她受傷多重。她拿手槍丟他，沒中，隨即以短劍展開攻擊。

那把劍從各方面來看都不適合格鬥。劍身又短又寬，適合出其不意地刺殺目標，並確保一擊必殺。基普的匕首幾乎和它一樣長，但是比較細、比較尖，而且被糟糕得多的使用者握著，目標還龐大許多。

但是女人受傷了。基普採取匕首戰鬥姿勢，試圖回想訓練官教過的一切。殺手的傷可能根本沒那麼嚴重，只是爲了引誘基普採取愚蠢的行動。

耐心點。既然她受傷了，就可能爲了盡快結束打鬥而犯錯。

「很快就會有人來了。」基普說。「妳最好——」

她撲上前，他擊落她的短劍，以受傷的左手捶中她的臉。至少他的手還能握拳——也能打人。她向後跌開，受傷的左腳站立不穩。

如果他立刻展開追擊，就可能立刻結束打鬥，但他猶豫了，擔心她在騙人。

她恢復平衡，鼻血直流，身形微晃。或許晃得有點太誇張了。

「五條街內的所有守衛隊長都被收買了。」她說。「你聽見了嗎？」

基普不確定她在說什麼。喔，雷聲。

「那表示聽見槍聲的人都不會想到是槍聲。你死定了，火焰男孩。」

「妳爲什麼要這麼做？」基普問。他在拖延時間。他看到她黑褲子上的血跡逐漸擴散。跳彈眞的打中了她。

戰場上沒有作弊，只有倖存者和死人。費斯克訓練官一直在班上強調這一點。黑衛士並不是在學怎麼決鬥，而是在學怎麼殺人。

基普不擅長匕首，但力氣比這個女人大，特別在她因爲失血而變弱的此刻。兩人緩緩繞圈，他又來到板凳附近。

「命令。」她說。「告訴我你是誰，我才好回報殺了什麼人。」

「基普・蓋爾。」他說。

「蓋爾？」

基普朝女人拋出匕首。除非學過投擲匕首，不然丟出你的匕首肯定不是好主意。基普沒學過。但她沒料到他會這麼做——匕首擊中她，正中胸口。可惜是刀柄。

不過，這導致她一邊咒罵一邊往後跳開，而基普就趁機抓起板凳，高高舉起狠狠揮下。殺手想要繼續後退，但她已經退到牆邊，退無可退。基普重重擊中對方，全身力氣都灌注在這一擊之中。她試圖阻擋，但他擊潰了她的防禦，打斷一根椅腳，把板凳變成不稱手的武器。

但他沒再犯之前的錯誤，這次他繼續搶攻。房間比之前亮了一些，他看出殺手的手臂已經斷了，但依然緊握短劍。當她正要伸出左手去抓劍時，基普已經撞了上來，以肩膀把她撞在牆上。

他聽見她體內空氣狂噴而出的聲音，接著兩人一起爭奪她的短劍。

「妮雅！」樓梯口有人叫道。「伏低！」

基普轉身看見另外那個殺手——他發誓已經死在自己手下的殺手——站在那裡，舉起手槍。女殺手，妮雅，試圖擺脫基普，趴向地板，但他緊抱著她，目光集中在男人手槍上方的小橘點——已經點燃的引信。引信插在藥鍋裡。

基普和妮雅面對面在地上打滾，完全不再去想兩人中間的那把短劍。

碰地一聲，她一頭撞到他的臉上。這記頭錘，擊中了他的鼻子和嘴唇。他的雙眼立刻淚如泉湧。

「妮雅！」

他連忙後退，絆了一跤，屁股著地。殺手妮雅像堆肉塊般癱倒在地，後腦多了個大洞。基普才知道那記頭錘是她的腦袋被子彈擊中、受力向前引起的。

他倒地時頭撞到牆，雖沒撞到頭昏眼花，不過還是很痛。

我是個白痴。他伸手到口袋裡，拿出綠眼鏡。

另一個殺手，渥克斯，面露驚恐地看著夥伴——死在他手上的夥伴——血淋淋的頭顱。但基普的動作讓他採取了行動，撲向前來一腳踢中基普腦袋。

基普以肩膀承受大部分力道，然後順勢滾開，盡量拉開他和渥克斯的距離。他看見殺手撿起妮雅的短劍。基普爬起身來，手無寸鐵，受困屋角，渥克斯擺出戰鬥架勢。光從這個架勢，基普就能看出他是個戰士。

間。

基普的眼鏡彎了，不過還握在手裡。時間不夠。他戴上眼鏡的時間差不多就是那把劍幹掉他的時

牌。

他和殺手同時撲出——渥克斯撲向基普，基普撲向牆上紙牌。基普順手一抓，抓下四、五、六張

牆上噴出一道火焰。如果基普站在牌前，就會被燒死。但火焰在他和殺手間形成一道火牆，阻止殺手前進。基普戴上眼鏡，稍微把它扳到定位，然後開始汲取綠色。渥克斯看見他在做什麼，當火牆消失的同時，他們同時揮出手掌，朝對方拋出盧克辛。

殺手的動作比較快，手迅速揮出——但是毫無效果。他的掌心沒有冒出顏色。他神色訝異地低頭看手一秒。接著，基普的綠魔彈貫穿他的腹部。

男人摔倒在地，放聲哀號。「阿提瑞特！阿提瑞特，回來。妳對我做了什麼?!」他對基普叫道。他沒有看肚子。沒有看自己的致命傷。他在看他的手。

基普咳嗽。貼著剩下紙牌的那面牆已經起火燃燒。有些紙牌沙沙作響，就像火焰中燃燒的樹枝。其他牌則靜靜地在火焰中焚燒。火勢擴散得很快。

一個奄奄一息的聲音說道：「基普。」

聲音來自屋角。珍娜絲．波麗格。她還活著。

「撿起匕首，你這個笨蛋。」她說。

「什麼？」基普像個笨蛋般問道。喔，他的匕首。打架時丟出去的匕首。那支匕首。

基普必須跨過妮雅的屍體，她頭上的洞在地上流出一灘不斷逐漸擴大的血泊。他立刻轉頭，以免嘔吐。

另一個殺手喃喃自語著一些自己不純淨、不配、完蛋了的東西。他在哭、在喘氣，不過看起來不像有力氣惹事。基普找到匕首，在濃煙中站起，隨即聽見一聲大叫。

他立刻縮身，伏低，剛好看見渥克斯——基於某種理由脫掉了他的斗篷和上衣——劃開他自己的側頸。鮮血泉湧而出，殺手瞪著基普，一雙棕眼充滿怨恨，片刻過後，他癱倒在地，不省人事。

搞什麼？

基普跑回珍娜絲身邊。「斗篷，基普。」

「我們離開之後再幫妳弄件斗篷。」基普說。

「了不起的笨孩子。他們的斗篷。」她的聲音很虛弱。

基普奉命行事。他的腦袋似乎不太靈光，所以很高興能接受指示——雖然這些指示在濃煙瀰漫的屋子裡聽起來沒什麼道理。男人脫下了斗篷，要拿很簡單，但女人的斗篷還穿在身上。基普在翻動她的屍體時偏過頭去，但斗篷還是卡住，他這才看見斗篷用金項圈綁在女人的脖子上。

他目光集中在自己的手指上，以免受不了噁心的血腥畫面而失去控制。他解開項圈，終於脫下斗篷。

他在接近地面、煙比較少的位置深吸了口氣，接著走向珍娜絲·波麗格。他把她抱起來。然後又看見那些紙牌，突然看清了眼前的景象。

牆上寶貴的紙牌通通起火燃燒，每張都在牌內的盧克辛作用下燒得像支小火把一樣。

「別管它們。走。」珍娜絲說。

「但它們很重要！它們價值——」

「走，基普。」她的聲音很虛弱。

基普抱著老女人，搖搖晃晃地走下樓梯，頭部十分接近牆壁上的火焰和高溫。火焰順著樓梯外側延燒，基普在抵達一樓時看見地上的垃圾在悶燒。歐霍蘭慈悲為懷，這個房間不光只是丟滿垃圾，還到處都是黑火藥。基普奔向門口，刻意繞過地上的垃圾，手上抱滿了老太太、斗篷和一把大匕首。

「等一等。」珍娜絲在基普抱她出門前，於其耳邊說道。她的聲音幾乎細不可聞。「轉一……」他轉過身去，她伸手去拿她的菸草盒。

「妳在耍我嗎？」基普問。「妳要抽菸？這種時候？」

她在菸草盒裡摸索片刻，然後在菸草底下拉出一個小的亮面象牙橄欖木盒，大小只裝得下一副紙牌。

「哈！他們沒搜到。」她面無血色地笑道。「你在等什麼？這裡失火啦。」

基普抱著她進入夜色。外面狂風暴雨、雷電交加，大雨遮蔽了街道。還沒人發現這棟小屋子著火了。基普帶著珍娜絲走過街道，才剛轉進一條小巷子，她的房子就傳來爆炸聲。接著又爆一次，聲音更大。他絆了一跤，摔倒在地，還好有及時墊住老太太。

他在又濕又髒的巷子裡扶她起身，突然感到心力交瘁。

「我想你應該沒幫我拿畫筆。」她揚眉問道。大雨沖掉她臉上的血跡，但臉色異常蒼白，白到有點發光。「因為……」她微笑，雙眼綻放不自然的光芒。「我現在知道誰是馭光者了。」

然後她就死了。

# 第六十二章

法色之王在傷亡人數極少的情況下，攻下通往阿塔西境內的隘口。麗芙沒有經歷任何交戰，當她路過戰場時，所有交戰過的跡象通通已被清理乾淨。

通過隘口後，所有人都以爲他們要直接前往阿塔西南部最大的城市——伊度斯。結果，除了派遣小型部隊散入阿塔西鄉間掠奪糧食之外，法色之王率領部隊主力往南深入山間。他穿越河流和幹道，然後朝上游行軍，而不是往下游的伊度斯移動。

最後他們抵達洛利安的大銀礦。麗芙從未見過這種景象。方圓至少一里格內的所有山丘全都是洞。三百五十條礦坑，法色之王說，總計三萬名礦工。大銀礦歸阿塔西政府所有，不過七總督轄地各地的貴族會向他們租借，不但要付租金，還要繳納一定比例的獲利。麗芙聽說過奴隸被送來大銀礦，但一直沒有概念那代表什麼意義，只知道那是主人用來嚇阻反叛或懶惰奴隸的強力威脅。有些阿塔西學生提過他們家族會在收割季後的幾個月，把奴隸租給富有的奴隸商人，然後送到大銀礦去懲戒一番，再於播種季前送回來。很顯然，許多奴隸沒有回來，而大部分家族也只有在急需用錢時才會以這種方式出租奴隸。

繞過山丘，位於礦坑後方的是圈木塔。木塔內部太過遼闊，無法用柵欄圍起，不過範圍內的樹木都被砍除。任何逃亡的奴隸都得穿越一大片開闊地。每座木塔內都有一小隊守衛、馬匹，還有專門獵殺奴隸的獒犬。

一座叫作索利可斯的小鎮，座落在礦坑下方的河岸旁。礦石會在這裡裝載上接駁船，食物會從附近鄉間運抵此處，而奴隸商人也在此進行交易、販售醫療和工具、裁定紛爭。不過，索利可斯幾乎是座空城，所有能逃走的人都逃走了，只剩下一些老議員，以及太老或病得太嚴重，無法勞碌奔波的市民。麗芙不懂他們的家人竟如此懦弱。誰會把自己母親留給入侵部隊？戰爭會帶出許多人卑劣的一面，還有少數人善良的一面。

完全沒有開打。礦坑主人看到敵方部隊時，立刻知道反抗等於自殺。駐守在洛利安的士兵，都是負責看守奴隸和追捕逃亡者的守衛，不是訓練有素的戰士。他們只有半打馭光法師，但這些女人沒有一個擅長作戰，所有擅長作戰的馭光法師，都已經撤回伊度斯。

議員帶著驚恐之色和法色之王在鎮外會面。麗芙已經忘了剛見到他時的那種震撼。但老人很體面地投降，並且祈求寬恕。

法色之王接受投降。他發誓不會殺害或騷擾任何人，也不會奪取食物和工具外的東西。他信守承諾，雖然這種做法引發了一些不滿。麗芙發現，如果部隊欠缺物資，情況就會比現在麻煩。既然他們的糧草豐富，也沒有人在掠奪的過程中喪命，要求部隊不要強搶財物，就沒那麼困難。

法色之王十分看重占領銀礦的程序。他派遣士兵繞過山丘，占領所有木塔，避免奴隸趁亂逃脫。如果他真的願意按照自己所言解放奴隸，那他顯然是打算依照自己的步調、方法，逐步解放。

他也確實這麼做了。克伊歐斯．懷特．歐克喜歡公開演說。當晚霞染紅天際之時，他對三萬名聚集的奴隸說話。所有人在聽他講完幾句卑微的話之後，就可以立刻獲釋。今晚，他會提供所有人衣服和食物。只要不偷他手下的東西、也不加入克朗梅利亞和他作對，想去哪裡都無所謂。或者，他說，可以隨他出征，與其他士兵分享掠奪的果實，對不公之人展開報復，或許爭取到足以安身立命的財物：想務農的，就贏得一片土地；想要過城市生活的，就贏得一筆資金。他們有十天可以決定，但得在他攻擊伊度斯之前決定。不過，這是他們自己的決定，不必付出任何代價，從今天起，他們永遠不再是奴隸。

他親手解開了一個老奴隸手上的鎖鏈。

這是一場豪賭，而從第二天的情況看來，他輸得很慘。會被送到大銀礦的奴隸，都不是善男信女，他們是被捕的海盜，暴力、不聽使喚、懶惰、會反抗。他們是那種討厭遵守任何規則的人，約莫只有十分之一出席晨間操練。部隊花了一天訓練，第二天中午才拔營啓程。

到第三天，麗芙終於了解法色之王在賭什麼。獲釋之人，儘管有衣服穿，鐐銬也都解開，但卻找不到食物。法色之王的掠奪隊已經把附近的作物和牲口都搶光了。沒有人會毆打獲釋的奴隸，但也不會有人給他們東西吃。當然，大多數奴隸都很熟悉貧困；讓奴隸挨餓，是治療貪婪和懶惰的最好作法。他們能應付餓肚子的痛苦。應付一陣子。

路上除了其他奴隸，沒有任何旅人，所以就算想搶劫，也沒人可搶。有一小隊人馬進攻營地，搶走了一些食物，但卻沒有搶馬。他們被抓住、綁起來，身上灑滿紅盧克辛，然後活活燒死。進入第四天後，大量奴隸開始與行進緩慢的部隊平行前進。

到第五天，晚餐時，數千人進入營地。他們只有麵包屑，沒有別的。部隊的人告訴他們：自由人想吃東西就得工作。次日早晨，數千人加入訓練。

到了第十天，部隊總共多了兩萬兩千人。

當然，在原先就已經訓練不足、軍紀渙散的部隊裡，增加這麼多沒受過訓練、毫無紀律可言的人，會產生許多問題。麗芙晚上會聽那些顧問爲此爭吵，甚至對法色之王大聲說話。奴隸應該組成新的部隊，還是融入舊有部隊？（後者。）騷擾營地裡的女人或男人的奴隸要如何處置？（祭神。）奴隸全是男人，只有工頭和他們的親信——這些人全都逃光了——可以去找索利可斯的妓女。有辦法解決他們的需求嗎？

法色之王召集奴隸代表、部隊將領，還有娼婦一起討論——娼婦們本來沒有組織任何工會，不過在聽說這樣可以賺錢之後，立刻弄了一個工會出來。麗芙越聽越不是滋味，但法色之王從不叫她離開。他讓女伴之母——妓女自己決定的稱呼——告訴他一天能接待多少客人，然後打造了那個數字三分之二數量的銅幣，在上面蓋性交易活動的標記。接著又打造了少量可以光顧最頂級女伴的銀幣——他讓女伴之母自行決定哪些娼婦算是頂級女伴。他將三分之一的代幣交給將領、三分之一交給掠奪部隊的隊長、三分之一給財務官。

代幣將會發給工作表現優異的人——像是找到最多作物，或自願參與高危險性任務。至少有半數代幣得發給奴隸，如果出現任何囤積代幣或只發給親信使用等腐敗行為，那麼腐敗之人將會被抓出來吊死，然後祭神。每天女伴都會拿代幣來換取酬勞。部隊裡的任何人都能以公定價購買最後三分之一的代幣，幫忙補償其他人的津貼。

法色之王說：「接下來的兩週裡，我要你們盡量想辦法發出這些代幣，不要一直發給同一批人。讓所有人都有機會獲得代幣。在那之後，我們就開始縮減發放量。本週我們不想看到暴動或強暴犯，但是下週我們不希望看到財務危機。」

隔天，營區彷彿縮小了三分之一，因為新獲釋的奴隸紛紛自告奮勇奔向四面八方執行任務。

隨著他們逐漸接近伊度斯，附近的城鎮越來越大，掠奪的財物越來越豐富。直到他們抵達伊度斯外圍為止，沒有任何城鎮反抗。厄吉恩有石牆、弓箭手和少數馭光法師。麗芙想不透這座城裡的居民在想些什麼——理應固守的伊度斯，對正常人家而言只需一天即可抵達，對部隊而言則需兩天，算是逃命時很輕鬆的旅程。但是這座城裡的長老不知透過什麼方法，讓全城的人認為他們可以輕易擊潰奴隸大軍。

法色之王上前談判時，城主自堡壘後吐口水，然後指示弓箭手放箭。法色之王的馭光法師輕易就擋開那些箭。

趁著馭光法師應付弓箭手時，他們的工兵——有一半是原先的礦工——一小個時內就在城牆下安置好炸藥。他們炸開了一個大洞，然後又花了一個小時讓全城陷入火海。

這一次，法色之王下令不必手下留情。他說要用這座城市樹立榜樣，只留五百個活口。

部隊陷入瘋狂。麗芙待在營地，即使打扮得像個有錢的馭光法師，認識她的人也很多，厄吉恩依然不適合女子單獨出沒。反正她也不想知道獲釋的奴隸會對前主人做出什麼事。

那天晚上，一個身材高壯，只能從被剪斷的耳朵看出原先是奴隸的男人，獲准進入法色之王的營帳。他鞠躬行禮，呈上一個布袋。袋裡裝的是城主腦袋。

法色之王賜給他一把銀代幣，直視他的雙眼，然後點頭。當男人走出營帳，留下那顆噁心的頭顱在地毯上滲血時，克歐伊斯・懷特・歐克說：「很難想像男人願意為了被技巧高超的女人口交幾分鐘，付出多少代價。」

# 第六十三章

## ——珊蜜拉．沙耶——

叩，超紫和藍。叩，綠。叩，橘。叩，黃。叩，紅和次紅。

我最近常作這些白日夢。在蓋爾戰爭蔓延到盧城之前，我最寵愛的小姪女米娜，收到了一隻伊利塔龍。不管她去哪裡，那個氣球玩具都會飄在她的頭上，用繩子綁在手腕上，兩個月內從未洩氣。米娜會蹦蹦跳跳地跑去所有地方，沿路不停高歌。當時她七歲，已經受訓兩年。她的聲音有股純淨特質，能讓士兵和貴族著迷，不過她也常常喜歡唱自己編的歌曲，上街玩耍。

米娜死了。如果沒死，她現在已經二十三歲了。她想和我一起去克朗梅利亞。我說不行。當然，就算我要求，她媽也不會讓她跟我去。多半不會。我沒問過。米娜死於蓋德．戴爾瑪塔將軍的淨化行動，她的屍體和我們家族其他成員一樣被丟到大金字塔台階下。光在大金字塔，就死了五十七人。城內各地還有更多，雖然那些死者比較無所謂、不重要——至少對我們家族而言。

我常在想米娜會不會成為馭光法師，成為像我這樣的戰士。在那個屠夫殺光我家人之前，我對戰鬥完全不感興趣。後來我變成高強的戰士。不過顯然還不夠強。

現在我的時間也到了。

我以只有藍法師能擁有的精準目光，研究這座充當牢籠的紅帳篷。

本來加利斯頓之役應該是我的最後一戰。狂法師人數眾多，把尤瑟夫和我，以及其他自願作戰至死、沒有參加解放儀式的資深法師沖散。

尤瑟夫和我在稜鏡法王戰爭、僞稜鏡法王戰爭、蓋爾戰爭中分別隸屬於敵對陣營。我在克朗梅利亞最好的朋友殺了尤瑟夫的髮妻。然後尤瑟夫又殺了她。尤瑟夫和我有足夠理由痛恨彼此，結果我們卻墜入愛河。兩個厭倦戰爭、內心受創的戰士。

我們選擇一起堅守陣地。所有資深法師分成兩兩一組，每個人都身懷一把手槍和匕首。我們的斑暈全都即將粉碎，先碎的人就會由夥伴結束他的瘋狂，而獨自存活下來的人就得自行了斷。

我不知道時機來臨時，尤瑟夫有沒有辦法動手殺我。尤瑟夫是藍法師，但同時也是紅法師。他的綽號就是這麼來的——紫熊。他非常討厭那個綽號，覺得聽起來很荒謬。但是就像我說的，那是他唯一可能獲得的綽號。尤瑟夫身高六呎半、胸口厚實、身材魁梧、渾身是毛、滿嘴大鬍子、漆黑的長髮、濃密的眉毛。他是頭熊，紅藍雙色譜熊。他在聽見別人叫他紫熊時大吼大叫的模樣，只有讓這個綽號更加深植人心。

尤瑟夫在砲彈擊中後方建築時被炸爛了胸口，但是奇蹟似地站在原地搜尋我，很高興見到我，很高興知道我沒有受傷。他嘴唇動了動，然後死去。

我撿起我的火槍，還有他的，但沒有飲彈自盡，而是攻擊那些渾蛋。我找到了那個火砲組。殺光他們。然後就在那裡粉碎了我的斑暈。

一開始，我以爲我被火槍擊中。我失去意識，完全相信自己快死了。我很滿意這個結果。

我愛你，我的紫熊。

我在一輛漆黑的馬車中醒來，感覺非常難受。

後來，或許數週之後，那輛馬車被拿去作其他用途，離開加利斯頓。我傷勢復元了，現在每天都被帶往這個帳篷。我偷聽路過帳篷的士兵和平民說話，但只能猜測大概情況。很顯然，我們正依照這個法色之王的指示行軍，雖然車隊陣容似乎十分龐大，但每天都前進一段不算短的距離。

從某些日子外面興奮的騷動，及聞起來不像柴火的煙味判斷，我知道我們必定取道南方，繞過卡索斯山，此刻已然入侵阿塔西境內。

每天，我都被鎖鏈鎖住，蒙上眼睛，然後開始前進。不過，除此之外，我沒有受到任何折磨。很少有人如此寬待戰犯。我是個選錯陣營的四十歲馭光法師，但身為戰士，我很久以前就做好一旦遭擒就會飽受凌辱的心理準備。軟弱的男人喜歡寬待女人，特別是讓他們覺得高攀不起的偉大女性——我常常給人這種感覺。

所以，對方究竟想怎麼樣？

我是強大的藍戰士，或許堪稱傳奇。而我的斑暈粉碎了。就是這個。法色之王，天知道他是誰，想要我加入他。他認為讓我沉浸在藍色的影響力下越久，就越可能會失去理智，然後加入他。

已經很久沒有人這樣低估我了。現在我就和年輕時一樣，不喜歡被低估的感覺。

我的帳篷不大，只要站直就會碰到帳頂。我的手臂被銬在身前，手銬則用鎖鏈拴在我脖子上的鐵項圈裡。我的腳踝銬有鎖鏈，中間還用鐵棍撐開。

在這種情況下，我擁有不少自由活動空間，但攻擊人的可能性卻不大。事實上，我並不是黑衛士：就算沒被鎖住，我還是不懂要怎麼用雙手攻擊人。好吧，我懂一些揮拳的法門，不過算不上危險人物。重點在於，不汲色時，我只是無助的女人。

但我還不打算放棄汲色。

他們沒有拿走我的戒指——這絕對代表法色之王打算招募我。他們端詳了我手指上的紅寶石很久，然後又檢視我眼中的純藍色斑暈，最後讓我保留戒指。

我花了兩天擬定計畫。帳篷是紅色的，所以帳篷外灑入的光線能讓我不致於像身處黑暗中那麼慌張，但紅光對我汲色毫無用處。然而，帳篷是布做的。只要踮起腳尖，我就可以拉開一點通常會被下方木框遮住的部位來咬。兩天後，我咬出了一個足以灑入一道清澈白光的小洞——依然小得能躲過每天早上負責摺帳篷的人的雙眼。

隔天，看見那個洞不見時，我感到恐慌。但沒有人懲罰我，也沒有人提起此事。遭囚的藍法師肯定不只我一個，一定是行軍時有人把我們的帳篷弄混了。

我重頭開始。這一次，我的運氣比較好：帳篷沒被換掉。到第十二天，部隊休假一整天，停駐在某地舉行一場我只能隱約聽見的慶典。無所謂——我準備好了，帳篷對齊南北向，對我咬出的洞而言是最占優勢的方向。我可以偷看外面。

帳篷上空一整片白色。我原先以為只是白雲遮蔽藍天，可能會在歐霍蘭之眼的注視下，讓雲消失而賜給我一片純藍天空。結果那是一片白色帆布，允許光線透入，卻遮蔽我的法色。如果我有眼鏡，這就不是問題。但是我沒有，而我不是稜鏡法王。白光對我而言，就和完全沒有光線一樣毫無用處。所以這個法色之王不笨，他一定知道帳篷會被弄破。我心裡同時浮現討厭又欽佩他的感覺，但沒有因此放棄。

我默默感謝尤瑟夫送我那枚戒指，開始用那顆紅寶石撞我的鎖鏈。撞擊十幾次之後，終於撞到正確位置，紅寶石上半部剝開黏合的膠水而脫落。然後我花了二十分鐘，在帳篷裡找尋掉下來的那塊碎片。

找到後，把碎片放進嘴裡，弄濕膠水。戒指紅色的那一半對我沒有用處，但如果有人進來，我得盡快把它黏回原位。

戒指下半部是藍寶石。寶石很小，不過若不這麼小，也不可能逃過獄卒檢查。我將帳篷上的洞拉到木框左側，動作緩慢、小心翼翼。距離正午還有兩個小時，太陽的位置夠高，陽光聚集成一小道光線灑入，如同聚集能量的針孔。我很慶幸手被鎖在脖子上，是來自遠方的歐霍蘭的禮物，因為這讓我可以毫不費力地將手吊在定位。

我把戒指放在光線下，它朝我釋放微弱的藍色魔力。

我花了好幾個小時，幾乎沒有眨眼，隨著歐霍蘭之眼爬上天頂，然後開始緩緩下降，每隔幾分鐘就隨著光線調整角度。

傍晚時分，有個守衛跑來查看我的狀況，我從嘴裡拿出紅寶石碎片，慢慢貼回戒指上。接著小心移動皮膚下方的藍盧克辛，讓它們聚集在衣服能夠遮住的位置。儘管已經吸收了好幾個小時，還是沒有凝聚多少盧克辛，如果讓守衛看見，所有努力就白費了。於是我將盧克辛移動到背上、臀部和大腿。他們一直都很尊重我的隱私，只要他們繼續尊重一晚……

守衛來了。他打了兩個噴嚏，但似乎認為是因為對「這個可惡的國家」裡某樣東西過敏的關係。他留下一天的配給食物給我，等我吃完後再進來拿走餐盤。

宵禁開始後，他還會再來。這讓我有兩個小時的時間。兩個小時用來尋死算是很充足了。

我雙手顫抖，汲色製作出一支鋒利的藍盧克辛匕首。其實比較像是釘子。我不能用割腕那麼戲劇性的做法，割腕只要包紮手腕就能救回來。用釘子插入腦袋？那樣不但無法挽回，而且死得痛快多了。就算我忍耐不住，出聲慘叫，他們也不可能救活我。

我應該死在加利斯頓。我應該和尤瑟夫一起戰死。我沒有告訴尤瑟夫加文其實是達山。我不知道他會如何反應。我現在後悔了，他應該知道自己爲誰而死。

但是不，他是爲我而死的。他不在乎這場戰爭。他不在乎歐霍蘭。他只在乎做對的事，不管有沒有神，不管有沒有克朗梅利亞。而且他關心我。我應該告訴他的。我應該信任他的。我背叛了他。

我很抱歉，尤瑟夫。我會來找你，親自向你道歉。親自？以靈魂的姿態？

尤瑟夫根本不相信那些說法。希望死後世界能讓我的大熊感到驚喜。

我將釘頭抵在胸口。加文・蓋爾——好吧，達山・蓋爾——特別赦免在斑暈粉碎後自殺的罪行，但我一輩子都深信自殺和謀殺沒有兩樣，而要不理會這個想法很難。不，這不是謀殺。我是死於戰爭。

「光明之主，如果這是罪，請原諒我。如果這是褻瀆，請原諒你迷失的女兒。」我深吸了一口氣，準備赴死。

但我還是沒有壓下釘子。

我是狂法師。我知道。我感覺到斑暈粉碎。我已經完了。我會發瘋。或許已經瘋了。

但我不覺得自己瘋了。我覺得非常……像我自己。

或許那就是發瘋的前兆——看不見自己的瘋狂，但那毫無道理可言。如果把認爲自己沒有發瘋當作評量標準，全世界的人都可能是瘋子。

或許藍色在誘惑我。沒錯。或許就是這樣。

但如果是這樣，這就是邏輯的誘惑，而非慾望的誘惑。如果藍色是獨立靈體，在我耳邊低語甜美的罪惡，我就應該可能聽見那些聲音。但結果，我只是隱約對於自己所接受的教義與親身經驗不同而有所保留。

我考慮著從前認爲非常噁心的想法：用藍盧克辛重新塑造自己。

聽起來依然非常噁心。

那麼來點比較曖昧的做法如何，像是在眼前製作永久性的藍眼罩，當作藍眼鏡使用？

聽起來不容易。如果眼睛不能接觸空氣，就會看不清楚，這是已經被證實的事實，但如果留下通氣孔——

我又身陷麻煩了。我這輩子都是這樣。所以……沒變。一點都沒變。

或許是汲色改變了妳。或許在斑暈粉碎之後，一旦開始汲取藍色，就會成爲它的奴隸。但我才剛施展藍魔法。量很少，當然。但我不覺得自己思緒紊亂或什麼的。

我可以殺了自己。我現在懂了。這條道路已經開啓，只要時機成熟，我隨時可以自殺。

但是毫無目的的自殺？這樣說不通。這種做法怎麼可能爲賜與光明和生命的歐霍蘭增光？

如果我等，或許有機會殺了法色之王。我或許可以讓這傢伙爲殺害尤瑟夫付出代價。沒錯，就是這樣。這樣很合理。

我胸口那個死結終於鬆開了。我瓦解釘子，汲色製作出一根非常小的吸管，戳出帳篷小洞。如果帳篷裡有藍盧克辛的味道，他們就會搜我身，然後找出戒指和帳篷上的洞。一點盧克辛的白堊氣味都不能留下。我把藍粉末吸進嘴裡，透過吸管吹入夜空，然後吞下留在嘴裡的殘渣，用加了水的紅酒漱口，以免任何粉末殘留在牙齒裡。

我會活下來。擇日再戰。我將會解開斑暈之謎。我躺下，心情寧靜，沉沉睡去。

當他的手指自五個點上緩緩移開時，他了解到她並沒有爲尤瑟夫哭泣。從他死後就沒有爲他流下一滴眼淚。她根本沒想到要這麼做。

# 第六十四章

基普渾身濕透。寒冷如同入侵部隊，穿越他皮膚的所有邊際，不停摧殘破壞。或許一開始入侵的是腦袋，導致他反應遲鈍、愚蠢。他全身只有拳頭還有暖意，痛得彷彿在燒。他扯裂了左手上的傷疤。不記得是怎麼弄的。

他感覺臉上有東西順著雨水沖刷而下。他看著手中接住的東西。什麼玩——

一陣比冰冷的雨水更加強大的寒意襲體而來。歐霍蘭慈悲為懷。那是塊妮雅的腦，被雨水沖出原先的藍灰色。打從她腦袋爆開後，就一直黏在他臉上。基普大吃一驚，連忙甩掉它。

他必須離開這裡。首先，他用斗篷裹住自己。少了之前那股天知道是什麼魔力，斗篷現在看起來非常蒼白、老舊。沒有什麼特別的。金項圈在斗篷裡甩來甩去，彷彿它們都是這樣迴避外人目光。基普拉起兜帽。女人的斗篷太小，很不合身，但他還是硬擠進去。斗篷很薄，似乎是絲質的，而且沒有完全防水，但有總比沒有好。基普甚至沒有打開那盒紙牌——在這種雨中不能開。

最後，他撿起那支匕首。他還沒有把它插回刀鞘，只是像個賊一樣，把它們及珍娜絲．波麗格和其他東西一起大刺刺地拿在手上。不過有點不太對勁。他發誓刀鞘變得比匕首短。不，不可能。

他還刀入鞘，在將匕首完全插入刀鞘時，一道閃電照亮了整條暗巷，讓他一時看不見東西。他眨了眨眼，看著插回鞘裡的匕首。刀鞘完全吻合。儘管如此，他還是覺得它看起來比之前長一點，也寬了一點。

「失火了！失火了！」

有人跑過基普在的那條巷口，他突然清楚意識到自己站在一個慘遭刺死的老女人屍體旁——手裡拿著一支匕首，附近很快就會擁入大批民眾。

基普走出巷口，看見數十個、數百個人跑入街道。「有屋子被雷劈！失火了！」人們一邊大叫，一邊敲打鄰居的門。

在城市裡，失火是所有人的問題，即使風暴來襲也一樣。風暴是好事，當然，大雨能幫群眾滅火，但所有人都在對抗大火，以免火勢蔓延。

基普離開那附近，朝大橋百合莖前進，但沒有過橋。他是去請教珍娜絲．波麗格該把一個寶物藏在哪裡的——現在他手裡握有四樣寶物。

他怎麼會弄到四樣寶物？

比較重要的問題在於，他要怎麼處理這四樣寶物？

他在雨中呆立片刻，此刻，他的身價或許遠遠超過七大總督，還有女王，但卻連避雨的地方都找不到。

他過橋，將匕首插在腰帶上藏好，不過確保能在必要時拔出來用。

街上空無一人，只有兩個守衛躲在哨所裡避雨，而他們看起來一副對他不感興趣的模樣，但是想像力讓基普胡思亂想。他平安無事地抵達升降梯。

鐵拳。如果基普可以找到他的話。

基普已經當小孩太久了。他來到克朗梅利亞之後，安德洛斯．蓋爾一發現他的存在，馬上就有殺手跑來要把他丟下高塔。而使用黑牌必定洩露了珍娜絲．波麗格幫助基普對付安德洛斯．蓋爾的祕密。她幾乎是立刻慘遭謀殺。

畢竟和那個老頭相處了不少時間，雖然很想把他當成人看，想相信安德洛斯對自己抱有一定程度的情感，但是沒那回事，這世上有很多怪物，安德洛斯・蓋爾就是其中之一。

基普在快到稜鏡法王塔頂的某個樓層離開升降梯。這裡是黑衛士的營房。

他第一個遇上的是個一邊臉頰上有燒傷疤痕的伊利塔瘦子，坐在他自己的床上看書。幾個男人在交誼廳擲骰子，其他人則坐在舒服的椅子上討論阿伯恩幾場暗殺事件的傳言。「這裡只有黑衛士能來，小鬼。」那個男的說。

「我要找鐵拳。」基普說。「我是基普，加文的私生子。我有急事。我可能有生命危險。是祕密。」

優柔寡斷的人不可能成為黑衛士。男人站起身來。「這裡沒有人會傷害你。我帶你去指揮官的營房。他現在出去巡邏了——他的工作時間向來比我們長——不過他通常會在午夜後一個小時回來。」

午夜後一個小時？當然。基普沒想到自己的午夜訓練已經成為鐵拳的例行公事——他每天都從天亮一直工作到午夜後一個小時。每天。

黑衛士帶領基普走過其他人，大家都斜眼看著他們，不過沒說什麼。他帶基普來到一個小房間，打開沒有上鎖的房門。

「只要我們還有人活著，除了指揮官外，沒有人會進來。」他遲疑片刻，又說：「請注意，如果你偷走這個房間裡的任何東西，後果將會非常嚴重。」

「是，是，謝謝你。當然。」基普說。

他感到鬆了一大口氣，然後渾身不自在地打量鐵拳房間。

基於某種理由，他覺得這裡有種親切感。基普從來沒想像過高大的黑衛士指揮官會有臥房。很荒謬的想法，當然。你以爲他在哪裡睡覺，基普？

這個房間很符合鐵拳的形象：乾淨整潔，儘管身居高位，房間卻不大，做工細緻的黑橡木椅，沒有座墊，床很窄，上面鋪著綠黑格子毯，其中一面牆邊擺著一座放有許多上好武器的武器架，床的對面掛了一幅美麗的畫像。畫裡是個年輕女子，頭髮盤在頭上，漆黑的雙眼中隱泛著橘色斑暈，相貌美麗，下巴微揚，嘴角帶著一絲淘氣的笑容。基普對畫沒有任何研究，但即使在他這對沒有藝術素養的眼中，這幅畫顯然也是很精緻的作品。

一陣敲門聲打斷了他的白日夢。他開門。神情嚴肅的黑衛士遞給他一條毛巾。「他通常讓訪客坐在那張椅子上。」男人指著一張椅子說。「你可以把椅子拉到火爐旁。你的急事是急到需要派人去找他，還是可以等？」

「等。等他回來就好了。」基普說。「謝謝。」

門喀啦一聲關上，基普心裡產生無比憧憬，他實在太想成爲黑衛士了，如果無法加入黑衛士，他覺得自己寧願死。如此冷靜沉著地面對緊急狀況，在未知下英明果斷、危險、威嚴、自信。

他盡可能擦乾身體，然後攤開兩件斗篷晾乾，把椅子拉到火爐旁坐下。

在溫暖的爐火旁，基普突然靈光一現。他從火裡直接汲色製作次紅盧克辛，然後沿著皮膚散布全身。他的身體立刻熱了起來。事實上，他還可以烘乾衣服——不過不能烘太快，不然可能會燙傷自己。見鬼了，如果他沒這麼蠢，大可以回到那座失火的屋子裡去。他可以汲色驅逐高溫——然後呢？搶救幾樣寶物，待在屋子裡等它爆炸？或許可以在火藥桶附近製作護罩。如果他有用腦子的話。

他連在趕回克朗梅利亞途中，都沒想到要汲色弄把雨傘避雨。他就是沒想到。他還不習慣這種思考模式。他媽會說他是個失敗者、是笨蛋。

但是話說回來，他一直都不是馭光法師，成爲馭光法師不過是這兩個月來的事，所以一切都還沒有變成本能。他把這個想法、那些煩惱，還有他媽的謊言拋到腦後。

那個紙牌盒有股櫻桃板菸的味道，像是水果捲的菸草。珍娜絲·波麗格把她最寶貴的紙牌藏在菸草裡，而這樣做逃過了壞人的搜查。有趣的老傻瓜。

基普喜歡她。

他的笑容消失了。歐霍蘭呀。她死了。謀殺。

安德洛斯·蓋爾幹的。他心裡湧現一股強烈的厭惡感。他站起身來。*跟著感覺走，基普。看看那傢伙是不是只有膽量雇用殺手。*基普把紙牌盒放在桌上。*不要停下來，基普。懦弱和恐懼會引誘你。*他把匕首丟在床上。它放在這裡比任何地方都要安全。

他走出房門。「我十分鐘後回來。」他對在門口站崗的伊利塔瘦子說。他想叫他用生命守護這個房間，不過說這種話聽起來會像是危言聳聽、歇斯底里。再說，有誰會闖入黑衛士指揮官的房間？

基普沒看見或聽見任何暗號，不過在他抵達升降梯前，錦繡已經走到他身旁。她還在扣阿塔干劍帶。

「妳不是來阻止我的吧？」基普在兩人走上升降梯時問。

「黑衛士沒有權力阻止要守護的人去做傻事。」儘管語氣輕鬆，臉上卻沒有笑容。

基普嘴巴緊閉，在升降梯中蹲下。他想到珍娜絲·波麗格。*我不會害怕。*她不該落到這種結局。

來到安德洛斯·蓋爾的住所時，他用力敲門。片刻過後，門打開了，葛林伍迪走出來。基普聽見門內傳來豎琴的音樂。

「我有事要找他。」基普說。

「高貴的盧克法王沒空。」

「現在，葛林伍迪。」

聽見基普叫他本名，伊利塔人本來就很難看的表情轉為憤怒。

「立刻，苦艾【註】！」基普說。

葛林伍迪轉身關門。基普一腳擋住門縫。對方火冒三丈地看著他。

「試試看趕我走啊，你這隻皮笑肉不笑的大蟲。」基普說。「試試看。」

葛林伍迪目光轉向錦繡。「請少主人緊閉布簾。」他說，然後就消失在蜘蛛洞的黑暗中。

「你看得見超紫光嗎？」基普問錦繡。

「看不見。」她語氣微帶責備——如果你要看得見超紫光的人，大可以早點說，笨蛋。

「我的錯。在這裡等。如果他們殺了我，妳就知道是誰幹的。」基普汲色製作自己的超紫火把，不等允許就走進屋內。

他差點撞上安德洛斯．蓋爾。

「沒有我的允許，你不准到這裡來！」安德洛斯吼道，欲甩基普一巴掌。基普閃開。

「你他媽的殺人犯！」基普朝他吼回去。

坐在基普通常會坐的那張椅子上的豎琴手停止彈奏，在黑暗中面露驚恐。

「什麼？」安德洛斯大聲問道。

「你殺了珍娜絲．波麗格，你這個天殺的懦夫！」

有人從基普身後突然動手。基普沒發現葛林伍迪繞過了他，轉眼間雙手都被抓住、扭轉，然後凹成鎖肘姿勢。基普失去超紫光，完全看不見東西。他被迫下跪。

「珍娜絲．波麗格？你怎麼會認識她？」安德洛斯問。

「你殺了她！我剛從她家裡來！」基普突然聲音急促、無力，變成一個憤怒的小孩。可惡，一個憤怒的小孩。

「我爲什麼要殺珍娜絲．波麗格？」安德洛斯．蓋爾問。

「我打敗你的黑牌是她給我的！」

「你以爲我會爲了一場牌局殺掉一個創造者？她在哪裡？她在這裡？傑斯伯？」

「不要騙我！你知道她在這裡。我走到哪裡你都有派人跟蹤。」

「我有嗎？全世界所有壞事都是我幹的？你的世界還眞是單純。」安德洛斯．蓋爾說。「她死了？你肯定？」

基普突然了解自己即將犯下大錯。他現在所說的一切，都有可能提供安德洛斯．蓋爾之前不知道的情報，就連跑來這裡都有這種效果。「我爲什麼要相信不是你幹的？」他問。

「因爲很久以前，她幫過我兩個大忙。」安德洛斯說。「我們曾經是朋友。她常幹這種事，你知道。和別人交朋友，爲了畫她的圖而利用他們，利用完了就消失。她肯定也是在利用你。」

不，她才沒有這麼做。她不會利用基普。騙人。「幫什麼忙？」

「她在做新的九王牌。她難道沒有——不，她當然不會告訴小孩子。她做的第一張就是我的牌。」

「所以？」

「你從來沒見過眞正的九王牌，是不是？能讓馭光法師體驗畫中場景的牌——但只能體驗到牌被抽

譯註：苦艾（Wormwood）是取葛林伍迪（Grinwoody）的諧音。

走為止。珍娜絲．波麗格認為我有資格成為牌中人物，於是在不會威脅到我的情況下，畫了我的牌。就算紙牌流落出去，最多就是什麼？有個敵人能夠得知二十八年前的想法和計畫？我是唯一尚在人間又不會受到新牌威脅的重要人物。」

這表示他會希望珍娜絲．波麗格盡量完成更多新牌。他當然會不惜一切奪取最終成品，但不會在她完工前殺她。

「那她幫你的第二個忙呢？」基普問，不過氣勢已經消失，徹底被擊敗。

「你告訴我出了什麼事，我就告訴你。」

基普垂頭喪氣，葛林伍迪放開他。「我今晚去她家找她——」

「在哪裡？」

「大傑斯伯。」

「的哪裡？」

基普告訴了他。「我到那裡時，屋子已經著火。附近鄰居都在救火，以免火勢蔓延。他們以為是閃電劈的，但在兩條街外找到她的屍體，沒穿斗篷，身上到處都是刺傷。我差點認不出來。」如果基普較晚抵達，那麼就算珍娜絲．波麗格有從屋裡帶出什麼東西，也沒人可以肯定有沒有別人先找到她，搶走她身上的東西。

「你有看到任何可疑人物嗎？」安德洛斯問。

「知道嗎？」基普說。「算了。我不和你交換了。這種遊戲你比我厲害多了。我不用和你玩。」

基普汲色製作了一根超紫火把，發現錦繡站在葛林伍迪身後，匕首刀尖距離他後頸不到一根手指。在伸手不見五指的環境下，她還是那麼厲害。

「她把我的牌交給我，基普。」安德洛斯．蓋爾說。「讓我清楚知道裡面有些什麼。她當然可以重畫副本，但是副本的力量向來較弱。她怕我。我知道。但我沒有理由傷害她。」

而安德洛斯做任何事都不會沒有理由。

# 第六十五章

## ——迴避問題——

叩。超紫—藍。叩。綠。叩。黃。叩。紅、次紅。

年輕黑衛士自斷崖前退開。下方的山谷裡傳來房屋、牲口，還有人肉燃燒的氣味。

「我可以跳下去，指揮官。」他說。瘦子，腿很長，頭髮垂向一邊，如果這任務沒有要了他的命的話，傑出是我希望有朝一日可以取代我成為下任指揮官的年輕人。年輕人說：「走小路下去要花二十分鐘。」

如同往常般果斷，不過我遲疑了。

「那並非附體化身，長官。」

「也差不多了。」

「是，長官。」

傑出發現，如果他從支架朝膝蓋刺入綠盧克辛，就可以維持開放性的液態盧克辛。這個現象本身並非什麼重大發現，當然。只要盧克辛接觸到血液，就可以保持開放。但直接控制連在身上的體外盧克辛？那和狂法師的做法差不了多少。

透過將彌封點直接連在膝蓋上，傑出可以不被支架影響動作地奔跑，但當他墜落時，可以彌封盧克辛。綠盧克辛強力的彈性能防止他摔爛膝蓋。而且盧克辛插入膝蓋裡，反應似乎也較快，能在身體清楚需求之下，本能地開闔。

這就是讓許多善良男女變成狂法師的做法——發現就某些方面而言，盧克辛比血肉更好。但是隨著一再實驗，這種做法會讓你欲罷不能，隨時都能找到繼續利用這種做法的好理由。

但是話說回來。

歐霍蘭討厭戰爭，但祂會在某些緊急狀況下允許戰爭。所以……

「動手。」我輕聲說道。

傑出撩起褲管，開始汲取綠魔法。他在膝蓋附近製作綠盧克辛支架，尖端插入膝蓋，再沿著大腿覆蓋一層厚膜。然後持續汲色。

歐霍蘭的睪丸呀，他要把整個身體包覆其中，變成綠魔像。

「孩子，」我說。「你一到底下立刻釋放盧克辛。」

傑出轉向我，笑容狂放不羈。「是……」他使勁說道，「……長官。」他又笑了笑，輕快地敬了個禮，然後跳下斷崖。

那個了不起的大渾蛋。他竟然還翻筋斗。

# 第六十六章

安然返回鐵拳的房間之後，基普開始研究那個紙牌盒。紙牌盒沒有被移動過，當然。鐵拳還沒有回來。這個盒子，珍娜絲·波麗格此生唯一留下的東西，是橄欖木與光滑的象牙鑲琥珀金製成。基普用上衣擦手，盡量抹掉皮膚上的油脂，然後打開盒子。

紙牌滑入他手中。原版眞品。他可以看出紙牌上的小筆跡；牌面上繪製細緻的部位都有塗料，微微隆起。但它們不光只是原稿。紙牌上的名字——包括人名和遊戲機制牌的名稱——基普通通沒見過：泰龍·金姆、迪迪落葉、伊森·紅、奧莉雅·普拉爾、大囚犯、新綠狂法師、多色譜狂法師、奧羅浮·庫納、裝塡黑火藥、盧克辛爆破彈、海惡魔屠夫、燧發機構、微光斗篷、三眼班、狂野法師巫山、大熊迦尼薩——基普停了下來。

微光斗篷？歐霍蘭的睪丸呀。那張牌上畫著一個神色輕蔑的濃眉男子——是渥克斯。他脖子上可以看見灰斗篷的鏈子，不過其下身體消失了。牌上描述寫道：「若有分光者，則獲得次紅及超紫以外光譜的隱形能力。」

若有分光者？

基普望向放在火爐旁烘乾的兩件斗篷。這些牌都是眞的。描繪的是眞實存在的物品，並且陳述事實。這些都是新的牌——都是現代人物。基普知道其中幾個是在加利斯頓見過的馭光法師。

如果那些紙牌上畫的是前一陣子還活著的人，那這副牌裡也可能有些現在還沒死的人。

基普開始迅速瀏覽紙牌，不是爲了觀察所有細節，不是爲了欣賞優美的圖畫——他在找人。

修理師。黑影。塔拉。火手。阿黑亞德．明水。珊蜜拉．沙耶。斑暈粉碎者。墮落預言家。黑先知。鏡人。鏡甲。科技師。初學者。法色之王。

這並非一副用來玩的牌，沒有為了增加抽到某張牌的機率而參入好幾張同樣的牌。這整副牌裡都是新牌。基普在找他父親的牌。在哪裡？那張牌會告訴他什麼故事？

舞者辛穆。科斯．安吉爾。衰竭。染紅。黑盧克辛。地獄石匕首。多色眼鏡。安加蛇。紅法王安德洛斯。

基普感覺冷到血管結冰。那張牌上畫得是年輕時的安德洛斯．蓋爾，英俊、強壯，是名戰士，手持一支白匕首，破爛的斗篷在身旁隨風飄蕩，身後跟著三個小男孩，一個在右後方、一個在左後方，另一個站在遠方，若隱若現。

歐霍蘭呀，他看起來像個英雄。

基普放下那張牌，繼續翻閱。法色之王的來福槍。來福槍？基普連這個字是什麼意思都不知道。倒不是說這種情況有多少見。染紅？如果有時間，他或許能透過牌上的描述弄清楚這些字的意思，但時間似乎緊迫。好像隨時都會有人跑來搶走這些紙牌，而他此後就再也見不到這些牌一樣。

飛掠艇。飛鷹。燃燒火槍。甘．古瓦爾。海蘭．特洛斯。薇薇．灰皮。鑄匠伊拉斯。鐵榆。普列德．波洛斯。阿格巴魯屠夫。閃光彈。

基普再度停下，往回翻。阿格巴魯屠夫。牌上的男人渾身是血，一手拿著大彎刀，另一手則冒著藍火，沒穿護甲，只有一件沾滿血跡的破上衣，露出強壯烏黑的雙臂與肩膀。他身處一座宮殿，四周都是死屍。這個人年紀不大，頭上沒裹高特拉，滿頭鬈髮結成一種基普從未見過的髮辮，但是一看就知道是鐵拳指揮官。基普以為珍娜絲．波麗格繪製了他的牌，一個獨眼人——和眼前這張不同，不過這張也是鐵拳指揮官。比較年輕，但肯定是他。基普心跳凝止。

屠夫？

基普看向牆上的武器架。牌上的那把彎刀就放在最上層。刀脊漆黑，刀身明亮。鑲有石榴石及貝雕，綠松石及鮑魚貝。

他有股衝動，想要立刻汲色進入這張牌的回憶，但他沒有這麼做。他得在有人進來之前把所有牌都翻過一遍。當然有人在找他，當然有人不允許他得知一切；世界上沒有這麼容易的事。

他把那張牌和其他打算晚點研究的牌塞在一起，然後迅速瀏覽剩下的牌。下一張牌是盧城屠夫，上面的圖和鐵拳那張牌很像。基普覺得五內翻滾。他聽說過蓋德．戴爾瑪塔將軍屠城的事蹟。那張牌上站在前面狂笑的男人，一手抓著一顆頭顱上的阿塔西辮鬚甩動，另一手則抓著一顆女人頭的漆黑長髮。基普想像著如果跳入這張牌，會對他的心智造成什麼影響。如果變成戴爾瑪塔將軍，他會看見什麼？萬一進入對方內心並不是什麼難事呢？

這是活生生的歷史。他可以從這些紙牌中得知無人知曉，也不可能透過其他途徑知曉的祕密。就算基普不是真正的多色譜法師，沒辦法穩定汲取其他法色，還是可以看到它們，這表示他可以知道牌上所有人的故事——世界上只有少數幾個人能夠辦到。掌握這些紙牌的人，就能掌握真相。這副牌不光具有難以估計的金錢價值，更是真相，能夠把謊言剝光。

任何擁有權勢之人，都會想要透過它來了解敵人。任何藏有不可告人祕密之人，都會想要摧毀這副牌，以免讓敵人得知祕密。

任何藏有不可告人祕密之人。像是阿格巴魯屠夫？

一個由煙霧般的絕望化身而成的黑惡魔，扯開基普的嘴巴，爬入他的喉嚨。鐵拳指揮官是基普心中唯一值得信賴的人，而現在基普身處他的房中，手握珍寶，脆弱無助。

「那個人不是我。」基普身後傳來低沉的聲音。

基普大驚失色，嚇到將兩手中的無價之寶都給甩了出去。

「抱歉。」鐵拳說。「我以爲你會在等我的時候睡著。我不想打擾你。」他蹲下去幫基普撿起散落一地的紙牌。

他皺眉看著撿起的第一張牌，抬頭看向基普。「這些是……眞品？」

「是，長官。」基普終於起身，開始和指揮官一起撿牌。

鐵拳指揮官把手裡的牌交給基普，但留下一張。「我從沒見過九王牌原稿。眞的有用嗎？像傳說中的一樣？」

「有，長官。如果你在持牌時汲色，就會親身體驗牌裡的事件。能汲取的法色越多，就能看見越多細節。」

鐵拳看著手裡的牌。「這張牌。那是我弟弟，你知道他？」

基普點頭。震拳。

「我母親遭人暗殺時──事情很複雜。她一直要我遠離克朗梅利亞，不過這個理由也隨著她去世而消失。我們的父親死了，我們得統治領地。我弟弟和我都有汲色天賦，妹妹年紀太小，所以我們兩個得有一個留下來統治。我弟弟年紀小，但我的天賦較強，而我們有很好的顧問可以幫助他統治領地。我們認爲，只要我成爲正式的馭光法師，在克朗梅利亞的影響力就會大增。等我回家後，就輪到我弟弟前往克朗梅利亞。於是我弟弟待在家裡。爲了穩定統治權，我們認爲他應該結婚。提魯部落勢力最龐大，應該要安撫他們。顧問也如此建議。但是我們當時很年輕，儘管提魯部落的人選不算醜，但也沒有美到令人心跳加速。我們是年輕的笨蛋，而我在乎弟弟的想法。我們挑選了特拉格拉努部落的泰莎華特公主，因爲她比其他人選漂亮許多。其他部落都仇視她的部落，儘管她瘋狂愛上了哈尼蘇——不好意思，那是我弟弟之前的名字——儘管她愛他，也尊敬他，但在其他人面前卻是一副傲慢自大的模樣。她鄙視所有人。這讓其他人更討厭她，也讓他們連他一起討厭。提魯部落曾在她父親年輕時的一次掠奪行動中，把他打成殘廢，而她可不是崇尚和平之人，一有機會就會冷言冷語地羞辱他們。」

他嘆了口氣，繼續說下去。「僞稜鏡法王戰爭開打時，我剛結束訓練。我們毫無異議地決定支持加文。達山當時對帕里亞提出一些條件，但我們欠安德洛斯·蓋爾和他父親卓克斯·蓋爾太多人情，根本不把那些條件當一回事。加文的膚色雖然看不太出來，但是蓋爾家族體內流有不少帕里亞人血。總而言之，我們派出所有部隊，但安德洛斯還要我們繼續派人。大部分宮殿守衛都參戰了，還差點未能及時趕回來，不過那是另一個故事。」

「提魯部族逮到這個機會，離開山區，滲透到我們領地首都阿格巴魯，喬裝成市民，等某天我弟弟和僅存的五十名士兵外出打獵時，便展開攻擊。」

「一群難民通知哈尼蘇和他的五十名士兵，他們火速趕回阿格巴魯。提魯部族已經在宮殿中紮營，在慘遭他們屠殺的屍體旁慶祝狂歡。我弟弟和手下在深夜抵達。提魯部族的人分散各處，有的在睡覺，有的喝醉了，我弟弟像頭獅子般撲向他們。他當年十八歲，已經生下兩個女兒和一個兒子。他找到妻子和子女的屍體。提魯部族的人……對他們做出令人髮指的獸行。我弟弟發狂了。他是力量如日中天的戰士，也是個瘋狂的馭光法師。」

「提魯部族的人慌了，開始互相攻擊，我弟弟殺掉所有他找到的提魯人。有人說他當時如同天神下凡，好像被安納特附身。他一路殺到天亮。阿格巴魯的人民在他身邊集結，然後把提魯部族的人趕在一起，老人、小孩、商人、部隊隨行人員、妻子、牧羊人……然後……」他呑嚥著口水。「然後哈尼蘇把他們通通殺光。親自動手。提魯部族本有兩千個家庭，如今已不復存在。」他把紙牌交給基普。

「愼選你要觀看的記憶，基普。或許必須永遠承擔牌裡看到的景象。」

基普知道自己不該多說，但實在忍不住。「萬一這張牌裡的眞相和你聽說的不一樣，怎麼辦？」

高大的指揮官神色悲傷地看向基普。「我覺得沒有差別。我失去大部分關心的人，也失去了我的弟弟。哈尼蘇不再是哈尼蘇。他被自己的所作所為擊潰。他依然是個萬夫莫敵的戰士，但不再相信自己。他無法領導眾人，甚至連守衛隊長都不能當。他無法承擔職責。每當我和他與人動手，事後就會有好幾個禮拜找不到他。」他伸手摸摸自己的光頭。「恐怕我最近已呑下太多眞相。你來找我就是為了這個？」

「你發誓不告訴任何人？」基普問。

「你不能要求我這麼做，基普。我得做我認為正確的事。」

「我就是在要求。」基普說。「如果你不能承諾，我就不能把一切告訴你。」

鐵拳指揮官深吸了口氣。「你和蓋爾家所有人一樣差勁，你知道嗎？」

「是，長官。抱歉，長官。」

鐵拳指揮官盯著地板許久。「我不知道你們為什麼要拖我們下水，就連蓋爾家的小孩也能把我當作強風中的落葉般四下驅趕。」他搖了搖頭，哀傷的眼神中流露出一絲苦澀。「好吧，我答應你。」

「這些紙牌是珍娜絲．波麗格做的。我剛剛在她家——」

「珍娜絲．波麗格？她是傳說中的人物，基普。你是說風之女巫的古老宮殿？」

「我不知道你在說什麼。」基普說。「她只是擁有一家小店的老太太。」

「小店？」

「在大傑斯伯。」基普神情迷惑地看著他。

「你找到一個眞正的明鏡，隱身在市井之間。你才剛進城兩個月？你是怎麼找到她的？」

「圖書館員告訴我——」

「哪個圖書館員？」

「莉雅。莉雅．希魯斯。」

「嗯。我會調查此事。但是先別管那個。告訴我。」

「我今晚跑去珍娜絲．波麗格家。她遭人暗殺。動手的是一男一女，身穿這種斗篷。微光斗篷，能讓他們幾乎完全隱形，只能在次紅和超紫光譜下看見他們。」

一時之間，鐵拳神情扭曲，好像基普是個在撒漫天大謊的小鬼。接著他看向那兩件斗篷。

「給我一張牌。」

「你要哪張——」

「隨便。」

基普隨機抽出一張牌。鐵拳汲取了一點藍，接觸牌面片刻，然後抽回手指。

「換一張。」他說。

基普攤開紙牌，推出一張，不過鐵拳挑了另一張。他汲色，摸牌，然後彷彿被火燒到一樣縮手。

「我很抱歉，但得親手確認。這些是眞品。全都是眞品。把一切都告訴我，基普。」

基普說了。那感覺像是卸下肩頭難以承受的重擔。突然之間，他覺得自己又變回了小孩——但是這種感覺很好。世界上有些事嚴重到他沒能力自行應付，而信任鐵拳的感覺眞的很棒。「這一切究竟有什麼意義？」他問。

「我以爲戰爭即將來臨，但我錯了。」鐵拳指揮官說。「戰爭已經開始了。你有生命危險，我也一樣。」

這似乎是基普聽過最放諸天下皆準的說法，而他認爲自己跟著又說：「喔，呃。還有一件事。」其實不太恰當。

「你還找到了其他擁有改變世界力量的東西，來搭配那兩件微光斗篷和一整副眞品新版九王牌？」鐵拳指揮官開玩笑似地問。

基普不知該如何應對。

「我在開玩笑，基普。」

基普緩緩取出匕首，攤在自己的雙掌上。它比之前長。現在他可以肯定這一點了。白色的部分似乎變得更白，黑色螺紋也比之前更黑。另外還有一點不一樣：刀刃上的七顆鑽石，有一顆打從基普從辛穆手中奪回來時，就綻放明亮的藍光，不過現在第二顆也隱約開始發光。一股黯淡的綠光。

基普吞了口口水，抬頭看向鐵拳指揮官。

# 第六十七章

達山·蓋爾在發抖，在打顫。他雙眼因爲太少眨眼而乾燥瘆癢。

他在和自己的生命，以及不知道還剩多少沙沒落下的沙漏賽跑。他已經不再發燒了，但發燒造成的影響還沒消失。由於還在努力治療發燒，以及在地獄石上爬行導致的擦傷，他的身體狀況岌岌可危。加文那個笨僕人，每天還從管道丟藍麵包下來。達山吃得越少，就有越多藍光源，汲色的速度就越快。但是餓得越厲害，他的身體就越虛弱。

而且，麵包過一陣子就會壞掉。每週一次——假設，他總是假設加文每天餵他吃一次麵包，而不是什麼奇怪的間隔時間——這表示牢房裡每週會被灌水一次。

一開始，許多年之前，達山認爲這是好事。水裡有肥皀，又是溫的，他一週可以稍微清理一下自己，可以梳開纏在一起的頭髮和鬍鬚。後來他試圖搶救麵包——結果發現水漂白了麵包，或是把它染成一種暗灰色。藍灰色，那當然是因爲當時他身處藍牢房，反射牆壁上的藍光之故。

那是寬宏大量的表現。加文透過這種方式，不讓他兄弟感染藉由自己身體排泄出來的排泄物所產生的疾病。加文同時也透過這種方式，確保所有達山藏匿的物品，不管來自身體，還是食物，都會被沖刷乾淨，奪走力量。

達山在逃出藍牢房之前，曾數度於水流湧入時，抓起用自己毛髮編成的油布游泳，但現在，在這間牢房裡，漂白水再度成爲威脅。他身體虛弱，只能漂浮在水面上，一次拯救一片麵包，所以每週他都會先挨餓兩天，再開始汲色，並且隨著麵包增多而加快汲色速度。接著，他會在大水來襲、洗淨一切前把肚子塞滿麵包。

我的意志不屈不撓。巨大無比。絕不動搖。沒有力量可以反抗我。沒有力量可以阻擋我。我會贏。我只會贏。我會打倒我兄弟。這是火焰、這是燃料、這是支撐我殘破身軀的希望。

藍盧克辛比綠盧克辛硬，達山只要藍色，就可以逃出這一層地獄。

再過一個小時，達山的右臂就會灌滿盧克辛。他快步走到一面牆前坐下，背部緊貼在綠盧克辛牆上，抱緊自己。過去幾週——還是幾個月？——中，他一直以身體所能承受的最快速度發射盧克辛，貼牆而坐讓他不致於被後座力甩來甩去，摧毀身體。

他對面的盧克辛牆已經被打出許多約莫一個手掌深的缺口。一開始，這種成果令他憤怒。他兄弟把藍盧克辛牢房做得比較薄，而達山體內的藍法師期待所有牢房的牆壁一樣厚。但他兄弟知道綠盧克辛比藍盧克辛軟，所以當然會把綠牆造得比較厚。這很符合邏輯。於是他體內的藍法師冷靜下來。

他精確計算目標位置，削弱綠盧克辛的結構強度。當然，他不確定自己有沒有挑錯牆，球形的囚室令他無從判斷。如果他兄弟沒有任何理由地將某面牆壁弄得比其他牆壁還厚，達山很可能會因爲運氣不好而挑上最厚的牆。

這個想法讓他火大。難以預料。不精確的計算。這樣是錯的。他起碼浪費了整整一天，神智不清地試圖弄清楚哪面才是正確的牆壁。在應該要採取行動時，他卻浪費好幾個小時去計算這種東西。

這是他依然身處藍盧克辛影響的跡象。

但他已經征服了那點，就像他征服所有難題一樣。就像他有朝一日會征服他兄弟一樣。

他深深吸氣，呼吸十次，凝聚意志力。他發射的每一道投射法術，都會造成痛楚，讓他虛弱的身體重重撞擊牆壁。但達山不能屈服，不能降低射擊力道。降低力道就表示他會白白浪費製作那些藍盧克辛的時間。這面牆壁隨時都有可能貫穿。可能在這一發射擊之後就穿了。

當然，或許還要再二十發，而加文隨時都有可能回來——

不！不要去想那個。做好眼前的事。痛楚不算什麼。痛楚只是通往自由道路上的阻礙。沒有東西可以阻止我。沒有東西會阻止我。我會復仇，重獲自由，對我做出這種事的人，絕對不會有好下場。

他吸了第十口氣，用左手撐著右手，然後凝聚力量。掌心上的舊傷疤在藍盧克辛破體而出時，再度綻開。

達山的叫聲中充滿憤怒、絕望、痛恨與純粹強大的意志力。一顆魔法彈以恐怖的力量衝出他的掌心。

在偽稜鏡法王戰爭期間，他曾被戰錘擊中胸口。戰錘打碎他的盾牌和一根肋骨。但是對他目前虛弱的身體狀況而言，發射魔法彈比那一擊還慘。他昏了過去。

但當他睜開雙眼時，他看見了自己的勝利。綠盧克辛牆破了，雖然還有幾條細絲相連，不過畢竟是破了。他看見牆後的黑暗。他的牢房破了。

在從前的他望塵莫及的冷靜意志力克制下，他喝了幾口水，吃了一點麵包。他飢腸轆轆的肚子不能繼續忍下去了。

然後，直到解決肚子的問題後，他才汲色製作一條綠絲。那是光，是生命，是能量、關聯、健康與力氣。

直到此時，他才容許自己享受一點勝利的感覺。他成功了。他成功了。真的沒有任何力量可以阻止他。他是神。

他站起身來，面帶微笑，雙腳顫抖，不過還是有力氣起身，搖搖晃晃地走到洞前。他用雙手撕開綠盧克辛，把洞擴大到可以探頭出去。等他恢復更多力氣之後，就會把洞弄到能爬出去。

他探頭出洞，在手中製作一些不完美的綠盧克辛，用黯淡的綠光照亮黑暗。看來他身處的綠蛋牢房位於一間更大的石室，只比綠蛋大上一點。不管達山打穿哪一面牆都沒有差別，牆壁都一樣厚。

一時間，他很愚蠢地爲自己浪費時間判斷要攻擊哪面牆而發怒。但怒氣很快就消了。猶豫不決的日子已經過去，不可能找回來，爲其苦惱也不合邏輯，只會將更多現在浪費在過去裡。他將那個想法拋到腦後，嘴角再度揚起笑容。

他在石室的一側看見一條通道，鋒利的地獄石塊在地面上閃閃發光。

達山低聲大笑。那是一種終於、終於遭人低估的笑聲。

不，兄弟，那招沒用了。這一次不會有用的。

# 第六十八章

「科凡，我算好人嗎？」加文問。

「你是個大人物，我的朋友。」

「好人和大人物不同，是吧？」加文問。他在夢中看見鮮血染紅了水面——從他看不見的藍色，一直到他肯定看得見的紅色。在灰色上的紅。在瞎眼的初期階段，他用美麗的藍色換來鮮血，一切都不是出於己願。

科凡說：「當你轉動世界時，有些地方會被壓扁。這有可能避免嗎？當你在寧靜點上擊沉海盜船時，先死的都是鎖在船槳上的奴隸。你還能採取什麼方法？活捉那些海盜，然後再弄出數千個奴隸？不過我並不是這個意思，閣下。你是大人物。」

加文思索著這幾句話，牢牢記在腦海裡。「那你呢，科凡？你是什麼樣的人？」

「我只是個稱職的人。訓練有素，而非天賦異秉的紅法師。只有在缺乏領導時，才會出面領導。不過這些特質你都很熟。」這倒是一種耐人尋味的說法。

只有在缺乏領導時，才會出面領導？的確，科凡早已證實自己十分樂意接受信任的人下達的命令——包括他不了解的命令。而且，他也能不改變本性地承擔指揮整個部隊的職責。他知道什麼事必須做，於是就去做，而這種情形並沒有改變他的自我評價。他或許真的能夠滿足於小鎮染布師的生活。

加文不懂科凡怎麼能辦到，他自己不管在任何情況下都不願意屈居人下。就算是屈居於那些比他狡猾的人，像是他父親，或是比他睿智之人，像是白法王之下，他都難以忍受，怒火中燒。

毫無疑問，這是他的缺點之一。

「我要任命你爲總督。」加文說。我才不管接下來輪到誰當總督。

科凡把嘴裡的茶都咳了出來。令人滿意的反應。

「你瘋了嗎？」科凡問。「閣下？」

「你基本上已經算是總督了，而我還是稜鏡法王。這是我的權力。他們會嘗試阻止我，但只要你不屠殺先知，其他總督或光譜議會成員都不會有任何損失。我會提出讓你加入光譜議會，成爲法色法王的要求，不過之後我會讓步，進而滿足他們的自尊。你的新總督轄地，在未來幾個世代裡，都會被視爲二等總督轄地，而那就是追隨我們的人得面對的政治戰役。生存第一。」

「但是爲什麼？」科凡問。「這麼做對你有什麼好處？」

「我們已經討論過這個了。食物。種子。我們知道資源會很拮据，但這座島大到足以讓我們挨到春天。可是如果弄不到種子來播種的話——」

「我不是在問這個。」

「這樣可以給我們的子民一種使命感，也給他們另一個聽命於你的理由，在這裡定居，展開全新的生活，即使當局勢好轉、可以離開時，他們也會願意留下。」

科凡放下茶杯。「不好意思，加文，但你忘了我和你有多熟。你還有事沒說。」

加文笑道：「你得相信我，科凡。當時機來臨的時候。我們即將面對危機，而我得盡快採取行動。我要知道你會在第一時間支持我。」

科凡挺直背脊，眉間陰鬱。加文已經很多年沒見過這男人生氣了。「閣下，有些人相信歐霍蘭，有些人相信黃金，我則相信你，而我會永遠相信你。效忠一方，你應該知道。」

「你認爲我不該質疑你的忠誠？」加文問。

科凡緊閉雙唇，瞇起雙眼。

「我確實不該。」加文說。「你早就證明過自己了，但是你的信仰將會受到考驗。」

「毫無疑問，考驗會更加堅定我的信仰。」

「謝謝你，科凡。不好意思，達納維斯總督。」

「閣下。」科凡輕聲說。「謝謝你出面剷除藍剋星。我知道……我知道那感覺一定很糟，但還是謝謝你這麼做。」

加文站起身來，一言不發，扭動脖子發出喀喀聲響。他召集人民來到大廣場上。他們有建造競技場的計畫，不過目前還沒開工。不管怎樣，總之他都要發表演說，公開支持科凡。

「稜鏡法王閣下，」科凡輕聲道。「我不知道我能不能當總督。即使是次等總督轄地的總督也一樣。」這是慈悲的做法，轉移話題，稍微提起加文的屠殺暴行，但是不多說。

「沒這回事。當總督和當將軍差不多，不過如果當得好，你就不太有機會看到手下死去。」

將軍輕哼了一聲。在他的子民即將面對的環境前，事情絕對沒那麼簡單，他們兩個都很清楚這點。接著，加文的朋友瞇起雙眼。「閣下，」科凡說。「叛軍奪走了我的女兒，讓我成爲總督會大幅提升麗芙對他們的利用價值。」

科凡腦袋總是動得很快。

加文站在原地，看著擠在大廣場裡的人民，爲了聽他講話而來，期望能聽見他說隻字片語，或就算只能看見他一眼也好。他說：「你知道當你想要尋求中立勢力的支持時，你就不能對一個總督的女兒做出什麼事？」

這是科凡難得沒有預想過的答案。

「殺了她。」加文說。「我跟你保證，科凡，我不會忘的。」

科凡表情扭曲，顯露出突如其來的悲傷與突如其來的希望，肩膀激動起伏。他把目光從加文臉上移開，試圖控制情緒。接著，他跪倒在地，不只，他整個人伏倒在加文腳下。這不僅只是在表達尊敬與感謝，這是一種信仰，是膜拜。

「你願意這麼做，為我？」科凡問。

「我這麼做有很多理由，我的朋友，不光只是為了你。」

「但你就是為了我。我熟知你的想法，閣下。」

「請起來，我的朋友，場面越來越尷尬了。」確實，廣場中，還有四周金色建築的木陽台上，男男女女，甚至還有不可能知道在向什麼致敬的小孩，全都在地上找到空間跪下，俯首膜拜。

這個景象撼動加文的內心。這些人因為他的失敗而失去了一切。過去幾個月裡，因為不知道食物還能撐多久，他們沒有飽餐過一頓。所有人每天都從日出工作到日落，甚至晚上還繼續工作。他們住在公屋裡，算不上家，和陌生人擠在一起。他們身無長物、希望渺茫、承受痛苦，即使在這種情況下，還是把僅存的一切主動獻給他。

「我的子民！」加文喊道，把聲音調整到演說的語氣、將領的語氣。「遭迫害、貧困潦倒、心力交瘁，但還沒有心灰意冷。我的子民，我最心愛的子民……」他開始發表演說。他命令他們起身，於是他們起身。他可以命令他們前往地獄，而他們就會一邊讚美他，一邊深入地獄。他很擅長這種事。並不是與生俱來，但他偷走了皇冠，在手中淬鍊多時，現在皇冠已經非常合身。

他提出恐懼，點燃慾望，面對悲痛和犧牲，要他們為接下來艱困的日子做好準備，並讓他們對這一切產生高尚的錯覺。

我有什麼權利操縱他人意志？還是說與權利無關，只和能力有關？這些女人難道只是我海盜船上的奴隸？這些小孩只是我瘟疫下的犧牲者？

但他繼續演說，要求人們與先知島的居民和平相處，誠實無欺，鋪設基礎，坦承未來可能面臨的難題，然後盡其所能地支持科凡。

他發誓會盡量和他們待在一起，如果離開，也都是為了保護他們，而且一定會回來。會和他們一起工作，盡量預防苦難，也會在死亡無法避免時和他們一起哀悼死者。

加文發現至少有兩名抄寫員在速記他說的每句話。他很驚訝會在這群窮人中見到抄寫員，但他不該驚訝，科凡當然會找出難民裡的抄寫員，幫他謄寫下達給樹林中紮營者的命令，並且送信給先知。

這種情況讓他審慎考慮演說內容。他希望父親好幾個月後才會取得他的講稿謄本，不過這種東西遲早都會傳到他父親手裡。儘管如此，支持難民帶來的好處，超過之後會對他造成的傷害。

就連你也沒辦法阻止此事，父親。

最後，他告訴他們說光譜議會和其他總督轄地會鄙視他們——好像他們應該在連飯都吃不飽的時候擔心這種事——他給群眾醞釀情緒，強調自己的英雄形象，然後當眾宣布新總督。

人們歡聲雷動。

我真的非常非常擅長這種事。

他們看起來欣喜若狂。或許他是個天才演說者，而他肯定是個天才馭光法師，或許是許多年來最高強的馭光法師。他們的尊敬、崇拜，通通是他應得的，但他不該獲得他們愛戴。他不知道自己是不是唯一知道這個事實的人。

半小時後，他和卡莉絲帶著比三個月前抵達此地時稍微多一點的行李，駕駛飛掠艇離開。他沒有解釋什麼。他昨晚回來時，她看見了他身上的血跡、臉上的表情，但她沒有爲他獨自出海而責備他。她很熟悉他。她沒有問他要去哪裡，和島上的人道別。她知道。

人民在他們走向海灘時再度聚集而來，並在他朝他們揮手時高聲歡呼。男男女女爲他落淚。加文無法理解這種瘋狂的善意，但還是十分珍惜。然後他們就離開了。

當先知島緩緩消失在後方時，加文轉頭凝視它，神情沮喪。那天他和卡莉絲都沒說什麼話，兩個人都在反省自己，晚上則在阿塔西盧易克岬附近的海灘紮營。

第二天，加文在距離小傑斯伯幾里格外、將飛掠艇變爲手動搖槳的小船時，他看見了雄偉聳立在正午艷陽下的高塔。相較於其他高塔鮮艷的色彩，藍塔色彩黯淡、呈現灰色。它隔壁的姊妹塔——綠塔，在盧克辛幻象裝飾下，看起來宛如一棵大樹——今年他們向阿塔西致敬，描繪的是已經滅絕的阿塔西夫斯塔樹。但是顏色不太對。戰前，加文曾見過最後一片阿塔西夫斯塔樹林。

克朗梅利亞上空有暴風雲層凝聚，一開始加文以爲是光線關係，不過隨著他們逐漸接近，他越來越肯定不是這麼回事。

他們怎麼會犯這種錯誤？記得這種樹的阿塔西人一定會抱怨的。這種巨樹的樹葉理應生氣勃勃、色彩鮮艷，和綠塔的色彩完美搭配，不該是這種病懨懨的灰綠大雜燴。

喔，見鬼了。加文汲色製作增加搖槳艇韌性所需的綠盧克辛。他還辦得到，不過爲了在小船幾個角落上增添韌性，他卻感覺像是再次從頭建造那座可惡的明水牆。

那一瞬間，他明白了——在花了這麼大的心力於藍色災難前拯救世界之後，他開始失去綠色了。

鐵拳指揮官低聲道：「基普，你有沒有任何概念……」

「不！一點概念也沒有。」

鐵拳指揮官已經開始仔細打量那支匕首。「奇怪。爲什麼兩顆寶石有顏色，而其他都是透明的？」

「我本來期待你能解答。長官。」

「基普，我對這支匕首所知不多，只知道它很重要，從前由光譜議會保管，不過在戰爭期間失落了。我不知道它除了外表華麗，還有什麼其他用途，但是曾有人爲了這支匕首爭得你死我活。眞的是你死我活。而且不只一次。這些材料——白金屬、黑金屬……」他伸出一指想去摸，隨即停下來。

「盧克辛？」基普問。「白色和黑色的盧克辛？」

鐵拳神情擔憂。「我一直以爲黑盧克辛就是黑曜石——地獄石。這個……」

基普沒注意到，或許打從在船上第一次透過昏暗燈光檢視黑色部位以來，就沒眞的仔細打量過它，但沿著白色刀身而下的黑色金屬，現在看起來好像和他印象中不大一樣。它似乎在隱隱發光，一股難以察覺的脈動。

有些學生在課堂上問過白盧克辛和黑盧克辛的問題。老師的答案都很尖酸刻薄——你們還沒資格討論這個。基普只知道從來沒人見過這兩種盧克辛，所以他把思緒集中在比較直接的問題上——像是努力不要被人教訓、弄清楚怎麼使用蠢算盤、記憶七百三十六張根本沒包括禁忌牌在內的白痴紙牌——而且顯然眞正有趣的都是禁忌牌。基普伸出手。

「別碰刀身！」鐵拳說。「他們叫它『食髓者』——我可不想親身驗證這個名稱的由來。」接著，他臉色一沉。「這支匕首有點眼熟，我好像在哪裡見過它？」

「辛穆，長官。他就是用這把匕首行刺稜鏡法王。」

「刺客男孩？船上的那個？」

基普點頭。

「你怎麼知道他叫什麼？」

「他在瑞克頓就對我動過手。」

「那又是——別管了。你得把它藏起來，基普，不能讓任何人發現。」

「我想現在已經太遲了。」基普說。「安德洛斯・蓋爾認定匕首在我手上。至少認定我知道匕首下落。我擔心他會來搶。」

「你應該要擔心。」鐵拳指揮官走到櫃子前，開始在一個箱子裡翻來翻去，然後帶著一個用很多皮繩綁起來的東西，將匕首的刀鞘纏入其中。「把它綁在你的小腿上，藏在褲管裡。現在，基普。」

鐵拳指揮官走到門口，指示基普站在外面看不見的位置。基普照做，鐵拳指揮官拉開了一條門縫。

「翡翠，我有事要忙，別讓任何信差進來，特別是那條可惡的蛇。」

「樂意效勞，長官。」一個女人回應道。

「蛇？」基普問。他拉起了褲管，不過還沒弄懂要怎麼綁。

「安德洛斯・蓋爾的奴隸，葛林伍迪。他幾乎算不上是馭光法師，但安德洛斯動用關係，讓他參加黑衛士測驗，當作良好服務的離別獎勵——我們原先這樣以爲。他通過訓練，結交朋友，探出個人和團體的祕密，結果在宣示日決定和蓋爾法王簽約，而蓋爾法王則善用了那些祕密。那是二十年前的事，但我們沒有忘記。在宣示前離開，並非不常見，不過會浪費我們許多時間與精力。我們做足了全套訓練，而他們就這麼拋下我們。」

「葛林伍迪？」基普問，難以置信。「那個老渾蛋差點成爲黑衛士？」

「他如果成爲黑衛士，現在已經死了，當然，因爲要持續汲色，所以他或許是聰明人。」

「這並不能爲他的背叛開脫。」基普說。

在基普拉下褲管、遮蔽綁在小腿外側的刀鞘後，他朝鐵拳指揮官伸手要拿匕首。鐵拳看著他，目光銳利。「基普，謝謝你，謝謝你這麼相信我。不過此後永遠不要再這麼相信我了。」

「長官？」

「基普，我知道你很孤獨，想要相信別人。我了解。但你已經沒有資格相信任何人了。你不知道安德洛斯．蓋爾能對我施加多少壓力。你認識我還不到三個月，而你剛剛卻把四樣珍寶放到我的手裡。我現在就可以搶走它們，把你趕出去。我可以用你手中的物品買下一個總督席位。你以爲我不會受這個影響嗎？你以爲我善良到不會做這種事嗎？」

「是的，長官。」基普說。

「但是你又不知道。」

「男人得在不清楚一切的情況下採取行動，不然永遠做不了任何事情。」

鐵拳指揮官嘴角抽動。「所以你現在是男人了？」

「我殺過人，也把自己的性命交到一個信任的朋友手中。是的，長官，我認爲我是個男人了。」

「這兩件事都不能讓你變成男人。第一件事讓你成爲殺手。第二件事讓你變成傻瓜。而這兩件事都有可能害死你。」

「但是今天不會，對吧？」基普問。儘管勇氣十足，但還是忍不住嚥了口口水，看著鐵拳手裡握著的那支匕首。

「今天不會。」鐵拳指揮官斬釘截鐵地說，把匕首交給基普。

基普勉強擠出笑容，接過匕首，插入刀鞘，然後用褲管遮住它。

「現在，我們來談談其他有可能害死你的事。」指揮官說。他拿起其中一件斗篷。「首先，微光斗篷。了不起。」鐵拳指揮官嘆息，彷彿一次就把所有對於傳說物品的懷疑通通清空了。「根據傳說，世界上一共有十二件微光斗篷。據說他們總是兩人一組。殺手。」

「像是碎眼殺手會？」基普問。

「它們曾是那個傳說團體的驕傲。」

「曾經？傳說團體？你手裡握著傳說中的寶物。貨眞價實。」

「看來似乎如此。」

基普把微光斗篷牌拿給鐵拳指揮官看。「這個男人就是那兩個殺手之一。他名叫渥克斯，他的夥件是個叫作妮雅的女人。」

「你是怎麼殺死兩個職業殺手的，基普？」

「他殺了她。那是意外。而我走運。他們沒想到我能看見他們，而我看見了。他們直到最後關頭才舉起武器，以免掀開斗篷，然後——」

「只是諷刺，基普。」

「喔。」

鐵拳指揮官坐在自己的床沿上。「正當一個男人認定這輩子所相信的一切都是謊言時，就會冒出一樣東西引誘他重拾信仰。虛幻。流沙。」

「長官？」

鐵拳指揮官摸摸微帶髮絲的頭皮。「如你所知，異教徒信仰個別獨立的神祇。這些神可能是眞實存在的實體，會要求信徒獻祭，也會回應人類獻祭的要求，不然也可能像其他異教徒所相信的那樣，純粹只是反應人性本身的面向——就像貪婪存在於每個人心中，野心也是、激情也是——他們相信諸神的作用在於揭示我們靈魂深處的眞相。但是把異教徒當作只有少數人，是過度簡化問題。即使要討論阿提瑞特的信徒——顯然渥克斯就是——這個主題也太過空泛。異教徒全都認同世界上存在許多神祇，不過他們共同認同的部分也僅止於此。」

「他們是像我們這種人：有些善良，有些邪惡，有些相信亂七八糟的鬼話。有些宗教禁忌根本毫無道理——像是佩戴有色眼鏡是罪惡，有違自然。但是有些教派又十分樂意爲了豐渥的收成，而把長子獻祭給神。有些教派尊崇狂法師，有些則趕走它們，有些用石頭打死它們。成功的狂法師——他們宣稱世界上有這種東西——將會以半人半神的身分統治他們。」

「我不了解這些事情有何關聯。」基普說。

「儘管某人一輩子信仰的都是鬼話，但並不表示他所相信的一切都是錯的。」

基普揚起眉毛。所以……「這樣吊胃口很折磨人，長官。」

「有些異教徒相信分光是種獨立的天賦，而我們的教義認定分光是稜鏡法王特有的天賦。聖典中並沒有明文記載，不過數百年來都是這麼傳教的。」鐵拳指揮官揮動微光斗篷牌。「這是眞品九王牌。上面說：『若有分光者……』這表示分光是辦得到的。就算別人不相信你說的話，這些紙牌也不會說謊。別人不能否定這些牌。這一張牌不會摧毀信仰，卻會讓所有談過分光教義的盧克教士看起來像白痴，就像兩百年前裴瓦克證明世界是圓的一樣。事實上，在那之前的五百年，已經有不少學者提出這個理論，但沒有人爲了把盧克教士變成白痴的事而感謝他。他被私刑處死後數年內，全世界都採用了根據他的計算校正而來的導航算式。」

「私刑處死？」基普問，眉毛越翹越高。

「爲了另一件不相干的事——他提出光是一種缺乏黑暗的狀態，而非相反。」看到基普滿臉困惑，他說：「別管那個。重點在於，眞的可以分光。有些人一直都在懷疑這個可能，這也就是爲什麼黑衛士總是會吸收像阿德絲提雅那種馭光法師，不光只是因爲她能看見暗藏的武器，而是因爲她能看見隱形的殺手。」

「但那是什麼運作原理？」基普問。「我本來以爲不可能有這種事。」

「你是個微光，基普，你沒有足以了解這種事情的——」

「就算我有，也只知道錯誤的知識。這表示你沒必要讓我拋開我以爲自己了解的那些東西。」

鐵拳輕輕點頭、微微一笑，承認基普說得有道理。他深吸了口氣。「光是能量。能量不滅。陽光照在櫻桃木地板上。我們知道陽光包含全光譜，從次紅到超紫，但地板卻只反射出紅棕色。那其他光跑哪裡去了？都被吸收了。幾年後，和用地毯遮起來的木頭地板，或是一直在陰影下的地板相比，長年曝曬在陽光下的地板顏色明顯較淡。光會以十分緩慢的速度改變木板的性質——加以分解。就像光會曬黑男人的皮膚或淡化女人的頭髮一樣。就像法色對馭光法師身體產生的影響。稜鏡法王不管汲多少色都不會粉碎光暈，就是因爲多餘的光都能獲得釋放。剩下的人無法那麼有效率地釋放光線，比較容易受到那種傷害影響。重點在於，接觸到物體表面的光線無法改變，除非你能在太陽上放個透鏡。能量永恆，一定要處理。」

「如果這種運作原理和我聽人猜測的一樣，那麼分光者的作用就像是光流中的楔子，增長長光波，縮短短光波，讓所有接觸到它的可見光，都會被釋放爲高於或低於可見光譜的光線。只要做法正確，它就會在次紅和超紫光譜中看起來如同火炬般明亮。我聽說過分光者在光線過多環境中自燃的故事，比方說艷陽天——因爲他們把太多可見光變成熱能，熱到自己都燒起來。這些斗篷能夠降低使用這種能力的難度。就像透鏡能讓馭光法師輕鬆施展本身法色的法術一樣。」

過去幾個月內，基普見過不少奇景，所以他毫無困難地相信了這種說法。「你的意思是我們生活周遭可能有一群隱形人在走來走去？」

「沒有一群。要分光分到完全隱形，應該接近不可能。而世界上只有——如果傳說屬實，而這傳說不太可信——只有十二件這種斗篷，由第一代碎眼殺手會製作，也可能早於他們。其中有些肯定遺失或被摧毀，而我們手中握有兩件。外面最多也只有五組人馬，或許只有二或三組，搞不好根本沒了。」

「至少這些斗篷現在落入我們手中。」

「總比落入敵人手中要好，但它們對我們而言可能毫無用處。因爲我們否定分光者存在，我不認爲克朗梅利亞有流傳下來任何測試分光者的法門。就算有人知道這種事，在遊走異端邪說邊緣的情況下，我們能說服他們分享祕密嗎？阿塔西盧克裁決官於一百一十年或一百二十年前，曾經查禁非常類似的事情。」

「那還只是一張牌。」基普說。

「而你有一整副牌。你果然是粉碎者。」鐵拳指揮官輕笑了幾聲。

「有什麼好笑的？」基普問。

「我只是想到這些牌有多重要，以及哪些人有能力清楚解析它們。你剛剛可能已經讓幾個我最討厭的人將餘生通通耗費在圖書館裡摸紙牌、抄筆記上面了。」

「你知道，」基普語氣不善地說。「你很可能是在嘲笑我的未來？」

「我不這麼認爲。」有人在基普身後說道。「我覺得你要不是明年會被殺，不然就是永生不死。」

基普轉過身去，然後就在眼前，在人類史上最安靜的門口，看見了加文．蓋爾，嘴角掛著加文．蓋爾特有的笑容。

「不過我比較看好能夠說服珍娜絲．波麗格把一生心血交給他的男孩。」

基普啞口無言。加文的氣勢占據了整個房間。

「那頭老山羊還好嗎？」加文問。

「死了。」基普說，語氣毫無起伏，死氣沉沉。直到此時，他才發現自己有多在乎那個女人。一段表達敬意的沉默。「看到那些斗篷，我就該知道了。我猜沒有證據顯示殺手是誰派來的？」

基普無話可說。顯然他的第一反應是錯的。

「別看我，稜鏡法王閣下。」鐵拳指揮官說。「我不在場。殺手不是我殺的。是基普。」

加文看了基普一眼。「你殺了他們？這我可得要洗耳恭聽了。但是晚點再說。幹得好，兒子。」

兒子。兒子。就這麼一個詞，加文推翻了安德洛斯．蓋爾法王幾個月來的折磨。基普開心得差點崩潰。他想把所有紙牌和七首通通塞到父親手裡，然後歡欣啜泣。

加文揚起一根手指。「有件事得先處理。指揮官，你的黑衛士把葛林伍迪趕走。我遇上了他。他正要去回報我父親。他似乎認爲當他回來時，你就會被解除職務。」

「我認爲那條背信忘義的大蟲過於樂觀了。」鐵拳說。

「我派卡莉絲去拖延，不過如果你得採取什麼行動，我建議你立刻去。我會盡可能出面幫你，但你不在我的權限範圍內。你肯定他會站不住腳，你沒有把柄落在他手上，而且卡佛·黑會罩你？」

鐵拳指揮官臉上蒙上一層陰影。「我想是有兩件事情會……引發一些麻煩。」

「什麼？」基普問。「你做了什麼？」

「問題不在我做了什麼，」鐵拳說。「我一直在找某樣古老——稜鏡法王，粉碎者，容我告退，我有急事要去處理。」

他踏出房門，然後轉身。「粉碎者，」他說。「你可以相信關鍵者。還有……只想讓你知道，你會成爲頂尖黑衛士。」

他要離開了。基普突然間深怕自己再也見不到這個大塊頭。

基普跑過去擁抱他。

鐵拳咕噥了一聲，神情訝異。接著他也擁抱基普。片刻後，他推開基普。

看著基普擁抱指揮官，加文臉上浮現奇特的表情，彷彿兩人間存著一段距離。不過轉眼間，那表情消失了。他丟了一袋錢給鐵拳。「指揮官，爲防萬一。老實講，我也不確定他們會不會對付你。」

「我確定。」指揮官說。「歐霍蘭賜你光明，稜鏡法王閣下。好自爲之，粉碎者。」然後就走了。

《馭光者2　盲眼刀》上冊完

The Lightbringer

Fever

## 伊洛娜・安德魯斯（Ilona Andrews）

魔法咬人
魔法烈焰
魔法衝擊
魔法傳承
魔法獵殺
魔法狂潮
魔法風暴（陸續出版）

## 彼得・布雷特（Peter V. Brett）

魔印人
魔印人2　沙漠之矛（上+下）
魔印人3　白晝戰爭（上+下）
魔印人4　頭骨王座（上+下）
魔印人5　地心魔域（上+下）（完）（即將出版）
信使的遺產：魔印人短篇集

## 克莉絲汀・卡修（Kristin Cashore）

殺人恩典
火兒
碧塔藍

## 大衛・蓋梅爾（David Gemmell）

大衛・蓋梅爾之傳奇

## 賽門・葛林（Simon R. Green）

**夜城系列（全12冊）**
永夜之城（夜城1）
天使戰爭（夜城2）
夜鶯的嘆息（夜城3）
魔女回歸（夜城4）
錯過的旅途（夜城5）
毒蛇的利齒（夜城6）

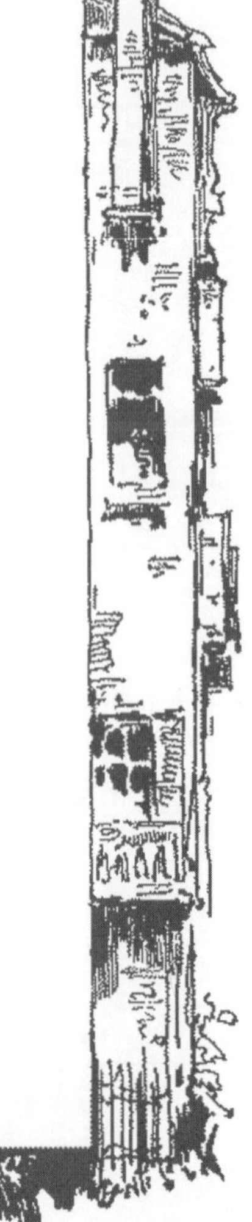

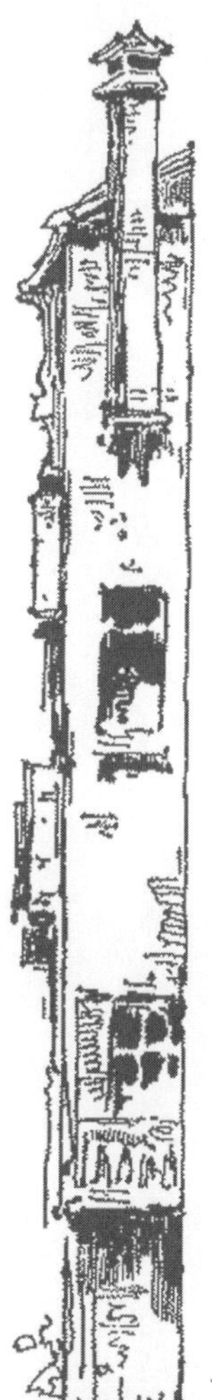

地獄債（夜城7）
非自然詢問報（夜城8）
又見審判日（夜城9）
黃昏三兄弟（夜城10）
一日騎士（夜城11）
日昇之夜（夜城12）（完）

**秘史系列**

守護者之心（秘史1）
惡魔恆長久（秘史2）
作祟情報員（秘史3）
錯亂永生者（秘史4）
天堂眼（秘史5）
卓德不死（秘史6）
地獄夜總會（秘史7）
第十三號囚房（秘史8）
卓德殺機（秘史9）

## 凱文·赫恩（Kevin Hearne）

鋼鐵德魯伊1　追獵
鋼鐵德魯伊2　魔咒
鋼鐵德魯伊3　神鎚
鋼鐵德魯伊4　圈套
鋼鐵德魯伊5　陷阱
鋼鐵德魯伊6　獵殺
鋼鐵德魯伊7　破滅
鋼鐵德魯伊8　穿刺
鋼鐵德魯伊9（完）（即將出版）
鋼鐵德魯伊短篇集　蓋亞之盾

## 珍·簡森（Jane Jensen）

善惡方程式（上+下）
審判日

## 喬治・馬汀（George R. R. Martin）

熾熱之夢

## A. Lee 馬丁尼茲（A. Lee Martinez）

神來我家
機器人偵探
怪物先生
城堡夜驚魂

## 丹尼爾・波蘭斯基（Daniel Polansky)

下城故事1：無間世界
下城故事2：預見謀殺之時
下城故事3：彼岸女神（完）

## 布蘭登・山德森（Brandon Sanderson)

破戰者（上+下）

## 安傑・薩普科夫斯基(Andrzej Sapkowski)

獵魔士　最後的願望
獵魔士　命運之劍
獵魔士長篇1 精靈血
獵魔士長篇2 蔑視時代
獵魔士長篇3 火之洗禮
獵魔士長篇4 燕之塔
獵魔士長篇5 湖之主（長篇完）
獵魔士　雷暴之季（預定2019年出版）

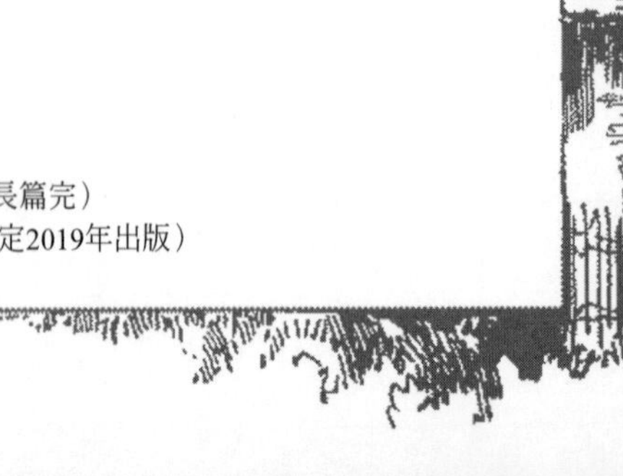

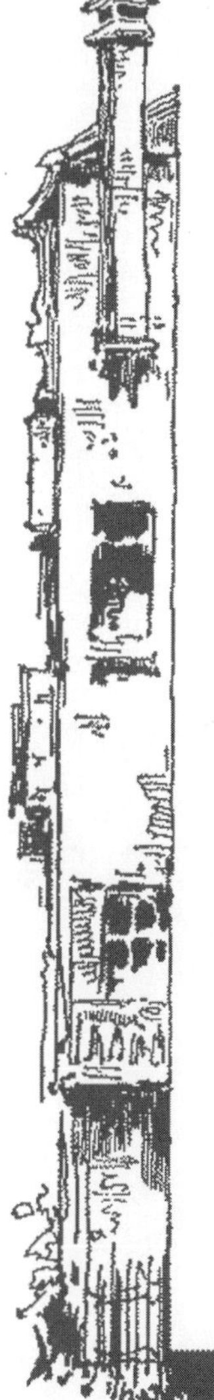

## 強・史蒂爾（Jon Steele)

天使三部曲1 守望者（上+下）
天使三部曲2 天使城（上+下）
天使三部曲3 荊棘路（上+下）（完）

## 布蘭特・威克斯（Brent Weeks）

馭光者1 黑稜鏡
馭光者2 盲眼刀（上+下）（陸續出版）

駁光者2 盲眼刀 下 / 布蘭特·威克斯（Brent Weeks）；
戚建邦 譯——初版．——台北市：蓋亞文化，2018.08
冊；公分.——（Fever；FR065）
譯自：The Blinding Knife
ISBN 978-986-319-353-1(上冊：平裝). --
ISBN 978-986-319-354-8(下冊：平裝). --
ISBN 978-986-319-355-5(全套：平裝)

874.57 107010248

Fever FR065

# 駁光者〔2〕盲眼刀 The Blinding Knife 上

作　　者　布蘭特．威克斯（Brent Weeks）
譯　　者　戚建邦
封面設計　克里斯
總 編 輯　沈育如
發 行 人　陳常智
出 版 社　蓋亞文化有限公司
地址：台北市 103 赤峰街 41 巷 7 號 1 樓
電話：02-2558-5438　傳眞：02-2558-5439
電子信箱：gaea@gaeabooks.com.tw
投稿信箱：editor@gaeabooks.com.tw
郵撥帳號 19769541　戶名：蓋亞文化有限公司
法律顧問　宇達經貿法律事務所
總 經 銷　聯合發行股份有限公司
地址：新北市新店區寶橋路二三五巷六弄六號二樓
電話：02-2917-8022　傳眞：02-2915-6275
港澳地區　一代匯集
地址：九龍旺角塘尾道 64 號龍駒企業大廈 10 樓 B&D 室
電話：+852-2783-8102　傳眞：+852-2396-0050
初版一刷　2018年08月
定　　價　新台幣 840 元（上下冊不分售）

Printed in Taiwan

ISBN／978-986-319-353-1